王道劍

壹 乾坤一擲

上官鼎 著

序

上官鼎

很多朋友都知道，「上官鼎」是三個兄弟的共同筆名，他們合作撰寫武俠小說的年代大約是一九六〇至一九六八年。開始寫作時我十七歲，四哥十九歲，六弟才十四歲。大學畢業後三兄弟相繼出國留學，一九六八年便宣告封筆；用武林的話來說，就是「金盆洗手」了。

四十四年後，二〇一二年我從台灣到福建寧德訪問，一個意外的機緣造就了這部小說的誕生。

先說我為何到寧德。

我在台灣大學化學系時的同學及好友陳棠華先生在福建寧德成立了一個「新能源科技公司」，他和幾個同學及朋友生產鋰電池及相關的能源產品，做得有聲有色。寧德建新廠時他邀我一定要去參訪一下，我一口答應了，但一直沒有行動，總覺得不急於一時，以後再找個適當的時機去福建時，「順便」去寧德參觀。也不能太怪我，寧德市對一個遠在台灣的人來說，很難是專程造訪的目的地。

二〇一〇年底，一個噩耗傳來使我傷心萬分，棠華竟突然走了，他死於敗血症。我悲痛之餘想到了未踐之約。於是二〇一二年我終於到了寧德，看到了棠華和他夥伴們心血凝聚創建的「新能源科技公司」，無論研發、生產、行銷、管理……等，在在皆有國際水準，而其企業理念及策略又有中華文化「王道」的精神，給我十分深刻的印象。

經過張毓捷董事長和曾毓群總經理的引介，很意外地見到了寧德幾位在地的文史工作者，在王道亨及鄭民生等先生的解說下，聽到了一個不可思議的故事：明朝第二個皇帝建文的下落之謎，在寧德有了新的發現。當地的文史工作者進行了極為詳盡縝密的文獻搜尋，物證、事證，甚至這事件相關者的後代之研究，他們的發現和研究成果令我感到震驚。雖然不敢盡信，但兩天之內，我看到了上金貝古墓，看到支提寺載有鄭和事跡的明代木刻、明代鑄的千尊白鐵菩薩、明代的雲錦袈裟、袈裟上的五爪金龍；也聽到了建文從臣鄭洽的故事，以及當地鄭岐村到浙江浦江鄭義門認祖歸宗的新聞……，所有這一切都指向一個結論：靖難之役後，建文皇帝並未死於皇宮大火，他削髮為僧出亡東南，落腳於支提寺。一時之間，我腦海中塞進了太多神奇的訊息，有些不知所措。

臨別時，王道亨先生拜託我介紹台灣的明史學者到寧德來參與有關建文皇帝的研究工作。我當然樂意推介台灣有興趣的學者，但是我也很誠懇地告訴他們，我認為外地的歷史學者要比他們做得更多更好相當不容易。當地的研究團隊已經做了非常多、非常密的搜尋及研究，那些發現與「證據」，做為歷史定論的依據而言似有不足，但是對於從事文創來說，已經太豐富了。於是我建議寧德的朋友找些文創的專業進來，好好想如何加值利用這些新出世的資料。

回到台灣，有機會把寧德有關建文皇帝的所見所聞說給幾位朋友聽，大家聽了無不覺得故事曲折迷人，其間為了讓故事講得順暢，免不了加了個人的想法、推論和解讀。終於有一位朋友對我說：「你要找人弄這個故事的文創，何不你自己寫一部小說，一部歷史武俠小說？」

那是二〇一二年夏天的事，十五個月後，這部近九十萬字的小說《王道劍》終於在二〇一三年十月二十二日的午夜之前完稿了。回想起來，整件事情冥冥之中似都有棠華在指引著發展。

因此，我要將《王道劍》獻給棠華，做為對他永恆的紀念。

通常武林中的規矩，如果沒有特別重要的理由，「金盆洗手」後重出江湖，將為武林人士所不齒。如今為了紀念我的好朋友——一個義薄雲天的生命苦行僧，一個燃燒自己照亮別人的好漢，上官鼎在封筆四十六年之後重出江湖，武林朋友或許能夠見諒吧。

目錄

序 …… 1
第一回　盧村滅門 …… 7
第二回　傅帥班師 …… 29
第三回　摩尼草庵 …… 55
第四回　鄭家好酒 …… 99
第五回　乾坤一擲 …… 145
第六回　紅孩乞兒 …… 193
第七回　後發先至 …… 241
第八回　建文登基 …… 305
來自各界的推薦 …… I

【第一回】

盧村滅門

在兩個孩子眼中，樹林外兩人的搏鬥宛如一片模糊而變化莫測的身影，完全看不清楚誰是方老師，誰是錦衣衛，更不必說他們的招式動作了，但是那種高手決鬥時的肅殺之氣，仍然強烈地壓在兩人心上。

月黑風高，雖然只是剛過戌時，四野已經一片漆黑，除了遠方幾點微弱燈光閃爍之外，什麼也看不見。

一條小溪蜿蜒流過，溪岸全是人身高的芒草，芒草外是一片茂盛的竹林。溪水潺潺而過，流水聲夾著蟲蛙的鳴叫聲，本應是一片田野的天籟，但是聽在岸邊草叢中的兩個小孩耳中，卻是一種難以言喻的緊張氣氛。

兩個孩子一男一女，各持一根竹竿，竿頭繫著一根細索，正在忙著將兩根彎針當作魚鉤綁在索端上。魚鉤裝好後，女孩就要拋線到溪中。

那男孩輕聲道：「等一下，要先弄魚餌。」

女孩嗯了一聲，有點害羞地道：「蚯蚓好可怕，你幫我弄。」

男孩從懷中摸出了一個小木盒，打開來捏了兩條扭動掙扎的蚯蚓伸到女孩面前，女孩壓低了嗓子尖叫：「傅翔，你要幹什麼？」

傅翔壓低了笑聲道：「芫兒膽小鬼，蚯蚓也怕，早知道就不帶妳來。」

那芫兒低聲道：「你自己也怕，我才來陪你。」

兩人坐在草叢裡，拋線入溪，開始垂釣。四周靜下來，天色似乎更黑了，風漸大，呼呼有些淒厲之音，竹林不時發出竹桿相擊之聲，增加一些不安的感覺。

兩個小孩心蹦蹦跳，目不轉睛地盯著水面，沒有魚兒上鈎。芫兒有些耐不住了：「傅翔，我要回家。」

傅翔顯然不滿，但他的聲音也有點抖：「說好一定要釣到魚才回家的，好不容易瞞過了爹娘出來夜釣，那次我看汪大毛半個時辰就釣到好幾條。」

芫兒道：「你騙傅伯伯要去方老師家借書夜讀，卻跑到這裡來釣魚，小心被傅伯伯發現了，又要倒霉……」

潑啦啦一聲，傅翔喜叫：「上鉤了，妳快拉，快拉上來。」

芫兒的「魚竿」一直抖動，她興奮地叫：「快幫我，好像是條大魚……」一面猛將魚兒拉上來，夜釣的第一個戰利品竟然是芫兒釣到的尺把長的白魚。

芫兒開心極了，馬上忘了害怕，從身後草叢中抓起一隻竹簍，就把魚兒放入，又催男孩替她再弄一個魚餌，這時男孩的釣竿下也有魚兒上鉤了。

兩個孩子瞞著家長偷偷出來夜釣，原本懸著一顆心七上八下，黑夜四顧無人，其實都是又興奮又緊張，這時釣得兩條魚兒，什麼耽心都沒有了，只是興高采烈地忙著裝餌拋線，不亦樂乎。

一個時辰很快就過去，兩隻竹簍中又多了幾條魚，芫兒抬起頭來看了看天，正想說要回家了，忽然指著遠方驚聲道：「傅翔，你看！傅翔，你看！」

傅翔也發現異樣，他站起來，只見遠方林子後的天空冒起一片火光，很快就直沖上天，照得天邊層雲皆染成紅色。傅翔大驚叫道：「那是我們的村莊！芫兒，快走！」

他丟了魚竿，拉著芫兒就要跑，芫兒也嚇得發抖，但還記得抓起兩隻竹簍，把簍中的幾條魚都倒入溪中放生了，然後才跟著傅翔拔腿就跑。

兩個孩子沿著溪邊快跑，要繞過前方一大片樹林才能跑上一條直通村莊的土路，兩人心中都知道，火光沖天的那個方向，除了他們的村莊，並無其他人家，是以十分焦急，兩人手拉手沒命狂奔。

忽然遠方傳來兩聲爆響，一長一短，似乎大火燒到了大量易燃物，發生了爆炸。芫兒一驚之下，被腳下蔓草絆倒，由於跑得快，一跤摔得不輕。傅翔趕緊拉起她問道：「有沒有摔傷？還能跑嗎？」

芫兒忍痛搖頭道：「沒事，我們快跑！」

兩人堪堪跑到林邊，傅翔忽然停了下來，以手勢要芫兒噤聲，側耳傾聽之下，果然聽到隨風而來的人語聲。傅翔拉著芫兒在長草叢中蹲下，仔細分辨遠方傳來斷續的吼叫聲：

「……殺無赦……一個不放過……」

「……殺無赦，別讓跑了……」

兩個孩子面面相覷，芫兒已經嚇得哭出來，傅翔忙低聲喝道：「芫兒別哭，村裡出事了，有人在殺人，我們不能回去了，先……先躲一躲。」

前面就是一片樹林，傅翔知道只要躲進去就不易為人發現，他拉著芫兒跑入樹林，悄悄躲在樹下長草中，一動也不敢動，豎耳仔細辨聽。

遠方的吆喝聲不時傳來，入耳心驚。傅翔在芫兒耳邊輕聲道：「無論發生什麼事，我們絕不出聲，妳用手掩著嘴巴。」

就在此時，他們忽然聽到近處的人聲，一個鼻音很重的聲音發自樹林外：「老兄見首不見尾，既然膽敢管咱們的事，又何必躲躲藏藏？」

聲音十分清晰，似乎就在不遠處，兩個孩子心跳如鼓。傅翔悄悄從樹枝叢中望出去，只見樹林外小溪旁站著兩個人，相距數丈。背對溪水的一人寬袍大袖，頭頂方巾，似乎是個書生；面對他的那人全身勁裝，頭戴圓帽，雖處黑暗中，在半天火光下仍隱隱可見其外袍金光閃動。

那文士聲音有些沙啞，揮袖道：「上天有好生之德，老夫隱居此地，原無意多管閒事，但你們殺人放火、不留活口，還有人性沒有？」

他這一出口，躲在林中的傅翔和芫兒都嚇了一跳，兩人幾乎同聲叫道：「方老師！」

∞

原來那聲音沙啞的文士，竟然是每天教授兩個孩子詩文的方夫子。

方老師原非盧村人，十年前不知從何方雲遊至此，見村莊四周風景不俗，村人善良勤奮，對讀書人尤其熱情尊重，就在村中留了下來，平日白天開塾授課，晚上常在茶舖講古論今，很得村人的敬愛。

傅翔和鄭芫的父母也並非土生土長的盧村人。傅翔的祖父傅友仁二十年前帶著兒子及家人來到盧村定居，除在盧村興建宅子，並開設了一個刻印書籍的印坊。十二年前，得孫傅翔，三代單傳，卻有天倫之樂。五年前祖父過世，父親繼承祖業，親自在家教授傅翔認字讀書。

鄭芫的家庭十分簡單，只有一個寡母帶著她從外縣逃荒來到盧村。母親剛到時貧病交迫，幾乎淪為乞丐，村人見其可憐，便將一些食物和舊衣服周濟她母女。傅家見她母女長得秀氣斯文，雖處窮困卻言語有禮，便將一間閒置的茆屋供她們居住。

村民不久就發現芫兒的母親有一項極為高明的技藝，就是釀酒。這逃荒而來的鄭娘子釀造的三種水酒皆香醇可口，遠勝村中原有的酒家，好心之輩就勸她若開了酒店，一定生意興隆，也照顧了母女兩人的生計；那鄭娘子卻十分有見地，她對村人說自己落荒來此，承蒙村人收留照顧，雖然造得一手好酒，那敢自設酒店壞了別人生意，但願為村中原有幾家酒店釀酒，自己賺些生活費用就好。因此村人皆讚鄭娘子有情義、有見識。

傅翔和鄭芫年齡相仿，傅翔十二歲，鄭芫小他一歲半，兩人都在三、四年前拜在方夫子的私塾中就讀。兩人聰明伶俐，最得夫子喜愛。那方老師不但學識佳，更兼精通醫理，村中人有病常請夫子把脈處方，夫子並不收取費用。傅翔年紀雖小，卻對醫道極有興趣，方夫子見他悟性高，課餘便也傳授他醫藥之道。

因此這外來定居的三家人，在村中不但不被排斥，且受村人普遍尊敬，可說相處融洽無間。

且說盧村此夜突遭一批官兵蜂擁而至，先對傅家發動致命攻擊，見人就殺，殺完就縱火燒屋，村中有些鄉勇見狀，或持棍棒救人，或抱水桶救火，也遭一一屠殺。一時之間，全村宛如陷入人間地獄。

這批官兵中夾雜了十幾個身穿金黃色官服、胸繡飛魚的指揮，他們一面施展輕功，快速在村中檢視，一面發號施令：「欽犯殺無赦，一個也不放過！」

其中一名錦衣人侵入鄭家的茆屋，只見鄭家娘子端坐屋中僅有的一張桌邊，面色鎮定，手中握著一把匕首。錦衣人大吼一聲：「傅家的小賊躲在那裡？」

鄭家娘子並不畏懼，冷冷回答道：「傅家沒有小賊，官人你找錯人了。」

錦衣人拔劍上前，一面舉劍欲砍，一面吼道：「宰了妳這賤人，看妳說不說？」

忽然他背後傳來一個沙啞的聲音：「住手！」聲音不大，但卻充滿威嚴。

錦衣人倏然而止，一面厲聲問：「什麼人如此大膽？」一面轉身就是一劍遞出，疾如閃電。他出手蓄意偷襲，殺著隱藏在轉身之中，令敵人防不勝防。

豈料那堵在門口的來人只略一閃動，錦衣人長劍落空，定眼一看，只見來者是個年約五旬出頭的文士，兩手空空，雙目盯著自己，有如兩道寒光。

那鄭家娘子張大了嘴不敢置信，她差一點要叫出「方夫子」，卻硬生生嚥下了。只見方夫子雙掌一錯，長袖翻飛，一指點向錦衣人前額，一手拿向錦衣人持劍手腕。錦衣人長劍一抖，連刺對方臂上要穴。

然而整個對招只一照面便已結束，錦衣人大叫一聲，長劍已經脫手，額頭被方夫子一指點中，立刻倒斃在地。

方老師對鄭家娘子一揮手止她發問，急聲道：「鄭家娘子快從屋後逃出，躲到竹林後的枯井中！」

鄭家娘子推開後門，四面雖然殺聲震天，但後院竹林卻不見半個人影，她連忙沿屋簷下奔到竹林邊，果見一口廢井，依稀見得井底堆了不少枯枝枯葉，當下無暇細想，縱身躍入。方夫子跟出，飛快地在井口蓋上一塊破木板，正要尋些覆蓋物，背後破風之聲突響，他一回身，只見兩名軍官持劍對他砍來。

方夫子暗道：「來得正好。」只一側身，兩名軍官長劍落空，方夫子已繞到兩人背後，他長吸一口氣，雙掌擊在兩人背上，只聽得兩聲悶哼，雙雙噴血倒斃。

方夫子為求速決，出手絕不留情，他將兩名軍官的外袍扯下，再把屍體堆放在井上，壓著嗓子對井下道：「鄭家娘子，一時不會有人發現妳的，妳莫出聲，我會再來救妳出去。芫兒到那裡去了？」

鄭娘子在井中叫道：「芫兒不是在夫子處讀書嗎？」

方老師呵了一聲，雖覺奇怪但無暇細思，也不再細問鄭娘子，他將兩名軍官的官服丟在竹林中藏好，然後一長身，便從竹林上躍過，從半空中往下一瞥，只見傅家宅子的前院已在火海之中。

這時幾名錦衣人正在傅宅中四處尋人行兇，廳前地上有幾個僕人倒斃在血泊中，兩個丫鬟被錦衣人按住，正在逼問主人下落。

丫鬟們嚇得六神無主，只是不斷求饒，也顧不得回答錦衣人的吆喝逼問。錦衣人一時怒起，一刀砍掉一個丫鬟的腦袋，正要砍向第二個，忽然一股刺耳勁風自腦後響起，錦衣人立刻知道有人偷襲，他反身揮刀一擋，一粒小石子噹的一聲擊在刀上，竟然迸起一縷火花，錦衣人手臂竟是一麻。

他又驚又怒，大喝：「什麼人膽敢偷襲老子？」

背後並無人答，只聽得黑暗中又是一串破空尖嘯之聲，這錦衣人功力不弱，舞起單刀形成一片刀網，噹噹數聲，石屑橫飛，火光四濺，突然一聲大叫，他右臂曲池穴上終於還是被石子擊中，鋼刀落地。

這錦衣人十分了得，左手一撈，身形如彈簧般一弓而起，鋼刀已在左手中。他張目四看，除了自己同伴，竟然不見敵人。

這時傅宅廳內又有兩名錦衣人如一陣風般快速躍出，其中一人手中提著一個人頭，鮮血淋漓，他高舉厲聲喝道：「欽犯傅某已伏誅，拿皮囊來！」

他隨手從一名官兵手中接過皮囊，將人頭放入，一揮手指揮下屬：「傅某還有一個孩兒，不能放過，快搜！」

就在此時，一條人影如閃電般從後院左側一棵數丈高的槐樹中飛出，直向內院落去，廳前兩個錦衣人立刻躍起，想在空中阻截，只見兩道劍光在空中交叉劃過，那人卻突然疾速下墜，落入傅宅後院。

這一手輕身功夫確實精妙之極，而在一瞬之間能將身軀急速下降，此人內功也極驚人。這兩個錦衣人功力也不弱，在空中不待勢老，兩人一左一右也翻滾落入後院。

方老師對傅宅布局顯然熟知，他只比兩個錦衣人早半步落入後宅，卻已在幾個房間中飛快轉了一圈，待錦衣人跟到，他已如彈丸般飛離傅宅，向莊後加速奔去。

兩個錦衣人其中一人叫道：「老黑，你搜小鬼，我追來人……」話聲未竭，身形已在空中，然而向四方望去，那裡還有來人身影？

這錦衣人立在屋頂上遠眺，火光照在他臉上，只見他虬髯深目，竟然不似中土人士。忽然他發現莊後的小丘上似有一條人影一掠而過，快得不可思議，錦衣人一面躍身朝前撲去，一面心中暗驚：「這是什麼人？輕功之佳，深不可測，如此人物怎會出現在此時此地？」

錦衣人將輕功施展到十成，奔到小丘頂，極目望過去，只見黑壓壓的一片樹林，林邊是片草地，數里之外似乎有條小河流過，但所追之人卻不見蹤影。

錦衣人倒抽一口涼氣，思忖道：「這廝若隱入樹林就不好找了……這些年來，中土不少高手我都會過，卻不曾見過輕功如此高明的，莫非……」

豈料就在此刻，左邊深草叢中一陣簌索聲響，一條人影突然竄起，飛快向山丘下奔去，從背影來看，大袖飄飄，不是所追之人是誰？

錦衣人意識到被戲弄的感覺，一怒之下奮力追出，身形有如一道灰線滾滾而前，但前面的方夫子依然瀟灑滑行，一躍數丈，在樹林邊緣時隱時現。其實此時方夫子心中也自暗暗焦慮，芫兒不見蹤影，傅翔顯然也不在宅內，他們兩個小傢伙究竟到那裡去了？

「今日來此的錦衣衛中，這個色目人是個一流高手，要擺脫他恐不容易，只有儘快下毒手將他廢了，才能再回村裡去善後……」

漸漸已奔到溪邊，這時方夫子突然停身，由極速前進瞬間停下的身形穩若沉嶽，他轉過身來，大剌剌地面對著急奔而來的錦衣衛。

這正是躲在樹林中的傅翔和鄭芫大驚看到的場景。芫兒輕聲在傅翔耳邊說道：「原來方老師是個文武雙全的奇人，我們有救了。」

傅翔卻憂心地說：「敵人看來是錦衣衛……」

芫兒道：「什麼是錦衣衛？呵，那人穿的衣袍當真是金光閃閃。錦衣衛很厲害嗎？」

傅翔低聲道：「我聽爹爹說過，錦衣衛是皇帝手下最可怕的一批侍衛，他們武藝高強，權大勢大，囂張無比，想殺誰就殺誰……」

芫兒顫聲道：「他們來咱們這兒要殺誰？殺方老師嗎？為什麼？」

傅翔的心一直往下沉，他有些預感，但不願告訴芫兒，正要回答，林子外的兩人已動上了手。

在兩個孩子眼中，樹林外兩人的搏鬥宛如一片模糊而變化莫測的身影，完全看不清楚誰是方老師，誰是錦衣衛，更不必說他們的招式動作了，但是那種高手決鬥時的肅殺之氣，仍然強烈地壓在兩人心上。只見過招中的兩人沿著溪邊你來我往了一炷香時間，忽然轟的一聲，各自跳開。

那錦衣衛唰的一聲拔出佩劍，陰森森地對方夫子道：「老兄，亮傢伙吧。」

方夫子兩掌一錯，淡然道：「老夫行走江湖，從不動用傢伙，雙掌就是傢伙。」

那錦衣衛仰天長笑：「好傢伙，好傢伙，在下不客氣了……」他長吸一口真氣，劍光一陣跳動，虛實之間寒光已逼向方夫子。

方老師不退反進，雙袖拂出，掌藏袖中，內力突然湧出，威勢猶在劍招之上。

只見那錦衣衛劍光一轉，一連攻出二十七招，招招不離對方要害，變招之快帶起一陣呼嘯之聲。

方老師雙掌飄忽，居然掌指並用，招招不離對手執劍手臂及掌背上要穴，無論對方出劍多快，方老師的變招總是恰到好處，逼迫對手換招，竟似後發而先至。

那錦衣衛心生驚震，只見他大吼一聲，劍上開始吐出內力，招式慢了下來，劍鋒力透對方掌力，一連九劍，方老師左袖唰地被切下一幅青衫。

方老師暗暗心焦，要想速戰速決恐怕不易得逞，對手武功高強，看來只有施出必殺絕招，冒險一試。

只見他繞著錦衣人飛快地搶攻起來，那錦衣衛只覺眼前一花，敵人竟然從密布的劍網中欺身而入，近身發出雷霆般的重拳。錦衣衛驚呼一聲，長劍改刺為劈，堪堪擋了五招，方夫子腳步如風，忽然從一個不可預測的方位跨到，大吼一聲，第六拳重重擊向錦衣衛右胸。

錦衣衛大叫一聲，收劍向後急退，快如閃電般貼地倒飛出三丈，然後一長身，穩穩站在草地上，這一掠一立，一氣呵成，姿勢漂亮之極。

方夫子心中有數，對方右胸已經中了自己一拳，雖然倒退得奇快，化去了一部分力道，但他右手使劍必受相當影響。

林子裡藏在樹叢中的兩個孩子緊張得臉龐發燙，雙目發赤，見到錦衣衛被打退，芫兒差一點大叫出聲，傅翔卻低聲道：「芫兒，糟了，對方來了幫手。」

芫兒伸頭撥枝向外望去，只見數丈外的草坪上不知何時多了一個頭戴銀帶黑帽的錦衣人，一聲不響地站在先前那錦衣人身後數丈，陰惻惻地望著方夫子。

受傷的錦衣人以劍支地，調息片刻後長噓出一口氣，冷冷地道：「鬼蝠虛步加獅吼神拳，原來是明教的高人！」

方老師冷笑不答，雙目精光暴射，那裡還是在私塾教授經文的文弱模樣？

那錦衣衛見方老師不答，忍住怒氣厲聲道：「在下錦衣指揮僉事馬札，奉旨處決欽犯，閣下何人，竟敢橫加阻撓，仗的可是明教餘孽的勢力？」

方夫子冷笑一聲，抱拳道：「江湖上久聞『可蘭神劍』馬札乃是畏吾兒第一高手，打遍西域無敵手，原來已做了朝廷的爪牙，今日有幸一會，嘿嘿……」

那錦衣指揮僉事在錦衣衛中地位十分尊崇，馬札聽他嘿嘿兩聲，強忍住怒氣再次好言問道：「閣下分明是明教高手，光明正大報個萬兒來吧？」

方老師冷冷道：「明教已被忘恩負義的皇帝老兒出賣，慘遭毒殺殆盡，那裡還有什麼高手？老夫方冀，遁世埋名原不想惹事。十多年來朝廷捕殺我明教弟兄，汝等助紂為虐，今日我既已出手，倒要問問錦衣衛的大官，洪武十七年神農架頂峰上毒殺我教菁英的慘案，是誰下的毒手？」

方夫子一口氣道來，愈說愈激動，到最後問到誰下毒手時已是聲色俱厲，怒氣沖天。

馬札身後那後到的錦衣人此時忽然開口道：「原來明教小諸葛方冀竟逃得不死，佩服，佩服。老夫京城右都指揮使魯烈。」

此人一開口，夫子方冀哈的一聲倒抽一口涼氣，暗暗愁思：「加上此人，今日要想全身而退，只怕難上加難。」

方冀不知，這魯烈原是蒙古人，幼時曾經投身河南嵩山少林寺修佛習藝，盡得少林內家真傳，後來又遇機緣，得全真教高人傳授獨步天下的全真拳劍，以一蒙古人而身兼天下最高明的兩家武功之長，年僅三十即名滿武林，卻不知何時變成了錦衣衛，且已是錦衣衛的二號人物了。

方冀一面暗謀脫身之法，一面哈哈笑道：「天下高手都給朝廷當差了，可惜錦衣衛是個惡名昭彰、凶殘邪惡的衙門，當年有人把咱們明教喚作魔教，比起貴司的所作所為來，咱們可真該稱為聖教了。」

那魯烈並不動怒，只冷笑一聲，道：「明教弟兄十年前如何被毒害不關老夫的事，今日咱們是來誅殺重大欽犯，方老兄既然亮出了身分，就請便吧！」

言下頗有就此罷手的意思，以方冀落單的形勢而言，似乎是個脫身的好機會，豈料他哼了一聲，道：「十年前的事，錦衣衛脫不了關係。今日之事，老夫更是不能不管。」其實他心中清楚，今日既已現身，錦衣衛絕無放過自己之理，所謂「請便」，不過是欲擒故縱的老把戲罷了。

他眼前又浮現傅宅主人身首異處的慘狀，便朝著兩個錦衣衛錯掌凝神，冷冷地道：「兩個武林敗類，一齊上吧？」

只見他身形一變，雙掌翻飛而上，竟然同時攻向兩個對手。拍向魯烈胸前的一掌極其飄忽不定，掌中藏指，同時點向魯烈胸上三個要穴，而擊向馬札的一拳卻如六丁開山，發出噼啪之聲。

這種雙掌同時出招，所持內力卻完全不同的打法，實屬天下武林所罕見，乃是方冀畢生苦練而成的絕學，這時陡然施出，配合閃電般的身形步法，顯然有意與敵人一招見真章。兩個錦衣衛高手同時大驚而退。

方冀既得先機，疾如電光地再次出擊，這次左右互換，變成快掌飄向馬札而重拳擊向魯烈，只見他身如遊龍，左右不同力道的招式洶湧而出，時左時右，有時又變成雙掌皆飄忽不定，倏而又換為雙拳同時重擊。他一人連襲兩名高手，竟然一口氣攻出七七四十九招，對方除了全力招架，竟無還手的機會。

魯烈武功高強且見多識廣，但是像方冀這樣的打法，卻是從未見過。他一面出劍如風奮力招架，一面暗將內力提到十成，全部集中到執劍之臂，忽然倒踩陰陽步，暴吼一聲：「雙劍合流！」

只見他劍尖內力凝聚而吐，有如劍芒陡然疾射，發出嘶嘶之聲，劃了半個圓圈由圓心一破而出，正是全真劍法中的絕招「守柔抱剛」，魯烈這一招揮灑而劃，流暢而大氣凜凜，完全是一派宗師的風範。就在他破圓而出的一剎那，巧妙無比地正好迎上方冀雷霆萬鈞的一拳，只聽得一股低沉而震撼的聲音發自拳劍之風相接之處，方冀驚呼一聲，飛快地倒退三步，場中攻守之勢剎時翻轉過來！

馬札亦在同時揮劍配合側攻，凌厲的劍風吹得方冀衣袍亂飄。方冀一急之下，激起胸中一股豪氣，閃身橫跨，揮袖從完全不可預測的方位攻入馬札的內圈，雙掌結實地印在馬札原已受傷的右胸。

然而，就在馬札一聲驚吼的同時，魯烈的劍尖已在方冀左肩上削過，頓時血流如注。

方冀臨危不亂，他強忍傷痛，不退反進，乘勢一把將右胸兩度受掌的馬札手上長劍奪下。魯烈翻手一劍攻到，方冀就在奪劍的同一瞬間突然向後掠出，身形變化之快宛如鬼魅。他一面後掠，手中長劍已經向馬札疾擲而出，這一擲不但完全出人意表，而且劍上帶著方冀臨危而吐的全身內力，只見長劍挾著破空刺耳之聲，其勢銳不可當。

馬札號稱「可蘭神劍」，乃西土畏吾兒第一高手，半生身經百戰，卻從未見識過這等方寸之間性命相搏的凶險打法，對方冀擲來之劍萬無招架餘地，只能拚出全身功力，硬生生把身軀折為兩截，只求避過一劍。

此時魯烈一閃身，疾出手中長劍相救，只聽得鏘的一聲，兩劍相交，以魯烈的功力竟然擋不住方冀這奮力一擲，那擲出的長劍雖偏了一個角度，仍向下激射，插入馬札的左腿。

馬札十分強悍，拔出腿上長劍，彈身而起，然而就在他仰面彈起的一剎那，村落那邊的天空升起兩支火燄箭，帶著金黃的亮光，在天邊曳出流星般的光尾。他壓著嗓子道：「村中有變！」

魯烈不大相信地望著那示警的訊號箭，心想怎麼可能有變？轉身再看那方冀時，方冀竟已在十丈之外，正以優美無比的身形疾速逃走。

魯烈對馬札嘆道：「此人的武功與機智皆為平生僅見，出手時狠辣無情，撤退時絕不猶豫，他的鬼蝠虛步一旦先起步，咱們是追不上了。馬老弟，你的傷勢？」

馬札也嘆了口氣道：「不妨事，只是……咱們還是先回村裡去看看！」

魯烈不再答話，兩人展開輕功向村落奔去。

躲在林中的兩個孩子再也忍耐不住，手拉著手朝方老師逃走的方向快奔。兩人跑出樹林，那裡還有方老師的蹤影？

傅翔低聲道：「村子不能回，方老師也不見了，咱們怎麼辦？」

芫兒跑到一片雜樹後，忽然低聲叫道：「傅翔你來看，血！」

傅翔湊過去，蹲下來仔細察看，確是鮮血無疑，於是循血跡跑到小河邊，血跡卻沒有了。傅翔想了想，問道：「方老師涉水過河去了？」

芫兒道：「咱們快過河去找。」

兩個孩子經常在河中戲水，此時溪水不深，兩人很快就到了彼岸，沿著溪岸走了一陣，芫兒又發現了血跡。

兩人尋跡直入一座濃密的竹林，黑暗中似乎有一個人倒在竹叢裡，走近一看，不是方老師是誰？

只見方老師面如白紙，昏迷不醒，上身全是血跡，顯是傷口迸裂，失血過多而昏倒在此地。

芫兒哭出聲來，傅翔也不知所措，方老師肩上的傷口仍在流血，再不止血便有生命危險。芫兒哭道：「傅翔，你平日不是常跟老師替人看病療傷嗎？這會兒趕快想想辦法呀！」

一言提醒被驚嚇得有些傻了的傅翔，他喃喃自語：「我曾見夫子替人指穴止血，嗯，也不知管不管用……唉，只好拚著試一下。」

他回憶方老師所授的穴道及順序，然後深吸一口氣，運氣在方老師胸前和頸上重重指了六處，方老師肩上的流血竟然緩了下來。

傅翔大喜，抓起芫兒的衣袖就撕了一長幅。芫兒叫道：「幹什麼撕我衣服？」傅翔道：「對不住，要替方老師包紮！」芫兒一面搶過去替老師包紮，一面嗔道：「為什麼不撕你自己的衣袖？」傅翔道：「芫兒的衣袖比較乾淨。」

兩人手腳靈快，一面鬥嘴，已經將方老師傷口包紮妥貼，傅翔又在方老師人中穴施力捏了一下。方老師被他毛手毛腳地一陣施救，竟然悠悠醒了過來，他睜眼看到兩個孩子，不禁又驚又喜。

傅翔道：「方才我們躲在林中，看到老師和那兩個錦衣人相鬥……那兩人回村裡去了，咱們……」

鄭芫搶著說：「方夫子，你武功好厲害！」

方老師搖頭嘆道：「今日死裡逃生，村子那邊恐已全毀，錦衣衛是衝著傅家來的。傅翔，傅翔，你父母都已遇害了。」

傅翔見到那兩個錦衣衛時，心中已有些不祥的預感，但這時聞言，仍如晴天霹靂，整個人有如中邪般失去知覺，雙目瞪往前方，一動也不動，眼神漸漸發赤，模樣甚為嚇人。

鄭芫倒先哭出聲來，她一把抓住傅翔，在他耳邊哭喊道：「傅翔，你醒醒，你醒醒……」

方夫子勉力一指連點，落在傅翔「天突」與「膻中」穴上，然後在「氣舍」穴上輕輕揉捏，傅翔雙目淚如雨下，芫兒抱住他痛哭失聲。

方夫子見狀嘆了一口氣，從懷中掏出一個小瓷葫蘆，倒出三粒紅色小藥丸一口吞下，一手撫著鄭芫的頭髮，柔聲道：「芫兒，我讓妳娘躲了起來，希望她能躲過一劫。」

鄭芫停止哭泣，滿懷希望地望著方老師：「夫子，我們何時回村裡去？」

方夫子又嘆了口氣，道：「等天亮吧。你二人照我平日教你們打坐調息的方法休息一下，不要出聲。」說完他自己已盤膝坐定，雙目閉起，不再說話。

竹林中一下子靜了下來，過了一會，只聽見細長均勻的呼息聲此起彼落。又過了一個時辰，一道低沉的噓吁之聲漸漸響起，久久不絕，方夫子頂上的竹葉無風自動，竹枝咔咔亂響，這種異象足足維持了一炷香時光，才逐漸減弱，終於停止。

方夫子睜開雙眼，只見兩個孩子早已沒在打坐，四隻圓睜的大眼睛齊瞪著自己。他緩緩站起身來，走出濃密的竹林，天邊已漸漸露白，遠處火光已熄滅。他回首對兩個孩子道：「傅翔、鄭芫，隨我回村。」

∞

傅翔在燒毀的內宅找到了父親的無頭屍體，從殘餘未焦的衣飾可以辨認，更重要的是在屍身上找到了父親長年配戴的一塊綠玉，經過烈火焚燒，居然絲毫未損。

傅翔撫屍痛哭，然後又找到了母親的屍首，屍身並未完全燒焦，面孔依稀可認。傅翔忍淚在廢墟中走了一圈，除了斷樑焦木，四處焦屍，沒有找到一個活人。

方夫子攜著芫兒找到了鄭娘子藏身的枯井，這個院子大致維持原樣，未遭火損，也沒有打鬥的跡象，但是枯井上的官兵屍首已被移到林邊，蓋在井上的木板也被抛在一旁，井中空空如也，不見鄭家娘子的蹤跡。

方夫子拍拍芫兒道：「芫兒不要急，待我仔細瞧瞧。」

他仔細察看枯井，井內堆積了一兩尺深的枯枝枯葉，未見掙扎打鬥的痕跡，也沒有血跡。「看起來妳娘像是自己離開了，她能去那裡呢？」

芫兒眼尖，忽然尖聲叫道：「老師快看，井壁上有字！」

方夫子湊近一看，只見枯井壁上刻著「臨濟開元」四字。

方夫子見這四字分明是有人用手指在枯井壁上新刻而成，筆畫深達半吋，刻字者的指力實在深不可測。他雖一時無法解讀，但立刻做了一個樂觀的猜測：「芫兒莫慌，妳娘多半為這留字者救走了，咱們總要從『臨濟開元』四個字上找出線索，尋到妳娘。」

芫兒聽老師如此說，心中略安。就在此時，傅翔奔過來喊道：「村裡已沒有活人了，錦衣人也走得一人不剩。他們濫殺無辜，到底為何？」

方夫子沉思片刻道：「錦衣衛忽然全部撤退，和井中留字的高人出現可能有些關係。為師對『臨濟開元』四字已有一些想法，咱們先把傅翔父母的遺體葬了吧。」

三人動手草葬了傅翔父母，傅翔把父親的佩玉握在手中，再度忍不住淚流滿面，但這次他沒有嚎啕出聲，只是默默祝道：「爹娘在天之靈，佑我解出慘案之秘，助我殺死主謀惡人，為您們報仇。」

他默默祝禱了三遍，臉上表情愈顯堅毅，唸到最後，雙眼已不見淚水，亦不見憤怒，但見無比堅定的決心。方夫子仔細觀察他的神情變化，暗自點頭。

這時他心中忽然想到了一件事，不禁猛然一驚，道：「傅翔，難道你的祖父是……是傅友德？」

傅翔愣愣地看著方夫子，百般不解地道：「先祖是傅友仁，不是嗎？」

方夫子搖了搖頭，道：「不對。孩子，你的祖父乃是大將傅友德！」

鄭芫問道：「大將傅友德是誰？」

【第二回】傅帥班師

傅友德和藍玉在一座山巒的制高點停馬回眺，
只見五萬精銳組成的班師雄兵在山嵐中忽隱忽現，氣勢如虹，
兩人雖是身經百戰的大將，這時也不禁相視而笑，
豪氣中透出幾許自得。

滾滾紅塵，五萬大軍經過雲貴邊境，大將軍傅友德騎在一匹栗色駿馬上，仰首望著藍天白雲，心中無限的感慨有如波濤般洶湧。

兩年半前，穎川侯傅友德奉著南征大將軍之名，以大將藍玉和沐英為左右副將軍，帶領大軍三十萬經由貴州南征雲南，如今雲南故元的梁王已滅，大理、麗江已破，甚至金沙江兩岸土著皆已歸降。隨著軍事的勝利，他設立了布政司，因地隨俗，定賦興學，屯田開墾，滇民遠近悅服，這期間皇帝朱元璋親敕嘉獎達數十次之多。自得到朱元璋「卿等久勞於外，班師之期宜自審度」的敕令後，他和藍玉、沐英商議妥當，報准由沐英留守雲南，自己則與藍玉率精兵五萬班師回朝。

身旁一匹白馬上，坐著他的左副將軍永昌侯藍玉。藍玉可以說是他的親密戰友，十三年前就曾隨他一起遠征四川，那時一齊入川的另一支大軍是由湯和所率。征川大勝後，朱元璋嘉獎傅友德功勛第一，曾讓開國元勛老前輩湯和有點吃味。

傅友德對藍玉這樣名滿天下的勇將做自己的副手，著實感到十分有幸，他笑道：「藍老弟，咱們這一趟雲南之旅，在瘴癘中過了兩年多，雖然辛苦，但有你老弟的英勇善戰，一切竟是無比順利，皇上也高興得很咧。」

藍玉是個大嗓門，他哈哈大笑道：「大將軍是個常勝將軍，咱只要跟著你打仗，沒有打不贏的。下回大將軍再出征那兒，還要找咱做副手，我高興得緊。」

傅友德笑說：「行，行。」心裡卻在想：「藍玉天生將才，豈是久居副手的材料。藍玉啊，不久你就要獨當一面，建立屬於你的偉大功業了。」

班師大軍雖然不是陣前赴敵，仍然軍紀森嚴，五萬大軍除了偶然響起的馬嘶外，軍士之間可謂鴉雀無聲。傅友德的思緒隨著整齊的腳步聲起落。自己弱冠從軍，一生都在軍旅和戰場上度過，那些刻骨銘心、用血肉凝聚而成的往事，一一浮現在眼前。

傅友德憶起洪武五年北征時，他從甘肅打到蒙古，又從蒙古打回甘肅，打敗七個元軍大將，擊潰數萬元軍，五個月裡打得元軍只要聽說他的部隊來了就四處竄逃，直到他的部隊所虜獲的戰利品多到無法隨軍處理，才罷手班師。

七戰七勝。

那是他軍事生涯的巔峰，也是明軍多次北征中的經典之役。他記得徐達的兒子徐輝祖告訴他，徐達回京對朱元璋做此役的總結報告時，讚歎地說：「傅友德乃我朝之霍去病也。」從傅友德心中最欽佩的魏國公徐達口中，把自己比作史上最偉大的驃騎先鋒霍去病，這是他畢生最大的光榮。

傅友德想到這裡，眼前閃過徐輝祖的臉孔，這位徐達的長子自幼隨父親南征北討，頗有乃父之風，最難得是為人謙虛熱誠，在軍中極有人緣。傅友德想到班師返京後，少不得找他聚聚，好好喝上幾盅美酒。

這時身後傳來得得疾蹄之聲，一名傳令軍官趨近請示：「前面即將進入山區，恐怕沒有好幾天轉不出來，大軍是否直接進山？」

傅友德點了一下頭，藍玉大聲道：「直接入山，大軍在野人溪谷將歇。」

傳令軍官應了一聲，調馬頭傳令下去：「傳副帥令，大軍入山，直奔野人溪！」

大軍進入了重重山巒中，狹隘的山道寬處數馬並行，窄處就只能雙騎通過，五萬人的部隊綿延數十里，山路蜿蜒盤迴，部隊如長龍般見首不見尾。

傅友德和藍玉在一座山巒的制高點停馬回眺，只見五萬精銳組成的班師雄兵在山嵐中忽隱忽現，氣勢如虹，兩人雖是身經百戰的大將，這時也不禁相視而笑，豪氣中透出幾許自得。

然而在馬步軍尾，在兩位大將軍極目亦不能及的遠山後面，輜重部隊押著大軍補給及戰利品緩緩而行，監軍軍士押著一隊俘虜步行其間，這些俘虜繫以繩索，是要押送到南京去獻給皇帝的另一種戰利品。

傅友德和藍玉身處部隊的最前方，看不到這一落後的尾隊，當然也看不到在這批掙扎著緩緩前行的戰俘中，夾雜有一個少年，他姓馬，名和，十四歲，已經慘遭閹割。

∞

經過連月跋涉，班師大軍終於回到南京城外，天色已晚，傅友德下令大軍在城東南外秦淮河畔紮營，一面造飯休息，令軍官士兵整理清洗衣帽盔甲，一面保養兵械，準備明日以最精良的軍容進城，接受京城朝野的歡迎；同時早已急派先行將軍許超入城報備，請示入城細節。

晚飯後傅友德步出營帳，四月底的夜晚，南京城郊依然風涼如水，一眼看去，沿著秦淮河連營數十里，點點火光閃動，倒映在河水中搖曳如一條條光蛇，煞是壯觀。

傅友德凝望著遠方鍾山巍巍，雖說山勢有如蟠龍，但此時在夜空之下，倒像是好幾隻或臥或蹲的怪獸。

浴血戰場已經遠離，千山萬水也已行過，此時傅友德心中忽然起了無以形容的寂寞之感。這些年來他常年遠離家人，夫妻聚少離多，老妻雖然生有五個子女，但一家人享受天倫之樂的時光少之又少。自己數十年來南征北討，功勛愈高，威名愈大，反而不時興起不如歸隱的念頭，在這樣寂靜的夜裡，他忽然問自己一個問題：「這一條轟轟烈烈的功名之路，終點是什麼？」

想到「終點」兩個字，他忽地感到一陣悚然。

回顧當今皇帝朱元璋自前朝至正十二年加入郭子興起義開始，一路上英雄豪傑紛紛投入麾下，數十年來征戰四方，個個都成就了豐功偉業，也扶助朱元璋成了開國皇帝，但細數不少英雄豪傑的終結下場，卻令人感到心寒。有軍師之功的劉伯溫、元帥之勛的李文忠、國師之尊的宋濂，或賜死或獲罪；而朱元璋自登基元年就重用親軍檢校，緹騎密布，大臣生殺予奪常在錦衣特務一言之間，兩年前正式授名「錦衣親軍都指揮使司」，特權更是擴張，是時自己雖在雲南鏖兵，對錦衣衛的囂張仍時有耳聞，如震動天下的胡惟庸案追查數年之久，株連人數據說已經數千了。

傅友德想到十多年前夫妻倆決定將二子過繼給在野的弟弟傅友仁，固然是因為友仁無後，但是暗中也存有藏子於野、以防萬一的意思。這些年來，友仁攜子偶而逢年過節時進京相會，離京後隱居鄉野，讀書自娛。前年友仁傳訊，自己多了一個孫兒，那時他身在雲南，只能暗自感到安慰。

就在傅友德獨自感傷之時，親兵忽然跑來報告：「左都督徐將軍來訪，大帥何處見客？」

傅友德心中一喜，忙道：「快回帳升燈迎客。」

他的主帥帳較一般營帳大了三倍有餘，只見他快步回帳，親兵已將主帥燈在帳前升起。方才坐下，帳外一聲馬嘶，親兵牽了三匹馬到帳前停下，馬上三人躍了下來，親兵替為首一人掀帳請入，另外兩個隨從則候於帳外。

跨入大帳的將軍身長八尺有餘，相貌堂堂，一身輕便戰袍更襯得英武瀟灑。傅友德本人在軍中已是有名的美男子，這徐輝祖高大英俊，比起年輕時的傅先鋒竟是毫不遜色。

徐輝祖本名徐允恭，因避諱之故，皇上賜名輝祖。他進得帳來，納頭便拜道：「恭喜大將軍全勝歸來。」

傅友德一把抱住，喜道：「輝祖休要多禮，多日不見，可喜你還是瀟灑如昔。魏國公可安好？快請坐下奉茶。」

傅友德問的是右丞相魏國公徐達。徐輝祖面現憂色，抱拳道：「父親身體欠和已有一陣子了，他仍每日關心軍國大事，前時聞得傅帥大勝消息，心情好了一陣，最近卻飲食大減，消瘦不少。」

傅友德呵了一聲，心中暗覺不祥，連忙道：「明日進城便要拜見。輝祖夜來，可是有事相告？」

徐輝祖喝了一口茶，壓低了聲音道：「不錯。大將軍在外兩年多，可曾聞道胡案的近況？」

傅友德心中一沉，暗道：「果然是這事。」他搖了搖頭，道：「雖有耳聞，願知其詳。」徐輝祖輕嘆一口氣，湊近將胡惟庸案的詳情細細相告，然後做結論道：「丞相胡惟庸案發伏誅至今已四年，牽連人數愈來愈多，最近更牽出很多冤枉的人。兩年前錦衣衛正式建制以來，自設審堂和監獄，很多人根本沒有審過就直接砍了。殺了胡惟庸後，皇上廢了丞相，目前大臣們人人自危，但沒有人敢講話。」

傅友德瞭解胡案起因是派系之鬥，皇帝正好利用其鬥，把看不順眼的兩方黨羽一網打盡。是以新建制的錦衣衛雖然行事乖張，動輒逮捕、刑求、處死大臣，朱元璋卻是充耳不聞，任由錦衣衛胡作非為。

徐輝祖雖有個貴為魏國公右丞的顯赫父親，對錦衣衛軍早就極度不滿，但父親年邁體弱，不復當年之豪勇，屢次勸輝祖忍耐。徐輝祖想到重病的父親，不禁又是長嘆一聲，道：

「兩年前皇后崩，更無人可勸阻皇上濫殺無辜了。」

傅友德知道馬皇后的懿德，大都督李文忠、國師宋濂都是靠馬皇后跪求皇帝才得保住性命，若說朱元璋還聽一人的話，那人就是對他一生恩情深重的皇后；馬皇后崩於洪武十五年。

徐輝祖接著道：「現下朝中大臣把希望都寄在太子身上。太子飽讀詩書，聰慧仁義，只有他還可以勸諫父皇，但是對於胡惟庸這麼複雜詭譎的案子，似也無能為力。傅帥，您這次大勝回朝，成為各方拉攏對象，千萬謹慎以對……」

傅友德正要打聽一下細節，帳外卻傳來藍玉的大嗓門：「輝祖老弟連夜來看咱們，真夠義氣咧。」

親兵搶著進來報告：「藍副帥到……」藍玉已經大步跨進帳來。徐輝祖連忙起身拜倒，藍玉抱拳道：「免禮，免禮。老弟別來無恙？」

寒暄畢，藍玉先向傅友德報告：「許超回報，明日進城大事的程序已定。大帥率一千親騎，明早卯時從正陽門入城，在紫禁城午門前候旨，另四千精兵在聚寶門外齊集。大帥見駕領旨後，到聚寶門率部隊入城接受民眾歡迎，正午時進駐小校場。其餘部隊留在城外待命，所有入城官兵一律不得攜帶武器。」

傅友德問道：「午門前何人頒旨？」

藍玉正色拱手道：「賀喜大將軍，午門前皇上特派太子親自頒旨，以示對傅帥及得勝大軍之重視。」

傅友德起身抱拳，恭聲道：「皇上恩寵，我全軍上下無不銘感。」

三人坐下，親兵重新奉茶，談了些雲南戰役的事，徐輝祖即起身告辭，互道明日宮外相見。藍玉代送客人出帳。

徐輝祖離去後，主帥帳外大燈降下，不久，帳後忽然冒出一條人影，藉著陰影和地形掩護，飛快地朝河岸方向奔去，幾個起落就沒入黑暗之中。

這人輕功了得，很快奔到數里外秦淮河邊的一片林子裡，只見一棵柳樹下繫著一匹黑馬，他飛身上馬，快馬加鞭地沿河朝京師急馳而去。

馬到城牆外護城河邊，立刻有人引他從「通濟門」進入城內，他毫不猶疑地策馬馳向紫禁城外一長列氣派非凡的衙門，然後停在一幢宏大的建築物前，那幢官衙在黑夜中燈火通明，顯得相當不尋常。他下馬上階，抬頭只見斗大的十一個字在燈籠的微光下依稀可辨：「京城錦衣親軍都指揮使司」。

∞

班師報捷，進爵授賞，恭請旨意，然後遊街接受京城百姓夾道歡呼，一切儀式照著預定章程順利進行。皇上頒賜了金銀獎賞全軍，正副統帥更是賞賜豐榮。主帥傅友德終於封公了，從「穎川侯」加晉為「穎國公」，這是開國以來第六位封公的大將。

皇帝詔書對傅友德封公的頌辭中，說他「平甘肅、定四川、取貴州、下雲南」，十二個字從太子朱標的口中唸出，道盡了傅帥的半生功蹟，而半文半白的語體，正是草莽出身的朱元璋傳神的口氣。

傅友德當時幾乎落下熱淚，自己出生入死建立的功業，皇上恰如其分地肯定於文書史冊，這些日子以來對皇上、對時局的一些憂心與疑慮也隨之大減，豪勇意氣又充滿了他的英雄胸懷。

午後稍憩，他偕藍玉一同到魏國公府，探望臥病中的老長官丞相徐達。出迎接待的正是徐達的長子徐輝祖。

徐輝祖在前廳肅客後，低聲道：「太子微服來探家父病情，此刻正在內廳談話。兩位請。」

他把兩人引到內廳外的客房中坐下，丫鬟奉茶畢，便有一個著烏衣的侍者進來對徐輝祖道：「主人吩咐快請兩位將軍入內，不需迴避。」這人的嗓音尖如婦人，倒似是個太監。

徐輝祖拱手道：「秦公見過兩位將軍。」傅藍兩人知道「秦公」必是隨侍太子微服出宮的太監，便拱手稱謝，隨著徐輝祖進入內廳。

廳前天井中種了好些牡丹，此時正值盛開，朵朵碩大色郁，雍容雅麗，經過時只覺清香撲鼻，確是名種。廳門邊放置了十多盆海棠，卻是有一些綠肥紅瘦了。

內廳布置得十分樸素，一對主客太師椅上，坐著的正是當今太子朱標，和帶病猶堅持坐起待客的前丞相徐達。傅友德和藍玉雙雙拜倒在地：「殿下、魏國公在上，末將有禮。」

徐達鬚髮俱已斑白，比起前次跟傅藍兩人見面時消瘦不少，也因此看上去老了不少，他一面拱手，一面道：「賀喜兩位征南大功告成，快快請起，殿下方才還說請兩位免禮，一起聊聊……」

他看了太子一眼，朱標微笑點首，道：「正是，正是。兩位將軍快請坐下說話。」

兩位將軍坐定，太子道：「兩位此次為國立下大功，不知對我大明西南疆域未來的局勢有何看法？」

兩人對望一眼，仍由傅友德回話道：「回殿下，雲南情形除今日午前在宮中向皇上稟報之大者外，對於當地複雜的民情尤需關注。皇上命沐英留守雲南實為英明之計，以數十萬大軍留滇屯田，不僅可以開發不毛，假以時日，商旅漸頻，內地移民漸增，將可使雲南增墾良田百萬畝，每年增產可觀之白銀白錫，可以永保我大明西南江山太平無亂。唯有一事須得特別留意……」

朱標聽得極認真，問道：「何事？」

傅友德恭聲回答：「滇疆多高山，各類夷人種族繁多，風俗傳統各異，雖可教化，然各族特有之民風人文須得予以尊重，方可長久和諧相處，所謂相敬則相容。」

朱標讚道：「說得好，穎國公只此一席話，便可出將入相了。希望沐英也懂得此番道理。」

徐達覺得太子如此說，略有一些敏感，他咳了一聲，喝一口熱茶，岔題道：「當然，當然，友德是當朝第一勇將，用兵如迅雷不及掩耳，常遇春之後，友德足可繼之。」

他轉向傅友德，道：「還記得鄱陽湖之戰，你負傷不退，駕小艇死咬住陳友諒部下的大船猛打，最後反而是大船上的敵人棄船逃走，哈哈，算來該有二十年了吧？」

傅友德躬身道：「那是前朝至正二十三年的事，整整二十一年了，友德那時正棄暗投明，得徐大帥提攜教導，敢不奮勇殺敵？」

太子朱標撫掌笑道：「好，好，好，都是我大明的開國大將。藍玉，你也立了大功呵。」

藍玉和太子有戚誼的關係，只是此刻不便與太子敘家常。四人又談了一會，太子對西南邊情十分關注，提了不少問題，傅藍兩人一一回答。太子似乎談興甚濃，忘了徐達抱病陪在那裡，其實不宜久坐，傅友德甚感不安。

就在這時，先前那隨侍太子的秦公和徐輝祖一同進來報道：「燕王與王妃駕到。」

傅藍二人連迴避都來不及，年輕的燕王朱棣已經大步直驅而入，他身後跟著雍容華麗的燕王妃，正是徐達的女兒，徐輝祖的大妹。

朱棣爽朗的聲音響起：「呵，太子哥哥也在，兩位得勝班師回朝的大將也在。丞相泰山，您好大的面子呵！」

當時皇帝已廢丞相，朱棣讀書不多，他稱呼徐達「丞相泰山」，似乎不甚妥適，但卻也別出心裁，徐達蠟黃的臉上綻出一絲笑容。

燕王妃一進門就看到父親消瘦蒼老了許多，其實父親才不過五十二歲，不該如此龍鍾，她雖激動，但仍強忍住淚水，先向太子行禮，又向傅藍二人致意，然後走到父親身旁，握住他瘦削的手臂，眼淚終於忍不住流下來道：「爹，您瘦了。」

徐達甚是鍾愛這個女兒，他看女兒出落得容光煥發，比做閨女時更加美麗成熟，不禁開懷笑道：「女兒，妳胖了。」

大家都笑了，一時氣氛融洽，傅藍二人正好告辭，兩人伏拜在地，對徐達說：「魏國公乃國之支柱，我大明國勢正隆，天必佑之。望我公好生調養，早占勿藥，是國之大幸也。」

徐達乃明朝開國第一功臣，滿朝文武無不對他尊敬有加，可憐他大半生在戰場上浴血征戰，數十年不得休養，如今落得老病在身，傅藍兩個老部屬都是強忍淚水，再拜而起。

兩人又向太子及燕王行禮告辭，正要走出房門，朱棣忽然叫住：「友德，我王府中庶務雜事愈來愈多，想要加個能幹的太監在後府幫忙管事，聽說你從雲南帶回一批出自世家、見過世面的小閹人，能不能讓我選一個帶回北平去？」

元明之際，邊境用兵多有閹割俘虜幼童的暴行習慣，尤其是敵方大族的後裔，常遭這種慘劫。

傅友德一怔，隨即答道：「這事，我來處理。」

暫駐在城外的大軍是夜接受了御賜晚宴，大軍依所屬各營聚餐，美食美酒，吆喝嘻鬧不禁，每個人都為自己征戰生還感到無比興奮，兩年多的浴血拚戰，滿腔的恐懼、悲憤、勇氣、狂喜……都在此夜傾瀉而出。

∞

在此同時，皇宮裡的一間密室燈火通明，皇帝朱元璋換了件輕鬆的便袍，斜靠在雕龍長椅上，他的對面跪著一個錦衣烏帽的官員。朱元璋揮了揮手，指著一旁的錦凳道：「毛驤，坐下說話。」

那錦衣官員磕了一個頭，起身謝坐，燈光下只見他長得皮膚白淨，雙眉濃黑，目光炯炯有神，頷下短鬚也是又黑又濃，整張臉黑白分明，倒像是台上唱戲所扮的官員，令人有不自然的感覺。

毛驤從懷中掏出一個手卷，打開來唸道：「啟稟皇上，穎國公傅友德及永昌侯藍玉班師回朝，抵達京城郊外當晚，錦衣衛查得左都督徐輝祖訪傅友德，在傅帥帳中談了大半個時辰，後來藍玉也來帳中談進城謁皇的章程……」

朱元璋打斷道：「他們密談了些什麼？」

毛驤恭聲答道：「臣的下屬輕功了得，又著了軍士服帽，冒險貼近大營，聽到一些，主要是談胡惟庸案。」

朱元璋哼了一聲：「徐輝祖有什麼不滿的言辭？」

毛驤道：「據手下回報，彼等壓低聲音交談，很多地方聽不真切，不過徐輝祖似乎主要是向傅帥報告胡案這兩年來的發展細節，倒沒聽到有什麼批評……對了，他們曾提到皇后和太子……」

朱元璋雙目一抬，精光直逼毛驤，冷冷地道：「提到皇后和太子什麼？」

毛驤得皇帝親信，任命為錦衣衛都指揮使，統率全國錦衣衛指揮使及官兵，儘管權傾天下，經常如這般單獨跟皇帝密報，但每次皇帝目光射向自己，都會感到不寒而慄。他謹慎地回答：「他們好像是讚佩皇后及太子的仁慈，常常勸阻陛下興殺。」

朱元璋臉色稍霽，馬皇后和太子標是他畢生最摯愛的兩人，說他們仁慈，雖有對比自己凶殘之嫌，但他卻絲毫不以為忤，反而覺得自己殺遍天下，卻能得仁義孝慈的馬皇后和朱標為妻子、為儲君，實是上天賜給自己的恩典。倘若毛驤自作聰明，報告一些毀謗皇后、太子的言語，他就要惹怒朱元璋了。

朱元璋點了點頭，道：「還有其他的嗎？」

毛驤繼續報告：「今日傅、藍二位將軍謁聖請旨後，下午連袂到了魏國公府，去探望徐丞相的病情……」

朱元璋嗯了一聲，毛驤小心翼翼地續道：「當時太子也在場。」

他抬眼飛快地看了一眼皇帝的臉色，放低聲音：「後來燕王及王妃也到了。」

朱元璋聽到太子和燕王都出現在魏國公府，他的反應倒是未如毛驤所料，只是淡然地微微一笑，沒有任何進一步的追問。他心中忖道：「徐達身兼太子太傅，平日對太子頗多教導，標兒去探望一下也是應該。棣兒的王妃千里迢迢來京，當然急著探望得病的老父，倒是棣兒鬧著要一同前來，絕不會只是為了要探望徐達。明日他要見朕，只怕還是和北方軍情有關。」

他點點頭，問毛驤：「就這樣？還有沒有要報的？」

毛驤原以為最後有關太子和燕王的消息一定會引起皇帝的興趣，沒想到皇帝全無反應，回道：「臣稟報完畢，沒有了。」心中竟是有些失落。

朱元璋卻主動問道：「有關『明教』那件事的善後，辦得如何了？」

原來「明教」又稱「摩尼教」，源自古波斯祆教，崇尚光明，唐朝時傳入中土，回紇曾奉為國教。後來摩尼教遭禁，轉入地下，與其他中土宗教結合，歷代不絕，常成為基層人民起義造反的組織。

元末各地方軍紛紛起義，明教扮演重要角色，朱元璋少年時在皇覺寺出家，爾後投入起義行列，他最初加入郭子興的紅巾軍，稍後尊奉韓山童，都與明教有很深的關係，他本人也曾加入過明教。元至正二十八年朱元璋稱帝，國號「大明」，就有源自「明教」的說法。

明教雖與朱元璋的起義軍並肩作戰，立下功勞，但教中首領多為武林高手，對推翻元朝義無反顧，對治國大業卻無心參與，然而朱元璋深知明教的高人武功深不可測，對這些身懷絕技的昔日戰友總是又疑又懼，始終不能放心。

洪武十七年，朱元璋得知明教教主、護法、天王、軍師、散人等首腦人物將聚於湖北神農架頂崖的明教聖地，舉行五年一次的光明大祭典，於是傳話，將派信國公湯和及鄂國公常茂奉御賜寶物前往祝賀，以示不忘布衣時的老戰友。

湯和是朱元璋的少年好友，朱元璋加入郭子興紅巾軍乃是湯和所引薦，常茂為常遇春之子，兩人多年來與明教中的重要人物交往熟識，在抗元戰場上更是互相支援，有深厚的交情。明教諸首領聽聞這兩人要上神農架，自然極表歡迎。

只是沒有人料到，朱元璋藉這兩人之手送上了致命的「御賜寶物」，毒殺了昔日的親密戰友。

這時朱元璋突然問到「明教那件事」，毛驤肅然回道：「二月中，臣等親隨信國公、鄂國公，護送御賜金牌及五十年窖藏名酒，上神農架明教聖地。以信國公與皇上之淵源，代表皇上賜封賜賞，加以常遇春當年對明教之恩義，明教諸首領自然感恩而無疑慮，會後痛飲『名酒』，甚是歡喜，順利將在場諸高手一網打盡。僅有軍師方冀一人，因赴西疆辦事不及趕回赴會，竟得逃脫一死，臣已派人嚴查此人下落……」

朱元璋雙目一張，打斷毛驤的話：「這些事湯和、常茂都已報告過了，朕是問你『善後』之事辦得如何？」

毛驤回道：「方冀的下落尚未查得，料想明教與波斯國淵源深厚，此人有可能逃亡到回疆去躲避偵查，臣已暗令全國錦衣衛密查中。」

朱元璋沉思了一會，忽然問道：「朕賜的十枚金牌呢？」

毛驤一怔，答道：「湯將軍說君無戲言，既然是御賜的，當然屬於受賜之人，因此九枚金牌皆隨明教各首領埋葬了，只有賜給軍師的一枚帶了回來，現存錦衣衛……」

朱元璋點點頭道：「湯和處置得宜，御賜的金牌當然要接，御賜的美酒當然要飲。剩下的一枚金牌，等你們找到方冀再賜給他吧。」

毛驤恭聲稱是，心中卻是暗生寒意，因為他立時想到那枚金牌的正面是兩條蟠龍，反面則鑄著兩個字：「免死」。

∞

燕王朱棣南下進京，向朱元璋詳細報告了北方的軍情，許多機密訊息即使用密件傳遞亦不放心，能夠面對面向皇上報告，是最佳的機會。

朱元璋對這個不愛讀書、只愛帶兵打仗的四子相當鍾愛，朱棣的個性與作風都有自己的影子，他把朱棣封在「燕」，主要是希望朱棣能挑起北方疆域守護之功，甚至開疆闢土的重責大任。

在朱元璋的心目中，他很瞭解從馬上得來的天下，不能再只靠橫刀躍馬來治理，所以他很早就選擇了聰明仁慈、飽讀詩書的長子朱標為皇太子。洪武十年，朱標二十三歲，朱元璋就把許多國事交給朱標處理，讓他熟悉政務。但是文治之外，武功也極重要。元朝皇帝被趕出大都後，殘餘武力仍然相當龐大，這些征伐工作除了交給開國大將外，他也積極培養親王的作戰力量，其中主力就落在以燕王和寧王為首的封北諸王手中。

雲南既平，朱元璋便將傅友德、藍玉再次調去北方，希望他們能協助燕王、寧王、晉王等訓練軍隊，準備好輜重補給，設定好作戰策略，好好將殘餘元軍徹底消滅。

洪武二十一年，藍玉終於拜將了。

藍玉率十五萬大軍追敵到捕魚兒海（蒙古的貝爾湖），大破元軍，俘獲了北元的太子、皇妃、玉璽、無數士兵牛羊，徹底打垮「北元」兵力，從此北元一蹶不振。

在「捕魚兒海」邊，天蒼蒼，野茫茫，藍玉仰天高呼壯志未酬的姐夫常遇春的字：「伯仁，終於掃平了，沒辜負這一輩子！」

隨著他的呼聲，狂風驟起，捲起漫天黃沙滾滾而至，對面人馬不見，天地似乎在為他增威。

∞

藍玉終於也封涼國公了。然而他畢竟是個粗人，立了大功後，做了太多可以讓朱元璋對他動手的錯事，他卻仍渾然不覺，總以為自己立了不世功勞，擁有免死鐵劵，相信朱元璋不會拿他怎麼樣。

傅友德漸漸感受到愈來愈嚴重的不安，這段期間他仍然戎馬倥傯：北征沙漠，駐大寧城拒敵，又轉戰雲南平亂，直到洪武二十三年，參與了第七次北征。

這一次北伐他再獲全勝，生擒元將乃兒不花，但是這次的功勞都記在燕王朱棣及晉王朱棡頭上，傅友德以穎國公之尊出征，只能做個副將。

傅友德從來不爭功，何況朱棣、朱棡是皇親國戚，此情反而讓他警惕到兵權的微妙轉移。開國大將們或死或罷，剩下的也開始衰老，皇帝刻意把兵權漸漸從國公大將軍們的手中，轉移到皇子親王的手上，傅友德在得勝回京的途中，騎在馬背上，想得很多，也想得很深。

「這是擋不住的大勢，如果硬挺不放，必將得禍。」

他想起洪武十七年自己從雲南班師回朝，碰見從湖北神農架執行特別任務回京的信國公湯和。湯和平日極是和氣善談，那次見面卻變得沉默寡言、心事重重。第二年，湯和忽然辭去所有軍務實權，稱公享福去了。當時自己有些不解，現在想起來，似乎有些明白了。

「信國公真是深知皇上的心啊！」

他又想到幾年來胡惟庸案的牽連似乎永無止時。前不久，京城傳來消息，機智超人、老謀深算的左相韓國公李善長，終於也被牽入胡案而被殺。

「韓國公可是個文人呀，他是開國封公的第一人。唉，韓國公一生謹慎多謀，在我朝草創之初，獻策定計，立了許多大功，在朝廷中也建立起龐大的勢力，最後還是難逃一死。」

他又想到另一件可悲復可笑的事——

這人是錦衣衛都指揮使毛驤。在這些年胡案的連株行動中，毛驤和他指揮的錦衣衛實在扮演了極為重要的助紂為虐的角色，然而去年底胡案的發展，令傅友德感到不可思議，毛驤本人竟也被牽入胡案丟了命。

聽人說，咬毛驤的背後指使者是蔣瓛，而蔣瓛就繼毛驤之位，成為錦衣衛的首領。

隨著得得蹄聲，傅友德為思路做了個終結：「我該好好勸勸藍玉，他已處於危境而不知檢點！」

∞

洪武二十五年，朱元璋一手培養的繼位人皇太子朱標竟然病死，先朱元璋而去了。白髮人送黑髮人，朱元璋雖然豪雄一世，也經不起這個打擊，痛哭傷心欲絕。

這是他成年以來第二次痛哭；第一次是十年前哭馬皇后崩。十年前那一次純是感情上的不捨，這一次除了情何以堪外，還牽涉到大明江山傳位安排的大事，痛苦中夾雜著重重煩憂。

傅友德仔細留意大局的發展，如他所猜想，朱元璋跳過了幾位能幹而有實力的兒子親王，直接選擇了朱標的兒子，皇太孫朱允炆。

朱允炆頗有乃父之風，仁慈而有學識，但是他沒有朱標以太子身分參與國政的經驗，也沒有他父親身經大風大浪甚至血腥鬥爭的歷練，朱元璋既然決定傳位於他，而自己的身體精力也大不如前，就要為他掃除未來可能會喧賓奪主的驕兵悍將，而且步伐必須加快了。

只有藍玉仍未體察到大局的改變給他帶來的危機。他的姻戚兼好友，太子朱標之死，使他少了一個強而有力的守護神，而時間的壓迫感，使得朱元璋在第二年就發動了整肅。

錦衣衛首領蔣瓛突然舉發藍玉謀反，以迅雷不及掩耳的手段逮捕了涼國公藍玉，於是一場史上最血腥的「藍玉案」就此展開。

藍玉案株連處死了一個公爵、十三個侯爵、兩個伯爵，以及一萬多名各級官員，只一年的工夫，洪武開國以來的有功將領幾乎全部處死殆盡，於是，朱元璋以為他達到了確保皇太孫順利繼位的目的。

藍玉案讓傅友德感到極端的憤怒，也徹底的絕望了；這個曾經以自己的鮮血、生命奮戰建立的王朝，不過短短的二十幾年，就變成了血腥、陰毒、恐怖的屠宰場，他決心離開，遠遠地離開，永遠不要再回到這個傷心的京城。

然而就在傅友德暗自計畫離開的時候，朱元璋忽然大宴百官，這個動作似乎暗示著從胡惟庸案到藍玉案的恐怖日子要告一段落了。文武百官私下紛紛議論，覺得悲慘的為宦生涯出現了一線曙光。

三年多以前就職的錦衣衛新首領蔣瓛是個神秘人物，沒有人知道他從那裡找了許多江湖豪士及武林高手，進入錦衣衛任職。傅友德的計畫首先就要嚴防這些武功高強的偵騎，不能引起他們的懷疑，他連在宮中當侍衛的兒子傅讓都瞞著。

藍玉被殺，自有其咎由自取的部分理由，但一年來的株連濫殺，確使傅友德的情緒近於崩潰，被牽連誅殺的十幾個侯爵伯爵中，有好幾個是戰場上多年的親密戰友，傅友德對他們的忠誠及為人有絕對的信心，卻被錦衣衛草率處置，極其粗暴地補殺了。想到這裡，傅友德不禁覺得與其如此屈辱而死，不如當年大夥兒戰死沙場，英名長留青史。

傅友德的兒子傅忠娶了壽春公主，女兒嫁給了晉王世子朱濟，但他深知這些姻親關係都不足恃。當天晚上他遣親信召傅忠來府，把自己打算辭官的計畫告訴兒子，囑咐他，父親遠離後，他們兄弟兩人在京要小心處事，千萬以藍玉為戒。

次日的文武百官盛宴中，朱元璋談興甚濃，對胡案發生以來，十多年的恐怖統治若無其事，頻頻與碩果僅存的幾位老臣話舊，完全看不出一場驚天動地的大戲即將上演。

朱元璋的目光落到傅友德臉上，他注視了一番，問道：「友德近日何寡言？」

傅友德恭聲回道：「臣日前有疾，喑啞難言。」

皇帝呵了一聲，對身後的太監道：「宴後即令太醫給穎國公處方送藥。」

傅友德不知為何，一聽到「處方送藥」四字忽然一驚，連忙拜道：「不勞太醫，臣之喑啞病在心中……」

此話一出，他已驚覺不對，果然朱元璋臉色一沉，陰聲道：「穎國公心中有何病，不妨說出來聽聽。」

傅友德忍了又忍，終於忍不住嘆了一口長氣，衝口道：「皇上猶記昔年並肩作戰的夥伴歡飲一堂之樂否？今日臣四顧淒然，昔日戰將、大臣大多遭罪身死，心中感覺實有如重疾纏身，是以無言。」

朱元璋的臉色倏地更沉了，就在此時，一名錦衣衛走了過來，在皇帝耳邊說了一句話，然後退開。朱元璋隨即用一種奇怪的眼光瞪著傅友德，一字一字地道：「傅友德，適才據密報，御前侍衛傅讓未按規定佩刀，居然佩劍無囊，是不是想隨時拔劍，有何目的？」

傅友德腦中轟然一聲，暗叫：「終於來了！」

他立刻匍匐在地，懇求道：「傅讓該死，臣這就去教訓他，請皇上恕罪。」

朱元璋臉上閃過一絲陰惻惻的表情，冷笑道：「連你也說他該死，就由你處置吧。」

傅友德一怔，不知如何回答。就在此時，兩名錦衣衛匆匆走了進來，前面一人正是當今錦衣衛的首席指揮使蔣瓛，他上前跪下報告：「御前侍衛傅讓，解囊佩刀在前，抗拒捕拿於後，臣已將之正法！」

只見他身後另一名錦衣衛跟著跪下，手中捧著一個木匣，匣中放著一顆血淋淋的人頭，鬢髮不亂，雙目不閉，正是傅友德的兒子傅讓。

滿堂文武百官都被這驚心動魄的一幕嚇呆了，傅友德腦中一片空白，眼前一陣昏黑，胸中那一腔熱血，那曾經灑在鄱陽湖上的熱血，那曾經隨他征戰漠北、川甘、雲貴沙場的熱血，此刻在他胸中洶湧、奔騰，終於哇的一聲，噴了出來。

傅友德匍匐跪行到第二名錦衣衛前，雙目注視著兒子的頭顱，一言不發，流下兩行老淚。接著他忽然一躍而起，手中已多了一柄短劍，原來他乘著躍身而起的一瞬間，伸手將那名錦衣衛腰間的短劍拔了出來；傅友德雖然已到了花甲之齡，然而他一生練武，身手依然矯捷無比，這一起身拔劍，大出那錦衣衛的意料，他伸手疾抓，已然不及。

朱元璋大驚退後，蔣瓛暴吼一聲：「傅友德，你敢犯上！」唰的一聲抽出長劍。

卻見傅友德仰天大笑，雙目盡赤，他沙啞的聲音震撼全場：「皇上休驚，也不必羅織什麼陰謀造反的理由，你不過就是要我父子的人頭罷了！拿去吧！」

他猛一翻手，只見一道劍光閃爍，傅友德已自刎倒下，血濺五步，灑在蔣瓛的臉上，也灑在朱元璋的龍袍上。

一時之間全場鴉雀無聲。朱元璋自胡案、藍案以來，收拾開國的持功大將可以說得心應手，想殺誰就按上一個死罪的罪名，然而此刻，在文武百官眾目睽睽之下，他被傅友德用百戰將軍的尊嚴和鮮血徹底打敗了。

「皇上休驚，也不必羅織什麼陰謀造反的理由，你不過就是要我父子的人頭罷了！」

「拿去吧！」

傅友德悲壯的聲音似乎在大堂中凝而不散，裊裊不絕，眾人噤聲，只忽然聽得皇帝狂怒的聲音道：「拖出去！散席回宮！」

【第三回】

摩尼草庵

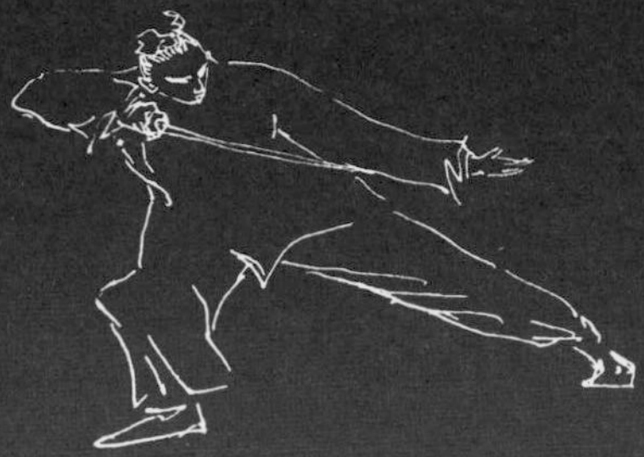

一束陽光隨著東方日出，斜射在殘破的匾額上，剎時之間光明大放，竟把那「摩尼草庵」四個字照得毫微畢現，龍飛鳳舞。

傅翔吃了一驚，不自覺地雙掌合十，忽聽得師父在身後低聲道：

「我祖摩尼，再現光明！我祖摩尼，再現光明！」

離開盧村前，方夫子將枯井中堆積兩尺深的枯葉和樹枝移出井外，然後在井底掘出一個皮囊，他小心地打開皮囊檢視，囊中包著兩本冊子及一卷畫卷，他點了點頭，將皮囊藏在懷中，一躍而出。

兩個孩子守在井旁，方夫子一手牽一個，低聲道：「這裡不能待了，咱們走吧。」

晨曦中，三人沿著小河向東而行。

正午時，三人在林中小憩，傅翔從昨晚到現在都未進食，肚子餓得咕咕地叫，只好強行忍住。三人在樹蔭下坐定，傅翔拿出一個葫蘆道：「待我去河邊取些清水。」

只見鄭芫從背上的布包中不慌不忙地拿出十多個饅頭，原來鄭芫心細，百忙中把家中灶上蒸籠裡的一籠饅頭帶了。傅翔大為稱讚：「芫兒就是聰明，想得周到。」

鄭芫笑了笑道：「傅翔怕是真餓了，才會誇我。」

方夫子見這兩個孩子雖然身遭巨變，卻是處變而不慌亂，加以畢竟還是十一、二歲的孩子，真正的傷痛還沒有開始。他不禁暗自嘆息，自己從少年時闖蕩江湖，刀光劍影中過了半生，從無家人的牽掛，這時竟然有一種感覺，好像自己的命運已經和這兩個孩子連結在一起了。

他身上傷口不淺，也不宜過度勞累，吃了一個饅頭，喝了兩口清水，又服了三粒傷藥，就在樹蔭下閉目運氣，恢復精神。

兩個孩子呆望著對方，一靜下來，昨夜的情景一幕幕地又浮現眼前。兩人的眼神中一會兒出現恐懼，一會兒出現憤怒，最後流露出來的是無比的哀傷。

鄭芫流下熱淚，低聲道：「傅翔，你要堅強，我們一定能撐過去。」

傅翔堅定地點了點頭，沒有回答，只緊緊地握了握鄭芫的小手。

過了一陣，鄭芫忽然悄聲道：「傅翔，昨晚我們不是釣魚嗎？」

傅翔一怔，道：「怎麼？」

鄭芫道：「我包袱裡帶了針線，咱們可以再做兩根釣魚竿，你若有本事釣幾條魚兒，晚上咱們吃烤魚。」

傅翔只道她是在拿些話題岔開自己的悲情，那曉得鄭芫當真從背包中拿出長針和粗線來，丟給傅翔道：「你來做魚鉤，我去找竹竿。」

這時方夫子睜開雙眼，看著兩個孩子忙著做釣魚工具，不禁莞然，忖道：「這兩個孩子資質之佳實屬罕見，如能逃得此難，我定要把他們教成文武雙全的頂尖人物，也許……」

他心中閃過一個復興明教的念頭，本來若要想復振明教的力量和聲勢，一定要有傑出的年輕領袖，而這兩個孩子倒是最佳的人選。但是世事難以預料，方夫子想到未來可能遭遇的種種困難及變化，便沒有再想下去了。

兩個孩子弄好了兩枝魚竿，轉頭見方夫子正望著他們，幾乎齊聲道：「夫子打坐好了？」

方夫子點首道：「咱們再趕一程路吧。」

傅翔道：「夫子，您說那枯井的內壁上刻著『臨濟開元』四字，您要從這四個字裡找到鄭媽媽的下落？」

方夫子道：「不錯。如果為師猜得不錯，這『臨濟』兩字原是佛門禪宗的一支宗派，喚作『臨濟宗』；那麼『開元』，應該就是開元寺了。」

方夫子拿起葫蘆喝了一口水，繼續解釋道：「開元之為寺名，始自唐朝玄宗開元年間，歷年戰亂造成天下生靈塗炭，唐玄宗就用自己的年號『開元』，在戰火最嚴重的幾處興建寺廟，名為『開元寺』，以水陸法會超渡亡魂，是以中土各地大大小小至少也有十幾座開元寺……」

鄭芫聽到這裡，低聲問道：「那麼咱們怎知所指的是那一座開元寺呢？」

方夫子微笑道：「當今天下開元寺中，有臨濟宗主持的，應以福建泉州開元寺最具盛名。為師久聞其住持方丈天慈禪師，乃是元末少林高僧菩賢大師的嫡傳子弟，佛法修為極高，再從那枯井石壁上以手指刻下的四個字看來，其武功造詣也極為驚人。咱們這就到泉州去找一找這位禪師，想來芫兒的娘有他救援，應該平安無事。」

兩個孩子聽夫子這樣說，恨不得立刻飛到泉州。當天日落天黑的時候，他們沿小河走了三十多里，在林子裡果真飽餐了一頓饅頭夾烤魚。兩個孩子在河邊釣魚時，想到昨晚此時釣魚的情景，恍如隔世。

方夫子雖心急趕路，卻不得不格外小心，決定晝伏夜行，儘量走偏僻山路以避緹騎，他心想這般走法，雖然多費幾天時間，卻可確保安全，只是兩個孩子要辛苦了。

方夫子一面趕路，一面回憶他和傅翔父親之間的往事。兩個飽學之士在盧村這偏僻之野相逢，很快就成了詩文之友。那一天方夫子到傅府下棋，傅翔父親正完成一幅畫作，一見方夫子就將畫捲上，但方夫子已經看到，畫中一個騎著栗色駿馬的大將，威風凜凜，畫上兩行字是「嗣外忽聞平雲貴　百勝大將入丹青」。當時不明「嗣外」之意，直到發生盧村慘案，才驚覺原來傅翔的父親是傅友仁的嗣子，他的生父就是平定雲貴的穎國公傅友德了。這次錦衣衛大舉來此，京師裡的傅帥肯定出事了。

∞

泉州是東南水陸交通的要衝，尤其是海外貿易的出口。元代海運興盛時，泉州是天下第一大港，日夜進出百帆，是各國商旅雲集的城市。然而元末發生了十年戰亂，盛極一時的泉州港元氣大傷，貿易商旅從此一蹶不振。

方夫子帶著兩個孩子到達泉州城時，已是黃昏時分，他們在西街外找到了開元寺。到了寺廟前才發現，這座聞名天下的古剎也經受戰亂摧殘，主殿及整排左舍均遭大火燒過，很多地方只剩下斷垣殘壁，一片衰敗之象。

抬眼望去，只有兩座十四、五丈的高塔仍巍然矗立在斜陽中。金黃色的光影襯著半毀的寺廟，看上去呈現出一種廢墟中屹立不倒的精神。

方夫子指著兩座石塔說：「這就是有名的開元雙塔，是全天下最高的石塔。」

他們走到東邊塔前，只見上面刻著「鎮國塔」三個大字，建於唐朝，共有七層；西邊的「仁壽塔」則建於五代。

方夫子走向大廟右側的偏殿，雖然主殿被毀，寺外也不見香客，但偏殿前打掃得十分乾淨，顯然寺廟活動全都轉到右邊的廟舍，於是帶著兩個小孩上前叩門。

此時天色漸晚，寺門已閉，敲了半天才有一個老和尚慢吞吞地出來應門。方夫子合掌道：「師父請了，咱們來自遠方，有要事求見方丈大師，還請引見。」

老和尚打量了三人一眼，瞇著一雙細眼淡淡地道：「方丈師父正要帶眾弟子做晚課呢，施主明日再來吧。」

方夫子合十道：「我等一路趕來泉州，十多日不曾停歇，實有要事稟告天慈方丈。請大和尚行個方便，就讓我等在殿後相候，靜待方丈晚課完畢，絕不敢出聲相擾。」

那老和尚看方夫子一派文弱模樣，又領著兩個孩子，雖然覺得有點奇怪，但聽方夫子提到「行個方便」，便點頭轉身帶三人入內。這時鐘鼓齊鳴，看來晚課已經開始了。

老和尚領著三人到做晚課的殿外廂房坐定，低聲道：「桌上茶水請自用，晚課少說要做一個多時辰，小施主莫要喧譁。」說完不待方夫子道謝，就轉身走到殿中，跪在眾僧之後，跟著大家唸起經來。

方夫子一眼望去，殿中跪著一百多個僧人，最前面一位身披絳色袈裟的高僧領頭晚課，應該就是住持天慈方丈了。天慈身旁另有個身著淺紫色袈裟的和尚，方夫子忖道：「興許是位掛單的高僧。」

他怕兩個孩子難熬一個多時辰不動不語，便低聲對他們道：「今晚定要見著方丈，你倆忍著些，用我平日教你們的打坐吐納之法，慢慢入定吧。」

兩個孩子自進入寺廟後，望著殿前幾尊大佛，感到新奇中又有幾分敬畏，聽方夫子如此說，都十分乖巧地點頭照辦，雙雙盤膝坐好，閉目不再說話。

方夫子望著兩個孩子，見他們開始盤坐運氣後，呼吸立刻沉靜下來，很快就進入禪定狀，兩人自然而然地脊直腰柔，兩肩鬆若無物，雙手左上右下落在丹田之上，兩張小臉上雙目似閉非閉，嘴角似笑非笑，竟然有些寶相莊嚴的模樣。

方夫子暗自讚歎，這兩個孩子天生慧根，在偏僻的盧村能碰到這等奇才，實是自己料想不到的奇緣。他暗忖自己傳授這兩人的「打坐呼吸」之法，其實乃是最為高深的一種內功修為的基礎，兩個孩子在不知不覺間已習練了數年之久，內功基礎已經相當紮實，否則兩個十多歲的小孩，焉能跟著夫子餐風露宿，連趕十多天山路卻完全不見疲態？只是這兩個孩子自己全然不知，也不懂得如何運用自己的內力。

隨著晚課的梵唱聲，方夫子也進入了天人合一的境界，只是他功力深厚，雖在無我之中，外界任何動靜都在他冥感之下，他張開雙目，正是晚課結束之時。

只見兩個身披袈裟的和尚已並肩站在廂房門口，兩僧看到三人，尤其是兩個孩子的情形，面上都露出驚訝之色，正要啟問，方夫子已起身一揖到地，恭聲道：「方丈大師請了，在下姓方，有要事求大師指點迷津。」

那著絳色袈裟的和尚年約六旬，面色紅潤，頷下一部花白長鬚，長相極是和藹可親，他合十回禮道：「老衲天慈，方施主請了。三位施主從何方來，要見老衲何事？」

方夫子回答道：「在下帶著兩個孩子從浙閩交界的盧村趕來泉州，是要請問，十多天之前，大師是否路過盧村？」

天慈禪師一聽到「盧村」兩字，臉上神情一變，指著鄭芫道：「這位小施主可是姓鄭？」

方夫子大喜欲狂，自己的猜測果然沒有錯，他一把拉起鄭芫，急聲道：「鄭家娘子可安好？芫兒，還不拜謝大師救妳娘的大恩？」

天慈禪師也是笑逐顏開，道：「天可憐見你們尋來了，鄭娘子每日茶飯不思，只念著她女兒，這一下可以安心啦。方施主，鄭娘子現今暫時安置在民家中，明日就可請來相見。」

這時，那身著淺紫色袈裟的和尚忽然開口道：「方施主好深的修為，便是兩位小施主，也像是有多年功力在身一般。敢問方施主大名？」

方夫子轉目看了看這紫衣和尚，只見他看上去比天慈年輕一些，生得長眉大眼，雙目微張，眼中精光一閃隨即內斂，方夫子一面暗忖：「這和尚好深的內功。」一面抱拳答道：「老朽方冀，見過大師。大師怎生稱呼？」

和尚哦的一聲，合十道：「原來是明教的軍師到了，難怪，難怪。方施主身負摩尼教薪火傳世的重責大任，可敬可佩啊！老衲潔庵和尚，這廂有禮了。」

天慈方丈道：「十多年來明教遭受奇災，武林中聲銷跡滅，雖然江湖上有人傳言小諸葛方冀是碩果僅存的明教高手，但是十年來從未有人見過，今日得見方施主，真是有緣有幸。這兩個孩子內功不俗，方施主調教得好。」

方冀微笑道：「老朽這點修為，如何能與大師的金剛指相比？」

天慈知他是指盧村枯井中留字的事，微微一笑道：「當日老衲和潔庵師弟路過盧村附近，忽見天邊火光衝天，趕到村中時錦衣衛行凶已畢，是老衲在枯井中發現鄭娘子，將她救出。她說女兒不知去向，又說孩子的教師要她藏身枯井，老衲一時急切間，就在井壁留下一條線索，只盼方夫子能循線找到泉州來。只是沒有料到，方夫子原來竟是明教的大軍師方冀！」

一旁的傅翔和鄭芫雖然聽懂了一些來龍去脈，卻不懂何以兩個和尚一再說什麼「內功不俗」，自己只學著打坐調息，又有什麼內功了？

方冀指了指傅翔道：「這孩子名叫傅翔，和女孩兒鄭芫都是老朽私塾裡的學生，大難之後只好跟著老朽一道來到泉州。那日之事，方某仍有一事不解……」

天慈道：「何事請講。」

方冀道：「那晚老朽與錦衣衛兩名高手拚鬥，一個是西域的『可蘭神劍』馬札，一個叫魯烈。老朽身中一劍，馬札也挨了老夫一拳，雙方要是再鬥下去，五十招內老朽必敗無疑。豈料兩個錦衣衛突然被村中同夥發出的訊號燄箭召走，不知是否與兩位大師有關？」

那潔庵禪師哈哈一笑，答道：「不錯，那晚貧僧兩人趕到村中，救起鄭娘子正要離開，幾個錦衣衛忽然圍上來，貧僧出手拿住一名錦衣衛，問他何以在此殺人放火，另外幾人上來搭救，是天慈師兄施出佛門神功將兩名錦衣衛點倒在地，另有三個功力較深的一面聯手圍攻，一面放出求救燄箭。後來那馬札和魯烈趕回來，貧僧和馬札對了一掌，發覺他內力不繼，原來是方兄先打傷了他。」

天慈禪師接著道：「那魯烈則和老衲對了一掌，此人一身神功，已得少林及全真真傳，老衲連退了兩步將他拳力化去，那魯烈居然硬挺不退，卻突然大喝一聲，說任務已達成，下令錦衣衛撤走。」

方冀聽天慈這樣說，知他十分謙虛，魯烈的武功自己是領教過的，天慈與他對了一掌，雖說退了兩步才化去對方掌力，但魯烈必然也領教了天慈的掌力，加上馬札受傷，如拚鬥起來，並無必勝把握，這才喝令撤走；心中不禁對這兩個和尚的功力暗暗欽佩。

但方冀卻不知道，天慈對當時魯烈突然撤退的情形還是隱瞞了一節，這事關係重大，天慈自然不會對初見面的方冀說及。

方冀暗忖：「我埋名隱姓十年，武林中的變化已經無從掌握，這個潔庵和尚武功了得，怎麼我一點也想不起他的來歷？」

潔庵和尚見方冀沉思，便微笑道：「貧僧出身於閩東三峰寺，因緣際會曾受教於少林菩慧禪師，遵先師命，在浙閩一帶弘揚佛法，絕少介入武林事務，因此方施主不會聽過貧號。」

方冀拱手道：「原來大師乃是昔年少林羅漢堂首席菩慧法師門下，難怪功力如此深厚，今日得識大師，實乃老朽三生之幸。」

潔庵和尚合十道：「不敢，不敢。貧僧此行正要回南京鍾山靈谷寺，那鄭家娘子隨天慈師兄到泉州來，原是暫住，據她告知有親戚在南京，原打算過幾日如再等不到女兒訊息，便要隨貧僧去京師投靠。我佛慈悲，保佑施主今晚帶著兩個孩子找到開元寺來，實是可喜可賀。」

鄭芫再次向兩位和尚施禮，謝救母之恩。就在此時，司門的老和尚領著一個小沙彌進來稟告住持：「廚房準備了一些齋飯，三位施主恐怕還未用餐，是否先請將就著裹裹腹？」

天慈禪師點頭道：「三位長途跋涉，快請胡亂用些齋飯，早些梳洗就寢，明日就讓女娃兒母女團圓。」

∞

鄭芫興奮了一夜，一大早就起床，未到巳時，鄭娘子就趕到了開元寺，母女兩人分離不到二十日，重逢卻宛如隔世，兩人相擁又哭又笑。方冀微笑望著她們，眼光卻漸漸落在傅翔身上。

傅翔一面為芫兒高興，一面為自己傷感。更讓他憂心的是，鄭芫母女將隨潔庵禪師去南京投親，而自己何去何從卻茫然不可知。方夫子在趕來泉州的路上，曾對自己說：「以錦衣衛搜尋到盧村來殺害你父母的行徑推測，你的親祖父傅友德必然已經出事，錦衣衛的作為顯然是一個都不放過的誅族之舉。咱們要知道更確實的消息，恐怕要到京裡去探探，但此時風聲正緊，絕不能冒險自投羅網。」

傅翔暗忖道：「這位潔庵大師似乎對南京很熟，也許可以向他打探一下。只是夫子昨夜一再叮囑芫兒和我，絕對不能隨便洩露我和祖父的關係。」想到這裡，他便把打聽的念頭壓下了。

方冀見傅翔臉上陰晴不定，已經猜到他心中所想，便問鄭芫的娘：「鄭家娘子，聽說妳要去南京投靠親戚？」

鄭娘子放開女兒，向方冀盈盈下拜道：「那晚多謝夫子打救，才能躲過那些殺手。妾身有一娘舅在京城販售綢緞，這就打算帶女兒前去投靠。這個娘舅昔日最是疼愛妾身，當年夫君辭世，為田產故不容於夫家父兄，為爭一口氣，便帶著芫兒離家流浪到盧村，幸得大家照顧，得以安定下來過了幾年日子，也不願去麻煩娘家親人。如今又遭變故，只得暫投阿舅，總要教養芫兒上進成人，方始對得住妾身那短命的夫君。」說到這裡，忍不住傷心落淚。

方冀嘆了一口氣，問道：「鄭家娘子此去南京，可知道令親的綢緞莊所在？京城可大得緊啊，若不知曉地點，尋人好比大海撈針。」

鄭娘子點頭答道：「妾身知曉，敝親的店家就在京城夫子廟附近，應該不難尋到。」說著她眼光轉向潔庵和尚。潔庵點了點頭道：「知道在夫子廟附近就好辦了。貧僧可以送妳母女尋到令親後再去靈谷寺，娘子可以放心。」

方冀岔開話題：「大師熟悉南京，妳們母女大可放心，老朽也可以放下心中一塊石頭了。翔兒，快去臥房將為師的掛袋拿來。」他見傅翔走出房門，便問潔庵和尚：「敢問京師近日可有發生什麼事？」

潔庵望了方冀一眼，略為沉吟後答道：「聽說皇帝將穎國公傅友德逼得自刎於宴客大廳上，朝中大臣無不憤慨。」

方冀哦了一聲，鄭芫忽然掩嘴，鄭娘子聽得愕然。潔庵和天慈兩位禪師先是一怔，然後齊聲驚道：「呵，原來如此！原來傅小施主是……」

就在此時，傅翔已經提著夫子的掛袋走回，方冀搶前一步接過，從裡面摸出兩個小瓷瓶，笑著對兩位和尚道：「兩位大師路過盧村，不僅救了鄭娘子，也解了老朽之危，這分善緣結得確實不易。這兩個瓷瓶中，各裝有五十粒『三霜九珍丸』，乃是老朽親手煉製，對療傷解毒還有些效用，謹贈與兩位大師，做為一場紀念吧！」

兩位禪師一聞此言，心中都是一震，他們既知方冀的來歷，當然知道明教的「小諸葛」

醫術天下知名，久聞這「三霜九珍丸」乃是採取九種稀有珍奇藥材，經三次初霜煉製而成，是明教獨門的救命聖藥。這五十顆藥丸出自方冀親手調製，這份禮物可真是貴重得緊了。

天慈禪師道：「萍水相逢，何敢受方施主如此厚賜？」方冀拱手道：「正因萍水相逢，才是難得的緣分，聊表一分情意耳。」

潔庵禪師呵呵一笑，一手接過小瓷瓶，道：「方施主說得好，說得好。貧僧就謝領了。」天慈只好也稱謝接過。

方冀暗忖道：「這兩位禪師的武功皆出自少林，但師承不同，個性也差很大，天慈和藹慈祥，潔庵豪邁爽直。芫兒既隨潔庵去南京，若能得他收為弟子，倒是大大的好事，只不知她是否有此福分？我且打鐵趁熱……」

他想到就做，於是哈哈一笑，對潔庵道：「大師雖在佛門，卻有豪俠之風。我這兩個學生是平生僅見的上駟之資，是以除了跟老朽修讀經書，老朽也暗中傳了他們一套明教不外傳的內功，他們在不知不覺間已練就相當的修為，只是自己完全不知。」

潔庵和尚點點頭，對天慈道：「師兄，怪不得我們初見這兩個孩子運功行氣之時，竟似有多年功力，原來如此。」

方冀續道：「芫兒既要隨大師到南京去投親，不如乾脆拜在大師門下，如得大師指點一二，一則修得一身強身防敵的功夫足以自保，再則老朽為她打下的根柢也不至就此中止而白費了。」

潔庵禪師哈哈大笑，道：「貧僧雲遊各地弘揚佛法，至今並無武學之弟子，芫兒資質極好，如願隨我修習一些功夫，固所願也。」

方冀大喜，忙叫芫兒拜師。芫兒的娘也知道這位禪師的本事，一面示意芫兒拜倒，一面檢衽謝道：「芫兒得大師收歸門下，實是她一生的福分，小女子在此拜謝大師慈悲。」

傅翔聽方夫子所說，才知道自己從小學習的「打坐呼吸」之法，竟是極高明的內功基礎，此時見芫兒拜師，忽然福至心靈，立刻跪在方冀面前，叩首道：「求夫子收我傅翔為入門弟子，修習武功。今後翔兒便喚您師父了。」

方冀欣慰地一面稱好，一面拉起傅翔。這一對資質奇佳的孩子，同一日在泉州開元寺拜師，卻立將分離，從此分頭隨師學武。

午飯前，方冀將兩個孩子帶到房內，將明教的一套秘密切口及通信暗語傳給了兩人，以備將來不時之需。方冀又將明教內功的運用秘訣也傳給了兩人，他特別對芫兒道：「這套內功，正因為在完全不自知的情況下起始修練，加以你們的資質，所以進度比常人快了許多。今後妳隨潔庵大師學習少林武功，在內力方面卻不會有衝突，這正是明教這門內功最特別之處。芫兒只要繼續苦練，它與少林功夫甚或還有相輔相成之效。」

方冀對芫兒諄諄叮嚀後，轉身對傅翔道：「翔兒，咱們要到北方一個地方去，好好把為師這一生所學傳授於你。今日與鄭家母女一別，將來必然仍有再見面的時候。」

午飯後，鄭芫拜辭方夫子和天慈大師，和傅翔道別時，忍不住抱住傅翔，輕聲在他耳邊道：「傅翔，我等你。」傅翔也道：「芫兒，我定來看妳。」

潔庵道了聲「後會有期」，轉身跨步走出開元寺，一路並不回頭。芫兒卻不斷回首揮手，直到轉過林子，除了兩座高聳的塔尖冒出林梢，開元寺已消失在樹林之後了。天慈望著潔庵的身形消失在路的盡頭，不禁輕嘆一聲，自言自語道：「真是一位古道熱腸的奇僧呵！」

方冀接口道：「我看潔庵禪師雖在佛門，倒與咱們明教裡一些好兄弟有幾分神似，這般武功，這般性子，怎麼在江湖上從未聽過他的事蹟？」

天慈禪師微微一笑，他面帶一絲神秘表情，淡淡地道：「方施主還記不記得，二十多年前天竺僧大鬧少林的往事？」方冀道：「老朽聽說過此事。一個從天竺來的和尚，到少林寺要討回一部失去的經書，但少林寺卻對天竺失經之事無所知悉，雙方起了口角，動起手來，當時少林三老均在閉關，少林諸僧竟無人能制住這個天竺和尚。後來，一個掛單少林寺的青年和尚出來向天竺僧挑戰，竟然以少林神拳勝了天竺僧一招。此事震動武林，那青年和尚正映法師也名噪一時。」

方冀說到這裡，忽然想起一事，問道：「難道，難道那正映法師就是……」

天慈禪師眉眼都是笑意，他點頭道：「阿彌陀佛，潔庵禪師本名正映，號潔庵，又號月泉。」

方冀領著新收的、從學生變成徒兒的傅翔離開泉州開元寺時，日頭已經西斜。城郊植滿一片無邊無際的刺桐樹，方冀想像著年頭二月時刺桐花紅似火的情景，暗忖：「那番景象，纔讓泉州城不愧對『刺桐城』的大名。」

但是眼前卻不是開花季節，刺桐林在斜陽照射下，枝葉顯得有些雜亂無章，平增幾分荒野之色。

方冀教傅翔一面運功調息，一面配合練習輕功的提縱步伐，兩個時辰下來，兩人愈走愈快，傅翔呼吸均勻，絲毫不覺疲累。方冀望了望天色，夕陽已經西下，天邊一條長雲有如一抹胭脂，襯著愈來愈暗的山色，美得令人讚歎。

方冀放慢了腳步，指著遠方的幾點燈光，對傅翔道：「咱們就去那邊投宿。翔兒，你知道方才咱們一口氣走了多少里路？」

傅翔搖頭不知，方冀微笑道：「咱們兩個時辰走了六十里，你自己都不相信吧？」

傅翔驚奇不已，叫道：「這就是師父說的輕功？我不覺得疲累啊？」

方冀道：「這算是練輕功的第一階段吧，以後咱們要愈走愈快。晚上師父再教你第二階段的運氣和步伐。」

方冀說得輕鬆，他心中其實暗暗吃驚，這孩子第一次學習運氣提縱，居然能有如此成果，潛力著實驚人。

前方果然有個小鎮，方冀帶著傅翔就以祖孫相稱，住進一間簡陋的客棧。傅翔先付了房錢，到店外街上一家小館叫了兩個熱炒小菜，兩碗湯麵，兩人吃得很是落胃，又加買了十幾個燒餅，包好帶回客棧。

兩人洗梳後寬衣休息。方冀要傅翔坐在自己床上，低聲把更進一層的輕功及運氣秘訣傳給傅翔，耐性地要傅翔一遍又一遍練給他看，隨時指點改正。傅翔漸漸領悟訣竅。

方冀心中暗讚，低聲道：「你自己練吧，練得想睡了就放鬆入睡，不必勉強。」說罷一揚掌熄了燭火，上床不再說話。

小鎮民風樸素，未過戌時，街上已漸漸靜了下來。子丑之交正是夜闌之時，方冀一躍而起，他才喚了一聲，傅翔也已醒來。方冀低聲道：「咱們還是儘量趁夜趕路，白天休息，你整理一下，咱們就動身。」

兩人走出客棧，街上寂無人影，樹梢掛著一輪明月，將兩人影子投在地上，涼風拂面，傅翔已經習慣了，正是趕夜路的好時光。一老一小不發一言，默默向前疾走，出鎮後方冀更加快腳步，往西邊的山林奔去。這些日子以來，傅翔已熟知如何藉地形、樹林的掩護趕路，儘量不露形跡。他邁開兩隻小腳，走得和師父並肩齊速，絲毫不見落後。

天快亮之時，兩人來到一片鋪滿綠草的小山坡上，傅翔跟著師父疾走，雖未問及方向，但隱隱覺得從昨夜走到此處，好像在繞著群巒打轉，忍不住問道：「師父，咱們好像在繞圈子，並沒朝北走呢？」

方冀點頭輕聲道：「不錯，咱們又繞到泉州南方來了。此地喚作晉江，這座山喚作萬石山，前方有個羅山鄉。咱們且尋個蔭涼地方憩下，待會兒為師要帶你去看一個重要的地方，然後咱們才往北走。你且先不急著問，到時自然知道。」

傅翔見師父說到「去看一個重要的地方」時，臉上露出極為莊重的神情，想要再問，還是忍住了。

兩人走入小樹林，尋到一處隱密的所在坐下，傅翔掏出幾個燒餅，師徒就著一葫蘆冷茶吃將起來。這時黑暗漸褪，遠處天邊出現金霞，太陽將要昇起。

方冀一把拉起傅翔，低聲道：「我牽著你施展輕功，你只要順著疾走，注意調息即可，千萬不要出聲。」

傅翔才一點頭，已經被師父牽著急衝而起，感覺上師父有如腳不點地般，朝山坡下奔去。奔了片刻，傅翔忽然感到和師父相牽的手心中有一絲極為微弱的氣息，從師父手中傳了過來。他一面藉師父之力疾行，一面聚精凝神去感受那一絲氣息，忽然他發覺那氣息似有節奏，和師父傳授給自己的運氣之法完全吻合。他試著將自己的氣息順著運氣節奏從手心微微送出，剎時之間，他感到師父掌心的真氣也順著節奏更加強大地傳送回來。

耳聽得師父低喝一聲：「翔兒，咱們加快腳步！」

剎時之間，傅翔覺得自己的內力好像與師父合而為一，師父牽帶之力愈來愈輕，而自己奔跑之速卻愈來愈快，自己腳下不點地面的感覺傳了上來，他不禁大喜。

然而就在他一喜之下，與師父手中一線相連的真氣突然中斷，傅翔的身形立刻一滯。

方冀加力一把拉住傅翔，又回到了開始時由師父拉著疾奔的情況，而兩人已經飄然奔下了山坡，落在一片荒蕪的山坪上。

傅翔想要發問，但微曦中見到師父一臉鄭重，正快速向山坪東面一片石壁前的茅草叢走去。那一片茅草叢有一個人高，也不知有多深遠，方冀對這裡的地形似乎相當熟悉，只見他並不猶疑，一手拉著傅翔，一手撥開茅草便向前行。

通過茅草叢，前面陡然出現一座殘破的廟宇。這座破廟佔地不大，前後都有一些被火燒過的殘柱，進門處掛的一塊木匾額上刻有寺庵之名，雖然也被燒殘了，四個大字倒還清晰可辨。傅翔上前唸出：「摩尼草庵。」

就在此時，一束陽光隨著東方日出，斜射在殘破的匾額上，剎時之間光明大放，竟把那「摩尼草庵」四個字照得毫微畢現，龍飛鳳舞。

傅翔吃了一驚，不自覺地雙掌合十，忽聽得師父在身後低聲道：「我祖摩尼，再現光明！我祖摩尼，再現光明！」

傅翔回身抬頭望向師父，只見他淚流滿面，口中喃喃，凝視著「摩尼草庵」四個字，久久不動也不語，直到陽光偏移，他才對傅翔道：「翔兒，你隨我來。」

他領著傅翔走進殘破的庵內，穿過兩進，來到正殿石壁前，只見石壁上雕刻著一個半立體、異裝奇貌的坐佛像。這佛像甚是高大，坐著也有人高，面色綠青，手色粉紅，身著打結僧袍，頷下兩縷長鬚，雙目炯炯有神地坐在蓮花座上，身後浮雕的光芒四射如波，看上去雖是佛像，卻又透出幾分道家的仙氣，還有一些神秘的異感，到底異在何處，卻也說不上來。

方冀對著佛像拜了三拜，每次拜完起身時，雙掌十指張開作飛揚狀。他領著傅翔在壁邊石椅上坐下，閉目長嘆了一口氣，道：「翔兒，這裡是明教的草庵，曾經教徒眾多，香火鼎盛，也是為師入教的聖地。」

他一面說，一面在石壁上摸索，腳下量著步子，那石壁上除了佛刻，光無一物，他卻在四個不同地方各按下一掌。當按下第四掌時，石壁的左角突然發出一陣輕響，方冀走到左端蹲下，雙掌按壁，運功力推，只見石壁角上一塊厚達兩尺的石塊緩緩向後移動，石塊底下出現一個三尺見方的小石箱。

方冀再一拜，然後從石箱中拿出一個金絲布包，打開來裡面是一本陳舊的羊皮書。他又在石壁按了四下，那塊石頭緩緩復原，石壁上完全看不出任何痕跡。

方冀恭敬地把羊皮書放在石刻佛像前，喃喃祝道：「草庵蒙難，所幸我祖聖像無損，弟子遲至今日方來參拜，祈求我祖恕罪。今日弟子將摩尼聖典帶走，是期待十年內為我明教培養一位傑出人才，重振我教興旺，祈求我祖默佑。」

傅翔湊近看時，只見羊皮經書的封皮上橫寫著一排奇怪的文字，下方則有「摩尼寧萬經」五個漢字。

方冀將經書包好，藏入背包中，拉著傅翔坐在石壁前，低聲道：「翔兒必定有好多問題想要知道答案，為師先把你該知道的說給你聽，有不解之處以後可以再問。」傅翔乖巧地點頭稱是。

方冀緩緩說道：「摩尼教源自波斯國，波斯是西方萬里外的一個古國，在唐朝時傳入我國，以教徒崇拜淨潔明亮，也有人稱為拜火教。摩尼教在中國流傳了一陣，便和佛教等其他中土宗教的部分教義相結合，歷代雖屢經朝廷禁止打壓，甚至殘殺教徒，但我教刻苦自勵，趨光明之善，棄黑暗之惡，因崇拜日月，自稱為明教徒，從抑惡揚善到行俠仗義，愈來愈多的武林高手加入教中。到宋元兩朝時，不但經常帶領受壓迫的農民起義抗官，在武林中也因高手眾多而獨樹一幟，與各大門派平起平坐，甚至勢力更有過之。本朝之開國，其實明教出了甚大助力，可惜，唉……」

方冀說到這裡，想到當前明教幾已被消滅殆盡，不禁為之黯然。他停了一會，繼續道：「十年前，本教頂尖高手齊聚湖北神農架頂崖，舉行五年一次的光明大祭，朝廷竟派人以毒酒害死了明教所有高手，只除了為師。為師當時遠在回疆處理教務，不及趕回，反而躲過了那次災劫，從此隱名藏身於盧村。」

傅翔哦了一聲，忍不住插口道：「師父，老天爺將您留下，就是要您恢復明教的意思。」

方冀為之一怔，想不到一個十二歲的孩子居然講出這樣的話，他心中一熱，暗道：「為師老矣，真若有那麼一天，恐怕還得靠翔兒吧。」

他口中續道：「今天為師到草庵來，就是要向摩尼光佛借這本六百多年前從波斯帶到中土的第一本摩尼經典。老天既不絕我，咱們一人一經從頭幹起吧！」說著轉身面向石壁佛像，雙掌合十，然後十指飛揚。

這一回傅翔看懂了，原來這個手勢乃是代表光明火燄騰起飛揚之意。

方冀接著道：「翔兒，我教是一個教會，教徒來自四方，投效的武林高手也來自四方，高手之間雖也常有互相切磋以求進步的機會，但畢竟不是一個武學宗派。武林宗派能夠一代接一代，累積本門的武學精華，所以一些名門大派每隔幾代，弟子中常有奇才，能從歷代累積的武學心得中悟得新義，武功造詣超越前人而進入更高境界。而明教就沒有這種優勢，往往偶逢興盛時，連出幾位頂尖高手就能稱雄天下，但因各高手並非出自同門，其武學根基南轅北轍，高手老逝後常常後繼無人，就有一蹶不振的危機。

「元末明初正是明教好生興旺之時，從教主以下，兩位護法、四位天王、三位散人，都是多年才能一見的武學奇才，但是他們並未有傑出的傳人，此次被整批毒殺，明教就等於毀於一夕。幸好……」

傅翔道：「幸好還有師父未遭毒害。」

方冀搖首道：「我說的『幸好』，倒不是指這次的僥倖逃脫一死，而是十多年前為師做了件未雨綢繆的大事。那一年，也是在神農架開完『光明大祭典』大會，明教十大高手會後照例聚在一起談論武學。在過去五年中，這十大高手的功力又有很大的精進，十人講武論劍直到天亮，如果有習武之人在旁聆聽目睹這場景，將所見所聞記下，一夜所得之武學妙諦將遠超過苦練多年。忽然之間，一個念頭閃過心頭，我把方才所想的道理說給大家聽，大家都覺得有理，為師就建議眾人不妨在崖頂再多待些時日，把自己最得意的武學各用文字圖畫記載下來。

「這十大高手在神農架頂崖花了近三個月時間，很多時候是邊寫邊互相切磋，集十人之力，把當代明教高手最精華的武學寫成了一本前所未見的秘笈。若論秘笈內所載武功之高深，實足以與少林、武當等名門的武功相較而不遜色，而在實戰招式的運用上，蘊藏的是明教有名的快、狠、準，恐怕更是超過天下任何門派。」

方冀續道：「這一來，我教的武功精華可望保留住了，但這十位高手的內功路子卻各不相同，有幾位根柢有相近之處，有幾位則另走獨門路子。因此，這十人的武藝精華雖然記下了，卻沒有人能兼具各種內力，將這些武功一一練成，融會貫通。十年來為師一直在苦思這個問題，至今想不出好辦法來解決。」

傅翔聽得有些似懂非懂，但他知道，明教最上乘的武功都已記在一本秘笈之中，而師父可以慢慢傳授自己。他一本正經地對方冀說：「師父，翔兒不貪多，明教的武功想來都是厲害的，師父選一些傳授給翔兒，就能打敗錦衣衛。」

方冀望著這悟性奇高的孩子，忽然問道：「翔兒，方才咱們從山坡上奔下來的時候，你是不是感受到能夠和師父的呼吸運氣同步運行？」

傅翔想起適才跟師父一同起飛的美妙感覺，笑盈盈地回道：「是啊，我覺得師父的內力進入我的體內，我的身體好像愈來愈輕，腳步也愈來愈快，感覺上好像腳不碰地哩。」

方冀臉上再次露出極為嚴肅的神情，緊接著問：「你回想一下，為什麼你突然能感覺到師父的內力運行？咱們攜手奔跑時，發生了什麼事？」

傅翔認真地回憶，答道：「師父牽著翔兒開始快奔時，剛開始跟不上的，所以全賴師父扶持，忽然間我的手心感到輕微的發麻，好像有股氣息從師父手上傳出，一下有一下沒有，好像在……好像在……」

傅翔努力回想，嘗試把那種感覺形容出來，突然他似乎找到了一個說法：「好像在敲門那樣！」

方冀吃了一驚，重複道：「你說好像是在敲門？敲你的門？」

傅翔也覺得自己的說法有些滑稽，略帶尷尬地回答：「是，那種感覺讓我很想回應，但不知道怎麼回應。就在這時，師父的內力忽然湧了進來，跟我的運氣完全吻合，我就覺得飄了起來。」

方冀皺眉思索了一會，喃喃自語：「是巧合呢？還是……還是咱們發現了一個奇蹟？」

傅翔小心地問：「師父，有什麼不對嗎？」方冀搖頭道：「沒有不對，只是此事稀奇，師父還想不通。」

方冀停止思索，一把拉起傅翔，雙目盯著他，正色道：「翔兒，師父知道你年紀雖小，卻能理會師父要說的話。咱們中土明教的武功都是教徒自己修習而得，並非祖師爺傳下來的，所以師父要傳你武功也不必經過祖師同意。此時你也不必加入明教，入不入明教，等你長大後對教義瞭解更多時再由你自己決定。今日你隨我見得摩尼光佛的真像，自是難得的緣分，你還是對光明佛拜上一拜吧。」

他望著傅翔朝佛像規規矩矩地跪下拜倒，抬身時也學著一雙小手十指向上飛揚，不禁微笑點頭。

傅翔拜倒時，心中默唸：「摩尼光佛在上，傅翔他日學得明教的武功，一定聽師父的話，為明教做許多好事。」

方冀合十朗聲誦道：「清淨光明，大力智慧，皆備在身，即是新人，光佛保佑，功德具足。」

誦畢，他牽著傅翔走出草庵，穿過那片茅草，對傅翔道：「咱們施展輕功再試試看。」

兩人攜手向前疾奔，愈奔愈快，但傅翔再也感覺不到那微妙的真氣相連的震動，步伐雖快，卻是靠著師父的扶持之力，前一次奔跑時與師父內力融為一體的那種美妙情況不再出現。方冀也不禁有些失望。

兩人漸漸走出了山坡地，前面出現一條小河，河彎處有個小村，兩人放慢了腳步，走入村中。

這小村約有數十人家，都以打魚為生，此地離海邊僅有三數里之遙，一進入村子，便聞到魚腥味撲鼻而來，原來漁民在路邊地上曬小魚乾，幾個漁夫漁婦坐在小板凳上修補漁網。方冀上前向一名年長的漁民打探，可有水路去閩江的？那老漁民搖了搖頭道：「你喏要去閩江，丟要先坐船去福州長樂，喏要坐船丟要去泉州問。」

這閩南方言十分難懂，方冀和那漁民比手畫指了一陣，總算弄清意思，他謝了漁民，就和傅翔向泉州海港兼程趕去。

傅翔忍不住問道：「師父，咱們要出海？」方冀笑道：「咱們先走海路，再走內陸水路，我就不信有人能料到咱們的行蹤。嘿嘿，這隱蹤潛行的勾當，為師可是老經驗了。」傅翔道：「還有人在追蹤咱們嗎？」方冀搖了搖頭道：「很難說，朝廷的錦衣緹騎有幾千人，那天在盧村行凶的幾個又都是錦衣衛中的首領，肯定不會放過咱們的。咱們這一陣東奔南跑，夜行晝伏，他們多半跟不上，此番如果改走海路，更要大出他們意料之外了。」

到了港口，只見港邊熱鬧非凡，市街上行人匆匆，人聲嘈雜，不僅南腔北調，偶而還兼雜聽到外國語言。方冀給傅翔解釋：「此地乃是中土對西洋、南洋貿易的重鎮，雖經戰亂，使當年盛景不再，這兩年太平日子，又恢復了一些。你看，一些皮膚較黑、身著苧布短裝的大都來自南洋一帶，一些白色長袍、頭戴帛帽的色目人大多來自波斯。咱們先找間金舖換些銀兩。」

轉角處就是一家金飾店，各色商賈都擠在店中，或兌換金銀或選購金飾。方冀掏出一錠黃金，換了三十兩白銀，便帶著傅翔向臨海港口走去。傅翔是第一次看到大海，覺得興奮無比，只見湛藍的海水展向無限遠方，最遠處和藍天相接，若不是天際有一縷白雲相隔，簡直就分不出天和海了。

兩人走到港邊，內港裡少說停泊了兩百艘大小船隻，有幾艘大船的船身估計有一百多尺長，傅翔看得目瞪口呆。方冀找到一個正在指揮搬運貨物上船的漢子，向他打探，有沒有船駛向福州長樂的？那漢子一面忙著指揮上貨，一面指著前方一條大船道：「那艘黑頭藍身的大船要去琉球，多半會在福州靠岸，你快去打聽。」

方冀謝了指點，來到那艘船前，有一個身穿寶藍衫子的年輕人正在船頭招呼客商上船，看上去像是船主的模樣。方冀上前抱拳道：「這位先生是船主麼？咱祖孫兩人要上福州，可以送咱們一程麼？船資照付。」

那年輕人打量了兩人一會，露出一口白牙道：「老先生真會挑時間哩，我這條船再過一個時辰就要開船，正是要靠福州港下貨補給，船資算你倆一兩銀子吧。」

那年頭一兩白銀可買得兩石大米，這船資貴得有點離譜，方冀卻並不講價，當場就付了船資，笑道：「老夫不和你這小哥講價，可是咱孫倆要一間單獨的房間圖個清靜。」

那青年船東道：「老先生倒乾脆，您爺倆就住在船東的隔壁，包您不受打擾。您這就上船？」方冀稱是，領著傅翔上船，那船主引他們到艙中一個小房間裡，招呼夥計送茶水來，就下艙去忙他的了。

方冀掩上房門，兩人在艙中坐下喝茶。方冀低聲道：「翔兒，咱們到了福州，要換小船溯閩江而上，過了武夷山就上岸陸行，到鄱陽湖進入大江直放武昌，到了武昌咱們就走漢水，這一路或水或陸千里跋涉，雖然沒得安穩日子過，但咱們『祖孫』日夜相處，最是傳你武功的好機會。」

傅翔將師父說的一串地名都記下了，仍忍不住問道：「師父，咱們走漢水，最終的目的地是那裡？」

方冀沒有立即回答，只見他雙目微閉，臉上流露出一絲痛苦而哀傷的表情，傅翔不敢再問，只靜靜望著師父。良久，方冀睜開眼睛，雙目中精光一閃，低聲道：「咱們要去神農架。」

∞

這一路傅翔可真算是開了眼界，海船換江船，江船換輕舟，他見識到大海的無際浩瀚，也經驗過長江的波濤洶湧。師父在船行閩江時，告訴了他祖父傅友德被逼自刎的事，雖傷心卻是在意料之中。他只得強摒雜念，專心修習，所以一路行來，收穫最大的便是武功上的進展了。

此時他方才明白，師父傳授給他的內功，乃是明教祖師爺所創的一套獨門內功，向來只傳教主。此刻明教已無教主，方冀是個能從權變通的人，前教主既然寫成了秘笈，自己這十年來便暗中苦練，並且一點一滴傳了兩個孩子。其中精微之處極重頓悟，換言之，有慧根者得之毫不用力，無此慧根者即使寒暑苦修，進展也是有限。

有了這門博大精深的內功基礎後，再修練明教前輩的各種成名絕學，初期進展頗快，並不因內力法門不同而相互抵制，是以傅翔在短短二個月內，已學得了兩種明教絕技的基礎。方冀每夜從包袱中拿出兩本冊子及一卷畫卷，冊子上載有十位明教前輩的武功秘訣，畫卷上則繪著每種絕學的內力修行路線，由淺而深。

他對傅翔道：「明教祖傳的這門內功博大相容，初時沒有絲毫滯礙，只是後面愈來愈難，等練到六七成功力時，若不能將每一門絕技的獨門內力配合精進，便難以再往上提升。此時必須擇一門精練，若是勉強硬行通吃，只怕有走火入魔之虞。」

方冀指著畫卷上的內功修行圖，面色嚴肅地對傅翔道：「此所以明教各門絕學無法融貫合一之關鍵所在，為師至今無法解破，你練功時千萬要遵照指定進度，不可貪心求快，倘若練到走火入魔，那就前功盡棄了。」

傅翔點頭受教，閉目練功起來。方冀心中卻暗暗在想：「那天我牽著翔兒奔往『摩尼草庵』的路上，有那麼一瞬間咱兩人內力合而為一，相互運用，毫無滯礙之感，以我之功力竟然守不住內力歸元，事後卻又絲毫無損，那究竟是何道理？這其中似乎隱藏了一個奧秘，跟解決明教武功能否融會貫通的問題有極大關係，可是究竟是什麼呢？可惜那種感覺一去不復返，無論咱倆如何再試，都不再發生過。」

他望著打坐運功的小徒兒，想到這兩個月來這孩子的驚人進步，暗暗自語：「看來要解破這武學上前所未有的奧秘，還是要落在這孩子身上。」

這時他們出錢雇來的輕舟已走到漢水中段，天亮時可望到達襄陽古城。船老大說，想在襄陽停泊一天，他和老婆要進城去補充些必需品，順便到城隍廟燒香還願，感謝神明長年在漢水上保佑行舟平安。方冀、傅翔也跟著上岸。

這襄陽城隔著漢水，與樊城遙遙相望，兩座古城都是歷代兵家必爭之地，城門古樸雄偉，城牆蒼黑的老苔下，不知有幾許槍印箭痕。

方冀戴一頂笠帽，牽著傅翔走進城門，先找一家小店要了兩碗鴨湯麵、一籠包子，又替自己要了二兩白酒吃起來。襄陽是荊豫之間的重鎮，過漢水便是湖北與河南的邊界，往北不過數十里就是新野，三國時穎水人徐庶在此向劉備走馬薦孔明，而關雲長則在樊城水淹七軍；方冀又想到南宋時蒙古大軍攻打襄陽，鏖兵多年破不了城，守將呂文煥在孤城上每日遙望援軍不至，日暮大哭而歸的故事。

「這真是一座充滿歷史的古城呵。」他把這些歷史一一說給傅翔聽，傅翔正聽得津津有味，隔座一位書生忽然插口道：「老先生從外地來，對咱襄樊的歷史倒是如數家珍啊！」

方冀微笑道：「不敢，不敢，初到貴地，這些史實總要說與後生知曉，打擾了。」他就此打住，不願多談下去，豈料那書生卻有談興，他拱了拱手道：「敝姓張，敢問老先生從何處來襄陽，有何貴幹？」

方冀見那書生白面無鬚，身材高瘦，穿一身湖藍色絲罩衫，暗忖莫不是官府中人，不然萍水相逢豈會打探別人來歷？他也拱拱手道：「老朽攜孫兒要回陝西老家，路過貴地，明日就要離開。」他不想多談之意十分明顯，說完低頭吃包子，不再言語。

豈料那書生鍥而不捨，竟又問道：「老先生一路來此，可曾聽說咱襄樊兩城最近飛賊鬧得厲害？」

方冀暗自思量，正要反問這書生一句，對面傅翔忽然問道：「爺爺，什麼是飛賊呀？」方冀暗喜這孩子實在聰明，忙接著道：「小孩還是不要懂這些，大人說話不要插嘴。」說完就藉機起身付賬，拉著傅翔離店。

那書生愣在原地，待要追出，卻被店門口幾個乞丐攔住討賞，等他打發了乞丐，方冀二人已走得遠了。

方冀心想那張姓書生若真是官府中人，必然會派人跟著自己，他索性找一間客棧，大大方方地住了進去。打發了店小二，方冀便把房門關上，低聲道：「師父要出去辦點事，你且把房門關好了不要出去，這大白天不必害怕。」

傅翔笑道：「師父快去快回，翔兒不怕。」說著雙腿微蹲，兩掌比了個姿勢，正是明教右護法岳天山的得意絕學「千葉掌」的起手式。方冀昨晚在船上才將此招奧妙說給他聽，看他那初生之犢躍躍欲試的模樣，不禁哈哈一笑而出。

方冀向掌櫃的打聽了一下，就踱到城中最熱鬧的街上，先在一個書坊裡買了幾本經書，又到一間衣服老店替自己及傅翔買冬衣。他暗忖：「此去神農架，崖高千仞，翔兒沒有厚衣不行，但他長高甚快，我且先大中小各買兩件，夠他穿幾年了。」

那衣店老闆見他花錢爽快，便搭訕道：「聽老先生口音，不似本地人呵。」方冀道：「老朽攜孫兒返鄉路過。方才在麵店裡有個書生模樣的，對老朽百般盤問，又說什麼飛賊的事，不知何故？」

那老闆拍一下桌面，壓低了聲音道：「啊哈，可是一個高瘦無鬚的白面書生？」方冀道：「正是他。他是何人？」老闆一臉得意地道：「老先生您可問對人了。他是衙門的張師爺，負責刑名，這陣子襄樊一帶出了一對飛賊，當真是飛簷走壁，夜盜十戶，城裡城外的富戶多數都遭了殃，無論請多少能人護院，都奈何不得這兩個飛賊。最奇的是，有人看到他們作案，竟說是一老一小兩個賊，聽說小賊才十歲出頭。哈，您老祖孫兩人大搖大擺進城來，這張師爺焉有不查之理？」

方冀已經注意到店門口有兩個閒人晃來晃去，便笑著大聲道：「難怪，難怪，老朽還是趕快離城，省得官府公人疑神疑鬼。」

那老闆忍不住又加一句：「聽說飛賊還放了話，說為富不仁的銀子一定要拿，盜案多了就要害衙門裡有人丟官，還說為富不仁就是靠官商勾結。如今襄陽城裡最有錢的汪大戶、衙門呀都提心吊膽，緊張得緊。我聽有人說這事已驚動了上面，要派錦衣衛來辦案呢。」

方冀付了錢，提著一袋書和一大包衣服大搖大擺地踱回客棧。走出衣店門時，那兩個閒漢一溜煙跑不見了。

回到客棧，發現房間的木門仍是從內鎖住的，他微笑著在木門上輕敲三下，間隔是一長兩短，然後再敲三下，這次是兩短一長，果然房內也傳出相同的暗號，接著房門打開，傅翔笑咪咪地站在門口。方冀關上門，低聲誇道：「師父教你的暗語倒沒忘記。」

他輕聲對傅翔道：「飛賊是一老一小，倒像是咱們兩人，那書生是官府的，難怪要來盤問。咱們照吃照睡，今夜你跟師父出去辦事，咱們也要多弄些銀子好過日子。」

傅翔雖不知辦什麼事，已經興奮得小臉漲紅。方冀接著說：「你就用師父教你的輕功跟著跑，不要落單，不要動手，聽吩咐行事。」傅翔滿口答應。

夜幕低垂，傅翔隨著師父從客房的窗戶躍上屋頂，一溜煙躍入一片林子的樹梢，兩人居高臨下，四周街道瞧得一目瞭然。方冀指了指東北方，低聲道：「藉著這片樹林子掩護，咱們先到城牆邊的小山坡，再向右轉，汪大戶的宅子就在山坡下面。」

傅翔隨著師父默默疾行，或上林梢隱身，或藉屋脊掩蔽，估計才過城中心，方冀忽然一把拉住傅翔，急縱向一片矮屋後面。傅翔正要發問，忽見遠方兩條人影飛快地閃入一座大屋的牆後。

方冀指著前面十幾棵大槐樹道：「翔兒，前面那棟大屋像是衙門的後院，咱們先躲到槐樹上藏身。」說罷拉著傅翔，沿著街邊民宅的牆腳疾走，到了那群槐樹前，輕喝一聲「起」，便拉著傅翔輕飄飄上了槐樹，尋枝茂葉密處藏身樹上。

方冀雙目凝視前方，只見先前隱入衙門牆後的兩人忽然竄了出來，卻是一左一右繞牆疾奔，左邊一人大袖長袍，右邊一人卻是個短衣勁裝的孩子，從身材上看，就和傅翔的年齡相當。

傅翔低聲道：「師父，飛賊。」方冀嗯了一聲，這時那長袍人忽地快速躍起，身形才過屋牆高度，忽然打橫一滾，貼著牆頂翻入衙內。

這一手翻牆的輕功把身形隱藏到了極致，確實漂亮，方冀忍不住讚道：「帥啊，這老兒肯定是個慣賊。」傅翔轉頭看那小孩，只見右邊一片寂靜，那孩子已不知跑到那裡去了。

方冀低聲道：「咱們且耐性等一會，這兩個飛賊不去偷汪大戶，卻到這衙門裡來搞什麼鬼？」

兩人在槐樹上靜候，大約過了一炷香時間，方冀低聲道：「事情有些蹊蹺，待為師前去瞧瞧，你就待在此處不要離開。」傅翔想說什麼，又忍住了，他點頭稱是，只見師父已如一溜煙滾向那衙門，循那飛賊的相同路線進入衙內。傅翔一個人留在樹上，黑暗中忽然有些緊張起來，他每隔一陣就伸頭從密葉中向左右張望，卻靜悄悄地沒有任何動靜。

又過了一刻時間，傅翔有些沉不住氣了，這時衙門牆角的地上出現一個光圈，有兩個巡役走了過來，一個手中提了個氣死風燈，另一個手持長棍，腰間掛刀，一面走一面對那提燈的道：「聽說飛賊今夜要劫城北汪大戶，衙門裡的高手全埋伏在那邊了，咱們當班的人力不夠，只好值他一整夜的班，真他媽的害死人。」

傅翔連忙把頭縮回，就在此時，身後一陣樹葉簌動聲，自己藏身處後的枝幹上多了一個人。傅翔大吃一驚，差點叫出聲來，只見來人正是那個小飛賊，穿著一身破舊紅衣，正笑嘻嘻地望著自己。

傅翔低聲喝道：「是你！」那小飛賊學著傅翔的聲調：「不錯，是我。」傅翔見這小飛賊年紀和自己差不多，眉目之間全是嘻皮笑臉的調皮相，小臉長得很是可愛，就是太過骯髒。

那小飛賊低聲問傅翔：「喂，你們兩人跟著咱們幹嗎？那個老頭真是你爺爺？」傅翔咦了一聲，道：「你怎知道這些？」那小飛賊嘻嘻道：「親耳聽到的呀，你們爺倆在吃好的喝香的時候，飯店門口一堆臭要飯的就有兄弟在下。」

傅翔聽他說得有趣，忍不住打斷：「那是你在跟蹤咱們了。喂，你跟著咱們幹麼？」

那小飛賊怔了一下，哈哈笑道：「厲害，厲害，倒打我一釘耙。喂，我叫朱泛，你叫啥？」傅翔道：「我叫傅翔……」他猛然想起師父的叮囑，不得輕易將真實姓名告人，但自從這個小飛賊一出現，自己不知為何立刻有一種親切的感覺，竟然就將姓名脫口告訴了他。

那小飛賊接著道：「我媽也是個要飯的，她先前給我起的名字是朱飯，吃飯的飯，意思是指望我一輩子不餓飯。後來師父說這名好是好，就是太難聽了，就改作泛，泛舟的泛，說挺符合我飄來飄去沒長性的樣子。」

傅翔問道：「你們就是……就是那兩個飛賊？」

朱泛低聲道：「這還要問嗎，咱們專找壞蛋下手，偷來的錢就拿去幫窮人，好玩得緊。今天范師父好計策，先讓我在城中叫花子窩裡放話，說今晚要偷汪大戶，其實咱們卻跑來偷衙門的官銀，你瞧，我已經得手了……」他得意洋洋地舉起搭在肩上的布包，道：「裡面可有百十兩官銀呢。傅翔，你要不要看看？估計你也沒見過官銀。」說著打開包袱，裡面果然是一包十兩一錠的官銀。

傅翔道：「幹麼得手還不快走，你師父呢？」朱泛道：「范師父還想搞個更大的……咦，你爺爺也跟進了？不好，不好，莫不是他老頭兒想要見者有分？」傅翔道：「不要胡說。」朱泛指著前方道：「怎麼胡說？你不見你爺爺過來了，他手中提著那一包不是銀子是啥？媽的，沉得緊，比我這包還要多，倒看不出你爺爺也是個慣賊。」

傅翔見師父飛奔而至，手中果然提著一個布袋，還來不及發問，同一方向那老飛賊也如飛奔來，身形之快，竟不在師父之下。他兩人才藏好身形，衙門內就響起一陣鑼聲，接著便是「抓飛賊」的亂叫聲，又亂了一陣，只聽到馬蹄疾響，兩匹快馬衝出衙門，馬上騎著兩個武裝軍士，朝北飛奔而去。

這時方冀才向朱泛的師父抱拳道：「原來名滿江湖的俠盜『無影千手』范老爺子加入了丐幫，這可是丐幫之福呀！」傅翔看這范老爺子穿了件百結長衫，頭髮鬍鬚花白凌亂，十足是個老叫花模樣。

老叫花拱手道：「在下岳陽范青。老兄輕功之佳，實乃范青平生僅見，敢問尊姓大名？」

方冀昔年在明教中運籌帷幄，較少在江湖露面，近十年來更是隱姓埋名，而「無影千手」范青多年來也是武林中一號神秘人物，向來獨來獨往作案，方冀見多識廣，從范青的獨門輕身功夫上認出他來，只是想不到他已加入天下第一大幫丐幫，而范青就認不出方冀是誰了。

方冀回道：「過獎，過獎。老朽明教方冀。」

范青驚得說不出話來，好半天才慨然道：「原來你是明教的方軍師，原來明教並未全軍覆滅。天可憐見，明教要從方軍師手上重整威名呀！」方冀忙謝道：「明教不幸遭大劫難，天留方某，乃降復興大任於不才，還賴各方先進念在武林一脈，多予相助。」兩人盜銀得手，也不急著抽身，竟然聊起來了。

這時遠方傳來馬蹄聲，從樹上望去，隱隱也看到人影幢幢，不少人馬正往衙門這個方向趕來。方冀道：「范兄使得好計策，等官府人馬趕回來時，你老反而去汪大戶宅子做一大票，這個聲東擊西，再聲西擊東的好計策，佩服，佩服。」范青道：「在明教軍師面前，小弟這點伎倆是貽笑大方了。」

那朱泛拍了拍傅翔的肩膀道：「傅翔，我不是告訴你嗎，我師父還要搞個大的。」方冀笑道：「范兄這個小徒兒好生了得，老朽瞧他在官衙裡東翻西翻，手腳奇快，而且並不貪多，見好收了就迅速脫離現場，好身手呵！」范青哈哈笑道：「這娃兒只有輕身功夫是老夫點撥的，其他偷雞摸狗的功夫乃是天縱奇才，無師自通。」這話說得朱泛倒有些不好意思了，忙道：「是弟子的造化，全賴范師父指點。」

方冀見這一老一少互動十分奇特，當下無暇多問，便主動策劃道：「等官府人馬回到衙門，范兄就帶著小朋友去汪宅作案，這兩包銀兩先暫交老朽，老朽和翔兒收拾好連夜到船上相候，天亮前兩位務必趕到漢水岸邊相會。」

這時官府的人馬已漸奔近，黑夜中蹄聲、腳步聲清晰可聞。

∞

城外漢水岸邊，方冀和傅翔已將大小行囊搬上了船，當然還有范青及朱泛得手的兩大包銀子。方冀忽然問道：「翔兒，那朱泛已知道你的姓名，也知道咱倆並非祖孫？」傅翔低聲道：「不錯。那朱泛人好，本事好，才見面就對自己的身世毫不隱瞞，什麼都告訴我，翔兒只覺得他是個好朋友，便……便也告訴了他。」

他以為師父少不了要責怪幾句，卻不料方冀聽完只微微點了點頭，雙目望著天邊第一線微現的曙光，默然若有所思。

方冀心中興起了很大的感慨，他想道：「翔兒不過是十二歲的孩子，如何能責怪於他？便是我自己幾十歲的人了，遇上初次見面的無影千手，也是立刻把他當作自己人啊！唉，都是性情中的好漢子，只要認定是好朋友了，自然就是光明磊落相待，那還能隱瞞暗藏什麼計較？只是，只是……」

他想到明教的好漢就是遭到「好朋友」的毒手，不禁喃喃自語道：「只是有些好朋友會變，變得比翻書還快，認定一個好人有時也真難啊。」他內功深厚，黑暗中已看到兩個人影疾奔而來，正是范青和朱泛。他暗道：「天一亮，城裡一定鬧翻，咱們要快走。」

范青和朱泛趕到岸邊，兩人手上並不見帶有大包銀子，方冀當下也不細問，先請兩人上船，對船頭的船老大道：「咱們開船吧。這兩位客人搭一段水路到谷城就下船，加倍與你銀錢。」

這時河風正勁，輕舟在天未全亮時已駛離襄陽城郊，這時范青才從懷中掏出一隻小皮袋，笑咪咪地道：「這回到汪大戶宅子下手，咱們趁空而入，也不麻煩尋找他的銀庫，就這一袋珠寶，已夠咱們丐幫做許多好事了。」方冀笑道：「丐幫有了無影千手，兄弟們可省掉不少沿門托缽的苦勞了。」

那朱泛插嘴道：「不成。搶大戶歸搶大戶，要飯歸要飯，丐幫的規矩不能壞了。」范青笑道：「朱泛，你去和傅家小兄弟說話，咱們這裡說話你莫插嘴。」朱泛只好跑到船頭，去和傅翔看那河岸上的風景。

船上二老二小，都談得十分投緣。到中午時，船老大的老婆整治了幾個好菜，備了酒飯來請客人用餐。那漢水上跑船的船娘，個個做得一手好菜，昨在襄陽停靠一日，添了些雞魚菜蔬，船娘使出手段，幾個菜一端上桌，香味四溢，四人吃得極是滿意。

就在這條輕舟揚帆離開襄陽後一日，三個錦衣衛騎著高頭大馬進了襄陽城。

∞

船到谷城稍停，范青、朱泛下船作別。范青將一包銀子留在船上，方冀也不推辭，只笑道：「這一下真成了見者有分了。」朱泛對傅翔叮嚀道：「這包銀子中有一些是整封裝的官銀，花用的時候要小心，最好到外地大城裡的銀鋪兌開了再用，這樣襄陽的官府就追不到了。」

方冀見他和傅翔年紀相若，倒是個銷贓的老手，不禁暗覺好笑。四人互道珍重，朱泛對傅翔道：「兄弟，你要尋我時，只要在江湖上問一聲丐幫的紅孩兒，便會有人帶你來找我。」傅翔依依然答應了，方冀卻聽得暗暗稱奇。

行船過了谷城，便轉入南向的一條支流，河面窄了許多，兩岸景色卻顯得更為宜人。又行數日，方冀在一個村鎮前命船老大停船靠岸，下船時給了船老大豐厚的船資，兩夫婦歡天喜地掉船回頭，回到漢水上再去攬客了。

方冀帶著傅翔上岸，望著村鎮後方的重山峻嶺，熟悉的神農架群山在雲霧中或隱或現。他們在鎮中買了兩頭健驢，又辦了許多生活必需的物品，就牽驢上山。方冀心中暗忖：「這一入山，不知那一年才能再下來？」

師徒二人牽著毛驢，到達神農架崖頂時，天氣已有寒意。那頂崖位於神農架群山中極隱秘的地點，需通過好幾處秘道，外來者若是沒有人引導，要想找到可說十分困難。此時天色還算明亮，方冀環目四周，草木山石都沒有什麼改變，似乎自他上次來過後，再也沒有人上來過，而那期間，就在這塊坪頂上，明教菁英全數遭害。此時他重踏舊地，直如兩世為人。

此刻，他最想要做的一件事，就是尋到崖頂下最隱秘的一個地方，那裡藏著一個只有他知道的秘密。然而天色已晚，方冀決定先在崖洞中布置安憩之所，明日再探秘地。他帶著傅翔將毛驢背上的貨物一一搬入洞內，等到兩人整頓就緒，準備燒水煮茶吃乾糧時，已過戌時了。

次日天剛亮，方冀已一躍而起，他從頂崖後端躍下，一路蜿蜒曲折，經過三個長洞，終於來到一處藏在樹叢陰暗中的石縫前。方冀仔細查看了四周，確定沒有外人來過，他擠身進入石縫中，勉強前行十幾步後，蹲下將地上一塊石板揭起，石板下有個三尺深的石穴，但石穴中卻空無一物。

方冀幾乎驚呼出聲，這石穴中應該藏有一個鹿皮袋，袋中應該裝著兩本冊子及一卷畫卷，正如他隨時攜帶絕不離身的那兩本冊子及畫卷。這明教十大高手的絕學秘笈，當年他抄錄了兩份，一份藏在此穴中，一份帶在身上，然而此刻，這一份已經不翼而飛。

他感到不可思議，究竟發生了什麼事？出了什麼差錯？他無法想像，同時又隱隱覺得這裡頭好像藏有一個自己從未想過的陰謀，那又是什麼？他此刻一點想法都沒有，感到心思揪成一團，幾乎不能呼吸。

然而方冀畢竟是方冀，他很快地把思緒重新整理，把憂心和恐懼放在一邊，暗忖道：「這事太過奇怪，一時也想不清楚，我且先把此處恢復原狀，假裝什麼事也沒發生。傳授翔兒明教絕學才是要務，其他的待我慢慢來琢磨。」

等到他回到頂崖山洞時，傅翔正在生火煮麵，方冀若無其事地道：「師父早起到四處查勘一下。翔兒，從今天起，為師要傳你武功，教你讀聖人之書，還要給你講解明教教義，咱們在這裡只怕要待些時候了。」

【第四回】鄭家好酒

路邊一排矮屋，靠邊的一間屋子門前種了幾棵石榴樹，此時花尚未開，樹幹上繫著一頭小毛驢，正低頭在吃草料。門楣上用竹竿掛了一長條青布，上面寫著「鄭家好酒」四個字迎風飄動。走近時，屋裡飄出極為濃郁的酒香。

十里秦淮，六朝勝地。

秦淮河流經南京城區的一段，自古以來都是金陵的精華地段。夫子廟座落在北岸，烏衣巷在南岸。前者建於北宋仁宗景佑年間，在當時就是鼎盛的江寧孔廟；後者的歷史更早，是三國時東吳孫權練駐「烏衣」軍士的地方，爾後又成為東晉時王謝家族起居活動之地。沿著河岸，多少歷史故事在此發生，只有秦淮河的河水千年來見證著這些故事的起始和終結，就如唐朝劉禹錫的詩句：「舊時王謝堂前燕，飛入尋常百姓家。」道盡了人世間的興衰起伏。

然而秦淮北岸最大的建築卻不是夫子廟；就在夫子廟的旁邊，有一大片黑瓦房舍，圍在兩重圍牆內，顯得氣派非凡，那就是聞名天下的「江南貢院」。自南宋以來，天下士子在此參加科舉考試，從江南貢院裡考中的考生，最著名的恐怕要數南宋理宗寶佑四年的狀元文天祥了。

沿著貢院前的街道再向東走一段，就到了「古桃葉渡」。這個渡口因東晉書法家王獻之迎娶愛妾桃葉而名傳於世。桃葉渡位於「青溪」與秦淮匯流之處。「青溪」是條小溪，流水頗為清澈，與秦淮略帶油膩的河水比起來，顯得格外清新可喜。沿著青溪往北再走一段路，行人漸漸減少，也顯得較為清靜了。

這時在桃葉渡頭的石椅上，坐著一個年約二十八、九的書生，這書生長得清秀斯文，身子略嫌單薄，但一雙黑白分明的眼睛，並未因一夜未好睡而顯疲勞。

他望著青溪的溪水緩緩流進油光浮面的秦淮河，不禁有些感觸地想道：「千百年來多少讀書人在這江南貢院追求鯉魚躍龍門，從書齋走入官場，不正也像這青溪流入秦淮，再也不能回頭？」

他又想到六朝以來，這桃葉渡早已成為送別地標。此地雖然名叫桃葉渡，其實四周桃樹不多，倒是處處垂柳，眼前一棵大柳樹下有一塊古老的石碑，上刻「南浦送別」四字。

這書生站起身來望了望四周，只見柳梢上一抹似霧薄煙，波面上浮著一層透著檀香味的水氣，氤氳成混沌的一片。他暗忖道：「此情此景，日暮春遲更加送別，難怪恁他英雄豪傑到此，也要為之氣短了。」

他在石椅上窩了半夜，此時伸展手腳，深吸幾口早上的空氣，默默盤算：「昨晚到得晚了，想不到這京城那麼大，所有的客舍全被趕考士子佔滿了，竟然找不到一個棲身之所。今日定要好好尋訪，考試日子還有十來天，總得找個清靜地方安頓下來。鄭洽啊鄭洽，離家時不讓老家人跟來，總以為一切都能自理，那曉得頭一天就連個歇腳的地方都不得解決。」

鄭洽背著一個簡單的包袱和一袋書囊，一襲青衫雖然陳舊，穿在他身上卻顯得氣宇軒昂而瀟灑。他沿著秦淮河走了一回，昨夜兩岸酒樓笙歌不絕，青樓中更是燕燕鶯鶯，鬧到深夜方歇。河岸上來往的全是進京趕考的考生，這些考生全是各地舉人，在地方上都是菁英之士，有的出身富貴之家的還帶著書僮及老家人，甚至老媽子，一住下來就包院子，難怪所有的客棧都掛客滿，有的乾脆住進青樓妓院，一面溫習功課，一面享受溫柔鄉的滋味。像鄭洽這般隻身赴考的，一看就知是出自清寒之家，投宿的時候不遭白眼就很好了。

鄭洽想到兩年半以前他在家鄉浙江浦江中了舉人，年輕就守寡的母親噙著熱淚帶自己一同拜告祖宗，那時他暗暗發願，要在今年的會試中出人頭地，如果有幸能進士及第，就可在鄭家大族中揚眉吐氣，主要是為含辛茹苦的寡母在族人面前爭一口氣。

鄭洽出身於浦江有名的「江南第一家」。這個鄭氏大村從南宋以下，九代族人集居在一個村落，族人不論從事何等行業，都能秉承忠義傳家之祖訓，尤其是為官者，如不能清廉有守，生則除籍，死則不入祖祠。當今皇帝朱元璋曾親頒「江南第一家」，當地人也把這村子喚作「鄭義門」。

鄭洽在河邊幾條巷子裡轉了幾圈，耗去大半個上午，也找不到供客人暫住的民宿。街上行人漸多了起來，一些小酒店紛紛開門做生意，不遠處可以望見江南貢院唯一的一座高樓，他知道那是供監考官居高監督考場的官樓。鄭洽是個天生樂觀的人，便給自己打氣：「能在貢院附近找到住處固然好，實在不行就到城郊去找，好在還有十多天時間，先不要急。」

想著就走向桃葉渡邊沿青溪而北的那條小路，他一面走，一面想找個清靜的小店吃點東西，只見路邊一排矮屋，靠邊的一間屋子門前種了幾棵石榴樹，此時花尚未開，樹幹上繫著一頭小毛驢，正低頭在吃草料。門楣上用竹竿掛了一長條青布，上面寫著「鄭家好酒」

四個字迎風飄動。走近時，屋裡飄出極為濃郁的酒香。

鄭洽走過門口，被那酒香留住腳步，折回來進入酒店，只見店面甚小，屋中間放了兩張四人方桌，靠牆放置了三張兩人座的桌子。這時天色尚早，只有一張桌子對坐了兩個客人，看上去也是趕考的讀書人，卻穿得極是講究。

鄭洽揀靠窗的空位坐下，抬頭看去，櫃檯後坐著一個三十出頭的娘子，正在忙著將一大罎黃酒一勺一勺分裝進幾個酒壺中，見鄭洽進屋來，忙招呼道：「客官請坐，馬上過來。」她轉頭向屋後叫喚：「芫兒，有客人來啦，快上茶。」

屋後一個十二、三歲的女孩跑出來，捧著一壺熱茶來到鄭洽面前，很有禮貌地獻茶，並招呼道：「客官請先喝口熱茶，要點些什麼酒菜慢慢來。」

芫兒的詞兒一字不差，禮貌也周到，就是說得太快，有點像背書。鄭洽微微一笑，道：「小姑娘先給我一壺黃酒。我路過你們店門，一陣酒香撲鼻而來，想來你這店釀得好酒。」

那娘子將酒送給先來的客人，走到鄭洽桌前道：「咱店裡釀得三種好酒，客官先試一種，若吃得好了，就再試其他兩種。」

鄭洽笑道：「那裡吃得這許多，就請先來一小壺，順帶再切些滷味來。元兒，妳的名兒是元旦之『元』，還是團圓之『圓』？」

他見芫兒長得可愛，又聽娘子喚這孩子「芫兒」，便問問是那個字。芫兒回答：「都不是，乃是香草之芫。」

鄭洽吃了一驚，這孩子顯然讀書識字，不像是個酒店的小妹，便連聲讚道：「好名字，好名字。」鄭芫卻心想：「不過是元字頭上加把草，這讀書人就覺得好了，真是書呆子。」

這時鄭家娘子已端上了一盤滷味、一壺酒，鄭洽喝了一口，只覺那酒香醇而易入口，嚥下後還有一些微澀的回味，確是上好的黃酒，忍不住讚道：「娘子這酒當真好，不輸給咱家鄉的老酒呢。啊，對了，妳店門酒旗上寫著『鄭家好酒』，妳當家的姓鄭？」

鄭家娘子見這書生斯文有禮，說話口音有些親切熟悉之感，便跟他多說幾句話，她雙手在圍裙上擦了一擦，答道：「妾身夫家姓鄭。客官方才說您家鄉釀得好老酒，可是來自浙江？」

鄭洽呵了一聲，叫道：「巧啊，敝姓鄭，名洽，浙江浦江人。」他改說家鄉話，鄭娘子聽了大喜，道：「咱夫家也是浦江鄭宅人氏，客官可是……」

鄭洽搶著道：「敝人正是鄭宅鎮中『江南第一家』的子弟。哈，想不到此地碰到了同鎮的鄉親，大娘請了。」說罷起身一揖到地。鄭娘子連忙回禮：「客官休要多禮，快請坐下用些酒食，待會再敘。」

這時另外兩個客人大聲叫著要加酒菜，鄭娘子連忙過去招呼，芫兒也過去幫忙。鄭洽顯得十分高興，一連喝了三杯酒才伸筷吃菜。

那滷味甚佳，幾個油豆腐尤其煮得入味，鄭洽酒菜下肚，反覺飢餓起來，他正想叫人，抬眼就看到芫兒在櫃檯後面偷偷張望自己，便招招手叫道：「小朋友，妳過來。」

鄭娘子見他喚芫兒，就招呼道：「客官，酒菜還可口否？」鄭洽道：「好酒好菜，再來一碗熱麵就更佳了。」

鄭娘子到後面煮麵，那芫兒跑到鄭洽面前道：「你也是來趕考的？」

鄭洽指著對面的椅子，示意芫兒坐下，微笑道：「不錯，我從浦江來到京城，這裡的客棧全都讓各地來的考生住滿了。芫兒，妳每天在店裡幫妳娘招呼客人？」

芫兒搖頭道：「娘平日有個夥計幫她，我有時候來店裡玩耍，順便幫忙，平時我住師父那裡。」

鄭洽甚感好奇，問道：「妳師父在那裡？」芫兒道：「我師父在靈谷寺。他昨天帶我下來，他要到夫子廟去買書，我們還帶了黑毛一道來。」鄭洽奇道：「黑毛是誰？」芫兒道：「黑毛是隻小毛驢，牠在門口吃草，你沒看見？」

鄭洽笑道：「看見，看見，挺漂亮的。妳師父待會來找妳？」芫兒道：「不錯，午時前他就會回來，那個夥計也會來上工，我就要隨師父回山去了。黑毛要幫師父馱書呢。」

鄭洽心中暗道：「聽說靈谷寺規模宏大，座落城外鍾山南麓，地方清靜，周圍風景絕佳，若得芫兒師父允許，我便去廟裡租他一間小房閉門讀書，等考期到時再回此地，豈不甚佳？」

正盤算間，鄭娘子已端了熱麵過來，笑道：「難得客從故鄉來，連芫兒都興奮得說個不停。」

芫兒道：「我才沒說個不停，是回客官問話呢。」鄭娘子道：「好，好，妳快去給那兩位客官換上新泡的熱茶吧。」

鄭洽道：「大娘夫家在鄭宅鎮，未知緣何搬到京城來做營生？」

鄭娘子知他這一問，乃是因為浦江鄭宅鎮人絕大多數留在家鄉，甚少出外謀生，鎮中的「江南第一家」九代同居共食，所以才有此一問。她嘆了一口氣道：「先夫是鄭宅鎮人，名叫鄭永，卻不是江南第一家。他去世後，兩個兄弟要分他田產，妾身難容於父兄，只好帶著女兒投靠京城的娘舅，是小女子自幼學得釀酒秘方，所製之酒別有風味，這才央求阿舅相幫開了這間酒店。雖然地點比不上秦淮兩岸那些酒店飯館，也可靠自力謀生，圖個清靜。」

鄰桌那兩位吃得差不多了，起身會賬，其中一個留著短髭的士子把一小錠銀子拋在櫃檯上，瞇著眼睛對鄭娘子道：「酒錢不用找了。娘子做得好酒好菜，更兼好容貌，這小小酒店竟似文君當爐的風味，嘻嘻，咱們還要多找些朋友來光顧。」

鄭洽聽他口裡說的是「文君當爐」，一雙瞇眼裡說的怕是「文君新寡」，不禁一皺眉頭，心想：「這廝語出輕佻，只怕要惹惱了鄭家娘子，我當代為解圍……」

正要上前說兩句打圓場的話，那鄭家娘子一面收銀找錢，一面溫言正色道：「難得兩位客官中意小店酒菜，又願多為推薦顧客，小女子這廂有禮。兩位風華正茂，來日試場得意，必是國家德才兼備的棟樑。這酒菜錢……還是要找還於客官的。」

這一番「才德兼備」的話，直說得那兩個士子啞口無言，也說得鄭洽佩服萬分，想不到在這小酒店中，碰到這樣一位有智慧、有見識的女子。那兩個相公接過零錢，慌忙道了一聲勞駕，就匆匆離去。

就在此時，一個大和尚走了進來，肩上用一根禪杖挑著兩大包書，芫兒一見，連忙跑出來叫道：「師父，你可回來了。」鄭娘子也忙道：「師父快把書放下，我來煮碗素麵給師父擋擋飢。」

那和尚望了鄭洽一眼，對芫兒笑道：「芫兒，妳猜為師替妳買了些什麼書？」芫兒蹲下來，將師父買來的書翻出幾本來看，除了《論語》、《中庸》等四書五經及幾本佛經之外，還有許多沒見過的書，有些連封皮上的書名都不識得。她小嘴一撇道：「師父，師父，芫兒讀完這許多書，就能跟這位相公一樣了。」說著指了指站在一旁的鄭洽。

鄭洽合十施禮，道：「大師請了，敝人鄭洽，乃是浦江的考生，前來京城參加會試，巧遇這位小朋友，原來是大師的高徒。」

那和尚正是潔庵禪師，他合十回禮道：「鄭施主請了，貧僧潔庵，駐腳鍾山靈谷寺。」鄭娘子忙著介紹：「師父您看有多巧，這位鄭相公來自浦江『鄭義門』，是夫家的小同鄉。他昨晚才來到京城，尚未尋到落腳處。」

潔庵道：「滿街都是趕考書生，秦淮河兩岸的客舍青樓全住滿了，鄭施主只怕要另想法子了。」

鄭洽道：「久聞靈谷寺環境幽美，未知能否借一間小屋，供敝人暫住十餘日，只是閉門讀書，絕不敢打擾師父們清修，一切費用敝人照付。」

潔庵禪師笑道：「原來要施主另想法子，施主想到靈谷寺來了。不瞞施主，貧僧在靈谷寺只是掛單，這事須得寺裡管事的同意方可，不過貧僧瞧那寺裡為遠來香客投宿而設的廂房倒有一些空房，施主若有意，便隨貧僧去寺裡投宿便了。」

鄭洽聞言大喜，連聲道謝。這時店外走進一個年輕小伙子，進店就大聲喊道：「大娘，芫兒，咱回來了。」鄭娘子在廚房裡回答：「阿寬，快來把師父的麵點端出去。」鄭洽知道這「阿寬」便是鄭芫先前所說的夥計了。

鄭娘子特別煮了一大碗香菇金針素麵，另外炒了碗青菜，還切了一盤素滷味，阿寬使個木盤端了出來，可以看出大娘對芫兒師父的巴結。

潔庵一面用麵一面讚好，吃完麵又吃菜，笑道：「照說出家人不貪口欲，粗茶淡飯最合本分，但鄭娘子招待貧僧這一餐確實美味可口，罪過呵罪過。」

鄭洽見他說得有趣，忍不住插口道：「粗茶淡飯固合本分，大娘的麵菜卻合本性。」

潔庵一聽大為讚賞，連聲道：「有意思，你這個讀書人倒有些意思，會試必定高中。叨擾鄭家娘子，貧僧這就告辭了。咱們牽著小毛驢一路走，到靈谷寺也要天晚了。」

他兩手提書袋，馱在小毛驢「黑毛」背上，牽著芫兒開步就走。鄭洽忙付賬告別，跟了出去。鄭家娘子道：「鄉親好好準備功課，開闈時再來小店歇腳。」

靈谷寺座落於南京城外鍾山上，原為南北朝梁代興建，唐朝時名為「寶公禪院」，明初改稱「蔣山寺」，十多年前因朱元璋看中了廟址是塊風水寶地，便把蔣山寺遷移到山之南麓，原址做為修建自己陵墓之用。或許朱元璋覺得有些不好意思，就親自為新寺賜名「靈谷寺」，並撥鉅款重新興建，其規模宏大，猶勝當年蔣山寺。

潔庵禪師雖是客居靈谷寺，但因他佛法高深，靈谷寺自方丈以下，皆對他十分敬重。鄭洽隨潔庵來投宿，寺中管事的知客僧立刻帶他住入一間窗戶對著松林的小客房，房錢隨緣，不管飯，茶水供應。

鄭洽略事梳洗，先好好睡了一覺，醒過來已是深夜。他起床點燭夜讀，藉作半篇八股文，一筆一畫練了兩頁蠅頭小楷，自覺一筆趙字體楷書寫的得心應手，不禁停筆自己欣賞一番。推窗望月時，只見松林浴在月色之下，向光的枝葉固然姿態格外動人，背光的枝幹在陰暗中有如濃墨勾勒，更顯得蒼勁有力。

鄭洽忍不住推門走到屋外，只見松林邊一條小徑，在月光下蜿蜒通入林子裡，林影在地，幽靜得誘人想要走入一探。於是沿著小徑走進松林，月光點點灑在地上，走了約有一里路，似乎來到這片松林的盡頭，忽然被一個意想不到的景象驚住了。

只見松林外一坪草地，坪中一老一小兩個人正在練拳，再仔細一看，正是那潔庵禪師和小朋友芫兒。潔庵禪師在月光下打一套少林拳，簡單的幾個動作，在他信步走位、信手出拳下，居然虎虎生風，展現出一種凝如山、動如河的氣勢。只見他收招之式，單腳撩起，身軀前弓，兩臂展開如翅，雙掌顧盼生姿，全身上下似乎無一處不在對望相顧，既靈且重，那姿態漂亮之極，卻又力透全身。

芫兒拍手叫道：「師父，您打的拳真好看！」

她話聲未了，潔庵和尚忽然落腿一挑，一塊斗大石塊離地飛起，原來展開的雙掌忽然一收，左掌化拳擊出，那塊大石轟的一聲被震成碎片，飛散出一丈之外。

芫兒驚得小嘴合不攏來，鄭洽更是嚇得目瞪口呆。潔庵對芫兒道：「芫兒，妳好生練習，這一套拳法妳若學到了火候，師父其他的武功就能傾囊相授於妳了。」他轉首道：「鄭施主，出來吧。」

鄭洽這才回過神來，他習慣性地整了整衣衿，從樹後走出，一揖到地道：「明月清風如此良夜，小生信步來此，並無窺探之意，但見大師神功，真……真神人也。」

潔庵禪師哈哈笑道：「不妨，不妨，貧僧所傳的功夫重在領悟，旁人看了也學不會，學去的只是拳腳架式罷了。」他說著便索性對芫兒道：「芫兒，妳也練一遍來看看。」

鄭芫並不猶疑，凝神抱拳，將師父傳授的這套少林拳一招一式打了一遍，在鄭洽看來，只覺芫兒打的招式和潔庵所練的一模一樣，顯見學得精準，練得純熟。

卻聽潔庵禪師道：「芫兒，妳這套拳練得手腳到位，氣韻流暢，就是運『氣』與運『動』

之間的拿捏還差些火候。」芫兒問道：「師父，『火候』到底是什麼？」潔庵笑道：「等妳練到了『火候』，妳自己會知道，也自然就懂了。」

芫兒雖然聰明，但畢竟年紀小，此時很難真正懂得這道理，但這番話聽在鄭洽耳中，卻令他心中猛然一震，暗暗忖道：「和尚這番話用在讀書作文上，豈不也完全合適？」

鄭洽這一生，每日讀書作文，卻從來沒想過這道理，這時他一加回味，立刻想通了，忍不住道：「讀書若識其字意而不能會其大義，就差那麼一點『火候』；作文華其章，闡其道，而不能貫其氣，也就差那麼一點『火候』。大師點示，小生今夜受益良多。」說著又是一揖到地。

潔庵禪師顯然對鄭洽頗有些好感，哈哈笑道：「貧僧所言，未必有這許多大道理，但天下之道萬流歸宗，徹悟了就都能相通。鄭施主頗有慧根，此番闈試，定然高中。」

他轉身對芫兒道：「芫兒，咱們今夜就練到這裡吧，且回房將憩。」說罷便合十為禮：「鄭施主請。」帶著芫兒回寺院去了。

潔庵領著鄭芫，走到寺院後一間獨立的小精舍，推門入內。舍中燭火未滅，香案上供有佛像，顯然是潔庵的修行所在。

他和鄭芫各揀一個蒲團坐下，低聲道：「芫兒，妳近日大有進步。方才我說的『火候』，固然說的是武功的精微之處，但有些領會須待經驗累積而後得之，此刻咱們不必強求。明日為師開始傳妳少林神功。」

鄭芫道：「師父日前教芫兒的，不是少林神功麼？」潔庵笑道：「那是少林入門的一套拳法，少林寺千百弟子人人都能打它一趟，待妳如練成真正的少林神功，雖然仍是這套普通的入門拳法，施展起來也能和天下任何高手周旋，這就是少林武功博大精深之處。」

鄭芫又問：「那少林神功就要從練少林內功開始了？」潔庵道：「芫兒聰明，正是如此。」他說到這裡，正色對芫兒道：「之前師父教妳的武功，除了入門必練的拳腳及輕功外，最重要乃是發覺妳方師父傳授的明教武功十分特異，竟然也是一種重悟性的練氣之道，和咱們少林神功有許多相通之處，是以兩年來也把少林內功傳與妳練習，不但沒有相抵之處，反而有相輔相成之效，此所以妳能在短時間內進步如此快速的原因。近日為師仔細想過，以妳現有的內功底子，少林神功可以提前開始了。」

鄭芫想起方夫子在分手前對她所說的話，回應道：「方夫子也曾對芫兒說過一樣的道理。」潔庵點了點頭，對芫兒道：「妳快去後房睡了，為師再坐一會兒，明日傳妳神功。」

另一邊，回到小房間的鄭洽經過方才一番奇遇，再也無法入睡。

他無意間發現潔庵禪師竟是個武學高深的奇人，而鄭芫這小女娃兒到靈谷寺來的原因，竟是學習武功。對他這個一輩子埋在書本及文章詩詞裡的人來說，這一切都是不可思議。而潔庵和尚談「火候」那普普通通的一番話，卻讓自己大有茅塞頓開之感。他把先前作了一半的文章拿出來，又讀了一遍，原來覺得文辭鏗鏘、鋪設得體的半篇應試文章，此番讀來竟是味同嚼蠟，他不禁一怔，想到自己和潔庵禪師的一番對話，暗思：「文章若無文氣貫穿其間，猶如無魂之軀體耳。」

他依著這番領悟，將那文章重作了一遍，再讀時，同樣地闡道理，同樣地抒情理，行文中走出一道文氣，雖然受到應試體的規範而有若干限制，但讀來首尾相顧，氣勢亦隨文而出。鄭洽不禁擲筆而嘆：「無此領悟，這八股文作得再多，也難有進境啊。」

這時，遠方傳來雞鳴之聲，天已快亮了。

∞

日子過得飛快，鄭洽住在靈谷寺日夜苦讀，做應試前的最後準備，匆匆已過了十幾天，試期就在後日。鄭洽打算下山進城，在秦淮河「鄭家好酒」店中過夜，然後赴考場。

這一段時間他全力溫習功課，模擬試題作答及論述，自覺頗有進境。鄭芫那孩子偶而來找他請教一些經書上的問題。這孩子在師父指導下文武兼修，每隔數日也會進城去看她娘。鄭洽與她約定好今日一同進城，芫兒並已和娘說好，鄭洽將借住在酒店。

鄭洽將筆墨文具仔細檢點無誤，便背著包袱去尋芫兒。當他走到潔庵住的精舍前，便見芫兒正在舍外大松樹下讀書。樹幹上栓著那隻小毛驢，遍體黑毛發亮，極是搶眼。

鄭洽喊道：「芫兒，一大早就在用功？咱們今天要進城去啊？」鄭芫抬頭道：「芫兒在等您呢，師父有個客人在精舍裡聊著，咱們去說一聲就動身吧。」

他們推開精舍的門，只見舍內潔庵禪師和一個黃衣和尚對坐在蒲團上說話。鄭洽上前一揖到地，道：「闈試在即，晚生今日便與芫兒下山進城，待考完後再回寺來拜見師父。」潔庵禪師指著那位黃衣和尚，向鄭洽道：「這位大師法號溥洽，倒與鄭施主大名同一個『洽』字，今日相見自是有緣。」鄭洽連忙合十為禮：「敝人浦江鄭洽，敢問法師駐錫何地？」那和尚合十道：「貧僧在京師天禧寺住持。」

鄭洽暗驚，見那和尚年約五旬，相貌十分清癯，倒像是個儒生。久聞天禧寺乃是京師官家來往最密切的寺廟，連忙再次施禮道：「原來是天禧寺住持大師。晚生此次從聚寶門進城前，曾路過寶剎，當真是香火鼎盛，好一個弘法勝地。」

那溥洽法師謙道：「鄭施主好說。敝寺與那江南貢院相隔不遠，施主後日入闈場，如不嫌棄，便在敝寺住上兩夜，豈不方便？」

鄭洽心想你這天禧寺地點特佳，所有客房早為有錢有勢、與官家有關係的考生住滿，自己來時那晚也曾去投宿過，才一開口就被一個胖大和尚阻在門外，但這溥洽法師看來倒是個有道高僧，又是住持方丈，倘若隨他去天禧寺投宿，想必又是一番待遇。他實不耐面對這種人間勢利，便謙辭道：「感謝大師好意，晚生與芫兒的娘已經約好，便是在她酒店過夜。異日有緣，定當專程到寶寺進香。」

鄭芫聽了鄭洽這番對答，喜孜孜地拉著鄭洽的手，躬身告辭：「師父、溥洽法師，咱們下山去了。」潔庵禪師揮手笑道：「妳那小驢兒去不去呀？」芫兒道：「黑毛自然也要去的。」潔庵問道：「那你們兩人是誰騎驢，誰步行啊？」

芫兒應聲答道：「當然是鄭相公騎驢。」鄭洽同時也答道：「當然是芫兒騎驢。」

潔庵撫掌大笑：「你兩人雖不是『父子騎驢』的難處，也要傷傷腦筋吧。快走，快走，鄭施主此去考場得意，金榜題名啊！」鄭洽也躬身告辭：「謝大師金口吉言，小生拜辭兩位法師。」便拉著芫兒出門，去牽那隻小毛驢。

這兩人才走出門，舍內那溥洽法師撫著頷下短鬚道：「這鄭洽相貌聰明過人，難得不見利思遷。大考當頭，若是換了別個考生，有我住持方丈邀他去地點絕佳的天禧寺過夜，定當歡喜接受，此人卻寧願守約去睡酒店的木板，不容易。」

潔庵也點頭道：「師弟此言不差，我觀察這鄭洽十多日，所見亦是如此。願他金榜題名，師弟，你那位主兒來日需要的長才還少得了麼？」

鄭洽和芫兒牽了黑毛，還真不知該讓誰來騎，但這也不是什麼難處，兩人把簡單的行李往驢背上一繫，就開步往山下走去。

芫兒心想：「今晚是考前第二夜，那些考生們必定鬧得很晚，娘那邊忙得厲害，我正好去幫阿寬打雜。」鄭洽卻在想：「天禧寺方丈乃是由朝廷所派，這溥洽法師怎麼看也不像是個『官僧』，倒是他隻身來到靈谷寺，不去找靈谷寺的方丈，卻找潔庵禪師閉門談事，豈不奇怪？」

鄭洽和芫兒到達「鄭家好酒」小店時，申時剛過，鄭娘子見到鄭洽很是高興，問長問短，待鄭洽有如親人，很讓鄭洽感動。鄭洽放下包袱行囊，見時間尚早，小店只有兩個客人，便對鄭娘子道：「我到河邊走走，待會客人多了，便回來幫忙。」鄭娘子忙道：「相公請便，何敢勞動相公？」那芫兒已跑到廚房去幫忙洗菜切菜了。

8

鄭洽走過桃葉渡，沿著秦淮河北岸向西行，過了一座古老石橋，南岸便是烏衣巷了。鄭洽走到巷口邊往裡張望，只見巷內屋舍破舊，住著幾十戶民家，只有巷口幾幢黑瓦白牆的宅子，依稀還有點大戶人家的味道。他走近巷口一塊殘缺的石碑細看時，上面刻著「烏衣巷」三個大字，寫的是晉隸，怕是一塊當年的遺物，只是久經風霜，刻文有些湮蝕了。

這時斜陽從西邊照過來，映得那古巷半明半暗，巷口幾棵大樹的枝葉及樹幹上也是一半亮黃、一半暗紫，鄭洽緩緩踱著方步，心中滿是憑弔之情：「斜陽草樹，尋常巷陌，人道王謝曾住。」

他想道：「一千年前，這裡是世族和名閥鼎盛之地，但天下之大，仕宦非王即謝的局面豈能長久？」他又想：「天下士子來此只是憑弔感嘆，殊不知隋唐以來的科舉，正是打破世族門閥的關鍵；從此讀書人不論家族門第，只要科舉高中，就能一夕翻身。」

想到江南貢院就建在烏衣古巷對面，天下成千上百的士子在此追求鯉魚躍龍門，每個人都會到此一遊，見證這被科舉取士打入歷史的名閥遺跡，不禁更是感慨。

就在鄭洽沉浸在思古幽情、慨然吟哦的時候，巷裡迎面走來一個書生，他步履輕快，一會兒就走到鄭洽面前。那人十分年輕，看上去似乎只有二十歲左右，身穿一襲青衣，是上好的蘇綢，年輕的面龐和瀟灑的綢衫在斜陽中顯得耀眼。

那人一張圓臉，眉目之間十分和顏可親，他盯著鄭洽望了一眼，對鄭洽微笑點頭，鄭洽禮貌地回以微笑。那人拱手道：「小弟武進胡濙，兄台貴姓？」鄭洽也拱手回禮：「敝人鄭洽，浦江人氏。」

那胡濙頗為隨和善談，停身道：「聞鄭兄之吟，可是來這烏衣巷弔古？巷裡已全是尋常民宅，無古可弔了。」鄭洽點頭道：「滄海桑田，這烏衣巷在唐朝時便已衰落，李太白詩云『晉代衣冠成古丘』，何況如今已過千年之久？」

那胡濙點了點頭，道：「兄台話是不錯，但想到眼下所見這巷子，竟是當年鮮車怒馬、高官貴客、才子佳人匯集之地，仍然難以想像。」

鄭洽道：「方才小弟正想那江南貢院和這烏衣巷，那邊科舉取士打敗了這廂世族門閥，斜陽下兩者隔河相對，豈不是歷史之諷刺？」

胡濙聽了，拱手道：「鄭兄高見，小弟佩服。兄台若是別無要事，今夕可否由小弟作東，喝它幾盅，好好聊聊？」鄭洽道：「萍水相逢，何敢叨擾？」胡濙道：「兄台談吐高妙，小弟有幸得遇高士，不可錯過。」

鄭洽也是個爽快的人，便笑道：「既是如此，我倒知道一個安靜處所，酒菜都好，又無歌舞喧囂，正好與胡兄吃個痛快。」他身上盤纏不豐，但見這胡濙似乎是個富家子弟，心想拉他去光顧一下「鄭家好酒」的生意，此人多半出手闊綽，是個好客人。

胡濙大喜道：「妙極，妙極，就請鄭兄帶路。」鄭洽一面朝河岸走去，一面問道：「胡兄貴庚？」胡濙道：「小弟今年二十一。」鄭洽嘆道：「二十一歲便趕上會考，胡兄你真是少年英才呵。」胡濙道：「要靠兄長多指教。」鄭洽道：「在下痴長幾歲，便稱你一聲老弟吧。老弟，你這大名是那個濙字呀？」胡濙道：「是瀠濙之濙。」鄭洽呵了一聲，吟道：「寒瑤披清飆，殘月照瀠濙。」胡濙道：「兄長博學，正是文天祥〈題高君寶紺泉〉裡這個濙字。」

鄭洽道：「愚兄名洽，乃是水之合也。兄弟，你這水要細流，愚兄這水要合流，合可廣，細可長，咱倆倒也有緣。」胡濙喜道：「正是，正是，咱倆今晚不醉不散。」鄭洽暗道：「這胡濙十分善談，待會跟他打聽一下考試的事。我這十多天窩在靈谷寺，這邊的情形一概不知，也不知闈場傳出了那些消息？」

邊走邊聊，兩人走到「鄭家好酒」小店時，日頭已經西沉。華燈初上，秦淮河的夜生活已揭幕；兩岸遊人如織，畫舫笙歌如縷，好一片歌舞昇平。

鄭洽帶著胡濙走進「鄭家好酒」小店，只見屋中間兩張四人桌已併桌，圍坐了八九個書生，見兩人走進，其中一個識得胡濙，大聲叫道：「胡老弟，一連叨擾了您三次，今日碰到在下做東，快請參加咱們。呵，還有一位仁兄，也請一起來。」胡潑連忙拱手道：「錢兄謝了，今晚小弟已約了這位鄭兄，便不參加您的席了。各位請，各位請。」

鄭洽和諸生打個招呼，便和胡潑揀角落上的小桌相對面坐，心想這胡潑出手倒是大方。芫兒跑出來奉茶，笑嘻嘻地對鄭洽道：「鄭相公，您吃了十幾日素食，今晚可要好好大吃一頓了吧。」鄭洽笑道：「素菜我從小吃得慣了。是芫兒自己想吃妳娘做的好菜，才樂得啥似的。」說著向胡潑解釋道：「愚兄這十多天投宿在靈谷寺中溫習功課，這芫兒也在廟中隨一位高僧誦經，故而識得。芫兒的娘便是這『鄭家好酒』小店的當家，酒菜均是別具風味，愚兄來此試過，讚賞不已，而且得知當家大娘是我浦江鄭宅鎮的鄉親呢。」

兩人點了酒菜，便繼續聊了起來，鄭洽打聽這幾日闈場可有什麼消息傳出。胡潑道：「倒是沒有特別消息，反正初九、十二、十五，三試下來就生死已定，大夥兒等著放榜吧。」

鄭洽道：「這會試的考法倒是和鄉試大致相同，只是題目更艱深些。我朝特重四書五經，這頭兩試，三題『四書制義』、五題『五經制義』考下來，其實大勢已差不多定了。我倒情願考個五言幾韻的詩試，考生也可稍為抒發一下胸內真實的才情，可惜現在不考詩了。」

胡潑點頭道：「兄長說得不錯，唐宋時的應試詩雖然也設得有若干限制，但才情高的，仍能在闈試中作出傳世傑作呀。」鄭洽喝了一口酒，低吟道：「離離原上草，一歲一枯榮。野火燒不盡，春風吹又生……白香山這詩傳遍天下，便是應試之作呢。」胡潑為之浮一大白，忽然一掌拍在桌上。鄭洽一怔，胡潑卻正色道：「這酒還真不賴呢。」

鄭洽哈哈一笑，道：「胡老弟少年便應會試，看你一派輕鬆，想必除了才高之外，經書制義亦有備而來吧。」

胡潑壓低了聲音道：「不瞞兄長，小弟家業尚裕，這科舉為官之事並非小弟最大志願，此次應試實乃為家嚴所逼，其實並未有必勝之備，更無必勝之心。」

鄭洽呵了一聲，心忖這胡潑真誠相待，便道：「愚兄可就沒有老弟的好命了。愚兄家貧，上有寡母殷切之期待，亟盼此次應試能博個功名，光宗耀祖自是不在話下，更實際者有二，一則有份較好的收入安家，再則守寡半生的老母得以在鄉人前揚眉吐氣。是以試期一近，愚兄心頭頗覺壓著一塊大石頭。」

這時四個熱炒一一上桌，胡潑吃了幾筷，果然讚不絕口。門前又進來幾個士子，一下子就將小店坐滿，阿寬和芫兒忙得滿場飛跑，一時之間顧此失彼。鄭洽起身道：「老弟慢用，愚兄到後面去幫忙照應一下，鄉親嘛。」胡潑見他要去幫忙侍客，先是一怔，繼而暗暗對鄭洽不擺身分、自然親切的為人感到欽佩。

鄭洽掀簾走到後間廚房，見鄭娘子滿頭大汗，正在爐前施展手段，鄭芫也是小臉通紅，忙得不可開交。鄭洽笑道：「芫兒呀，平日聞說店小二跑堂跑堂，今日可著實瞧到了——全用跑的呢！」鄭芫白了他一眼，指著案上剛出爐的一大碗雞湯，道：「還不快幫忙送給中間那大桌的。」

鄭家娘子叱道：「芫兒不要胡說，怎教相公跑堂？」她話聲未了，鄭洽已端起那一大碗雞湯掀簾而出，一面叫道：「湯來了，各位客官請用。」一面將大碗放在桌中央。

那八九個士子喝了不少老酒，何況與鄭洽也只是方才照過一面，根本沒有人發覺是鄭洽在跑堂上菜，只顧相互吆喝著敬酒吃菜，見一隻全雞原湯上桌，香氣四溢，大夥兒叫好之聲不絕。胡濙在旁看得噗哧笑出聲來。

鄭洽回到廚房，鄭娘子急道：「相公快請回座吃酒，你還有客人在等著呢。您要再出去上菜，客人可要罵咱們不懂規矩了。快請回，快請回！」

鄭芫也來推鄭洽出去，尖叫道：「你快回去，我和阿寬忙得過來。」鄭洽道：「好，好，我回去。」他回到座上，胡濙笑道：「老兄以舉人之尊為客人上菜，可笑那幾個人吃喝得糊塗了，竟渾然不知。」鄭洽笑道：「不知最好。」

又喝了幾杯，鄭洽停筷問道：「胡老弟方才還未說完，此次應試登榜，你既存可有可無之心，這些日子在京城必有時間多方遊歷，增廣見聞了？」

胡濙道：「不錯，小弟自幼即對岐黃醫藥之道極感興趣；這話只對兄長私下說，我讀那醫藥之書竟比讀聖賢之書更覺有味。不止遍讀群書，更在常州府武進、宜興、無錫等地請教各家名醫，蒐集整理各路單方，家父不知道他老人家賞給小弟的銀錢，幾乎全都花在這上頭去了。這次有機會到京城來，早就先打聽了幾位名醫，並在來京之前先做好準備，務求向每一位名醫請教到他們最得意之醫道。」

鄭洽不禁大感好奇，續問道：「老弟在京城待了多久？想必大有收穫了。」胡濙道：「小弟在京城已住了兩個月，每日向名醫請教，有時假病人身分求醫，順便試試名醫的斤兩。唉，堂堂京師之地，除了一兩位有些真才實學能為小弟解惑，其他徒負虛名的名醫大有人在，而向他們請益求醫卻所費不貲呢。」

胡濙對鄭家娘子的一味時笋炒河蝦特別讚賞，他吃了一大匙，轉問鄭洽：「老兄這十幾日躲在清幽寺廟中閉門讀書，對來日應試必然已胸有成竹了？」鄭洽道：「說不上胸有成竹，倒是靈谷寺芫兒的師父有一天點示了幾句話，頗令愚兄茅塞頓開，可以說與老弟聽聽，或許對老弟應試作文有些幫助。」

說著便把那晚潔庵禪師指點芫兒拳道的一番話，如何變成打開自己讀書作文困境的一番思想，一一告訴了胡濙。胡濙聽罷，心中充滿感激，他知道鄭洽所言乃是一個關鍵的突破，是許多讀書人求之不得的領悟，他卻在赴試即將到臨的前夕，將之詳細教給自己，那確是把自己當好朋友了，當下拱手道：「兄長這番話，小弟承情可就大了。小弟回去一定好好琢磨，這其中的精義，還不止是作應試文章呢。」

鄭洽暗暗點頭，心想：「這胡老弟是個有意思的年輕人，他日絕非池中之物。」

初九天未亮，江南貢院前已擠滿了各地的應試舉人，從夫子廟前一路行來，擠得水洩不通。此時關閉月餘的闈場大門開啟，考生領取牌號，由禮部的學役搜身監督，引到各自的學子號。

所謂「學子號」，就是供考生個人作答的號房，其大小有如牢籠。在當時已佔地百多畝的江南貢院中，設有數千間號舍，乃是天下第一大考場。

鄭洽半夜就帶著文具及必備物，排隊等候開闈門，這不是他第一次來江南貢院，之前他曾考過兩次鄉試，因此對貢院的情形相當熟悉。那院子四周的圍牆建有兩層，其上密布荊棘，士子們稱之為「棘闈」。進入院內，大道的兩邊各立著一個石坊，石坊上面刻著四個大字：

「明經取士」

「為國求才」

鄭洽記得這貢院自南宋以來，多少重臣名士皆出於此，南宋的文天祥，本朝的劉伯溫……

現在他靜靜坐在狹小的學子號裡，學役上了鎖，他閉目養神，等待第一試的試題。

∞

鄭芫在鄭洽進考場後第二天，騎著黑毛回到靈谷寺。潔庵禪師正坐在寺前的平台上觀賞山景，斜陽下涼風習習，左右林子裡松動似濤，正面望下去，一條小路蜿蜒迤邐，此時路上並無其他行人，只有一隻小毛驢馱著一個小孩，緩緩向寺廟這邊走來。

潔庵望著這景象，不禁莞然一笑，芫兒這孩子冰雪聰明，性子又開朗可愛，才離開了幾日，竟然有些盼她早些歸來，這時看到她一人一騎，小毛驢在山路上踽踽而行，不禁整個人心情好起來。他暗暗對自己道：「潔庵啊，你論經辯義無人能及，內力修養高人一等，雖能做到『不以己悲』，但『不以物喜』卻難以達到，只要瞧著芫兒那聰敏模樣，便覺心情大好，難怪住持法師慧明謙便說貧僧『意根』未淨；然則意根不淨，其他五根又豈能真正清淨得了？」

想到這裡，暗唸一聲阿彌陀佛，閉目入定，不再為外物所擾。芫兒上得寺來，看見師父正在入定，她也不上前打擾，將小黑毛栓在石柱上，便輕手輕腳挨著坐在師父身旁，依照師父所授的吐納功夫，一面調息，一面漸漸入定。

這時夕陽偏西，斜照在一高一矮兩人身上，只見兩人臉龐一老一幼，卻都顯出一片平和莊嚴之氣。又過了半炷香時光，夕陽落到遠處山林之下，山中立刻便暗了下來，潔庵禪師忽然伸手拉著芫兒，長身而起，笑道：「有人來了，咱們回寺罷。」

鄭芫睜目四望，並無任何人走近，她牽了小黑毛，好奇地問道：「師父，並無人來呵。」潔庵道：「百步之外，有人從寺裡下來尋咱們哩。」芫兒從觀景台向上望去，這回果然瞧見石階梯那頭來了一個灰衣僧人，走得不徐不疾，步履有如凌波，上身絲毫不見起伏顛動，直如一路從階梯上滑將下來。芫兒低聲道：「這和尚走得無聲無息，師父如何聽見了？」

潔庵微笑道：「是心慧師弟呢。」暗思道：「靈谷寺主持慧明謙法師並不習武，這寺中諸位師父中，怕是要以這位心慧法師武功最高了。」

那心慧法師來得好快，一會兒就到了眼前，他對潔庵合十為禮，恭聲道：「方丈師父有請大師去他禪房一談。」潔庵還了一禮，道：「便隨師弟去。芫兒妳先回去，趕了半天的路，也該梳洗一下。」

鄭芫牽著黑毛，獨自回到潔庵的精舍，她先把小毛驢安置好，槽裡也上了料，便回到自己房內。她打水洗了一把臉，就在窗前坐下，暗想：「到這裡已兩年多了，師父除了一兩套入門拳術外，什麼少林絕技也沒教，每日傳授自己的全是打底子的功夫。但是我自己清楚地感受到，無論是內力還是輕功，每個月都在快速進步中，有時連我自己都嚇一跳。前幾日師父開始傳授羅漢神拳，我可是練得渾身是勁，愈練愈有精神。」

忽然之間，她又想起傅翔和方師父，想起小時候在盧村的點點滴滴，尤其想到家遭慘禍的傅翔，不禁輕嘆一口氣：「傅翔、方師父，你們在那裡？也在勤練武功吧？」

又想：「娘說，當時要我拜師學藝，乃是指望我練點功夫不受人欺侮，卻沒想到潔庵師父的教法好，我的功夫照這般練下去，只怕真要變成……變成高手了。咱一個女兒家，學那麼高的武功幹什麼？不過武功高了就能當俠女，嗯，當俠女也是不錯的，只是不知俠女每天做些什麼事？這倒是要問問師父。直接問有點難，要是師父反問一句：『芫兒這點功夫就想當俠女，還差得遠哩。』那可就難為情了，我要繞圈兒問得巧些才成。」

鄭芫自個兒在房裡胡思亂想，那邊廂潔庵和尚隨著心慧法師到了方丈的禪房，禪房裡慧明謙法師盤膝端坐在蒲團上，身後一炷檀香燃起裊裊青煙。見潔庵進來，慧明謙合十道：「有勞師兄來見，實是有一樁要事相商。」

這慧明謙法師是個高瘦的老和尚，年紀約已七旬，卻長得面色紅潤，襯著一部白鬍子，更顯得相貌堂堂。潔庵在一個蒲團上坐下，合十問道：「不知方丈大師有何見教？」

慧明謙道：「師兄一定記得，十年前當今皇上為諸位藩王選拔十位主錄僧的往事。」潔庵點點頭，暗思：「貧僧就是那年太子朱標選中的主錄僧，怎會忘記？」慧明謙續問：「師兄可還記得燕王朱棣選的主錄僧道衍？」潔庵又點了點頭。慧明謙道：「這位師兄就要到京師來了，而且指定要來靈谷寺論經。」

原來皇帝朱元璋少年時曾在皇覺寺出家，登基為帝以後對佛教極為重視，也重視佛寺的管理。洪武初年即設有僧門「善世院」，專司佛門名剎住持的人品佛學考核，「善世院」首席禪師為二品高位；後來改制為「僧錄司」，其正、副首席仍習稱左、右善世，位高而無俸，司屬禮部。洪武十八年又為諸藩王選「主錄僧」，做為各王府講經、祈福、做法事的和尚首領，這是明朝皇家特有的設置。

那一年皇太子朱標選了潔庵，是因為潔庵論經博大，時有創意而行事低調，符合太子的謙和作風；而燕王朱棣選了道衍和尚姚廣孝，因為道衍精於謀略，有做帝王師之野心，也正好對了朱棣的胃口。

潔庵聽說道衍和尚要來靈谷寺，暗暗吃了一驚，口中問道：「道衍何時要來？」慧明謙道：「中午時應天府驛臣遣人來報，道衍人已在百里之內，只怕明後日就要到達京城……」他說到這裡頓了一下，然後壓低了聲音道：「久聞道衍法師佛、道兼修，滿腹雜學，此來我靈谷寺不知有何用意？他來此論經時，老衲想請師兄一同參加，一起琢磨一下他的來意。」

潔庵也不推辭，哈哈一笑道：「久聞道衍智多學廣，向來與他只是泛泛之識，這次他來靈谷寺，正好會會他。」慧明謙方丈聞言大喜。

那隨侍在旁的心慧法師臉上一副躍躍欲試的表情，道：「我靈谷寺精通佛法的師兄弟，在京師裡可稱得上數一數二，加上方丈和潔庵大師，何懼那什麼道衍？」慧明謙方丈微笑道：「道衍來此又不為打架，心慧你莫要摩拳擦掌。」潔庵哈哈笑道：「方丈師兄就這事？那就這麼定了。」慧明謙對心慧道：「心慧，你先退吧。」心慧行禮退出。

潔庵嘆了一口氣，對慧明謙道：「當年一番熱心做了太子朱標的主錄僧，實乃因他宅心仁厚，又知書明理，是個明君的料子。卻不料太子無壽，竟然先他父皇去了，可惜啊可惜。」

他想到太子在世時，從二十年前就參與國政，對父皇興獄嗜殺的作風常常不以為然，屢次勸請父親施行仁政，但總是和朱元璋意見不合，煩惱時便來到自己面前訴苦，就因為多年來看到這位太子的品性作為值得敬佩，這才在十多年前願意做太子的主錄僧。他常覺得如果太子不死，傅友德、藍玉、馮勝這些開國功臣可能都不會死，何至搞到功臣盡滅、趕盡殺絕的地步？

想到「趕盡殺絕」，他就憶起三年前的往事，對慧明謙道：「三年前，貧僧和泉州開元寺的天慈方丈，在盧村碰到錦衣衛指揮僉事等人率部殺人放火，我亮出了太子的委令牌，才把錦衣衛驚退。」此事只有天慈知道，直到他倆在開元寺見到方冀、傅翔和鄭芫，才知道錦衣衛追殺的，原來是大將傅友德隱居在野的孫兒。

慧明謙方丈嘆道：「也許皇帝對傅友德血濺堂前之事感到悔意，也許是錦衣衛作孽太過，兩年前皇帝把他們的首領蔣瓛也給殺了，而且至今沒有再派新人擔任都指揮使，錦衣衛這一陣子好像安靜了些。」

潔庵微微搖頭，道：「方丈師兄，您非武林中人，有所不知。這兩年錦衣衛雖然沒有指派新頭頭，但他的第二、第三號人物極力在武林中活動，和不少武林高手暗中交結，依小弟的看法，恐怕有一波牽涉武林人物的鬥爭已在醞釀之中。」慧明謙道：「然則武林人士捲入朝政，所為者何？」

潔庵沉吟道：「好像與中土之外的高手有關，到底有何圖謀，小弟尚未參透。」慧明謙口宣佛號：「阿彌陀佛，難得平靜了兩年的京師，難道又要有一番腥風血雨？」潔庵道：

「貧僧不知，早晚多求佛祖保佑吧。告辭。」他起身走出方丈禪房，天色已經全黑。

∞

次日黃昏，靈谷寺的心慧和尚在那山門前的觀景台上打坐相候，另兩個年輕弟子在平台邊的亭中瞭望。這時，一名弟子忽然輕叫道：「來了。」只見山坡下的小路上出現了三人三騎。

漸漸行得近了，心慧睜眼望去，只見三騎中走在前面的兩人，左邊是一個身著深灰色僧衣的老僧，年約六十多歲，鬚眉稀疏，已現花白，看上去應該就是聞名天下的燕王府第一謀士道衍法師了。他的右邊是一個身披大紅僧衣的中年僧人，濃眉大眼，頷下虬髯，長得很是威猛，相貌有些不類中土人士。這兩個僧人身後，跟著一個書生打扮的青年人，年約二十六、七歲，身材高大，相貌英偉，雖著儒衫，騎在馬上倒更像個將軍。

心慧法師帶著兩名青年僧人迎上前去，雙掌合十，口宣佛號：「貧僧心慧，奉住持法師之命，在此恭迎道衍法師及諸位貴客。」

那道衍法師抬眼看了心慧一眼，在馬上合十回禮：「有勞師兄相迎，貧僧道衍，偕同北平慶壽寺駐錫的鏡明法師，同來寶寺論經請益。這位……」他指著身後的青年介紹道：「這位是燕王府的總管馬和先生。」

那馬和抱拳道：「大師請了，有勞相迎。」心慧見這馬和氣宇非凡，心想道衍是燕王朱棣的首席謀士，便與燕王府的總管同行也不奇怪，當下合十道：「馬施主請了。即請三位隨小僧去見過方丈。」

兩個後生僧人接過馬匹，三位客人下馬隨心慧走上石階，心慧瞥見那虬髯和尚下馬時，不帶絲毫聲息，心中暗道：「這鏡明和尚有一身極高的武功，咱可要留意了。」

一行人入寺見到方丈慧明謙，自又是一番寒暄，雙方道了許多互相仰慕的話。慧明謙方丈切入正題：「道衍師兄風塵僕僕千里來京論經開示，首站便來靈谷寺，小寺甚是榮幸。寺裡幾位師弟擬了一個章程，便在明日午後敝寺的大殿上恭聆師兄論經，再由敝寺兩位法師向師兄請教，此一輪應以師兄論經之範圍為限，然後敝寺弟子如有其他問題向師兄請益，亦請師兄一併點示。如此安排，未知可否？」

明朝初年佛教鼎盛，朝廷將各大寺廟的住持人選納入「僧錄司」考核，而凡事只要朝廷一插手要管，各大寺廟，尤其是住持方丈之間就產生競爭之情。其時名寺高僧常赴其他寺廟去論經，除了弘揚及深化佛法外，也有些較勁「別苗頭」的意味。南京、北平是南北兩大古都，古剎名寺也多，這道衍和尚到京師各寺來論經，在佛教圈內可是一件大事。

道衍法師微笑點頭道：「如此甚好。只是貴寺千年古剎，又經當今天子重新命名建制，寺中高僧如雲，貧僧此次乃是抱著一番學習之心而來，尚請靈谷寺諸位師兄弟不吝指教。」慧明謙看了鏡明法師一眼，問道：「鏡明師兄是否也給敝寺弟子講一段？」鏡明法師搖手道：「小僧那點修為不登大雅之堂，豈敢在貴寺開講？」

慧明謙道聲客氣，便準備叫知客僧引三位貴客去客房休息，豈料道衍法師忽然問道：「久聞潔庵法師駐錫貴寺修行有年，不知可有緣拜見？」

慧明謙一怔，答道：「潔庵法師將參加明日盛會，論經之時自會相見。」道衍微笑道：「十二年前老衲與潔庵有一面之緣，此後便未再見過。今日有緣，當得親登禪門拜見。」慧明謙想了一想，便對小沙彌道：「快去告知潔庵師伯，就說師父要陪三位貴客到他精舍造訪，你先去，咱們稍後就到。」

潔庵才從後山回來，就傳來道衍法師要親來拜會的消息，他剛剛沏好一壺茶，慧明謙方丈和心慧法師已帶著三位客人來到他的禪房。潔庵迎出，合十道：「有勞方丈。三位請進。」

道衍行禮道：「自洪武十八年一別至今，可喜師兄健朗如昔，愚弟卻是垂垂老矣。」兩人互相打量，潔庵見那道衍不但鬚眉皆白，額頭及眼角盡是細紋，驟看上去，似有一些愁苦之色。

潔庵拱手道：「近五年來小弟是山林野人，如何能與師兄相比，師兄辛苦了。」道衍知他之意，太子朱標已於五年前因病辭世。他點點頭道：「此次愚弟來京，想與京師諸位高僧論道，主要是近年修行時有所得亦有所惑，所得處多為個人進修之道，所惑處卻攸關社稷天運，是以期望京師諸彥能有以教我。」

潔庵連忙肅客入座，這時芫兒端著一個木盤出來奉茶，瞧見書几上有張自己的詩作，連忙奉上茶碗，伸手把那張詩箋帶走，快步走入後房。道衍眼尖，一瞥便已瞧見詩箋上面寫著一首五言絕句：

「君去清溪在　誰復共釣竿
梵土無四季　人間有秋天」

道衍與鏡明法師都面露驚訝之色，道衍心中暗驚：「這孩子的字雖然稚嫩，詩卻有深意，難得出自一個十三、四歲的孩子之手。」鏡明暗驚的卻是：「怎麼一個十三、四歲的小孩，走兩步路卻是步凝履輕，倒像有十年的內功修為？」

潔庵的目光卻落在坐在一旁一言未發的青年大漢身上，他一面勸茶，一面問道：「這位施主尊姓大名？」那大漢恭聲答道：「在下姓馬名和，有幸拜識大師。」

潔庵見此人白面無鬚，聲調高亢如婦人，但是氣宇之間自有一種昂藏大器，潔庵閱人多矣，但從未見過這般人物，不禁暗暗稱奇。

主客兩方各有所奇，那鏡明法師對鄭芫仍未釋懷，終於忍不住挑明了道：「大師這位女弟子好深的內功。」潔庵哈哈一笑道：「小徒隨貧僧練了些強身健體的粗淺功夫，師兄見笑了。」鏡明也哈哈一笑道：「久聞潔庵法師佛學宏博，卻不知武學更勝佛學，可敬可佩可。」潔庵見他一再逼問，索性一派輕鬆答道：「貧僧自幼喜愛武術，向佛之餘習得一些運氣功夫，對我修習佛經頗見助益，那有什麼高深武學？倒是鏡明師兄想必是位武學高手，但這回可看走眼了。」

那心慧和尚見鏡明對潔庵咄咄相逼，不禁有些冒火，便起身岔開話題道：「三位遠道來此，明日論經必有一番準備，便請移步先用一些齋飯，好生休息。」慧明謙方丈也道：「正是，咱們就去方丈室用飯吧。」

三客起身告辭，潔庵送出門口。那心慧和尚忽然對著鏡明法師一揖道：「大師請。」一股內力隨袖而出，潔庵瞧得真切，吃了一驚。就在此時，那鏡明忽地對心慧也是一揖，兩股內力一碰，鏡明雙袖往外一送，竟然將兩人之力合併，一齊繞過心慧直奔潔庵。潔庵咦了一聲，吸了一口氣，雙手抱拳行禮，發出一股柔和無比的大力，將來襲的力道全部包容進去，鏡明和心慧兩人的力道一瞬間不知去向。

鏡明法師大吃一驚，他與心慧和尚的內力原是正面相碰，卻被他以獨門功夫一揮之間合併轉向攻擊潔庵，這原是極為隱秘詭異的功夫，武林中被他施展下手過的對手，從來沒有不手忙腳亂的，甚至當場就要受傷；像方才那樣兩股內力忽然石沉大海的情形，還是第一次發生。但他從那股柔和無比的大力中，已認出潔庵內功的來頭，忍不住喝道：「原來是少林羅漢堂的絕學！嘿嘿，只怕當今嵩山少林也找不出幾位能有師兄這樣精純功力的了。」

潔庵惱他咄咄逼人，也冷笑一聲道：「鏡明法師，您這一招可是來自天竺？」

這一下鏡明更是不敢相信自己的耳朵，他的神秘武功來自天竺，武林中從未有人識得，想不到今日只一招就被這潔庵識破，他指著潔庵激動地道：「你……你如何識得？」

潔庵吸了一口氣，緩緩地道：「老衲二十年前就識得了。」

∞

次日的論經進行得十分精彩，道衍法師從佛教群經中遍蒐「善」、「惡」業的闡述，證之以儒家的「王」、「霸」之論，夾以「陰陽」、「正奇」之說為旁徵，端的是舌燦蓮花，言落章成，一時之間，似乎天下之至理盡在此矣。靈谷寺的兩位法師則只談佛法的禪修智慧、慈悲度人、喜捨無量的基本教義，以不變應萬變，表面上看來道衍佔足上風，其實靈谷寺兩位法師之所論法度嚴謹，並無破綻。

輪到眾僧發問時，靈谷寺幾位年輕僧人提出一連串質疑，都被道衍旁徵博引各家之說，以無礙之辯才回答得有憑有據，天衣無縫，眾僧聽得啞口無言。但不少僧人總覺得有些口服心不服，卻又說不出什麼。

道衍法師看了看坐在前排中央的慧明謙方丈，見方丈無言，不禁感到滿意。接著他又望向左邊客席，只見潔庵正在傾聽身旁的小女孩在他耳邊低語，並不時點點頭表示同意。道衍忍不住問道：「潔庵師兄，你的小徒兒有何高見，可否說出來讓大家聽聽？」

鄭芫聽得此言，嚇了一跳，只見她伸出左掌掩住小嘴，趕緊低首不語，那模樣倒將幾個年輕的僧人逗笑了，場面頓時輕鬆起來。

潔庵禪師回道：「童子之言，何登大雅之堂？」道衍笑道：「適才見大師不斷點頭稱善，想來小朋友有所聰悟，說出來正好給大夥兒開示一下。」

佛教論經之時，並無寺內地位尊卑、資歷深淺、年齡長幼之分，任何領悟皆可提出來與眾分享，皆大歡喜。但芫兒聽得道衍如此說，更是把頭埋在懷裡。潔庵卻在此時應道：「貧僧這徒兒方才問了一個問題，貧僧並不知如何回答，師兄既然問起，正好請教。」道衍一攤手道：「請說。」

潔庵道：「方才我這徒兒問：『平日聽眾位師父講經，雖然有些地方覺得艱深難懂，但每每聽了一會兒，便覺滿心平和歡喜；今日聽大師論經，許多地方聽得比平日更加明白，何以聽到後來卻覺心裡不得平靜，反而滿是煩惱？』我這為師的愚昧，不知如何回答。」

此言一出，滿堂無言，接著眾僧座中忽然爆出一片讚歎之聲：「善哉此問，善哉此問。」道衍從未思考過這個問題，對他來說，稽古窮經，熟讀各家經典，自創融會貫通之道，加上辯才無礙，足以說服天下任何高僧，打敗天下任何質疑；他從來沒有想過，為什麼有人會對自己的論道覺得有理而無感，口服而心不服？一時之間，神采飛揚的道衍法師竟也無言，只喃喃道：「童子無知……」

這時靈谷寺方丈慧明謙合十朗聲道：「正緣童子無知，才有此大哉問。道衍師兄，你才智蓋世，但你的心法已漸離佛法了，我佛慈悲，我佛慈悲！」

道衍法師南下遠征京師，第一場論經辯證得精彩無比，卻得到一個料想不到的結局，心中固然不悅，但這道衍和尚聰明過人，他已從這番經歷中開始反思，要對爾後在其他寺廟的幾場論經說法加以調整。

∞

鄭芫的這個問題原來是向她師父潔庵提出的直覺疑問，想不到引起如此巨大的回響，靈谷寺眾僧對她另眼相看，她自己反覺十分不好意思，論經散場後，立刻快步躲回潔庵法師的精舍，閉門不出。

就在道衍一行三人將要離開的前夕，潔庵法師的精舍來了一位意外的訪客。鄭芫聽到師父要「奉茶」的叫聲，連忙沏茶送出，只見來訪的竟然是燕王府的總管馬和。

馬和見芫兒出來奉茶，一改對待孩童的態度，起身抱拳道：「不敢勞駕，馬和這廂有禮。」竟是對成人的禮數。

鄭芫有些不好意思，連忙道：「馬總管快請坐下用茶。」馬和正色道：「姑娘在論經會上所問，乍聽之下似乎平淡無奇，實則正好點出古今眾僧窮經說法，可察秋毫而不見輿薪之病。童稚之慧見，卻是高僧之當頭棒喝，難怪『善哉』之聲滿堂，敝人好生感動。」

潔庵謙道：「芫兒問者無心耳。」鄭芫行了一禮，退回後舍。馬和重新坐下對潔庵道：「便是道衍法師本人，今日亦在閉門反思，此問對他其實大有益處。聽道衍法師言，大師曾為前太子之主錄僧？」

潔庵道：「不錯。自五年前太子薨後，貧僧已經退居山林了。」

馬和恭聲道：「大師武功佛法世所罕見，敝主燕王鎮守北疆，十多年來為國之屏藩，敝人自十四歲起即隨燕王辦事，除負責內府事以外，曾多次隨大軍北征，與蒙古殘餘武力決戰，是以深知其人雄才大略，又能容人，手下奇人異士均能大展長才。此次敝人隨道衍法師南下，曾奉燕王密命為國訪才，未知大師可否北上，與燕王見上一面？」

潔庵拱手道：「貧僧原是山野和尚，半生都在各寺廟掛單修行，居無定所，行無定方，江湖上看到太多百姓為連年戰亂所苦，多少家破人亡，便是活著的也苦不堪言，這才決心出山輔助太子標。太子仁厚博學又熟諳政事，如能登大位，將可救天下百姓於水火，可惜天不假年，他英年早逝，貧僧心灰意冷，不可能再事王室。」

潔庵這番話馬和聽得動容，他直覺這初識的潔庵禪師是個性情中人，便也開誠道：「敝人出身於雲南回族大戶，洪武十五年傅友德南征，吾家毀於戰亂，正如大師方才所說，家破人亡之餘，苟活者成了俘虜，藍玉手下軍士將我閹割了當戰利品帶回南京，那年我還不到十四歲……」

他說得極為平淡，絲毫不帶情緒，像是在敘述別人的故事，聽在潔庵禪師的耳中卻是極為震撼，他連宣佛號，眼中流露出悲憫之情。馬和繼續道：「是傅友德親自選中敝人跟了燕王，去北平他王府中侍候。這些年來，在燕王府除了辦些內務，燕王栽培我不遺餘力，供我讀書習兵，也帶我征戰各地，可說是我再造恩人。」

潔庵聽他毫不隱瞞，連被閹割之事都坦然說出，心中甚是佩服，暗道：「這馬和是個光明磊落的好漢子。」便對馬和道：「馬施主是少年英雄，老衲是出家老僧，豈能同日而語？只盼你大展鴻志，襄助燕王多為國家百姓做些好事，也不負了這一生。」

馬和見潔庵意志甚為堅定，嘆了一口氣不再多言，隨即起立恭聲道：「明早敝人將隨道衍及鏡明兩位法師下山，望大師玉體常健，令徒前途無量，異日有緣再來拜見。」再拜辭別而去。

∞

三年一次的會試於月圓之夕結束，秦淮河兩岸又擠滿了考完試尋歡作樂的士子，鄭洽在「鄭家好酒」店中過了一夜，就匆匆辭別鄭大娘，趕回鍾山靈谷寺。他出了城門，沿著護城河往北走，想到這幾日考場裡的緊張沉重和煎熬，這時終於完全放鬆了，部分原因乃是他自覺兩場制議都答得不錯，策問尤其頗有發揮，這場會試整體而言算是考得滿意。

距放榜還有十天，他打算回到靈谷寺，好好遊覽鍾山勝景，如能駕一葉扁舟，夜遊一次玄武湖就更有意思了。想到這裡，他的腳步似乎更加快了。

遊山玩水、讀書吟詩的日子過得特別快，很快就到了放榜前一日，正好芫兒也要下山去看她娘，於是鄭洽又和芫兒一同回到城裡。

翌晨天剛亮，江南貢院前千頭鑽動，考生們及考生的親友家屬，還有京師裡看熱鬧的閒人，把貢院附近擠得水洩不通，禮部學官會同京師衙門派出大批衙役維持秩序，大家只等那貢院大門開啟，榜單揭曉。

這一榜開出，共有兩百多位榜上有名。眾考生有人歡聲唸著榜上自己的名字，有人黯然離開，有人喃喃自嘆，也有人怨天尤人。榜上有名的考生中，有的是有備而來，立刻有人為他們披上彩帶，也有閒人幫著敲鑼打鼓，簇擁著新科貴人回住處去討賞。

人潮散得也快，貢院只剩下數十人還在議論紛紛時，鄭洽帶著鄭芫才出現在榜前。鄭洽有些緊張，立在榜前一時竟有些眼花，鄭芫卻是人小眼尖，很快就看見了，她歡聲叫道：「相公快看，第五行第二名，鄭洽，哈哈，是你！」鄭洽連忙尋去，果然第五行第二個正是自己的名字。他輕聲唸道：「鄭洽，鄭洽，你考中了！」

他定下神來仔細把榜單看了三遍，好幾個江南有名的才子也都在榜上，但胡濙卻落榜了。

殿試在皇宮裡舉行，欽定了三甲放皇榜，鄭洽中了二甲進士，第七名。報喜的祝賀的，在「鄭家好酒」小館裡川流不息，雖然鄭洽並不認識那些人，但都誠心誠意謝了又謝。鄭大娘尤其高興，凡是趕考的士子來店，一律只收菜錢，喝酒免費。

芫兒已經回寺，鄭洽走遍秦淮河兩岸卻沒有找到胡濙，雖然有些遺憾，但因考前胡濙曾經坦誠相告此次赴考志不在得，想他對落榜不致十分在意，也就釋然了。

鄭洽再回到靈谷寺，已是三天之後了。他在拜見這一榜的考官時，報准了先歸家報喜，兩個月後回京報到。回到寺中小房內，整理好行李，便到知客僧處去繳納房錢及香火錢，準備明日一早就離寺返鄉。

他到潔庵法師的禪房去告辭，在禪房門外就看到鄭芫正在澆花。鄭芫喜見鄭洽，放下水壺拍手道：「恭喜鄭老爺，賀喜鄭老爺，您可回來了！」她學著那些到「鄭家好酒」小館道喜討賞的腔調，鄭洽還沒笑，她自己倒笑得彎了腰。

鄭洽道：「芫兒，明早我就要回家鄉去了，特來向法師告辭的。」鄭芫道：「師父房裡有兩個客人，其中一位天禧寺的溥洽法師您曾見過的，還有一位貴客我也不識得。」鄭洽道：「既然如此，我晚上再來。」

這時房內傳來潔庵爽朗的聲音：「是鄭施主麼？快請進來。」鄭洽踏上階梯，這才發現禪房簷廊左右兩轉角處，各站著一個青衣勁裝的漢子，一動也不動，倒像是兩尊石像。鄭芫低聲道：「兩人都是那位貴客的隨從。」鄭洽心中暗驚，不知這位「貴客」是何來歷，但潔庵法師既請自己入屋，便無迴避之理。

鄭洽進入屋內，先向潔庵一揖到地，開門見山說明來意：「晚生此次離鄉赴京趕考，匆匆已兩月，如今僥倖榜上有名，家中老母掛心不已，因此晚生歸心似箭，打算明日啟程，特來拜辭。」他抬眼向另外兩人望去，並躬身行禮。溥洽法師微笑還禮，另一位客人年紀甚輕，看上去只有二十歲左右，長得溫文儒雅，穿著像個氣質高雅的公子。他見鄭洽行禮，連忙拱手還禮，口道「免禮」，鄭洽微微一怔。

潔庵哈哈笑道：「還未恭喜鄭施主殿試高中二甲第七名哩，新科進士，貧僧這廂有禮。」鄭洽忙道：「不敢，不敢。此次晚生來京，多蒙大師教誨照顧，實在感激不盡，晚生回鄉告慰祖先家人後，再回京師報到，到時定當再來靈谷寺請益。」

這時鄭芫進來對潔庵道：「師父，住持方丈來了。」她話聲才了，房門開處，慧明謙方丈已大步跨入，他一進門就先合十道：「諸位請坐好勿起，老衲是聽知客僧說新科進士明日就要離寺，特來道個喜。」鄭洽合掌三揖，道：「承蒙大師不棄，容晚生借住貴寺寶舍，考前溫習功課之餘，梵音佛唱之中感悟良多，特此拜謝。」

那溥洽法師道：「鄭施主如無急事，何不坐下談談試場之心得？」鄭洽原想告辭，如今方丈親臨，倒也不便匆匆離去，便與慧明謙一同坐下。芫兒再次出來奉茶。

溥洽法師喝了一口茶，緩緩開口道：「聞得一些應考士子談論，今年的策問中有一題問到《禮記．禮運大同》，問得頗不尋常，很多考生不知如何作答哩。」

鄭洽知道不少考生借住在離江南貢院頗近的天禧寺客房，溥洽住持一定是聽到考生們的紛紛議論，方有此問，便回答道：「這道策問是問：聖人的大同之世裡，『孝』與『養』之旨義如何？然則通篇〈禮運大同篇〉並未提到『孝』字，也只有『使老有所終，壯有所用，幼有所長，鰥寡孤獨廢疾者皆有所養』句中提到一個『養』字，是以不少考生覺得不易下筆。」

這時，那位年輕的公子插口道：「鄭兄是新科進士，這一題必有高論？」溥洽在一旁笑著介紹道：「這位是文公子，京師裡的名公子，也是天禧寺的第一施主。」

鄭洽拱手道：「不敢說什麼高論，不過小弟從原文中特別注意『老有所終』這四個字。按說聖人的大同盛世，庶民先有小康；小康之家，七十者可衣帛食肉，父母不缺奉養而可達高壽，其慮者唯善終耳。所以聖人不說『老有所養』，而說『老有所終』，老而可以含笑而終，則子女之孝道不在『有養』，而在『色難』。此所以子游問孝，孔子說『犬馬皆能有養，不敬何以別乎』；子夏問孝，孔子就說『色難』。此所以在大同盛世中，真正需要『養』者，只有孤苦獨居老人及殘疾之人。」

在座三位高僧聽了，齊稱善哉。那文公子更是擊掌讚賞，道：「高論，高論，新科進士果然一鳴驚人。」鄭洽謙道：「晚生讀書偶得，各位高人見笑了。」

幾人又談了一會，鄭洽就起身告辭。潔庵道：「施主歸心似箭，一路平安。」溥洽道：「施主有兩個月的假期，假滿回京時務請到天禧寺一敘。」鄭洽一一應了。那文公子忽道：「鄭兄寫得好一筆趙子昂體啊，佩服，佩服。」鄭洽謙謝辭出。

鄭芫送鄭洽到屋外道別了，鄭洽走了兩步，回首道：「芫兒，替我謝妳娘的照顧，我回京時再去『鄭家好酒』看望。」

他快步走回住處，正要開門，不由得停下身來，喃喃自問：「我又沒說，那溥洽法師怎知我請假准了兩個月？」

接著他又想到：「方才我又沒有寫字，那文公子怎說我寫得一筆趙體？難道他看過我的試卷？他是誰？」

如果鄭洽知道這位文公子是誰，他恐怕要汗流浹背了。這文公子就是當今的皇太孫朱允炆，而天禧寺的住持方丈溥洽，正是皇太孫的主錄僧。

【第五回】

乾坤一擲

那支短劍突然如同活的一般，飛快地改變方向，疾速朝下射去，
那發射鐵膽的侍衛眼見救主已然不及，
這時他認出了傳聞中明教教主的絕殺招式，不禁慘聲大叫：
「乾坤一擲！乾坤一擲！」

春去秋來，方冀帶著傅翔在神農架頂崖上苦修，已是第四個年頭了。

這段時間裡，方冀與山下小鎮中一個小店主約定，每三個月送一批生活必需品到山麓一個隱秘地方，自己牽兩匹健驢去馱貨上山。方冀行事謹慎，頭兩年每次到了約定之日，總會先在約定之地四周仔細清查，確信沒有人跟蹤或埋伏。等傅翔長大些了，便由他下山辦事。經過近四年的鍛鍊，傅翔已是十六歲的健壯小伙子，由於長得高大，看上去倒像是十七、八歲的身材，即使偶而出現在小鎮中，也不怕有人識得。

師徒兩人合力在崖後開墾了一塊田地，種了各種菜蔬，也養了一些雞鴨，幾年下來，兩人習於農作生活，都成了熟練的農夫。方冀雖是明教教徒，卻不忌葷酒，尤其喜歡沒事飲上幾杯，是以每次從山下運上來的雜貨中，兩罎好酒是少不了的。當地出產一種白酒，極是濃烈，風味頗佳，師父飲酒時，傅翔偶而陪上一杯，幾年下來，也陪得愛上杯中之物了，因此每三個月一次的補給，白酒便從兩罎增為三四罎。

此時正值四月，神農架山頂上仍是仲春天氣，山上的野牡丹開得火紅，還有一種白色的三重瓣花，也在山坡上盛開，香味濃郁，聞之欲醉。每年此時，方冀都會在白花初放的第一天清晨，採擷一批存放起來，他告訴傅翔，這是異種的木槿，極具化血導氣之藥效。

傅翔一早在菜園中採了些瓜類及葉菜，又到雞鴨窩揀了幾顆蛋，見師父仍在打坐，便在洞口迎著晨起的山嵐練起拳來。這時他練的是一套「獅吼神拳」，威猛之中暗藏巧妙之柔勁，是明教四大天王中排名第三的白抑強天王的成名絕技。據說白抑強當年曾和少林三老中掌力最強的菩悲法師就在這神農架上比武，「獅吼神拳」對「金剛掌」，數百招內不分高下，後來兩人鬥得興起，連續硬碰硬出了三十七拳，毀了兩塊千斤大石，最後收手時，兩人均盤膝運氣一炷香之久，方才同時大笑而起，從此兩人絕口不談勝負。

這神拳打到十分時，自然發出威猛的吼聲，實乃白抑強天王的得意絕學。傅翔打了幾十招，招招拳重如山，步履卻輕靈如風，確實已得神拳之精髓。就在此時，忽然背後有拳風襲到，傅翔不加思索橫跨半步，低身雙掌向後揮出，只見青衫一閃，來者正是師父方冀。方冀低喝道：「翔兒莫停，繼續出招。」他一面說話，一面出招攻向傅翔左側，拳風響如破竹，竟然也是「獅吼神拳」中的一招「八方風雷」。

傅翔轉身閃過，雙拳齊出，便和師父對打起來。這山頂上四年來就只他們師徒兩人，傅翔習武練拳腳唯一的「實戰」經驗，就是來自與師父對招。只見兩人拳招愈打愈快，雖然同是一套「獅吼神拳」，但在兩人手上各生出無窮變化。又拆了十幾招，方冀低喝道：「翔兒留神了！」

只見他一長身形，拳上內力逐漸加強，傅翔凝神應戰，雙拳揮出的力道也愈來愈強。又拆了十幾招，漸漸兩人每出一招，很自然地發出一聲吼聲，傅翔聲音較高，方冀吼聲較沉，一時之間，高低吼聲夾在漫天拳影之中，兩人都把這套神拳最精妙之處施展出來。

忽地方冀又是一聲喝叫：「翔兒看招！」只見他一躍而起，落下之時已經變拳為掌，施出另一套掌法，傅翔也於兔起鶻落中揮拳追擊。方冀左掌拍向傅翔胸前要穴，右掌卻藉著身形一轉，居然後發先至攻向傅翔左脅。

傅翔已知師父施出的乃是明教左護法喬原士的絕學「金沙掌」。這套掌法表面看上去其要訣在一個「快」字，一掌才發，後掌已至，而且配合的身法詭異，起掌時疾如閃電，落掌時變幻莫測；尤其厲害的是，施展掌法時，須得潛運喬左護法獨門的內功相配，練到十成時，出招有如旋風，但每一掌只要一落實便重如開山巨斧，從一個「快」字變成了「重」字。

當年這套掌法在喬左護法全力施為下，曾在福建閩侯雪峰寺外連敗丐幫兩大護法，端的是威風凜凜，有如大漠金沙狂飆，而那場明教與丐幫的護法大戰，也使得這武林兩大勢力結下樑子，多年後才得化解。

傅翔也學了這套掌法，但他自覺火候還差，便繼續用「獅吼神拳」與師父對拆。只見師父出掌愈來愈快，自己已經無法見招拆招，唯一自保之法，就是不管師父如何出招，自己把神拳施展到滴水不漏，招招力透拳風，迫使師父撤招自顧。

師徒兩人又拆了十幾招，終於聽到傅翔大吼一聲，原來他已無法攻出新招，雙拳一出，只好與師父就原式力拚。方冀熟知徒兒的功力，是以落掌力道往往恰到好處，堪堪擋住傅翔雙拳即收，豈料這時與傅翔內力一接，竟然擋之不住，急切間猛吸一口真氣，飛快地換掌再擊，便和傅翔的拳力硬碰上。轟然一聲，傅翔退了三步立定，方冀暗道好險。

這一碰之下，方冀感受到這個徒兒另有一種稟賦，就是在實戰之中遇強則強，能在落下風時超越自我，發揮出遠超平日的潛力。要知行走武林，最怕就是碰到有這種特質的對手。四、五十年前丐幫幫主袁杰就是最知名的一位，袁幫主半生縱橫江湖，最有名的兩場決鬥都是在絕對劣勢下反敗為勝的。

這時朝陽升起，照在傅翔年輕的臉上，綻放出無所畏懼的少年英雄氣概，方冀不禁感到一絲安慰，也有一絲感嘆，自己經過這些年的變故，身心都出現了一些老態。他微笑對徒兒道：「翔兒，你又有進境了！」

傅翔恭聲道：「師父好厲害的『金沙掌』。」

方冀道：「獅吼神拳與金沙掌都是頂尖的功夫，練到十成時，其威力難分軒輊。但是要想練到十成，必須先把這兩門武功的獨門內功練到十成，否則最多只能到七成，就像為師這樣了。」

傅翔道：「照師父這樣練下去，就算明教十門絕學都只能練到七成，但十門絕技輪番交替，變化莫測，恐怕也是天下難有敵手了吧？」

方冀道：「當年喬護法告訴為師，他一生浸淫於這套『金沙掌』掌法，自覺練到了九成功力，已經是武林中少見的高手，倘若有人把十門絕學都練到七成火候，那當然是高手中的高手了，但談何容易？」他話題一轉，對傅翔道：「翔兒，你那獅吼神拳的威力已達為師的九成，可以暫停一段時間。那金沙掌你還差一些，要加緊勤練，最重要還是招式和內力之間如何配合拿捏。」

傅翔恭聲道：「師父說得是。」

其實這段時間裡，傅翔對師父所授武功的體會愈來愈深，有時他將自己的體會融入明教前輩的武功中，在與師父對招時不自覺地表露出來，常常反讓方冀受到啟發，因而對明教十大絕學的領會更上層樓。是以這師徒兩人，除了功力深淺有別之外，在武學的領會上有時是互相啟發，竟然從「師徒相授」變成「同門切磋」。方冀一生見過不少武學高手，但是從未見過如傅翔這等悟性高超之人，傳授他武功，不但學得快，幾乎立時便有回饋，對練時只要施加壓力，他立即提升領悟，爆發潛能。方冀一面暗喜，一面暗自心驚，真不知這個徒兒未來的進展會到達何種境界？

然而此時，方冀心中正為另外一件大事而困擾。

這天晚上，師徒倆吃過簡單的晚餐，方冀對傅翔道：「翔兒，去把滷鍋中的好東西切他一盤，咱們好好喝兩杯。」傅翔切了一盤滷菜端上來，有半隻醬鴨、三個滷蛋，還有半盤醃白菜，淋了些滷汁，看上去確是下酒的好東西。

那鴨和蛋都是自家養的，菜也是傅翔學著醃製的，這幾年兩人自理生活，調理吃的都有一手功夫，每逢師徒倆坐下對飲，都倍覺輕鬆愉快。但此時方冀啜一口烈酒，心中卻思量反覆，竟然忘了吃菜。

傅翔見師父面色凝重，似乎心事重重，便問道：「師父，您在想什麼難事？」方冀呵了一聲，放下手中酒杯，望著傅翔道：「不錯，師父是在想一件難事……」但說到這裡又打住。

傅翔深知師父是個足智多謀、反應極快的人，從未見過他如此躊躇難定的模樣，不禁也感到一陣莫名的緊張，將手中酒杯輕輕放在石桌上。

這時方冀開口道：「翔兒，為師想要離開一段時間。」

傅翔吃了一驚，不知如何接腔，方冀接著說：「師父打算明日一早下山辦一件事，你則留在此地好好讀書練功，為師此行快則兩個月便回，慢則，慢則……」

方冀忽然停口，拿起桌上酒杯喝了一口，續道：「翔兒，你是為師平生僅見的習武奇才，以你目前的功夫，武林中能打敗你的已經不多，但為師感到最為驚奇的是，你更上層樓的進步餘地似乎是永無止境。如果你能突破明教十位前輩獨門內力之間的阻絕，你必將成為明教有史以來的第一高手，甚至成為天下無敵的武學巨人。」

傅翔聽師父把話題轉到自己的武功進境上來，連忙恭聲道：「弟子不敢有此奢望，只是一步一步紮實苦修，希望不負師父教誨……」

方冀搖手止住傅翔往下說：「你先別說這些，為師離開之前，自會為你定下一份功課表，讓你在為師離開的這段時間內繼續修習。你雖只有十六歲，但獨立生活不成問題，身上武功足以自保，為師此去甚是放心。」

傅翔終於壯起膽子，問道：「師父此去要辦的事一定十分艱難？」

方冀望著傅翔，過了半晌，長嘆一聲道：「翔兒，明教從教主以下所有高手被一網打盡，這筆血債能不清算一下麼？為師這唯一的漏網之魚，難道就躲藏偷生一輩子麼？」

傅翔只覺一股熱血湧上心頭，嘶聲道：「還有翔兒的殺祖滅門之仇，也要報了！」方冀抬手道：「翔兒你莫急，咱們師徒情同父子，我仇如能報，汝仇也就報了。我仇如不能報，憑你十五、六歲一個少年，這大仇又怎能報得了？是以你當下最重要者，乃是苦練功夫。」

傅翔腦中飛快地思索師父的想法，忍不住打斷道：「師父要去南京？」方冀點了點頭。傅翔顫聲又問：「師父要去殺皇帝？」方冀沒有回答。

傅翔想到師父要一個人去南京殺皇帝，又想到在靈谷寺的鄭芫，便衝口而出：「我陪師父一道去。」

方冀搖搖頭，微微一笑道：「翔兒，師父不會莽撞地以一人之力去殺皇帝，但我必須去南京好好打探一番，瞭解一下情況；這些年來，師父無一時或忘。如今你習武有成，我明教絕學在世上已有傳人，師父終於可以放心去辦這樁大事。算算看，今年是洪武三十一年，朱元璋已經七十歲了！」

傅翔知道師父是怕皇帝得個善終，明教的血海深仇就找不到正主兒了，這才急著要去南京。但他聽師父說要先去京城打探狀況，並非立刻要以一人之力刺殺皇帝，便暫時放下了心。

方冀續道：「師父此去，來回兩個月儘夠了，若是過了兩月師父仍未回來，翔兒，你就到南京靈谷寺來尋我。就你現下這個小伙子的模樣，走遍天下也沒有人認得你，大可不必躲躲藏藏。哈哈，恐怕鄭芫見著你都不認識了。」

傅翔一聽到鄭芫，無端臉上一熱，但此時不及多想，他抓住要點追問：「師父若是兩個月仍未歸來，那……那意味發生了什麼事？」方冀沉吟了良久，才答道：「也許被什麼事絆住了，來不及趕回吧。」

接著他又說：「翔兒記住，為師此去沿南河入漢水而下，再順長江到京城，一路上都會用咱們明教的秘記留下行蹤。你如下來尋找，一路上也留下記號，如此咱們無論如何不會錯過。」

傅翔仍想陪師父一道下山，但他深知師父個性，此事他老人家在心中盤算已久，既經決定，再無改變之可能，便把再次要求的話硬生生嚥下去了。

方冀說完後心中一輕，伸筷挾了一塊醬鴨吃了，喝一口酒，讚道：「翔兒，你這滷味青出於藍，做得已超過師父的手藝了呢！」傅翔見師父口氣變得輕鬆，也湊趣道：「師父不聽聖人說，有事弟子服其勞，有酒食先生饌，翔兒這醬鴨做得多了，自然熟能生巧。」方冀一面點頭，一面暗思：「何止做醬鴨，這小子的武功超越老夫，只怕也是指日可待了。」

這天晚上，傅翔做完晚課，坐在床上冥思，他想到這幾年來和師父形影不離，親密更勝父子，明日師父將要下山遠行，師父雖然說得輕鬆，說是去南京「好好打探一番，瞭解一下情況」，其實他隻身入虎穴，可以想見必是萬分凶險。

他又想到師父的話：「如今你習武有成，明教絕學在世上已有傳人，師父終於可以放心去辦這樁大事。」明明透露此去京城，如有下手的機會，師父定會奮力一搏，因為他又說：「朱元璋已經七十歲了。」

傅翔愈想愈為師父耽憂，終於他想到：「我要儘快把師父留下的功課做到十成，到時候不管有沒有兩個月，我就下山去尋師父。」想到這裡，便不再憂心，倒床就睡。

傅翔的個性極是爽朗，凡是多憂多愁也無濟於事的事兒，在他心中只要有了個法子，便不再去多想。

次晨天尚未明，方冀已飄然下山，留下三頁字箋，除了再三叮嚀諸事外，便是兩個月內傅翔必須修習的文武功課。

三頁紙箋上還放著師父的那個鹿皮袋，傅翔打開一看，只見袋內兩冊明教秘笈和一卷畫卷，另外還有一本新冊子，封面上寫著「方冀藥典」，正是師父的筆跡。

傅翔心中一陣激動，師父竟將這些至寶秘笈留給了自己，甚至包括近年來師父自撰的醫藥寶典，那麼他老人家此去是有破釜沉舟的決心了。傅翔想到這裡，不禁流下淚來，心中便有一股衝動要追上去陪師父同去京城，但他知道此時就算追了上去，師父一定嚴命自己回來，沒有用的。

他望著師父最寶貝的鹿皮袋沉思了一會，便小心翼翼把皮袋及三頁字箋藏好。傅翔是個拿得起放得下的孩子，他走出洞外，迎著漸現光明的東方天際吐納練氣，過了一會，體內真氣鼓盪，愈來愈澎湃難抑，終於他對著初露臉的旭日仰天長嘯，其聲如虎嘯龍吟，久久不絕，山谷為之震盪。有誰相信，這嘯聲竟然出自一個十六歲的少年？

山谷中方冀正振衣疾走，忽然聽到這嘯聲，他停下身來側耳聽了一會，嘴角泛起一絲安慰的微笑，用只有他自己聽得見的聲音喃喃道：「翔兒，好孩子。」

∞

正午時分，方冀已經到了山下小鎮。這一路他走得熟悉，而且全是捷徑。方冀走的所謂「捷徑」，雖快卻險，其實神農架頂山高千丈，有些地方曲折繞行需半個時辰方能下來，方冀卻是施展輕功垂直而下，一路順勢在石崖或巨木枝幹上略作阻留，前後不到半炷香時刻便安然抵達，只是常人卻絕無可能如此下山。

小鎮沿「南河」而建，南河潺潺流向漢水。方冀在鎮中略進麵食，就搭船沿河而下。這時河水正漲，兼得順風之便，一艘木船上乘有十來個客人，張起布帆輕快地向漢水駛去。

方冀坐在角落閉目養神，船上客人多是操湖北口音的大嗓門，也有幾個帶些陝西口音，還有一對夫妻操著襄陽口音，大家都在談今年風調雨順，收成看好，朝廷又頒了減租令，大夥兒嘻嘻哈哈，很是高興。

坐在方冀身旁的是個商人打扮的矮小漢子，腳前放著一個大布包，背上還揹著一個小包，他不時拉動一下大布包，似乎對自己的行李太大件，佔船上太多地方感到有些不好意思。方冀道：「不打緊，沒礙著我。」

那人謝了一聲，就開始搭訕起來。他望了望方冀，道：「老先生是個讀書人吧？」見方冀沒有立即回應，又補上一句：「敝姓李，在這一帶做草藥生意，這次回神農架來採藥，在山麓待了一個月。」方冀隨口道：「幸會，幸會。老朽在襄陽郊外一個小村私塾裡教幾個學生。」

那人喜道：「我也要去襄陽，咱們正好同路。」方冀不置可否。那人又道：「襄樊一帶有幾個良醫懂得用好藥，咱這神農架山區專出上好藥材，別人跑藥的一趟要載一船才夠本，我老李專採珍貴草藥，跑一趟就只一大包就有得賺了。」方冀呵了一聲，道：「那得要有好本事，才能識得好東西。」

他隨口應一句，那知卻引起老李的知己之感，他一掌拍在自己大腿上，興奮地道：「照呀！老先生到底讀過書，是個明白人。我老李因識得好貨，專挑這個季節入山，幾種珍貴草藥在山裡生長的地方我都跑熟了，只消個把月就豐收而回。這回採到幾株極稀奇的藥草，夠我老李全家過上大半年好日子了。」

方冀莞然微笑，這老李可不知自己身旁這個老先生，乃是全天下最頂尖的醫藥高手，這幾年尤其對神農架山區的草本、木本藥材做過全面詳查。

那老李那知自己在班門弄斧，仍然得意洋洋地道：「老先生不做這一行的，說給您聽也無妨。那天我冒險爬過一處山岩，岩壁後面有一片草坡，就在那兒長了一種三重瓣的小白花，襄陽有個熟識的大夫管它叫作『三疊白』，說是入藥可以療傷化血，極是靈驗有效，願出極好價格收購。可惜這花有些古怪……」

方冀聽得有些興趣了，便問道：「有啥古怪？」那老李見方冀接口，更起勁地道：「說來真怪，這花一年有效，下一年採的又變得無效，完全說不準的。襄陽城那位鄧大夫也忒精明，每次都要先試過有效才付錢。」方冀更感興趣了，問道：「鄧大夫怎麼試？」老李道：「真罪過呵，他拿兔子弄傷了來試。」

方冀沒答，老李繼續道：「那天我爬到了長『三疊白』的地方，可花還沒開，我原想放棄了去採別的藥草，但想到鄧大夫肯出極高價格買這小白花，便在野地睡了兩夜，終於在第三天清晨等到第一批花苞開了，咱一口氣把坡上白花全給採了，希望今年採的有效。」

這時方冀哈的一聲笑了起來，老李奇怪地瞪了他一眼。方冀道：「老李呵，今年你採的『三疊白』肯定有效，你放心向鄧大夫要個好價錢吧。」老李將信將疑，問道：「此話當真？」方冀笑道：「絕對不假，你只管放心。」老李道：「老先生您是個……教書的，如何知道？」方冀哈哈笑道：「書上寫的有。」

老李覺得不可置信，喃喃道：「書上寫的有？這……這讀書就這麼管用？簡直神了嘛。」方冀暗暗好笑：「確是書上寫的有，那冊書名叫《方冀藥典》呢。」他一時興起，拍了拍老李的肩膀，道：「老李呵，百年修得同船渡，今日老夫索性教你一個乖，這『三疊白』要採第一天開的花就有效。你記得這竅門，以後老李的小白花就年年有效了。」

老李高興得緊，連忙作揖行禮，要請問方冀尊姓大名，方冀卻說：「有緣就好，有緣就好，何必知我姓甚名誰。」

那老李也不再問，忽然又道：「這花兒還有一樁古怪，不知老先生知也不知？」方冀呵了一聲，問道：「還有古怪？」

老李又有點得意起來，故作神秘笑了笑，壓低了聲音在方冀耳邊道：「有一回鄧大夫讓一隻受傷的兔子吃這花，不知為啥那兔子貪吃得緊，將一大把小白花全都吃了下肚，您猜怎樣？」方冀強忍著老李嘴裡噴出的陳年菸臭，問道：「怎樣？」那老李眨眨眼，低聲道：「死了。那兔子吃著吃著，就像睡著似地昏死過去了。」方冀問道：「鄧大夫怎麼說？」老李說道：「那一回鄧大夫還算有良心，他跟咱說：『老李呀，今年你採的這三疊白有效倒是有效的，只怕其中參雜了一些什麼毒草，竟把兔子給毒死了。俺還得把你的花兒重新去毒、弄乾淨才能用，這樣吧，就算八折成交吧。』」

方冀聽得有趣，隨口問道：「你怎麼說？」老李道：「八折就八折吧，獨門草藥原本無價，咱還能說啥？」方冀點頭不語，陷入沉思。老李忽然又道：「倒是那隻兔兒十分稀奇，竟又復活了。」

方冀雙目一睜，精光暴閃，他伸手抓住老李的胳膊，急聲問道：「兔兒怎麼復活了？」老李道：「鄧大夫把那隻死兔兒丟在竹籬外，兩天後我去找鄧大夫收款，就在竹籬邊親眼看見那隻躺在地上的兔兒醒過來，活生生地跳入林子裡去，看上去傷也好了。老爺子，您說怪不怪？」

方冀面色凝重，問道：「老李，你確定是同一隻兔子？」那老李笑道：「老李親眼看見死兔兒被丟在竹籬外，又親眼看見牠復活，那兔子被鄧大夫刺了一刀，血跡清清楚楚，那會有假？」

方冀點頭沉思了片刻，笑著對老李道：「老李，你這花兒真有意思，鄧大夫管花兒叫『三疊白』，這名兒也取得挺好。只是兔兒會復活的事，書本上就沒見寫過了。」老李重重點了點頭，心想：「總算也有咱知曉的事書上沒人寫過，嘿嘿！」他想到這裡，心中踏實了一些。

方冀卻暗自欣喜，自忖道：「無端遇上這老李，聽他敘述這變種木槿花除了療傷化血導氣之外，居然還有麻醉的長效，這恐怕與它導氣的功效有密切關係，如何作用的道理待我慢慢琢磨，把它想通。這意外的發現可說價值連城，是天下藥典中所沒有的新資料，真是三人行必有我師啊。」

∞

從南河到漢水，再從漢水到長江，這一路全是順流而下。方冀在襄陽、武漢各換了一次船，船愈換愈大，在順流中平穩地欣賞東去大江的兩岸景色，雄奇秀麗兼而有之，美不勝收，方冀直看得目不暇給。

這一路行船每次靠岸，方冀都登岸尋找適當的地點，用明教的秘密符號留下他的行蹤，這種秘記只有明教核心人物識得，如今明教高手遭消滅殆盡，留給傅翔看最是安全。但在方冀心裡，卻期望這次進京能快去早歸，最好傅翔永遠不需看到這些秘密口訊。

船到京城時，便在三汊河口靠岸。方冀花銀子雇了一條竹篷船，沿秦淮河駛到城南聚寶門，正好趕上關城門前一個時辰。

方冀整了整行囊，從囊中摸出一物，在嘴臉上一抹，頷下便多了一部尺把長的花白鬍子。進城門後，沿南門大街走到花市，過了大功坊，就在府東街角落上找到一家「賓悅客棧」，要了一間清靜的上房，打發小二一些碎銀，命他準備紙筆墨硯。

洗梳完畢，喝了兩杯熱茶，方冀就閉門鋪紙，提筆振腕疾書起來。這一路來，他不斷思索在南河船上那採藥老李所說的事情，方冀醫藥知識深厚，兼之在神農架山上遍試各草，對那三重瓣的異種木槿花知之甚詳，只是絕未料到這「三疊白」竟然有麻醉的長效。他一路上一面琢磨這異花已知的導氣功能，如何能抑制生命元氣，使其運行趨於至微極緩之道理；一面則思考方劑成藥之君臣佐使及施方之道，到此時胸中已有成竹。他振筆直書，一口氣寫完三張素紙方才停筆。

方冀捧著三張紙重讀數遍，又修改了十幾處的文字，漸覺所書略能盡意。這三頁紙既有藥性之述，藥理之探，又有方劑之詳，可說是自己別具創意之作，墨乾之後小心翼翼折好藏在懷中，心想回到神農架後，就要加附在《方冀藥典》之後。

等到收拾好筆墨，窗外天色已暗，正是華燈初上之時。方冀緩步走出客棧，從府東街口望去，「應天府」雜立於四周繁華的街市中，完全顯不出大官府的氣勢。方冀心想：「南京既是帝宮所在，應天府便顯不出什麼威風了，若要像北宋的開封府那樣，除非應天府也能出一個像包拯的府尹。」

方冀踱到應天府外，轉到東邊人聲嘈雜之處，他站在牆邊，背著手看熱鬧，也沒見他有什麼動作，等他離開時，背後的青磚牆上多了一排古怪的白色符號。方冀看都不看，緩步踱入人叢之中。

他一個人慢慢逛到街角，在一個賣滷味的小店中找到一張空桌坐下，叫了一壺白酒，切了一盤滷味，慢慢吃將起來，心中卻在暗暗盤算：「憑我這模樣，便算碰上熟識的人，也未必就能認出我來。我且慢慢喝他幾杯，待亥時到了，再去大中橋留下明教秘密口訊，就等那人循訊來找我了。」

他在應天府牆角留下的符號，乃是明教最高層的通信秘語，十多年前明教高手在神農架頂全體遇害，方冀是唯一倖免者，他將這秘密符號傳給了傅翔，世上只有他們兩人懂得這套暗語，此時他卻盤算著「那人循訊找來」，難道還有第三個人識得這明教秘語？

這時小鋪生意熱鬧起來，方冀一人佔一張桌子，便有兩個短衣漢子走過來，哈腰道：「有擾你老，可容我倆擠一擠？」方冀道：「兩位請便。」那兩人拉條長凳，就在方冀對面坐下，向店家要了酒菜，又要了兩大碗米飯，便唏哩呼嚕吃將起來。

方冀見這兩個漢子進來時，一人背上揹了個木箱，一人提了個長形布包，看上去像是兩個工匠。二人顯是有些餓了，兩盤菜片刻之間便一掃而空，便將菜汁澆在飯上，幾大口就扒得大碗底朝天，兩人抓起酒來對乾了一杯，這才打個嗝，露出滿意神情。

方冀見兩人粗菜淡飯吃得其香無比，不禁暗羨他倆好胃口，便微笑道：「兩位可是幹了一天活？辛苦了呵。」那兩個漢子連忙稱是，其中一個補了一句：「我倆在城外天禧寺修那寶殿的鐘架，幹了一整天活，只吃了一餐飯。」另一個道：「我倆專修寺廟的木造器物，明日一大早還要趕到棲霞寺去修側殿的屋頂，那可是我倆的家傳功夫。京師寺廟一定得找咱倆，才能修復得和原來一模一樣。」

方冀讚道：「兩位是有技藝在身的巧匠，失敬，失敬。有這一身技藝，日子想必過得好啊？」一個漢子道：「還湊和。」另一個道：「咱兩家人都住鄉下，種地過日子花錢少，我倆就靠這京城附近的寺廟活兒，賺些銀子回鄉去，給家人買些穿的用的，這幾年日子好過，就存些錢多墾些地。」

方冀道：「兩位若是不急著趕路，老夫就請二位再喝兩杯聊聊。」兩人齊道：「倒不趕路，只是不敢叨擾。」方冀道：「不客氣。咱們再切一隻板鴨來下酒如何？」左邊那漢子急搖手道：「且慢，老先生既要請吃酒，不如切隻桂花鹹水鴨來也強過那板鴨。」方冀笑道：「怎麼說？」那漢子道：「外來的人總說南京板鴨好，我們金陵人不吃那乾板板的東西，鹹水鴨才是金陵人的真絕活。」方冀哈哈笑道：「好，就鹹水鴨。」

切好的鹹水鴨整整一大盤端上來，果然漂亮，方冀吃了一塊，只覺鹹得恰到好處，不但不會蓋掉鴨肉原味，那鹽滷加上作料的味兒反而將鴨肉的鮮味逼了出來，嚼得滿口鮮香。方冀讚道：「名不虛傳，名不虛傳！兩位請用呵。」他喝了一大口酒，續道：「兩位方才說，存些銀子多墾些地？」

右邊那漢子啃著一支鴨翅，道：「咱們兩代都是木匠，那有什麼自己的田地？過去兵荒馬亂，雇人做工的少，有時憑做工也養不活家小，就幫人種種田。那佃農的日子可苦啊，年頭在田做到年尾，掛了鐮刀就沒飯吃。自從洪武皇帝來了就好了，他看連年打仗把天下多少良田都打成了荒地，就下一道聖旨，凡是肯吃苦願意墾地的，就去跟官府登記，官府分一塊地讓你去開墾，開墾好了地就算你的。」

方冀聽得入神，那漢子繼續道：「我家女人和兩個老弟合力開墾了幾畝地，種些蔬菜雜糧，也算是個種自耕地的農家了。」另一個漢子補充道：「頭兩年收成不好，官府還免了咱地租，又發放了一批新的種子讓我們試種，現在終於有好收成了。」

方冀和這兩人又聊了不少日常生活的瑣事，頗覺此次離開神農架，一路上多有機會與庶民百姓接觸，不斷感受到各行各業的老百姓生活改善的喜悅。大家對兵荒馬亂、劫後餘生的一段苦日子仍然心有餘悸，但是談起日子愈來愈好過，活得有希望，無不面露喜色。此時又聽了這兩個木匠的一番話，不禁暗暗忖道：「看來這皇帝老兒除了會打仗、會殺人，治理國家也是有一套的。他雖嚴刑峻法，對文武功臣、起義夥伴殘酷無比，但畢竟是從窮人中發跡，瞭解窮人的苦處，對百姓倒是好的。」

想到朱元璋年輕時曾加入明教，之前還當過幾年和尚，提過「明」「佛」不分家的說法，而在推翻蒙古政權的鬥爭中，不止一次與明教聯手出擊取得勝利。大業成功之後，明教並未持功提出任何要求，只是回歸江湖宣揚教義，卻仍逃不過朱元璋的猜忌之心，竟然下毒手要將明教一網打盡。方冀對這血淋淋的一幕不可能有絲毫淡忘，他搖了搖頭，暗自嘆道：「要真正公道地評價一個歷史人物，是何其難也。」

三人聊得高興，待得酒肴既盡，方冀站起身來拱手道別，他付了賬，沿著大街向東行。此時已過亥時，靠近皇城地段的閒人漸少，方冀走到西長安街和通濟門大街交口處，在內護城河的大中橋上停了下來。向東望去，一座大衙門燈火已黯，方冀依稀記得好像是京師儀禮司，再往東一千多步，就是京師錦衣衛了。

方冀在橋上踱了兩趟，已經神不知鬼不覺地在橋頭墩柱上留下了秘密記號，看看四周沒有其他可疑之處，就回頭慢慢走向府東街的賓悅客棧。

∞

翌晨，方冀請店小二買一碗江南滷麵來當早餐，小二問：「要紅油爆魚還是白湯滷鴨？」方冀心想昨晚吃鴨吃得夠了，便要了紅油爆魚湯麵。

這江南滷麵原是蘇州人的點心，明朝開科舉以來，蘇杭才子闈場得意，在朝中為官人數漸增，便把這道點心麵帶到南京來了。蘇州人是不吃辣的，那紅油爆魚只是紅得好看，並不算辣。

方冀正自品嚐這碗熱騰騰的早點，樓下傳來小二的大嗓門：「尋方老先生？方老爺子在二樓，您老貴姓？」

一個低沉的聲音道：「敝姓章，立早章。」

方冀一聽這幾個字，整個人宛如觸電般呆住了。他回過神來，三筷兩筷把麵吃了，喝了兩大口麵湯，完全沒有心情品嚐這名滿江南的滷湯之鮮美，就推門出迎，這時小二已把來人帶上樓來。

方冀趨前一步抓住來人衣袖，飛快地拉他入房，塞了一小角銀子給小二，要小二將麵碗撤走，並囑咐不讓任何人打擾，然後栓上了房門。

店小二的腳步聲已經下樓，來人忽然向方冀跪倒，整個人匍伏在地，他壓低了聲音道：「十五年了，章逸整整等了十五年，軍師您……您總算來了。」他抬起頭來，臉上已是涕泗縱橫。

方冀仔細打量，只見來人三十多歲，一張英俊且透著剛毅之氣的臉龐，修長而挺拔的身材，頭上繫著一方藍色頭布，身著一襲藍色大布褂，面貌仍是昔日年輕的章逸，但臉上再也找不到昔年的稚氣。

那章逸凝視著方冀，眼睛又已潮濕，他望了望方冀的花白大鬍子，低聲道：「軍師您老了。」方冀微微一笑，把一部大鬍子扯下，恢復原來的模樣。章逸搖了搖頭道：「不是鬍子，是您的眼睛。軍師，您的眼神老了。」

方冀聽得心中一酸，他強抑住情緒，一把將章逸拉起，道：「我昨天才到南京，留下兩處秘記，不想你今天一大早就趕來……」

章逸搶著道：「那大中橋及應天府是我每天必巡的地方，可憐我巡了足足十五年，終於看到了咱們的秘記。今晨寅時前，我帶了三個下屬從錦衣衛衙門出發，巡視皇城四周的夜防，第一個就先到大中橋，看到軍師留下的秘記時，一陣恍惚差點暈倒，連忙趕到應天府去，果然在牆角也看到咱們的符記，這一下可確定軍師終於來了……」

他繼續道：「我不動聲色，帶著三個部屬例行巡察完畢，回到衙門，掛了官帽，來不及換衣，套上這件大褂就到客棧來了。」

他一面說，一面解開大褂的衣扣，裡面露出繡著飛魚的錦衣。方冀微笑道：「章逸，你在錦衣衛中官拜何職了？」章逸道：「軍師說笑了，小的奉命隱身於錦衣衛，謹遵當年教主及軍師之命，言行低調，但求忠誠，不求突出表現，十五年來升任京師指揮使，手下也有百來個緹騎供差遣。」

方冀連聲道好，接著正色道：「十五年前派你潛入錦衣衛，原是教主和我商量好的未雨綢繆之計，在朝廷核心組織中埋伏一個明教暗樁，以備必要時奇兵突出，為明教立下奇功。你在教主身邊侍奉多年，聰明機警過人，對外又從未露過臉，自是擔任此一任務的最佳人選。便是明教內也是最高機密，除了教主和我，沒有第三人知曉，這段時間我們又無任何聯絡，是以你雖潛伏十五年，卻能安然無事。」

原來大明建國之後，明教雖然淡出國事，但朱元璋對明教的嚴密組織及武功高強的頭領仍極不放心，教主和方冀都暗覺不妙，卻也想不出有何妙策，能讓這位多疑猜忌且手段毒辣的皇帝安心放手，為了自保，便想到在朝廷錦衣衛中埋伏一著暗棋。

方冀是當年此計的設計者，他暗暗嘆息：「可惜咱們派章逸加入錦衣衛太遲，當年發生神農架頂的慘事時，正是他剛進入錦衣衛的第二年，還是個外圍的小角色，自然無法得知陰謀，否則咱們明教也不至落到今天這地步。唉，世事變化又豈能樣樣先知先覺。章逸這十五年來藏身錦衣衛中無聲無息，今天該是發揮功效之時了！」

他把這一段時間自己的經歷簡單地說了一遍，說到潛身盧村私塾教書，收了兩個資質極佳的學生，傅翔成了自己的傳人，鄭芫則隨潔庵法師到了南京……

章逸一聽到潔庵法師，便呵了一聲，問道：「可是在鍾山靈谷寺修行的潔庵？」方冀道：「不錯，他怎麼了？」章逸道：「去年年底，這潔庵法師已經離開南京，聽說到泉州開元寺去當住持方丈了。」方冀吃了一驚，道：「我還打算見到你之後，便去靈谷寺尋他和他的徒兒鄭芫呢。」章逸道：「他那女徒兒在京師的名氣，可大大超過潔庵師父哩。倒不知姑娘這次有沒有跟潔庵一同去泉州？」

方冀忙問道：「你說那芫兒有什麼大名氣？」章逸道：「軍師，您知道咱們錦衣衛日常工作之一就是蒐集各種消息，這潔庵法師是上頭注意的人物，所以咱們也經常留意這和尚的行蹤，不久便發現他有一個女徒兒，家裡在十里秦淮附近開了一間酒店，這鄭芫便在酒家和靈谷寺之間上下來往……」

方冀眼前浮現芫兒那聰明姣好的模樣，不禁微笑道：「那酒家定是她娘開的，她娘造得一手好酒。」

章逸道：「不錯，她那酒店就叫『鄭家好酒』，在秦淮河一帶已經小有名氣。這鄭芫年紀小膽子卻大，有一回秦淮河的大地痞仗著一身功夫，欺凌夫子廟的幾家老店，硬要加倍收取保護費，有一家綢緞莊的老闆氣憤不過出面理論，被那大地痞帶領手下搗壞了店面，鄭芫忽然冒出來，把那地痞的狐群狗黨打得跪地求饒。大地痞臉上掛不住，便拔出大刀要鄭芫的命，豈料小鄭芫武功好得出奇，不過五招就把大刀搶到手中，一腿將地痞掃倒在地，喝聲：『還你！』伸手將大刀擲出，落在那地痞腦袋旁不到三寸之遠，刀刃砍入地面一尺之深，嚇得那地痞前後褲襠都濕了……」

方冀哈哈笑道：「章逸，是你親眼看見？」章逸道：「倒是沒有親見，但這情節都已入了夫子廟一帶說書的段子。」方冀道：「我正奇怪，怎麼你忽然變得油嘴滑舌，原來是學那說書的。」章逸道：「從那回以後，京城人便把鄭芫那小姑娘喚作『鍾靈女俠』，名氣大大超過靈谷寺的和尚。」

方冀聞言更是開懷大笑：「哈哈，幾年不見，芫兒倒成了『鍾靈女俠』，有趣啊有趣！章逸你有所不知，那被搗毀門面的綢緞莊，多半是芫兒舅爺開的。」他心中在想：「潔庵住持泉州開元寺，想必與天慈禪師有關，芫兒是否跟去泉州，要到那『鄭家好酒』去打聽。現下無暇顧及這個，且先問正事……」

他正色問章逸：「錦衣衛目前情形如何？」

章逸道：「自洪武二十六、二十七年涼國公藍玉、穎國公傅友德相繼遭誅殺逼死，皇帝殘害功臣、狠毒寡恩之名傳遍天下，朱元璋為息天下悠悠之口，便拿錦衣衛來當代罪羊，先殺了頭兒都指揮使蔣瓛，後來又不設繼任都指揮使，懸位至今。錦衣衛荼毒忠良的惡行，這幾年頗見收斂了一些。」

方冀點了點頭。章逸繼續道：「但因為都指揮使懸位，副都指揮使就暗中拚命發展自己的勢力。」方冀問道：「副都指揮使？」章逸道：「不錯，有兩位副都指揮使，愛管事的是錦衣衛的二號人物——魯烈。」

方冀道：「使一手全真劍法的魯烈？」章逸道：「正是，軍師會過他？」方冀道：「四年前和他有一面之緣。」

章逸顯得驚訝，但方冀沒有講下去，他也不再問，便接著說：「這魯烈是個蒙古人，不但武功高，而且處處看著神秘，他私下結交了許多武林人，中土的、蒙古的、西域的都有。」方冀呵了一聲，道：「除了西域的馬札，還有些什麼人？」

章逸對這位軍師居然識得魯烈、馬札，覺得十分意外，殊不知這兩人都曾在盧村和方冀交手過。他答道：「馬札和魯烈都是正式的錦衣衛，而魯烈結交的許多武林高手並不加入，他們似乎沒有組織，但背後顯然有人指揮。我留意打探一段時間了，仍無頭緒，只知魯烈對那幕後的指揮者十分恭敬，言必自稱晚輩。」

方冀問道：「你見過嗎？」章逸道：「只去年有一次，在皇城外花園中看到魯烈對一個老者畢恭畢敬，我正要上前相見，那老人忽然一閃便不見蹤影，真如鬼魅一般，我連背影都沒看清楚。那魯烈只淡淡看了我一眼，就像沒事發生般轉身去了。一年多來，我每每回想那鬼魅般的身形，比我能想像的任何輕功都要快得多，令人思之寒心。」

方冀低頭沉思。過了一陣，章逸忍耐不住了，終於壓低聲音，問出了關鍵問題：「軍師，你要刺殺皇帝？」

方冀抬眼注視章逸，緩緩地道：「依你看，該怎麼辦？」他不答是不是，卻反問如何辦，那麼他心中所思已經不言而喻。

章逸道：「那年神農架頂出事後，我從當時的錦衣衛頭兒毛驤那裡，得知軍師得以倖免，便在絕望之中出現一絲希望，只盼望軍師能保住我明教一線生機，又希望軍師能為教主他們復仇雪恨，這一等就等了十五年。這十五年來，我每天都在想：等到軍師真的來了，咱們如何行動？慢慢地觀察，慢慢地琢磨，也就想出了一個計畫。」

方冀聽得又是高興又是感動，他一把拉住章逸，道：「當年我何嘗不想要儘快和你聯絡，但我知道小不忍則亂大謀，如果冒失行動，你的身分一曝露，不但必死無疑，咱們這一招暗著就白搞了，是以強自忍住，以待時機成熟。如今時機已到，你又肯用心策劃，快快把計畫拿出來，咱們一起合計合計……」

章逸見方冀心急，便道：「軍師，恕我此刻尚不能明言，這計畫如要成功，須得兩件事先要周全。」方冀道：「那兩件事？」章逸道：「第一，軍師須把這南京城，尤其皇城附近的地形摸清楚，好比街巷、橋樑、衙門、大宅子、大林子……閉著眼也能進退自如。」

方冀點頭道：「有理。明日就開始細細逛逛這座京城。第二件事呢？」

章逸伸出一根指頭，面帶神秘微笑，道：「這第二件是一件必備的事物，還需三五天才能準備好，到時軍師自然明白。」

方冀也不多問，點了點頭道：「就這樣。我明日起便扮個看病賣藥的郎中，在城裡大街小巷串門子，你快回去把那什麼『事物』準備好，咱們五日後再見。」說著便站起身來，忽然絆了一下，身體向前一跌。章逸伸手相扶，忽覺一股暗勁傳上身來，他不由自主地發力一擋，兩股性質相同的內力一碰，立即相容而收。

方冀已經站定，笑道：「章逸，你功夫大進了啊！」章逸躬身道：「不敢忘了教主的教誨。」他再次向方冀一揖到地，道：「我去了，軍師保重。」便推門下樓而去。

方冀望著章逸的背影，暗嘆道：「章逸奉命加入錦衣衛時，還是個二十歲左右的小伙子，如今是個成熟幹練的好幫手，便是教主當年傳他的功夫，他自個兒摸著練，居然大有進境，真是個不可多得的人才。」

他把店小二喚來，給了一錠銀子，拜託小二找一家店舖，買一套賣藥郎中的行當。小二道：「『舊內』有一家老字號的藥店，兼賣郎中的各種傢伙。」方冀道：「快去幫老夫買一套來，多出的銀子歸你。」小二估量了那錠銀子一眼，歡天喜地去了。

∞

錦衣衛衙門為章逸在常府街與里仁街口租了一個小樓房，做為京師指揮使的寓所，他平日吃飯大部分在外面，是以房內陳設簡單，房東的女兒負責打掃清潔、換洗衣服，在家的日子過得十分單純樸素。

在錦衣衛中，章逸是有名的美男子，京城裡章逸的美男之名也大有人知，偶而他去秦淮河一帶轉轉，青樓的姐兒們爭相勾引，章逸總笑臉對佳麗，親切打招呼，卻很少留下過夜。就是有時和同夥喝醉了留在青樓，也是逢場作戲不動任何情感，享受了姐兒們渾身解數的溫柔，他一大早就笑嘻嘻跟每個人打招呼，施施然而去，只引得多少美人勾腸掛肚，這些年來贏得一個「浪子指揮使」的綽號。

酉時剛到，京城錦衣衛每天例行的匯報在指揮司進行，南京城各區的負責人把這一日責任區內的各種消息做一報告，有事則商量因應處理之策，無事則散會各歸轄區。

這天京城沒有大事，只在匯報結束前，負責皇城周邊的指揮提到：「這兩天有一個郎中，穿街穿巷在賣藥，好像也沒做什麼生意，只是不停地閒逛，行跡有些可疑。我們的線民上前搭訕，那郎中操一口浙江口音，像是從外地來的。我已交代屬下，明日如再見到這郎中，便跟蹤他落腳何處再報。」

章逸心中有數，點點頭道：「這幾日皇上未臨朝，宮裡傳聞不斷，咱們要格外警惕，凡事多留心、多用心。那賣藥的興許就是個外來的郎中吧，但明日還是要弄清楚他落腳的地點。」

散會後，章逸沒有加入同僚去酒店吃晚飯，安步當車沿著通濟門街走到常府街回家。進得門來，那房東之女寒香正在收拾房間，她見到章逸此時回家頗覺吃驚，連忙放下手中的布包，迎出來接過章逸肩上的揹袋道：「難得官人今日回來得早，便在家吃飯吧？」

章逸道：「回來沒先告知，家中有飯菜麼？」寒香忙道：「有，有。今日正好滷了一小鍋好菜，準備給官人留著消夜下酒的，寒香再去下一碗麵，將就吃一頓可好？」章逸道：「怎麼不好？煮兩份麵吧，妳也一起吃了再回家。」

寒香喜孜孜地煮麵去了。章逸暗暗思量：「這娘兒人長得俊，手腳又伶俐，幹麼委屈在這兒侍候我這些年？當年上級為我租這寓所，便著寒香來侍候，頭兒蔣瓛多半交付了就近監視的任務。可如今蔣瓛已死，上頭無人，寒香還是盡心盡力地巴結，想是相處久了，對我有些感情了。」他想著方才匯報中，手下提到那個「賣藥郎中」的事，一方面覺得好笑，一方面也為自己麾下的工作能力感到有幾分得意。他一面閉目養神，一面在心中策劃下一步的做法。

寒香將麵菜布在桌上，順手將幾盞燭燈點起，笑盈盈過去請章逸吃麵。章逸坐定了，見桌上放著一隻酒杯，一小壺酒，便對寒香道：「妳也拿隻杯子喝一點吧。」寒香道：「奴家量淺，不敢飲這烈酒。」一面執壺替章逸倒了一杯。章逸立刻聞得全室酒香，知是上賜的御製大曲，去年過年時與同僚飲得大醉，以為已經喝光了，豈料寒香還藏得有。

寒香瞟了他一眼，道：「上回我見官人喜愛這酒，便偷偷藏了一些，免得被官人那批朋友胡亂喝糟蹋光了。」章逸笑道：「好朋友在一起拚酒，那有糟蹋。」心中卻對寒香的貼心暗暗感激。

章逸將好酒一飲而盡，寒香又倒上一杯，燭光搖曳下只見寒香面頰嫣紅，也不知是否擦了胭脂，執壺的手姿勢優雅，袖口露出一截雪白的小臂，很是動人。他上前接過酒杯，鼻中聞到非蘭非麝的幽香，不禁心中一蕩。

兩人吃完麵菜，雖然簡單，章逸感到一種家常飯的溫馨，他把杯中酒乾了，自己動手倒了小半杯，遞給寒香道：「妳就試一試吧。」寒香接過飲了，皺眉道：「好烈。」

章逸放下手中筷子，寒香起身來收拾碗筷。章逸鼻間飄過一陣幽香，他起身一把將寒香抱住，寒香掙扎，低聲道：「官人，不要……」便被章逸一吻堵住，寒香輕嚶了一聲，埋首倒在章逸懷中。

∞

章逸躺在床上，從他擁抱寒香的一剎那起，他心中想的卻是另一個女人。那女人年過三十，但她的風姿談吐自有一種無法形容的氣質，令章逸打第一次見面就為之心動，幾個月來有空就去她的酒店廝混，她那似有情又無意的一顰一笑，已令章逸有些神魂顛倒了。他這京師人口中的「浪子指揮使」閱人多矣，卻自己也不知為什麼會對一個寡婦著迷如此。

寒香在樓下嬌聲喚道：「官人夜晚還要出門，這裡熱水已經備好，快下來梳洗一下吧。」

章逸應聲下樓，寒香侍候他泡在一隻盛滿熱水的木桶中，便上樓來整理床鋪。她輕輕掩上房門，側耳仔細聽了一下，心中暗道：「剛才好險啊，我正從他的床下夾層中發現秘密，還來不及復原他就回來了，我且趕緊把那事物放回原處……」

只見她飛快地從方才丟在角落的布袋中拿出一個薄薄的白色小布包，然後從床下拉出一個扁木箱，飛快地把布包放入扁木箱中，並將箱蓋上一隻開著的鐵鎖鎖上，匆匆放回地板下的夾層；回鋪地板時一個卡榫「咔」地響了一聲，便恢復原狀。

她站起身來快速將床鋪整理妥貼，又將飯桌上的碗筷收拾好，然後坐在桌邊的椅上微微喘息，劇烈的心跳漸漸平息下來。這時她腦中一直在思索一個難題：「他為什麼要做一個自己的面具？今天發現的事要不要告訴爹？」

章逸換了一身便服上樓來，親切地問道：「妳要不要也泡個熱水澡？」寒香臉頰紅暈未褪，低聲道：「我回家去洗……太晚了，我這就回去。」她起身拾起布袋就要下樓，章逸攬住她的腰親了她一下，就讓她下去了。章逸道：「小心一些。」寒香嗯了一聲，開門快步離去。

寒香離去後，章逸坐在椅上沉思了整整一炷香的時間，接著他推椅而起，來到睡房裡，從床下地板夾層拿出那隻扁木箱。

那木箱是暗紅色的檀木所製，四角都鑲了鎏金的角箍，箱蓋上鎖著一把精煉過的白鐵橫鎖。章逸從懷中摸出一把小巧的鑰匙，打開木箱，拿出那個白布包，又在木箱內壁對角上按了兩下，木箱裡「咔」的一聲，又出現另一個夾層。

章逸從夾層中拿出另一個薄薄的白布包，以及一卷貼封了的皮紙卷，小心翼翼地把兩個白布包和一卷皮紙塞入自己的隨身揹袋中，把木箱放回地板夾層，就下樓出門。

經過這番折騰，已過戌時，章逸對京師的街巷熟悉到閉目可遊的地步，他揀小路快步向應天府方向走去，七拐八轉後，從一條小巷一穿出來，就是那「賓悅客棧」的邊門了。他從邊門進店，先到店前和掌櫃的照個面，小二探頭還識得他，忙招呼道：「您老要找方老爺？」章逸笑道：「小二哥倒好記性。」那小二便帶著章逸上樓敲門，方冀應門見是章逸，連忙讓入。

章逸拴上房門，運神細聽四壁，確信無人偷聽，這才把揹帶上的兩個布包及一卷皮紙拿出。他先將那卷皮紙拆開，展放在桌上，方冀湊著燭光看時，只見長卷上畫著皇城與皇宮的詳細地圖，上面用紅筆勾出一條路線。皇城地圖的左面畫著南京城的地圖，圖上也有紅筆描出的兩條路線。

章逸壓低了聲音道：「軍師先看皇宮圖。您若順著紅線走，就能潛入皇帝寢宮的屋頂內，圖上打圈的地方是一塊大木匾，匾上是朱元璋親書的『知峻憂危』四個大字，背面就是最好的藏身之處。」

方冀低聲問道：「那匾額懸有多高？距皇帝的龍床有多遠？」章逸道：「約有二丈來高，匾額到皇帝的床大約有七八丈。」方冀默默估算。章逸道：「這寢宮還有一樣奇處，整個房間又高又闊，怕不有五丈寬、八丈長。朱元璋的床放在匾額對面頂端，他喜歡三面空曠，可以一目瞭然，所以房屋造得傳音特別好；他老兒只要輕發一聲，布置在四角的武士便聽得一清二楚，一有事立刻就能飛奔而至。」

方冀冷笑道：「這老兒一向猜忌心特強，既防有人潛伏入屋內，又要能緊急時喚人立至，可難為了當年造皇宮的匠人。」章逸道：「只是工匠雖巧，卻未料到皇帝老兒要寫四個字掛在對面自己欣賞，成為全室唯一的破綻，匾額後面正好可藏一個人。」他又加一句：「那四個字，我偷瞧過一眼，寫得只比咱的字好看一點。」

方冀想笑但未笑，他口心相商：「相距八丈，由高處躍下奮力一擊，能有成功的機會？」

章逸道：「很難。且只有一擊的機會！」方冀抬頭望了章逸一眼，道：「除非……」

章逸知他心意，點了點頭道：「不錯，除非有武當的八步趕蟬。」他接著緩緩道：「為定下這路線，十五年來我不斷等機會，終於等到一個良機，冒險親自勘察過一遍。那藏身之處應該萬無一失，只是距離太遠，如要躍身下擊，恐怕需得中間落地一次，但只要一落地必然驚動侍衛，很難成功，是以可能要用暗器攻……」

方冀在江湖上是有名的不帶兵器、不用暗器，他搖頭道：「暗器在七八丈之外難有致命威力。」章逸笑了笑，從腰間解下一隻皮袋，拿出一個暗泛藍光的鋼弩，交到方冀手上。方冀見那鋼弩造得極是小巧精緻，拿著很是稱手，便問道：「這弩能射多遠？」章逸道：「百步封喉。」

方冀點點頭，他的臉色愈來愈凝重，忽然他從床頭下拿出一把兩尺長的短劍，拔出劍來，在燭光下凝視。那劍身泛著青森森的暗光，章逸心頭狂跳，低聲問道：「乾坤一擲？軍師，您練成了乾坤一擲？」方冀道：「不錯，乾坤一擲。」心中卻嘆道：「可惜只有教主當年七八成的威力！」

方冀放好了短劍，再湊近看那地圖，只見沿著紅線每個交叉點邊上都用小字註明了防守此點的帶刀侍衛及錦衣衛的名字，有些重要的人名邊上還簡註其武功絕技大要。方冀見這份資料做到這個地步，實在不可思議，正自讚歎，章逸已解釋道：「照規矩，宮中侍衛每天三班，輪班時間及地點十日一調，圖上所註正是這十天的資料。」方冀聽了，不禁暗歎這章逸的能耐實在無人可及。

章逸坐下來，正色道：「數日前朱元璋得了風寒，已經五天沒有臨朝了。這一陣子估計他都躺在床上聽取臣子的報告。軍師，您要幹這樁大事，就要馬上動手。」

方冀點了點頭，他注視著桌上的地圖，默記那些紅色路線。章逸接著道：「這裡有三個難處，如不能一一解決，缺任何一個，大事就要壞。」

方冀心中也在想同樣的問題，但他此時對這個聰明能幹的章逸已經從信任變成依賴，忙問道：「那三個難處？」章逸道：「第一，您如何混進宮去；第二，您如何藏到那塊大匾額的後面；第三，最重要的，事後不論成敗，您如何脫身。」

方冀點頭。章逸抓起茶壺倒了兩杯茶，自己先喝了一大口，壓低了聲音道：「第一個難處，我已替軍師想出了辦法……」他一面說，一面從掮袋中拿出那個扁薄的白布包，將緊纏的白布解開後，竟然是一張製作精細的面具，燭光下方冀看得吃了一驚，因為那面具赫然就是章逸那張俊臉。

方冀低聲道：「冒充你混進宮？」章逸道：「不錯。這面具造得唯妙唯肖，軍師只要略為模仿一下咱的身形動作，壓低聲音，一個照面之間任誰也瞧不出破綻。這兩日我已讓同僚都知道我因勞累加受寒，嗓子嘶啞了。」

方冀道：「這面具造得確是精妙，是何方巧匠造的？」他有些耽心造這面具的巧匠是否可靠。豈料章逸微微笑道：「這等秘密之事，豈能假借他人之手？」方冀驚道：「是你自己造的？」章逸點頭道：「我跟京城第一巧匠葉師傅研習此道，已有七八年之久了。」

方冀握住章逸的手，一時說不出話來。他對章逸為明教復仇一事用心之深、用計之密，深深感到震撼，緊緊搖著章逸雙手，顫聲道：「有你這番苦心，咱們報那血海深仇可有望了。」

章逸道：「這是解第一個難處的辦法。第二個難處，其實難不難全看來人的輕身功夫。以軍師的『鬼蝠虛步』，要閃過重重侍衛並非不可能，只要軍師先把路線記熟，幾個重要地點參照圖上所註行事，多半可以擺脫重重監視，安然潛到那塊大匾之後藏身。」

方冀一面細看地圖，一面點頭道：「但願如你所料。」章逸又喝了一口茶，緩一口氣慢慢道：「至於第三個難處嘛，軍師您一擊發難後，不論那皇帝老兒是死是活，您拔身就沿我畫的路線退出，一刻也不能耽擱。此時皇宮警報已響，宮中圍捕行動隨即啟動，您有兩條路線逃離……」

方冀的目光從皇宮地圖移到京師地圖，正在思索這兩條路線的差異，章逸已說明道：「這兩條線都是撤離的最佳路線，主要的差別在於咱們如何避開那魯烈找來隱身在宮城中的神秘高手。」

方冀道：「你認為那神秘客藏身宮城中？」章逸點頭道：「不錯，他人多半藏在皇城中，但他不是錦衣衛，皇宮他進不去。不過宮中事發後，此人極可能會在關鍵地方出現，以我所見，只要此人出手，軍師要想全身而退，只怕難上加難……」方冀指著地圖上的兩條紅線，道：「是以你這兩條線方向完全不同，一條向北，一條向南，就是要那人只能守住一個方向，咱們賭一半的機會？」

章逸道：「不僅如此。那神秘客雖然難纏，咱們可以引開他……」一面從揹袋中掏出第二個扁薄的白布包，打開來看時，包中也是一張面具，方冀湊近一看，發現那面具竟然與自己的長相有七分相似。

他訝然問道：「你要假扮成我去引開敵人？」章逸笑道：「這面具是這三天趕造出來的，一則快工出不了細活，再則全憑記憶雕琢，造的不能十分逼真。不過到要用的時候加上一把鬍子，黑夜中大約也能矇混一時。那神秘怪客反正沒有見過軍師，主要是騙魯烈、馬札他們上當。」

方冀初覺他用面具偷天換日的計策來辦這件大事，實在匪夷所思，但細思之後，漸覺這是唯一可行之策，而且許多細節都已事先仔細考量過，好像也找不出什麼破綻，不禁對章逸的籌劃多了幾分信心。

章逸拿起兩張面具，繼續說明此計的細節：「咱們設想，到那時軍師一出手，不管成與不成您務必拔身就走，這時皇宮警報大作，傳到宮外。軍師若依照既定步驟退出皇宮，我就能算好時間從屋頂上突然搶先現身，此時軍師也正好從乾清宮的西側簷下潛出……」

章逸說到這裡停了一下，接著放慢速度一字一字道：「此時，有兩種情形可能發生：如果那神秘高手出現了，我會左右逃竄引他向南線追去，軍師立即向北往玄武湖、鍾山奔去；第二種情形，如果那神秘高手沒有追來，您就迅速過來追我。這時您戴著章逸指揮使的面具，而我是方軍師的模樣，您當然『責無旁貸』要來追捕刺客。」

方冀笑道：「那就成了你在前帶路，領我逃走。」

章逸把手上兩張面具左右互換，輕輕放在桌上，低聲道：「正是。軍師，此計如何？」

方冀皺眉道：「若是第一種情形，那神秘高手追你向南而去，我就算北奔僥倖脫身，你又怎生自保？」

章逸道：「軍師問的是一針見血。我仗著地頭熟，只要逃出城牆，誰也抓不住我。」

方冀見他說得信心十足，不禁有些懷疑，便問道：「出了城你往何處躲？有人接應？」章逸笑道：「出了城牆我就跳河，護城河底有一個暗門，從暗門可入地道。我又走回城內，誰抓得住我？」

方冀聽得口呆目瞪，道：「章逸，你不是在說笑？」

章逸正色道：「軍師放心，我把這些都摸得一清二楚，這性命交關的大事豈能說笑？軍師呀，我為這一天已準備了整整十五年了。」

方冀忍不住再問：「那如果是第二種情形，怎脫身呢？」

章逸道：「您在後面追我，咱們加速越過城牆，一到『中和橋』頭，軍師您就趁黑跳下，秦淮河中自有小船接應，您就換裝恢復方軍師的模樣隨船而去。咱也恢復原貌，率領跟上來的錦衣衛沿著『正陽門外大街』一路追下去，追到天亮，終於把軍師給追丟了。」

方冀奇道：「秦淮河下有何人接應？」章逸道：「至正二十三年鄱陽湖之戰，率領明教水師攻打陳友諒主帥船的陸鎮，軍師可還記得？」方冀喜道：「『賽張順』陸鎮？怎麼不記得！他還活著！怕也有近六十歲了吧，當年他才二十出頭呢！」章逸道：「陸老爺這些年來只是秦淮河到揚子江一帶的一個老漁夫，除了我，沒有人知道他的英雄事蹟。軍師來此的大事，我只告訴他一人。」

方冀喃喃唸著陸鎮的名字，不禁老淚盈眶，他嘆了一口氣，重新湊近地圖道：「好，咱們再說些細節……」

兩人在燭光下又談了許多，方冀對這個大計畫的每一步都徹底瞭解了。他閉目想了一會，以他明教軍師的智謀及經驗，竟然找不到一個破綻，雖然其中有一兩處沒有必然的把握，需要幾分運氣，但也都是極為合理的推測。他睜開眼來，抱拳對章逸道：「老弟啊，你這計畫好，軍師我是服了！」

章逸忙道：「豈敢，豈敢。計畫再好，還得天時地利人和，正巧皇帝老兒受了風寒病倒在床，整天窩在寢宮中，此時不動手，更待何時？」方冀握拳，低喝一聲：「好！」

章逸道：「我這就告辭，明晨我會把衣帽等其他所需之物送來。軍師明日千萬留在客棧不要外出，我的下屬已經在懷疑，那個突然出現的郎中整日穿街入巷也不好好賣藥。」

章逸告辭匆匆離去。方冀一面喝著苦茶，一面把所有的細節再重新想過一遍，然後將各種重要事物收拾好，從枕下再次拿出那柄短劍，想到自己一生行走江湖從來不用兵器，如今欲成大事，卻要靠這柄短劍了，不禁嘆了一口氣。他緩緩抽出劍來，燭火閃爍下凝視著劍身反射的光芒，雖然沒有喝酒，卻有些醺醺然了。

∞

京城整日烏雲密布，似將降大雨，卻始終只聞雷聲不見雨落。方冀扮成章逸，準戌時進了午門，午門前一個帶刀侍衛和一個錦衣衛都是章逸的熟人，方冀依照章逸地圖上的加註，跟兩人熱絡地打個招呼，按例行規矩報了名字和當日口令，亮了腰牌。那姓王的錦衣衛問道：「章頭兒風寒可好了？」方冀天生聲音沙啞，這時壓低了嗓音嘶聲道：「嗓子還沒好。」另一個姓楊的侍衛道：「皇太孫他們才進去不久，今晚可能要搞到半夜裡去。」

就這樣，方冀戴著章逸的面具，一連過了五處關卡，沒有被瞧出破綻。他依照章逸設計的路線，在各殿迴廊轉了一圈，遇錦衣衛便打招呼，儘量讓人看到他。

他踱到華蓋殿轉角處，四顧無人，忽然拔身而起，輕輕落在內簷椽木之上。這大殿屋頂四周有一圈五彩繪板，方冀摸到左邊第五塊板，又在支撐木條的下方摸到一個暗榫，他一按暗榫，發出一聲輕響，那塊彩繪板便鬆動了。方冀輕輕把彩板推開，便出現一個兩尺見方的暗門。方冀略一縮身施勁，整個人便如一隻狸貓般躍入了暗門。

暗門裡原來是一條既狹窄又低矮的暗道，便如大殿屋頂與內簷之間的一長條夾層，勉強可容一人匍匐其內，乃是修建宮殿時為日後維修之用預留的暗層。方冀一面將暗門恢復原狀，一面弓身縮首，展開小巧輕功，默記章逸圖上的路線，在黑暗中無聲無息地飛快前進。

這一下就顯出方冀輕身功夫的功力了，在這常人爬行亦不容易的低矮狹道中，他居然能夠縮身疾行，更難的是居然不出任何聲息。遇岔道便不假思考照著預知路線擇一而入，毫不猶豫。

方冀在暗中摸黑轉入第七個岔道時停了下來，他仔細地摸著下面支樑，慢慢向前爬行，數到第二十一根支樑時，摸到樑上的一塊板有些鬆動，他知道這是章逸動過手腳的地方，於是提氣慢慢把那壁板推開一條細縫，一道微弱的光線射入，同時聽到有人說話的聲音。方冀暗道：「就是這裡了。」

他緩緩將那塊活動的壁板推開，弓身一躍而出，果然迎目正是一塊大匾額的背面。他輕移身軀，躲在那匾額之後，黑暗中調勻氣息後，向下望去。

只見一間奇大無比的寢室，七八丈外對面的牆下放著一張雕龍的紫檀木床，床上半臥坐著一人，正對著匾額的方向，但隔著紗帳看不清楚面目。方冀暗忖：「這人便是朱元璋了。」

果然，他床邊三個大臣坐在矮凳上，其中一人道：「陛下龍體最重要，有些事是否待陛下完全康復了再稟奏。」

方冀極目望去，燈光下可辨出中間的一位最靠近龍床，是個身著黃色錦袍的青年，方冀想到進宮時那楊姓侍衛的話，暗忖：「這便是皇太孫朱允炆了。」他身後兩個年齡稍長的文官，畢恭畢敬地坐在小凳上。稍遠兩步，立著一個太監，看上去有些年紀了。

這寢宮除了極高極大之外，傢俱非常簡單，是以顯得十分空曠。四壁角落各站著一名錦衣侍衛，看上去皆神重氣凝，雖然一言不發，卻自然而然透出一種威猛氣勢。方冀暗道：「這四人都是一流高手，靠近皇帝大床那邊的兩個尤其功力深厚。」他低眼看了看靠近自己這邊的兩人，距藏身處都只有兩三丈之遙，若不是章逸找到這個絕妙的藏身地點，從大殿最上方的暗道裡無聲無息地閃出，要想躲過這兩名侍衛的嚴密監視，絕無任何可能。

方冀屏息聆聽，只聽得那半躺在床上的朱元璋清了清喉嚨道：「你等方才所奏河北、山東大旱之事，關係數百萬老百姓的生命，賑災備糧的事一天也不能耽擱，每天都要有消息來奏，豈能等我病好了才奏？允炆，你傳令下去，河北、山東的地方官員人人要做好準備，不能等災情爆發了才慌忙應對。有誰膽敢怠慢，便要他……」他愈說聲音愈嘶啞，說到這裡便開始咳嗽。

朱允炆忙上前為他捶背，床邊太監連忙端上一碗湯藥，服侍朱元璋服了一兩口，讓咳嗽緩下來。他清了清喉嚨，吐了一口痰，接著方才沒有說完的話道：「誰要膽敢怠慢，便要他腦袋落地！」

這寢宮的設計果然巧妙，方冀躲在匾額後面，距龍床有七八丈之遠，但朱元璋說到「腦袋落地」四個字，聲音就像發自身邊。他暗道：「一說到殺人，這皇帝老兒的中氣好像就恢復了一些。」

朱元璋喘了幾口氣，對那著藍袍的官員道：「黃子澄，你在東宮伴讀這些年，皇太孫的事就是國家的事，你不可有絲毫怠慢。」那黃子澄連忙跪下，道：「萬歲爺請放心，子澄承陛下及皇太孫厚恩，便是肝腦塗地也難報萬一。」

另一個著絳紅色官服的中年人，面白而鬚黑，這時也跪下進言道：「臣齊泰蒙聖上賜名，又復拔擢為兵部左侍郎，陛下心中所繫之軍國大事，臣無一時一刻不放在心中，內外軍情盡皆掌握，請皇上安心息養，早占勿藥。」

朱元璋似乎有些累了，他揮一揮手道：「齊泰、黃子澄，你們先退下吧，朕還有話要跟皇太孫說。」

方冀居高臨下，望著兵部侍郎齊泰及東宮伴讀翰林黃子澄施禮退行幾步，然後轉身朝自己藏身這邊走過來。原來這寢宮的門就在匾額之下，厚重之門一開，兩人走出去，門外傳來一陣壓低了嗓子的「大人慢走」之聲，顯然門外還有一批待命的侍衛，負責看守寢宮之門。

這兩位大臣都是皇太孫的近臣，待他們走出後，朱元璋忽對皇太孫道：「方孝孺原在蜀王朱椿那裡為他世子之師，這人有大才，既已調他回來了，先放在翰林院裡吧。」朱允炆顯然很是同意，連聲道：「孫兒明日就辦，明日就辦。」

朱元璋沉默了一會，朱允炆要進言，卻似又在等皇帝先開口，一時之間，偌大的寢宮靜了下來。

過了一會兒，朱元璋低聲道：「允炆呀，為了驅逐元蒙，建立大明，爺爺我從南打到北，幾十年來殺人無數，血打出來的江山，畢竟有干天和，我已派你爹爹生前的主錄僧潔庵法師去住持泉州開元寺，要用一整年的時間專心為死於戰亂的亡魂超渡。允炆，你可明白爺爺的這番苦心？」

朱允炆知道這一年來，他這位殺人不眨眼的爺爺皇帝開始對自己一生殺戮過度感到不安，便想要超渡亡魂；超渡亡魂莫如開元寺，畢竟全國各開元寺在唐玄宗時建寺，其目的便是超渡戰亂中的天下亡魂。但是朱元璋心中最大的不安，實來自於殘殺開國功臣，因此這場法事不能在京師舉行，以免流言可畏，引人猜疑，而泉州開元寺就是最佳的選擇了。至於派誰去主持這場長達一年的大法事？有仁慈之名的太子朱標是最適當的人選，而朱標已逝，曾為他主持一切佛事的太子主錄僧——潔庵法師就成為最好的替代人。

朱元璋的這番苦心只有朱允炆瞭解，他點頭答道：「孫兒懂得，這場法事不能在京師做；只有潔庵能代替我爹爹。」簡單兩句話聽在朱元璋耳中，覺得這孫兒還真能體會自己的心意。

然而朱元璋還有一層秘密的心思，連皇太孫朱允炆都想不到，而藏身在對壁匾額後的方冀卻完全理會了。他暗暗咬牙切齒，忖道：「還有明教的冤魂啊！泉州開元寺離我晉江摩尼寺只有數十里路，你想要超渡我明教冤魂，可選得好地方呵。但我今夜便要取你性命，你去超渡你自己吧！」

朱元璋喘了一會，又道：「你兩年前修訂《大明律》七十多條，刪除了一些嚴厲的罰則，聽說民間多有讚頌感恩的，但亂世用重典乃是顛撲不破的道理，你天性仁愛純孝，但恐失之柔弱。民有百類，既不能得天下人皆愛你，須得使民有所畏，方能治理。」朱允炆暗道：「難道天下永遠是亂世？永遠用重典？洪武以來，天下漸治，開國的那一套也該改一改了。」但他忍住沒有說。

朱元璋又道：「開國打天下的那些驕兵悍將，爺爺也幫你處理好了，此後天下兵權除在京師之外，全都在咱們朱家你眾叔叔的手中。有他們為你鎮守邊疆，你可安享太平了。」這時朱允炆忽然問道：「若是眾叔叔心生……心生異念，甚至……」朱元璋聽得坐直了身軀，打斷道：「甚至造反？」朱允炆沒有馬上回應，只注視著朱元璋，緩緩地點了點頭。

朱元璋也沒有馬上回答，過了良久，才低聲道：「這個問題要你自己去想辦法，你回去好好想，下次來告訴爺爺你要怎麼辦！」

朱允炆點頭不語，過了一會，他起身服侍朱元璋躺下，仔細地替爺爺蓋好被子，十分依戀地望著老邁的皇帝爺爺，低聲道：「爺爺睡會吧，孫兒先告退了。」

朱允炆從方冀藏身處下方走過，雖然燭光昏暗，仍然看得清楚，這個未來的皇帝十分年輕，舉止溫文儒雅，行路顯得氣質優雅而穩重。他一走出，門外一片「殿下慢走」之聲。

方冀暗道：「是時間了。」他的刺殺行動經過章逸十五年的詳細規劃，每一細節都已設想好，但到此時，他心中仍然興起一股完全不同的衝動：直接飛身下擊，手刃暴君！

他知道這樣做的後果是自己絕無脫身之可能，他對犧牲性命是毫無畏懼，怕的是自己無法順利施出那致命一擊。倘若自己一躍而下，在出手之前那龍床兩側壁角的侍衛飛阻的反應夠快，這兩人的武功只要與自己相差不多，其中一人拚死力阻，另一人擋在皇帝身前，後面壁角的兩人補上來，自己將再無出手的機會，這時門外的錦衣衛蜂擁而入，自己別無出路，必將戰死於亂刀之下。

「沒有時間再猶豫了！」他知道再過片刻，他與章逸約定的時間將至，章逸會認為自己因故無法出手，則整個計畫就得取消。

他暗呼：「教主、諸位哥哥，英靈保佑！」猛然之間將一口真氣提到十成，在胸中運行一個周天，取下面具從匾額後緩緩站起，忽地大喝一聲：「朱元璋，明教索命的來了！」一手中短劍已化為一道暗虹，暴射而出。

那短劍一離手，劍上內力與空氣作用，所過之處竟然發出滋滋響聲。那劍先是水平疾飛五丈，電光石火之間已經飛到朱元璋的床前，兩角侍衛反應極快，一聲「刺客！」才喊出口，一人已躍向龍床，要以身擋住皇帝，另一人雙手發出兩枚鐵膽，嗚嗚然飛向方冀的短劍。

說時遲那時快，那支短劍突然如同活的一般，飛快地改變方向，疾速朝下射去，兩枚鐵膽全部落空，啪啪兩聲打在對面牆上，墜落下地，而那柄短劍已經由上而下，以雷霆萬鈎之勢射向床上的朱元璋，那想以自身護主的侍衛終究慢了半步。

那發射鐵膽的侍衛眼見救主已然不及，這時他認出了傳聞中明教教主的絕殺招式，不禁慘聲大叫：「乾坤一擲！乾坤一擲！」

【第六回】紅孩乞兒

只見一個十來歲的少年叫花子站在門前，穿著一身破舊不堪的紅衣，正揪著鼻子猛吸廚房飄出的香氣，臉上一雙眼睛又大又亮，眉鼻長得十分俏皮可愛，就是污垢太多，兩頰倒是各有一塊比較乾淨，就透出白中泛紅的好臉色。

乾坤一擲的短劍挾著萬鈞之勢，斜刺向龍床上的朱元璋，然而當它觸及床前的紗帳時，竟然沒有穿透那層薄幕，劍尖發出尖銳刺耳的嘶聲，似乎劍上所有的力道完全被化去，然後唰的一聲落下，刺入地板。

所有的侍衛和刺客本人都驚呆了，朱元璋驚駭得面色蒼白，但他心中有數，那床天蠶絲與金絲猿毛混織的紗帳救了他的老命。這時門外的侍衛一湧而入，為首一人大聲先表明身分，以免產生誤會：「錦衣衛指揮僉事馬札護駕！」幾個侍衛回過神來，有人衝到龍床四周，有人扯動皇宮警鈴，更有兩名侍衛飛身躍到懸掛匾額的横樑，只見樑上空空，那裡有刺客的蹤影？

方冀在望見「乾坤一擲」功敗垂成的一剎那，便知遇上了刀槍不入的寶帳，再射強弩也是枉然，他當機立斷，趁著下面一團亂時，悄悄隱入暗道，全速而退。

兩名侍衛在樑上四周摸索了好一會，終於找到了那塊活動的壁板，兩人推開木板，發現了那夾層秘道，待進入狹道，黑暗中刺客早已不知去向。兩名侍衛待要立即追人，卻不知刺客逃往那個方向，只好一右一左分頭摸入黑暗的窄道。只是不久就遇到岔口，向右追的一人頭一個岔口就選錯邊；向左追的因為起步就已經錯了，選那一邊倒是沒有差別，反正都是錯上加錯。等這兩名侍衛追得放棄時，一個停在皇太孫的春和殿頂上，另一個居然爬到皇后的坤寧宮上面去了。

方冀憑著熟記路線，又是沿原路退出，更無任何遲疑與耽擱就回到了進口處，估計章逸已在預定地點埋伏等待。他輕輕按下那卡榫，揭開暗門，低頭往下看去，有兩名錦衣衛正從下方飛快地向乾清宮方向奔去，方冀等他們走遠後，略一長身，又如一隻狸貓般穿出了暗門。他伏著一動也不動，靜靜等待著，偌大的皇宮在一陣警報狂響之後，安靜得有些怪異，宮殿四周竟然看不到一個人影。

方冀知道，所有的侍衛此時都和自己一樣，埋伏在暗處以靜制動。只要有一點動靜，各方人馬就會一湧而出。忽然，在他伏身處南邊百步之外的一座角樓後飛出一條人影，那人穿著一件黑色寬大長衫，在空中掠過時長袖飛舞，姿勢極是瀟灑飄逸。方冀心中一緊，暗道：「章逸啟動了！」

果然隨著這黑影升起，皇宮大院中立刻有了動靜，西邊假石山後最先竄出兩條人影，後面緊跟著三人，接著右邊「武樓」上也躍起三人。這幾人的輕功都極為了得，尤其頭兩條人影快如驚鴻，當頭一人對「武樓」上躍出的三人喝道：「你們守住皇宮，小心調虎離山！」

方冀一聽這喝聲，暗道：「這人是魯烈！」只見領頭兩人中另一人身形雖快，但似乎並不是章逸口中描述的那神秘高手鬼魅般的身形。方冀飛快在心中盤算：「神秘客並未出現，我是往北還是往南？」

這時天上烏雲愈來愈濃，眼看大雨即將降臨，方冀心頭電光般閃過一個念頭：「認識我的馬札方才衝進寢宮，現在一定忙成一團，魯烈又追章逸而去，我還要戴這面具作甚？」

想到章逸一人引了魯烈等五個錦衣衛高手向南而去，他雖曾試過章逸的武功，知他功力大非昔比，但那魯烈非同小可，章逸雖有脫身的計畫，方冀仍十分放心不下。

時間不容再遲疑，他想道：「那神秘高手既然沒有現身，我當向南去，必要時以本來面目出手助章逸脫身。」心意既定，便從簷角後起身，施展輕功飛快地向南奔去。

這時一串雷聲從北方傳過來，天邊閃電有如長鞭擊空，緊接著傾盆大雨終於嘩嘩而至。方冀暗道：「天助我也。」他把輕功發揮到十成，不再顧慮借宮殿地形掩護，只見他愈奔愈快，身形在雷雨聲中化為一條灰線，飛身越過宮牆，沿午門西側直接從承天門邊飛越而過，在千步廊前從工部衙門的屋頂上避過洪武門，落在正陽門大街旁的林子裡。他心中牢記路線，到了這裡就要翻越京城牆，大街四面靜悄悄的，也不知章逸和魯烈等人追逐到了那裡？

他提氣疾奔，朝著四丈高的城牆一拔而起，接著在牆面的磚石上略一借力，已輕飄飄翻上了城牆。從城牆上頭往兩面一瞥，正陽城樓在百步之外，大雨中城樓守兵多半沒有看見自己，再往城外看下去，外城牆離地總有五丈高，依稀看到一些水光，知是護城河。正要施展輕功躍下城牆，忽然眼前一花，一片模糊的身影不知從那裡出現，陡然就定在自己面前，方冀嚇了一跳，平生沒有見過這等鬼魅般的身法，心中暗道：「那人來了！」

只見大雨中站著一個持傘老者，頭頂笠帽，身披蓑衣，冷冷地望著方冀，道：「回去，回宮去。」方冀抱拳道：「尊駕何人？莫要妨礙公幹。」那老者冷笑一聲，又道：「回去！

誰都不准出城。」方冀耐著性子喝道：「適才有要犯逃到城外，你是何人，竟敢阻止錦衣衛捉拿欽犯？」

那老者站在那裡動也不動，聽方冀如此說，便揮了揮手道：「錦衣衛的都給我滾回皇宮去，刺客已被魯副都使打死在河裡了，你快回去向魯烈報到。」方冀聽他口氣雖大，但似乎並不認得自己，而他說刺客已被打死，心驚之餘更是急著想要脫身弄個清楚，雖有神秘老者擋路，也只得奮力一拚。

方冀於是用錦衣衛那種囂張的口吻喝道：「你是什麼東西！快快閃開了，老子回頭辦完事再找你算帳。」說罷便作勢要衝出去推開老者，其實他暗中吸氣，把十成真力暗布全身。老者揮手喝道：「滾！」勁道隨手而出，方冀忽然感到一股平生未見識過的古怪暗勁，有如一隻尖鎚突破而至，自己布滿的真力完全阻擋不住。

還好他事先已知對方是個詭奇的神秘高手，心中早有防備，是以才能一感到不妙，身形已如一隻大雁般向斜後方疾退，待那老者發出的強銳之勁全面襲到，方冀正好借這股強勁飛得更遠。接著他施出自己的輕功絕技，將向斜後方飛的身形化為一道向前彎的弧線。那老者咦了一聲，似乎感到意外，只見他以傘支地，單手又發了一掌。方冀奮起雙掌，吐氣回擊，但胸前突然被無聲無息地重擊了一記，他悶哼一聲，身子卻終於飛過城牆，落到城外護城河旁。他自知已受重傷，但是不敢絲毫停留，借著河邊樹林及傾盆大雨的掩護，提足十成功力向前狂奔。

城牆上的老者沒有料到方冀回擊的雙掌之力一陰一陽，他一時輕敵，竟然十分難以應付，只得開聲吐氣，向左轉了一圈，又向右轉了一圈方才站定。往城牆下望去，大雨迷茫中，已不見方冀人影。他不禁喃喃道：「錦衣衛中竟有這麼一個人物，怎不見魯烈提起過？」

方冀前胸被那神秘老者一掌穿心，像是沒有設防般就遭擊中，其實方冀早已全身布滿真力禦防，只是鼓起的真氣碰到那老者的詭異掌力，竟全無抵抗力。那一擊受創不輕，方冀愈奔愈覺胸口疼痛，一口真氣漸漸聚不起來，血氣鼓動喉頭發甜，但他此刻心中只有一個目標──正陽門外、秦淮河上的「中和橋」。

雨愈下愈大，雷聲從爆炸似的落雷漸漸變成如恨如怨的陰雷，這場今年黃梅季節前第一場大雷雨來得正是時候，方冀的身形混在豪雨及陰暗的林子裡，終於奔到了中和橋邊。他從橋上翻落下去，氣已竭，神智卻還清楚；他信任章逸的策劃，在這裡應該有一條小船過來接應，船上應該是幾十年不見的老弟兄「賽張順」陸鎮。

果然他才落水，便聽到欸乃槳聲，一條小船飛快地朝他靠近，一個蓑衣大漢用一根長鉤將他撈起，扶到竹篷之內，就在船上拜倒：「軍師啊，老天開眼，老天開眼！」方冀定神看時，不是那幾十年未見面的明教老弟兄陸鎮又是誰？

方冀淚流滿面，但他傷勢發作無暇言他，只從懷中掏出一個瓷瓶，倒出五粒「三霜九珍丸」，急聲問：「老弟，可有燒酒？」老漁夫陸鎮連聲道：「有，有。」一面從腰上解下一個大葫蘆。方冀忙用烈酒將五粒藥丸一口服下，便在篷裡盤膝而坐，勉力提氣運功，試著讓真氣重新聚起。

那老者的掌力十分古怪，看他隨手揮出並未盡全力，方冀竟然傷勢嚴重，他試著運氣三次，才將一口真氣重新聚於丹田，臉色由白轉紅，忽然哇的一聲，吐出一口鮮血。

這時那陸鎮才知道方冀傷勢嚴重，於是兩篙就將小舟從橋墩下撐到河中間，只見他捨篙換槳，金刀大馬坐在船中央運槳如飛，那小舟在他巧力催動之下，每一槳划出，便如一支鏢槍射出，片刻之間便衝出數十丈遠，從中和橋上看下去，蒼茫大雨之中一葉扁舟已不見蹤影。

陸鎮划船，方冀運功，船上只聽到嘩啦嘩啦的雨聲和均勻紮實的槳聲，小舟以驚人的速度逆秦淮河而上，離京城漸遠。這時方冀已運功完畢，他從真氣運行中已察覺自己的傷勢情況，胸口前三脈都受到損傷。那神秘老者的武功實在可怕，無論是輕功身法或是掌法，其威力及詭異的程度都是平生所未聞未見，思之令人心寒。

他張開雙眼，看見的是陸鎮厚實的背影和孔武有力的雙臂，全速運槳數里絲毫不見緩下，只因他運在槳上之力的每一分都集中用於推舟前進，且能完全配合船與水之間的互相作用，是以雖然逆流而行，小舟卻是行駛如飛，他對以水推舟的巧妙運用已入化境。

方冀在陸鎮背後看他運槳，如觀書法家揮毫意到力到，又如庖丁解牛游刃有餘，不禁看得呆了。良久他回過神來，忍不住讚道：「老弟，你駛的好水性。」陸鎮沒有回頭，只淡淡地答道：「那鄱陽湖的水比這水如何？咱三十五年前便摸得熟透了。」

方冀道：「得尋個地方躲一下，我這身傷有點麻煩，還有章逸也不知怎麼了？」那老者在城牆上說「刺客已被魯烈打死」，方冀雖不信，但心中忐忑不安。陸鎮道：「先到我那裡躲起來，就不遠了。」方冀也別無良策，只得道：「就先這樣。」

大雨仍然未歇，陸鎮雙槳力道略變，小舟便駛入一條岔道，岔道的河面窄了許多，兩岸全是人高的蘆葦。小船又轉了幾彎，索性駛入一條小水巷，完全隱身於蘆葦叢中了。

陸鎮拴好船，過來扶方冀下船，涉淺水走過一片蘆葦叢，來到一個架在水上的木屋前。陸鎮拉開木門，扶方冀入內，立刻跑到內房去取出一套布衣，要方冀把濕衣換下，自己則又出門回到他的小船上。

方冀剛剛換好衣服，陸鎮已提著兩條活鱸魚進來，嘻嘻笑道：「這兩條魚關在船底的水艙中，經我這一段飛駛快衝，恐怕都嚇得傻了。」

方冀微笑未答，他坐在一塊蓆墊上，再次運功催動那「三霜九珍丸」的藥力，只見他臉色再呈酡紅，過了一會，頭頂冒出一片蒸氣，然後漸漸恢復原狀，如此反覆變化了三次。待第三次蒸氣冒完，方冀的呼息變得長而勻稱，但他的心卻涼了。

「這可怕的老兒施的不知什麼功夫，尖銳穿透之中還夾著十分陰毒的大寒之氣，鑽入我胸前三脈，尤其從『天突』、『華蓋』、『膻中』到『氣海』以下，任脈受傷所淤的氣血竟然難以打通消除，目前雖然暫保無事，功力卻是大損了。」

他閉目靜思，回想這大半夜的行動，實是平生未有之經歷；靠著章逸完美的計策，送自己隻身潛入皇宮，又順利送到離皇帝只有八丈之遙，而乾坤一擲雖然功敗垂成，奇怪的是，此刻自己竟然沒有那種悔恨欲絕的激動，反而有一種「解脫」的輕鬆之感。他不禁暗自思索：「是看到皇帝老兒風燭殘年殺之不武了呢？還是這一路來見到、聽到天下百姓對洪武之治開始感到歡喜幸福，而減低了對這凶殘獨夫的恨意？」

也許都有一點，但……他默默地分析自己的心思，終於得到了答案，真正的原因是，他已盡了自己的全力！以一己之力謀刺皇帝，如果沒有章逸精心籌劃十五年的計策，自己多半不會貿然出手，而既然採取了行動，便如張良博浪沙刺秦始皇，驚天一擊只中副車，畢竟謀事在人，成事在天啊！

明教的冤仇，雖然沒有隨著那支短劍射入朱元璋的身上，但是在他擲劍大喝「朱元璋，明教索命的來了」的一剎那，已經射入了朱元璋的心坎。獨夫，你雖有寶帳保你不死，也嚇得你膽破心裂了吧！

豪雨仍然不停，雷聲恨恨由近而遠，陸鎮從內房端著一盤熱騰騰的蒸魚出來，哈哈笑道：「多少年來咱每日與魚蝦為伍，今日軍師你可要試試明教水師頭領陸鎮的烹魚手段。這新鮮鱸魚對療傷最補，是吧？」

方冀解開了心結，心中盤算：「目前只好一面療傷，一面設法打聽章逸的下落，其他的……再說吧。」於是豪邁地喊道：「陸老弟，拿好酒來！」

大雨來的時候，章逸正飛身越過宮城，待他躍上正陽門西邊的城牆時，錦衣衛副都使魯烈已經追到身後，只聽得魯烈大喝道：「刺客休走，吃我一掌！」章逸感到背後一股大力如排山倒海般襲到，暗道：「來得好。」他猛一停身，反轉雙掌推出，要與魯烈來個硬碰硬。魯烈在閃電的白光下瞧見章逸的「面孔」，大叫一聲：「方冀，果然是你！」雙掌又再揮出，在那推出的掌力上再加一掌。

∞

這時章逸大叫一聲，身子如斷線風箏般倒飛而起，在大雨滂沱中落入牆下的護城河中。魯烈趨前下看，忽然眼前一花，一人如鬼魅般出現在他身旁，魯烈嚇了一跳，立知是那老者到了。他轉身恭聲道：「天尊，您來了！」那老者道：「你快帶人去河裡察看，死要見屍。」魯烈一揮手，帶著手下跳下城牆，沿著護城河搜查刺客的下落。

章逸其實沒有受傷，他只是借魯烈一掌之力落入護城河，然後潛行沉到河底，立刻就找到水中秘道的入口。他爬進秘道，向上前行一兩丈，便已在地道內的乾燥地面上。他將外衫脫下，由於外衫的裡層用桐油加過工，防水相當有效，衫裡的錦衣大致維持乾燥。章逸知道，這地道走下去的出口便是錦衣衛衙門後院的一口枯井。想到自己原來怕在河裡把衣服弄濕，這才在外衫內塗上桐油，豈料這一場大雨，人人衣衫都濕透，自己豈能著乾衣服出現？還得先淋一淋雨把全身弄濕了，才能出去參與抓「刺客」，不禁啞然失笑。

8

天亮時大雨終於停了，皇宮內外經過一夜折騰，皇帝經此驚嚇，病體更顯委頓。京師的中軍府都督徐輝祖和錦衣衛兩位副都使向皇上自責請罪，跪告凶手已被打死，落入護城河。皇帝此時也無心責備，他心中只塞滿了一個念頭：「明教來索命了。」他閉著雙眼，問道：「刺客是誰？」

中軍都督及兩位錦衣衛副都使互望了一眼，由魯烈答道：「是明教昔年的軍師方冀。」朱元璋哦了一聲，繼續問道：「誰人確認是方冀？」魯烈答道：「臣四年前曾與那方冀交過手，就算他面貌有些改變，他的武功身法改不了。」

這時老太監過來報告：「皇太孫求見。」朱元璋揮手道：「朕睏了，都退下吧。著皇太孫明日再來。」

魯烈退出時，心中仍忐忑不安，自己雖然把方冀打落城牆，但他和手下沿護城河兩岸上下搜尋了幾遍，就是沒有尋到方冀——不論是死的還是活的。這事讓他覺得放心不下，他低聲對身旁的左副都指揮使道：「今夜之事，其中有些蹊蹺。金師兄，你快召集一班兄弟商量一下，恐怕這事還沒完哩。」

魯烈是右副都使，那左副都使算是他的上司，原來是個道士出身，俗家名字叫金寄容。此人有一身精純無比的全真派功夫，但從未在江湖上拋頭露面，便是在京師錦衣衛中也很少出面，凡事都隱身在幕後帷幄運籌，即使今夜出了如此大事，他仍然坐鎮在千步廊西邊的錦衣衛衙門中指揮，直到魯烈追刺客出城，他才現身皇宮，擔起錦衣衛現場調度的任務。這時他聽魯烈這樣說，點點頭道：「天一亮就召集他們到議事廳等候。」

他心中卻暗忖：「魯烈說被他打落護城河的是明教的方冀，『天尊』告訴我被他打下城牆的是個錦衣衛，但從那人的武功來判斷，應該也是方冀。皇帝寢宮的侍衛說，刺客發難時大呼『明教索命的來了』，刺客是明教的高手不會錯了。但如果方冀是刺客，怎麼會有兩個方冀出現在皇城？」

其實他想不到的是，今夜皇城中除了出現兩個「方冀」，竟還出現了兩個「章逸」！這一夜皇城裡裡外外許多侍衛都看到章逸，沒有人會懷疑被魯烈追到城外且打入護城河的「方冀」，其實正是章逸。

整座皇城折騰到了辰時，聖旨終於由司禮監掌印太監宣布，嚴命三件事：搜尋並驗明刺客屍首，搜捕刺客幫凶，以及查明負責宮廷維修的工匠並捉拿到案備訊。意外的是，皇帝對警衛皇城相關的官員並未降罪，於是羽林軍衛、各府軍衛、錦衣衛，都暫時鬆了一口氣。

既然嚴令要搜捕刺客的幫凶從犯，南京城立刻進入戒嚴，全城侍衛及軍士出動，挨家挨戶查捕來歷不明者，一天下來竟逮捕了一千多名「嫌犯」，京師所有的臨時監房全告客滿。

章逸心知肚明，那些遭逮捕的「嫌犯」沒有一個是刺客，也沒有一個是幫凶共犯。但官府這種大張旗鼓搞抓人的把戲，他也見多不怪了，索性跑到秦淮河一帶去「督導」一番，督導著就慢慢踱到了「鄭家好酒」小館。

大雨過後，陽光重現，一個下午就把南京城曬得像蒸籠，青溪漲了許多，原本清澈的溪水也帶著黃泥水的渾濁，滾滾流入秦淮河。鄭家娘子正在洗刷店前的青磚路面，看見章逸一個人走來，便停下手中的活，打招呼道：「章指揮，好一陣子沒見著您了，今天幹麼到處抓人？」

章逸看那鄭娘子未施脂粉，穿著一件半截袖的青色短衣，腰上束了一條暗紅色腰帶，更顯得身材豐美，她臉頰白裡透紅，額角鼻間還帶有幾滴細微的汗珠，姣好的眉目似笑似嗔，章逸一時看得呆了，竟忘了回答。

鄭娘子見他傻住了，便笑道：「要不要進來坐坐？今天讓你們敲鑼打鼓地抓人，客人都不敢上門，您算是頭一位貴客呢。」章逸回過神來，忙答道：「好，好，喝杯茶就走，還有公事要辦。」

他一走進「鄭家好酒」，便看見一個小姑娘坐在櫃檯邊生悶氣。章逸不禁咦了一聲，道：「芫兒，妳不是去了泉州麼？怎麼又回來了？」芫兒白了他一眼，並不答話。

鄭家娘子跟進來一面沏茶，一面替芫兒答道：「去年底潔庵師父到泉州後，本來說好安頓好了，就叫人帶芫兒去泉州會合，然後隨師父在泉州練功。那曉得才去個把月，潔庵師父便託人傳話說，泉州開元寺此刻不適合芫兒練功，他的少林同門前輩天慈法師要到靈谷寺來，便要芫兒留在南京，跟天慈法師請教功夫。天慈法師這兩日就要到了，芫兒正不樂意哩。」

章逸顯然已經在這「鄭家好酒」混得熟了，把芫兒的性子也摸透，只見他哈哈大笑，卻不接口說話。

果然芫兒忍不住道：「你笑什麼？」章逸笑道：「好啊，還是留在南京好，南京城若少了『鍾靈女俠』，那宵小惡霸還不蠢蠢欲動嗎？那就要害苦了咱們這些當公差的。」

芫兒噗哧笑出聲來，接口道：「不錯，正要請問大指揮，你們這些當公差的幹麼又要到處抓人，搞得城裡城外雞飛狗跳？」

章逸逗笑了芫兒，偷眼向鄭娘子瞧去，只見鄭娘子看著女兒，眼裡嘴角都是愛意，不禁很是得意，便對芫兒道：「芫兒，妳這話太也誇大，昨夜皇城裡來刺客，咱們只在城裡抓可疑人等，那會讓城外雞飛狗跳？」

他話才說完，店外走進來一人，接口道：「城外怎麼不雞飛狗跳？章指揮呀，城外河裡的魚蝦都讓你們折騰得躲起來了，咱一整天就只得了這幾尾小魚！」只見來人身材魁梧，頭上頂竹笠，身上披蓑衣，雙手各提著兩條活魚，大踏步走過來。章逸抬頭望去，來人正是陸鎮。

鄭家娘子連忙迎上去，接過四尾活魚道：「陸老爺子，正在想今兒您還來不來呢？多謝，多謝。」芫兒拍手道：「章大指揮，我說得不錯吧，城外被你們搞得何止雞飛狗跳，陸老爹說得妙，簡直是『魚』不聊生了嘛。」

陸鎮道：「本來今日漁獲不佳，不打算進城了，但想起前日鄭娘子說，今晚有貴客預約了要來吃魚，便還是把這幾尾送過來，雖然個頭小了一些，倒是鮮活得緊。」鄭娘子一面拿錢給陸鎮，一面道：「也是咱店的常客，章指揮怕也認得的，就是翰林院的鄭治鄭公子，他約了一位新來的貴客來吃魚。」章逸道：「呵，皇太孫的新科侍讀，見過一回，好像就在妳這寶店。」

陸鎮把錢收好，忽然道：「昨晚好大雷雨，咱的小船在中和橋下網住一條大鯉魚，可惜那條大魚不知為何受了傷，現在養在咱家中，等傷好了，再帶到水深的地方去放生。」他一面說，一面暗中對章逸眨眼。章逸瞧得仔細，已知其意，心想：「方軍師雖受傷，但已抵安全之地。」

他心中一樂，便對芫兒道：「芫兒，我說得沒錯吧。」芫兒奇道：「又有什麼沒錯了？」章逸道：「我說妳還是留在京師當『鍾靈女俠』的好，妳若變成『泉州女俠』，名兒不夠響亮呀。」芫兒聽他說得無厘頭，便不理他。

鄭家娘子看了看天色，對鄭芫道：「芫兒，陪陸爺喝一會茶，我先去廚房準備一下。」陸鎮道：「不敢當，咱這就走了。」芫兒送他出店門。這時廚房裡傳來阿寬的聲音：「大娘放心，廚房裡都準備好了。」

章逸忽然跟上前去，低聲道：「改天在我那宅子請個上司吃酒，便請大娘去掌廚外燴可好？」鄭娘子看了他一眼，低聲道：「你那宅子我如何敢去得？」章逸奇道：「為何不敢？」鄭娘子笑道：「客官是秦淮河有名的浪子，奴家如何敢……」說到這裡，忽然俏臉一紅，掀簾快步走進廚房。

章逸看得呆了，過了一會，隔著門簾道：「大娘妳忙，咱還有公務，這就走啦。」廚房內傳來鄭娘子的聲音：「指揮好走，您那外燴的事，等您定好時間再說吧。」章逸聽得滿心歡喜，便要轉身離店，芫兒一雙大眼睛正瞪著他。

章逸離開後，鄭芫也到廚房去幫忙，這時她對廚房的活兒已很能幹，一會兒便將四條鮮魚洗刮乾淨，浸在酒裡待烹。灶上一籠刈包已經蒸好，另一碗紅糟扣肉也已煮熟，只待食前蒸熱即可用刈包夾著吃，這是一道鄭家娘子得意的福州家常菜，在秦淮河一帶頗有口碑。

芫兒才走出廚房，便聽到門外一個清脆的嗓音道：「太太小姐施捨則個，俺要餓死了。」芫兒吃了一驚，往外一看，只見一個十來歲的少年叫花子站在門前，穿著一身破舊不堪的紅衣，正撳著鼻子猛吸廚房飄出的香氣，臉上一雙眼睛又大又亮，眉鼻長得十分俏皮可愛，就是汙垢太多，兩頰倒是各有一塊比較乾淨，就透出白中泛紅的好臉色。

那少年叫花子見鄭芫看他，便嘻嘻笑道：「小姑娘行行好，施捨一個刈包夾肉來吃吃，我快餓死了。」他一開口說話，臉上立刻現出嘻皮笑臉的調皮相，好像自己控制不住的樣子。芫兒瞧得有趣，便問道：「你怎知咱廚房裡在蒸刈包紅糟肉？」

那小叫花笑道：「這道福州的好菜我不知吃過幾回呢，妳娘做得十分道地。」接著他又補充道：「我在這廚房四周看了個把時辰了，妳娘做什麼菜我全看到了。喂，拜託妳去拿個刈包夾肉讓我嚐嚐。」

芫兒見那紅衣叫花子比自己年紀略大一些，除了太骯髒外，倒十分和藹可親，說話又特別有趣，便想去廚房拿個刈包給他，但忽然想到他說已在廚房四周盯了一個時辰，竟然沒有人發覺，這事十分不尋常，便道：「好，我去拿東西給你吃，你要回答我幾個問題。」

那小叫花嘻嘻笑道：「好說，吃飽了都好說，可我要刈包夾肉，不是什麼『東西』。」芫兒跑進廚房，低聲對娘說：「門外有個小花子，十分古怪，我先拿個刈包夾肉給他，好問他話。」說著就拿雙筷子夾了一個刈包，又夾了一大塊紅糟肉，放在盤中，出去遞給那花子。

小叫花把雙手在紅衣上用力擦兩下，也不用筷子，伸手就把刈包夾肉搶在手中，張口咬了大大的一口，又一口，幾口就把一個刈包吃下肚。他嚼嚥完了，嘆口氣道：「真好吃，可惜紅糟肉涼了些，若是肉也是剛蒸出籠的，我就再要一個。」芫兒道：「你還要一個？」小叫花道：「紅糟肉有些涼，今天就吃一個夠了。」

芫兒看他那骯髒的模樣，吃東西還真挑剔，不禁更覺有趣，便問道：「你是什麼人？從那裡來？京城裡到處都在抓可疑人口，你不怕被抓去？」那小叫花努力正色道：「我叫朱泛，朱元璋的朱，泛舟的泛，千萬不要唸成『煮飯』。我從福建來。城裡正在抓人？他們抓不到我的。」

芫兒問道：「為什麼？」那朱泛又忍不住嘻皮笑臉道：「我跑得比他們快。我輕功特好，再加上手腳特別賊滑，我在江湖上行走，從來沒有人抓到過我。咦，看妳表情好像不服氣？來啊，『鍾靈女俠』，咱們來比劃比劃。」

芫兒聽他說得雖有些夾纏不清，已確知這小叫花有一身功夫，不過他在廚房四周混了一個時辰，大家說的話他都聽去，廚房做的菜他都看到，自己和章逸居然全沒察覺，確實有點出乎意料，便想繼續盤盤他的底細：「我那是什麼女俠，全是好事之徒胡亂叫的，叫得多了，就好像真的成了我在江湖上的外號了。喂，你在江湖上走動，可有個什麼混號？」

那朱泛道：「哈，俺這混號可響亮了，妳到大江南北，隨便問個叫花子『紅孩兒』是誰，他就會告訴妳那就是區區俺朱泛了。」

鄭芫聽得將信將疑，卻又忍不住有些羨慕，反口道：「你這混號中沒有一個『俠』字，總是稍遜一籌。」朱泛又是哈的一笑，道：「當俠客要每天在江湖上找不平的事來管，待在酒店飯舖裡怎麼當俠女？」鄭芫撇嘴道：「誰希罕了？朱泛你成天在江湖上要飯，又怎能管那不平之事？」朱泛道：「哈，妳就不知道了，我在江湖上白天要飯，晚上專偷惡人的金銀財寶，愈惡的人我偷得愈多，偷好了就去周濟窮人。」

芫兒聽得哦了一聲，心中大感羨慕，假裝不經意地問：「你都是一個人幹？」朱泛道：「幹那月黑風高的勾當難道還怕鬼？要找個伴來壯膽？」

芫兒的心突然一下回到了盧村小溪旁那個月黑風高的晚上，她暗暗對自己說：「是要找個伴兒的。傅翔，傅翔，你在那裡？」

朱泛見她突然一言不發，大眼睛無端地紅了，不禁咦了一聲，道：「妳這人也怪，怎麼說得好好的就哭起來？」芫兒啐道：「誰哭了！你這人才有些神經兮兮。」那朱泛也不惱，忽然故作神秘地低聲道：「我知道妳叫芫兒，有個叫天慈的老和尚從泉州來教妳武功，妳有些不樂意。」

鄭芫倒抽一口氣，暗忖道：「這小叫花當真把咱們的談話全聽去了，這一身輕功倒也了得，我且再盤他一下。」便道：「天慈老方丈我四年前在泉州就見過的，慈祥和藹的緊，誰說我不樂意的……」她還未說完，就被朱泛打斷：「芫兒妳莫忘了，是妳娘說妳不樂意的，那還有錯嗎？妳想跟那潔庵大和尚去泉州，潔庵和尚有多厲害俺不清楚，可俺卻知道這天慈老和尚厲害得緊啊，他肯傳妳兩手少林神功的話，妳這鍾靈女俠就大不一樣了。」

芫兒愈聽愈吃驚，這小叫花似乎什麼事都知道，他出現在此時此地，難道有什麼特別用意？她心中想著，雙眼便睜得大大地瞪著朱泛。嘻皮笑臉的朱泛被她瞪得竟然有點發窘，忙道：「妳不信麼？我這一路偷偷跟著天慈和尚從泉州到南京，我瞧見過他少林神功的厲害，妳那潔庵師父也未必能勝過他哩……」他見芫兒仍然瞪著他看，不禁有些慌，趕忙接著道：「不過……不過這和尚武功雖高，人卻有些犯傻。」

芫兒聽他說天慈法師犯傻，忍不住笑起來，叱道：「天慈法師原是泉州開元寺的住持，怎會犯傻，你胡說……八道。」

那朱泛見芫兒笑了，便也口齒流利起來，說道：「一到南京城外，我就聽說在抓刺客，城裡風聲鶴唳，我只好一溜煙跳上一條糞船，躲在一大堆空糞桶的艙下，那船夫搖櫓搖到城門邊就大叫：『收糞的老李來了，放行呀！』守城的捏著鼻子就放我們進城了。這船直奔城內秦淮河，我跳上岸，七轉八轉就跑到妳這來了……」

芫兒掩鼻叫道：「你坐糞船來，難怪有股臭味。」朱泛道：「傻瓜，進城的糞桶全是洗過的空桶，出城的糞船才千萬不要搭乘，船上裝滿了……」芫兒道：「好了，不要再講了！你先前說天慈法師怎樣？」

朱泛道：「天慈法師明知城裡在抓生臉孔，他卻不肯隨我上糞船，硬要從聚寶門進城，幾個軍士和錦衣衛攔著他要逮捕，他老人家掏出一張什麼度牒和那些軍士爭辯，到現在恐怕還沒有脫身，妳說是不是犯傻？」

芫兒道：「人家是得道高僧，豈能像你一樣藏身糞桶堆裡？也不怕臭！」說著忍不住又笑起來。

朱泛努力忍住嘻笑，正色道：「錯了，錯了，芫兒沒有聽過屎尿堆中修成正身的故事？」芫兒道：「你胡說，那有這種事……」

她話才說了一半，只聽一聲佛號發自屋外：「阿彌陀佛，濟顛活佛酒肉穿腸過，道在屎中求，屎中得道有何不可？」只見一個老和尚笑咪咪地站在石榴樹邊，正是天慈法師。朱泛喜道：「不錯，不錯，大師說的一點不錯，阿彌陀佛。」

天慈法師忽然出現，也是不帶一點聲息，他笑容可掬地道：「你這小叫花子一路從泉州偷偷跟著老衲，到了城門口卻借屎尿遁去，你以為老衲不知你的底細？」他說著又對芫兒道：「鄭芫，妳長高了。」

鄭芫連忙上前拜倒，輕聲道：「大師快請進屋吃茶。」她又對朱泛道：「朱泛，你有屎臭，不許進來。」朱泛嘻嘻笑道：「叫花子那作興登堂入室？」說著便金刀大馬地靠著屋牆坐下。

天慈正要進去說話，朱泛卻問道：「老和尚，您後來如何脫身的？」天慈停步，搖了搖頭道：「唉，那幾個軍士也忒囂張了，只怕還得站一會兒才能動哩。」朱泛拍手道：「少林的點穴手法，沒有三個時辰那能解得了？哈哈，那幾個不能動彈的呆人怎生看守城門？老和尚您真行呵。」

天慈進屋，鄭家娘子趕緊出來拜見。天慈合十道：「泉州開元寺一別匆匆四年，可喜芫兒已經從一個小娃兒長成大姑娘了。女施主開了這間酒店，聽潔庵師弟說京城馳名哩。」

鄭娘子在盧村遭難之夜躲在枯井中，就是天慈救她出來，將她帶到泉州，並在井壁上留字引方冀帶芫兒到開元寺，母女才得團圓。她盈盈拜倒道：「大師是我母女救命恩人，數年不見，可喜大師健朗如昔，菩薩保佑！」天慈大袖一揮，一股柔和之力已將鄭娘子抬起。

天慈對奉茶的芫兒道：「芫兒呀，妳師父現在泉州住持，要籌備隆重的佛禮，花一整年的時間為天下亡魂超渡，期間皇帝和大臣都會前往致祭，全寺都忙著，實在不適合妳去練功，這才要妳留在靈谷寺。」

鄭芫對天慈不敢使性子，低首道：「是，芫兒曉得。」天慈法師續道：「聽妳師父誇妳功夫大有進境，待我先去靈谷寺住定，妳過兩天便來寺裡，咱們倆再來切磋一下，瞧瞧我老和尚還能教給妳些什麼。」鄭芫聽得不好意思，忙道：「是師父過獎，芫兒的功力還差著呢。」

天慈又問了一些鄭芫練功的細節，他是少林高手，問的全是關鍵要處，心中對鄭芫的功力已大致有數。他面上不動聲色，心中暗暗吃驚，想不到這女孩在短短幾年中，竟然將潔庵一身少林神功學了個七八成，其中有一兩門是羅漢堂的獨門絕技，沒有深厚的內力底子根本無法修練。想到這裡，真恨不得立刻拉著芫兒上靈谷寺去，仔細考核一下這孩子到底有多厲害。他暗中忖道：「潔庵口口聲聲說這娃兒是百年奇葩，看來確有些道理。嗯，他羅漢堂的神功，加上我藏經閣的幾門秘技，說不定能在少林寺外造就一位不世出的少林高手，那可就妙了。」

武學高手的造就，苦練固然重要，資質及悟性尤其是關鍵，而且天才可遇不可求，是以武林前輩遇見了資質奇佳的後生便如見至寶，恨不得馬上能收歸門下好好調教，其殷切之情實不亞於後輩求訪名師。

正談間，天慈法師忽道：「有人來了，老衲要先走一步。」說著便拿起桌上的揹袋，一提身已到了屋外。芫兒跟了出來，咦了一聲，坐在牆角的朱泛已不知去向。天慈道聲：「我在靈谷寺等妳。」就沿小路向北走去，這時南邊桃葉渡方向有兩個文士正緩緩走過來。

鄭芫迎上前去，向左邊一位招呼道：「鄭公子，多日不見。」那人正是鄭洽。只見他穿著一襲絳色的長衫，頭上戴一頂便帽，見鄭芫迎來，便介紹身邊的文士道：「鄭芫快來見過，這是咱翰林院新來的方先生。」

鄭芫看那文士時，見他年約四十，長的一張長方臉，眉毛及頷下鬚色極黑，雙目炯炯有神，面色有些嚴肅。鄭芫不敢造次，躬身行了一禮道：「芫兒見過方先生。」那方先生道：「不要多禮，正要隨鄭老弟到貴館用飯。」

鄭洽正色道：「這位方先生名滿天下，芫兒，妳可知他是誰？」芫兒又看了那人一眼，低聲道：「莫非是人稱『正學先生』的方孝孺先生？」那方先生大為吃驚，想不到秦淮河畔酒肆中的一位姑娘，居然識得自己的名字，不禁奇道：「小姑娘如何識得敝人？」芫兒恭聲道：「素聽我師父說，方先生文章學問天下無雙，方才見鄭進士問得極是鄭重，想必是正學先生到了。」

方孝孺見芫兒聰明如此，不禁拉著鄭洽的衣袖，歎道：「鄭老弟，十步之澤必有芳草，古人誠不我欺也。」鄭洽點首稱善，忍不住對方孝孺透露：「芫兒的師父是個文武全才的奇人。」方孝孺問道：「敢問芫兒的師父大名？」芫兒恭聲道：「家師上潔下庵，原來駐錫鍾山靈谷寺，眼下在泉州開元寺住持。」方孝孺哦了一聲，道：「原來是他，久聞大名，可惜他去了泉州，緣慳一面。」

這時他們已走到「鄭家好酒」門前，鄭娘子在門口相迎，萬福為禮道：「鄭公子及貴客光臨，快請進來。」鄭洽見了同鄉鄭娘子很是高興，便介紹道：「大娘，妳這小店今日可光采了，我請來的這位貴客方先生名滿天下，也是咱們浙江同鄉哩，前兩日才奉詔從蜀王府來到京師翰林院指導，整個翰林院濟濟多士，都為之歡欣鼓舞……」

方孝孺拱手謙道：「鄭老弟多所謬讚。」他見那店面十分狹小，鄭洽竟對一個小酒店的廚娘大談朝廷任命自己的事，不禁有些不以為然，但他只謙和地微微一笑，目不斜視地隨鄭洽走到屋中坐下。

鄭洽接著道：「小弟豈敢謬讚。孝孺兄在蜀，王爺世子拜為恩師，又對蜀地人民廣施聖人教化，吾等雖在千里之外，多有所聞，欽佩之至。」

方孝孺道：「能追隨諸先進為皇太孫之學問精進略盡棉薄之力，固所願也。」鄭洽聽他提到皇太孫，便點首道：「我朝這位皇太孫實是一位謙謙君子，不僅聰明好學，對皇上的純孝更是歷來皇室所罕見。」方孝孺道：「愚兄來京才兩日，與皇太孫只談過一次，便深感其人溫文儒雅，仁慈誠懇，是位有聖賢教養的好皇孫。」

「鄭家好酒」小店為今晚的貴客不做其他生意，貴客到後就將店門關上，掛了休息的牌兒。芫兒上了好酒及四個下酒好菜，就回廚房去幫忙。

鄭洽續道：「便以去年的殿試一案來說吧，若不是皇太孫出面，這場奇案又要變成血流成河，不可收拾。來，孝孺兄，這酒菜甚佳，先敬您一杯。」方孝孺似對酒菜好壞不甚在意，一口將手中佳釀乾了，道：「對，老弟說到去年的殿試『奇案』，願聞其詳。」

鄭洽道：「去年小弟參加了這場考試，僥倖中了二甲第七名，進了翰林院蒙皇太孫加恩，指定小弟進東宮侍讀，不久就爆發了史無前例的科試『弊案』。有一群落榜的北方考生，發覺榜上有名的五十多位全來自南方，北方的考生一名也沒有，於是北方士子大譁，告狀告到皇帝那裡，說這一場考試，考官全被江南士子重金行賄收買了，要皇上給個公道。」

方孝孺點頭道：「這個愚兄在蜀也聽說了，後來怎麼又變成株連數百人的血案，實覺不可思議。」

鄭洽續道：「去年丁丑科殿試是翰林學士劉三吾、白信蹈等前輩主持，北方士子既告了狀，皇上看了狀子暴跳如雷，便命翰林侍讀張信等人抽出一些北方士子的考卷重新批閱。後來張信報告皇上，說北方士子程度太差，不可能補錄取。又有人告狀說，張信故意挑文理不通的試卷給皇上看，皇上便命刑部審理，這一下就壞了……」

方孝孺點頭道：「刑部中有一批唯恐天下不亂的小人，這等大案子到了他們手上，天下焉能不亂？愚兄父子都吃過苦頭。」鄭洽知方孝孺之父方克勤在「空印案」冤死，他本人亦曾遭陷害坐牢。

這時鄭家娘子的拿手好菜一一上桌，鄭洽大快朵頤，方孝孺只揀清淡的菜吃幾筷，喝酒倒是爽快。鄭洽一面勸菜，一面續道：「刑部審案後上報有數百人行賄的事，又傳出本案內情複雜，可能與胡惟庸案、藍玉案也有關連的說法，皇帝一怒殺了六百多人，包括白、張等二十多位官員，劉三吾則發配戍邊。」

方孝孺聽到這裡，點頭道：「嗯，皇太孫出手了。」鄭洽訝然道：「正是！方兄何以得知？」方孝孺道：「太子標薨時，劉三吾當庭直言應立皇太孫，皇上聽從其言。以皇太孫重情義的個性，豈能不出面救劉三吾？」

這番分析鄭洽大表佩服。方孝孺低聲道：「這不難料。但皇上震怒殺人之際，向來是任何人講情也無用，皇太孫是如何辦到的？劉三吾可是主試官呀！」

鄭洽也壓低聲音道：「愚弟親聽皇太孫說，他見案情已經發展失控，便深夜求見皇帝，直接對皇上說：『胡惟庸案您大殺朝中文臣，藍玉案您大殺開國武將，如果此案再大殺翰林試官，則天下有真才實學之人寧願藏於山林江湖，也不願為朝廷所用，朝廷所得者將全是逐名追利的小人，國將安治？』」

方孝孺將杯中酒一飲而盡，讚道：「好個皇太孫，也只有他能力挽這狂瀾！」鄭洽道：「於是皇帝再開殿試，親點了六十一位北方的士子上榜，平息了這場前所未見的闈場大案，而洪武三十年丁丑科就有了『春夏榜』，也叫『南北榜』。」

鄭洽說到這裡一停，把手中的紅糟肉刈包先吃了，讚道：「好味道，孝孺兄請趁熱用一個。」這時鄭芫掀簾出來上菜，笑道：「鮮魚來了，今日可不容易吃到呢。」

鄭洽奇道：「怎麼個說法？」鄭芫道：「每日送河鮮來店的漁夫陸老爹方才送魚來，說今日京城裡到處抓刺客，搞得城外河裡的魚蝦都躲起來了，他一整天只補到四尾小魚。

不過魚雖小，卻極是鮮活呢。」她將剛蒸出來的兩條鱸魚放在桌上，只見那魚巨口細鱗，配以蔥薑細絲，香氣四溢，看上去火候恰到好處。

方孝孺接口道：「聽說宮裡鬧了一夜，也不知刺客到底抓到沒有？以京師皇城戒備之森嚴，居然有刺客能潛入內宮，這事恐怕大有內情。」鄭洽含憂地點頭道：「皇上受了風寒，不朝已經多日，這刺客在此時目標直指內宮，想是對京師情勢有所掌握的人呢。」

鄭芫聽他們談的事有些機密，便快步回廚房去了。鄭洽壓低了聲音道：「皇上壽高七十，京師情勢隨時可能有變，吾等報效皇太孫之日即將來臨，依小弟這大半年的仔細觀察，該做準備而尚未準備妥善的事兒還真不少。皇太孫至性純孝，絕不會有任何動作，咱們為臣的可不能不預為綢繆，以防萬一……」方孝孺低聲打斷道：「依愚兄所見，這裡面千頭百緒各有所司，但缺一個主其大局的領袖。」

鄭洽道：「孝孺兄一言中的，以愚弟所見，皇上這次突然將老兄從蜀王府召來，絕不是因為翰林院少一個先生，而是另有深意。此等大事，咱們為臣者也許不應胡亂猜測，但方才孝孺兄點出的擺明是問題的核心所在，依小弟來看，皇上和皇太孫心目中的領袖人物，正是閣下。」

方孝孺聽了這番挑明了的話，反倒是沒有謙辭，他雙目炯然，望著鄭洽一言不發，臉上的表情有些置之度外的淡然，也有些捨我其誰的凜然。

方孝孺直直看著鄭洽，總是不言，鄭洽亦然。足足過了數彈指，反而是方孝孺伸箸勸菜：「趁熱吃魚啊。」

∞

章逸從錦衣衛衙門走向自己座落在常府街及里仁街口的住所，經過這一夜一日的折騰，確實有些累了，但他此刻仍不能憩息。

他走到寓所前的巷口，抬頭看看天色，已經過了酉時，城裡經過一日的盤查抓人，此時大街小巷都靜悄悄的少有行人。他一轉過巷口，忽然聽到一陣嘻笑之聲，定目一看，原來是巷口那棵大胡桃樹下聚著幾個小叫花子，正在看其中一個變戲法，連變了兩次都失敗，便遭大夥兒嘲笑。章逸莞然，快步走向自己的住所。

他進屋上樓，第一件事便是將懷中藏著的面具掏出，想了一想，還是藏回床下暗層的檀木箱中，然後簡單洗梳了一下，換了一身乾淨的官服。那錦衣衛官服是寒香替他漿洗熨燙的，穿在他身上顯得挺拔英武，看上去一天的疲累似乎都不見了。

他帶了些銀兩匆匆下樓出門，晚上要參加金寄容左副都使召開的會議，會後他要請幾個得力的屬下吃個宵夜。

就在章逸離家後不久，一個年輕女子攙著一個老人，緩緩走到章逸的住所門前，那女子四面看了一下，就掏出鑰匙打開大門，兩人進屋去了。那老人進屋後便了無龍鍾之態，飛快地上樓，喚那女子道：「寒香，咱們動作要快。」寒香趴到章逸床下，過了一會把那隻紫檀木箱子拉出，打了開來，將箱中面具拿出。那老人一把將面具搶過，手中火摺子一亮，點燃燭火，只聽見寒香一聲驚呼：「爹，面具變了！」老人叱道：「什麼變了？」

寒香指著那面具，驚駭地道：「原來那面具是章……章指揮自己的臉，怎麼變成一個……一個老頭兒的臉了？」寒香的義父喝道：「妳快看，是不是還有一個面具？」

寒香拿支蠟燭，把箱子、暗層、床下查了個遍，爬出來道：「沒有，就只這個面具，怎麼會這樣呢？」寒香的義父坐下來想了好一會，依然不得要領，便喚寒香將一切復原，把那面具藏在懷中，道：「寒香，咱們快走。」寒香道：「爹，您將面具帶走，章指揮便知是我拿的，我的身分就露了。」

寒香的義父冷冷地道：「妳還捨不得這身分麼？當年蔣瓛叫咱父女倆喬扮房東，暗中監視這章逸，妳好好一個姑娘跑來做他的老媽子。現在蔣頭兒也死了，章逸被妳發現了這事物，還有什麼身分露不露的問題，我瞧章逸死定了。」

寒香聽得心驚膽戰，顫聲道：「可是藏了面具也不是什麼大罪呀……」老人厲聲道：「昨夜皇城來了刺客，金頭兒下令，任何可疑的事物一律要報，隱瞞便是死罪，妳……」他一眼瞥見女兒滿臉不捨的表情，不禁大怒：「妳……難道和姓章的小子已經……有一腿？」寒香臉上一紅，極力否認道：「爹爹，你想到那裡去了，講得那麼難聽。」老人道：「妳再仔細把屋裡各處打點復原，爹先離開。」說完便匆匆下樓而去。

寒香知他急著要去錦衣衛告密，心中氣苦，低聲道：「你不是說章逸死定了嗎？還管什麼打點復原不復原。」她看到床邊高背椅上章逸換下的衣物丟成一團，習慣地便想伸手去整理，忽然想到今夜之後此情此景不再，義父去告發此事，不論罪大罪小，自己今後是不能再回此屋了。想到這幾年來自己心甘情願地伺候他，這個英俊溫柔的浪子……不禁痴了。

寒香的義父一走出章逸家門，那巷口胡桃樹下的幾個小叫花忽然停止嘻笑，為首的一個穿著一身紅色破衣服，低聲對其他幾個道：「盯住這房子，我要去瞧瞧這老傢伙在搞什麼鬼。」說罷站起身來，正是那朱泛。

寒香的義父緩緩走到巷口，一副步履蹣跚的模樣，只見一個少年叫花子站在路當中，向自己躬身道：「老爺行行好，施捨小人一頓飯。」寒香的義父心中有事，那肯與他囉唆，低喝道：「要飯的，讓路！」一側身就要從朱泛身邊繞過。

朱泛笑嘻嘻地伸手扯住老者的衣袖，道：「今日城裡到處在抓人，害得俺一個銅錢、一碗飯也討不到，老爺你就賞兩個吧。」寒香的義父怒道：「小叫花滾開！」雙臂略一施力，已經掙脫朱泛的髒手，朱泛身不由己地倒退好幾步。朱泛望著老人的背影罵道：「不給便不給，幹麼要打人？你以為你有錢就神氣了，你欺侮窮人，多行不義，世上事最難料，到頭來說不定餓死的不是小爺，而是你……他媽的……」

他還待唸下去，那樹下另一個年紀稍大一點的花子過來阻止道：「好了，朱泛你有完沒有，咱們每次討不到錢、要不到飯，罵的詞兒都一模一樣，俺都聽得煩死了。下次丐幫再開大會，俺定要建議請個有學問的老叫花子，給咱們多創幾套罵詞兒，眾弟兄學會了靈活運用，也顯得咱丐幫有人才、有創意。」

朱泛踱回大胡桃樹下，對那幾個叫花子道：「咱們來瞧瞧這老兒身上的事物。」原來方才一照面，朱泛妙手空空，就將老頭洗空。只見他緩緩從懷中掏出幾塊碎銀、一包菸絲，還有一個面具，便對那年長花子道：「這些銀子你們兄弟拿去花了，菸絲俺帶去孝敬俺那位賊祖宗，這面具麼……」

他仔細一看那面具，不禁吃了一驚，喃喃道：「這面具怎麼看上去倒有八分像那明教的軍師方冀？怪了，怪了！」

∞

京師鬧了三天，全城所有能關人的地方都關滿了「嫌犯」，老百姓叫苦不堪，錦衣衛卻還在抓人。負責審人犯的大小官員都從太平門外的刑部調進城來，把「嫌犯」帶來一看，全是一般百姓，那裡像是刺客從犯？但每個人都是錦衣衛抓來的「嫌犯」，又不敢就放人結案，大小官員也被搞得苦不堪言。

中軍都督徐輝祖找來刑部尚書和錦衣衛金副使商量，要求錦衣衛停止繼續浮濫抓人，應改為暗中查訪，已抓的百姓具保放回。這樣算一算，除了兩百多名來歷不明的遊民仍關禁不放，其他兩千多人都可具結具保返家。

這個責任非同小可，金寄容心想，動員那麼多部下抓來的人就這樣全部放掉，如何向下屬交代？這面子如何掛得住？因此堅決反對，冷冷地對徐輝祖道：「這回刺客逼近內宮，大家都有責任，天幸皇上無恙，也沒有追究咱們。刺客主犯被魯烈擊斃，皇上責我們嚴查從犯，就是要把這滔天大案搞個水落石出，咱們大夥兒才能將功折罪。照徐都督這麼辦，若是放縱了從犯，責任誰來負？」

徐輝祖頂著父親開國第一功臣徐達的餘蔭，又有在山東、河北、陝西等地的軍功，心中並未真正把錦衣衛放在眼裡，他見金寄容瞪著自己，便不客氣地冷笑一聲，道：「您口口聲聲說魯副使擊斃了刺客，可至今活未見人，死未見屍。都指揮使呀，依小弟看，錦衣衛還是快去查尋那刺客的屍身下落吧，也強過在城裡亂抓老百姓湊數。」

金寄容聞言大怒，這麼多年來，何曾有人敢對錦衣衛的頭兒如此無禮？他正要發作，那刑部尚書暴昭發言道：「這事咱們先不要起爭執，寄容兄那邊兩三日已逮捕了兩千多人，刑部要一一審理只怕要花長時間，極是緩不濟急。我瞧魏國公提的倒不失為一個權宜辦法，咱們化明抓為暗查，放出去的不但具結不得離開京城，且要具保，只要查出什麼真正可疑的，立刻再以迅雷不及掩耳的手段逮捕，那就要靠錦衣衛的高人來執行了。」

這暴昭尚書話說得很巧，兩邊打圓場，但故意點出徐輝祖襲有「魏國公」的爵位，提醒金寄容不要造次。徐輝祖點頭道：「暴尚書這話說得對，這刺客顯然武功高強，他的從犯亦絕非常人。如果兩千多人犯中確有從犯，放了出去他一定有所行動，正是咱們暗查的最好機會。」

金寄容雖氣徐輝祖對錦衣衛不假辭色，但也覺得兩人說的有些道理，便不再言，只重重點了一下頭，道：「好，就這麼辦，出事責任大家扛。」徐輝祖哈哈笑道：「金副使放心，出事責任俺一人扛。」金寄容冷笑一聲：「走著瞧。」就大步走出。

刑部尚書暴昭翹起大拇指，低聲道：「這金寄容還是頭一回吃這種癟，徐督不愧京師第一大將，佩服，佩服。」徐輝祖道：「暴大人過獎。蔣瓛死後，幸好皇上沒再讓錦衣衛審案，如果像幾年前那樣，錦衣衛抓了人自己開堂審，兩天下來恐怕上百人已經人頭落地了。」

第二天，兩千多名人犯具結釋放，南京城內人氣又活了過來。也不知是不是暴昭把這事兒的經過洩漏了出去，第三天南京城從百官傳到市井，聽到的人人稱讚：「老子是中山王，兒子是魏國公，還是徐家好樣的。」

這偵察的方式一改變，錦衣衛這邊也立刻有了收穫。

金寄容坐在衙門的密室內，和魯烈兩人檢查這兩天手下查報的各項消息。各色各樣的情報中，有三項特別引起注意：其一，一個秦淮河上打魚的漁夫，兩日來在京師各大藥舖蒐購上好的關外老蔘，花銀子毫不吝嗇。其二，前幾日在聚寶門前將守門盤查的軍士及侍衛點倒的老和尚，出現在鍾山的靈谷寺及孝陵外。其三，有一個面生的乞丐出現在城中，對全城的叫花子發號施令，似乎有所圖謀，奇的是那叫花子才十五、六歲。

一個老漁夫何來許多銀子蒐購上好的野蔘，魯烈立刻派人跟蹤，要查出這漁人的住處及真實來歷。關於第二件情報，金寄容已知那老和尚是從泉州來的天慈法師，奇的是，他為何深夜出現在鍾山當今皇上的預定寢陵外？魯烈將親率高手再去探查。至於第三件事，魯烈原已派人跟蹤，但那叫花子十分機靈，跟蹤之人全被耍得團團轉，最後跟得不知去向。金寄容交代要特別小心，這骨節眼上不要為無謂之事和丐幫起衝突。

然而最困擾金寄容的卻是另一件事。當年奉錦衣衛頭兒蔣瓛密命，化身為房東監視章逸的杜老頭來報，說他的女兒發現章逸藏著一個像他自己臉孔的面具，後來又變成一個陌生老頭的面具。但問到證據時，又說證物在來路上遺失，有可能被一群小叫花撿去了。這杜老頭自蔣瓛死後就從來沒報告過什麼消息，這次的消息匪夷所思又不完整，也不知是真是假。

魯烈問道：「這事關係重大，章逸是咱們錦衣衛十分能幹的主力幹部，我倒想知道當年蔣頭兒為啥要派人監視他？」金寄容道：「你忘了嗎？蔣的死對頭是他的頂頭上司毛驤，他設局把毛驤給害死了，怎會對毛的人馬章逸放心？他派人監視章逸這小子倒不奇怪，只是沒兩年他自己也被皇上殺了，沒想到這杜老頭還在繼續監視。這事關係太大，千萬不能魯莽出錯。」

魯烈道：「幸好那天咱們把章逸叫來，趁機教杜老頭到章逸家破門而入，弄得像是小偷闖入偷了些東西——包括那個面具，這樣可以掩護杜老頭父女繼續監視章逸，隨時來跟咱們報告。」金寄容點首道：「要看瞞不瞞得過章逸。這小子外表看是個風流浪子，我瞧底子裡很不簡單哩。」

忽然密室的門軋然自開，眼前一花，一個老人已經站在密室中央，正是那個神秘高人。金魯二人忙起立行禮，道：「正要去太常寺那邊見天尊，您自己過來了！」那老者作勢要大家坐下，緩緩地道：「再過兩天是五月初一了。」魯烈答道：「是閏五月。」那「天尊」道：「初一之夜，約好了『地尊』在鍾山孝陵之側見面，此事至關重大，你們兩人至少有一人要隨我過去。」金寄容道：「魯烈一定隨天尊前去，他今夜就要去仔細巡視。到時候如無大事，我也可以同去。」

「天尊」點點頭，道：「那明教昔日的軍師來刺殺皇帝報仇雪恨了，這方冀如無內應，如何近得了朱元璋？這個內賊不抓出來，你們永無寧日。」

魯烈道：「咱們已經鎖定那章逸嫌疑重大，但當晚至少有十幾個弟兄指證，章逸從頭到尾都在宮城中防衛並指揮抓刺客，確實沒有破綻……」那「天尊」插口問道：「還有，那兩個『方冀』都有一身精純的明教前教主武功。那章逸的武功如何？」金寄容答道：「章逸武功雖然不弱，但很明顯是雜學而成的，他各門各派的招式都會一些，不過這人忒聰明，自有一套融會貫通的本領，很難歸派別，但卻實際管用。」

魯烈補充道：「章逸還有一樁厲害處，這小子十分賊滑，常常利用對手看他出手不起眼而有些輕敵時，突然施出致命毒手，等敵人發覺已經來不及反應了。我就見過他這樣殺過兩個人，其中一人武功恐怕還比他高明。」

「天尊」微微一哂，喃喃道：「不登大雅之堂的東西。」便對魯烈說：「今夜去探過孝陵四周，明日咱們再說。」他忽然換個話題：「那皇帝老兒現在如何了？」

金寄容道：「皇上經此一驚駭，身子似乎愈來愈不行了，這幾日都是皇太孫親自在床邊伺候湯藥。聽說他不時摒退左右、太醫及大臣，與那皇太孫密商，想來是……是交代……」

那「天尊」道：「交代後事？」

金寄容默默點了點頭。

∞

鍾山不高，但三峰相連如一條巨龍，氣勢十分雄偉，自古以來稱金陵為「龍蟠虎踞」，指的就是鍾山龍蟠、石頭城虎踞。靈谷寺在鍾山南麓，正值夕陽西下、百鴉歸林之時，天慈法師和芫兒並坐在寺前觀景台的石階上。已是初夏天氣，鍾山上一片青綠，鬱鬱蔥蔥之間夾雜著一片片紫色的頁岩，在斜陽下閃爍著金屬般的光彩。天慈法師不禁讚歎道：「難怪這鍾山又叫紫金山，名不虛傳呀！」

鄭芫道：「潔庵師父最愛帶著芫兒坐在這裡觀賞夕陽中的山景，愈是到夕陽落下前的剎那，山景愈是奇幻多變，美不勝收。」天慈喟然道：「夕陽無限好，只是近黃昏。」鄭芫道：「潔庵師父卻口占一詩，有句『驚心最是黃昏近，絕色盡出故人來』，芫兒最是喜歡。」天慈法師笑道：「潔庵師弟天生豁達，芫兒和他正是一對兒。」

芫兒道：「潔庵師父的學識武功，芫兒一輩子也學不到。」天慈緩緩搖了搖頭，道：「芫兒，妳也知道『青出於藍而勝於藍』的道理。妳潔庵師父傳妳的，乃是少林羅漢堂的正宗武功，我老和尚卻有幾樣少林藏經閣秘藏的絕技，妳若好好把兩種少林神功都練得精純了，只怕……」他說到這裡便頓住了，深深地看了芫兒一眼。芫兒問道：「只怕什麼？」天慈雙目精光一閃，緩緩道：「只怕當今嵩山少林寺中也找不到更高明的少林高手了。」

芫兒聽得心中不安，脫口道：「那我不要再學藏經閣的絕技了。」天慈奇道：「為何不學？」芫兒道：「我一個女兒家幹麼要變成天下第一少林高手？聽起來就……就挺……挺危險的。」天慈聽了原覺可笑，一轉念，忽然覺得芫兒的想法並不可笑。是呵，第一高手——豈不危險？

他對芫兒這天生而具有直覺的智慧欣賞不已，想起潔庵告訴他芫兒問倒道衍法師的故事，不禁暗自讚歎，於是合十道：「阿彌陀佛，芫兒此言大有智慧。但妳若以此問佛，佛必曰：『妳心中沒有第一高手，妳便不是第一高手，又何危之有？』芫兒，危險，危險原來來自汝心中。」

芫兒頓悟，站起身來再跪下合十，拜道：「多謝師父告示，芫兒懂了。」芫兒但覺滿心順當，天慈但覺滿心歡喜，一時之間一老一小甚是莫逆。

太陽沉到山下，山中立刻暗了下來，天慈道：「今夜朔日無月，芫兒妳先回去吧，這兩日傳妳的金剛指心法妳已懂得訣要，剩下的是勤練而已。明日我再傳妳另一套指上功夫的心法。」

芫兒此時已是個小姑娘了，單獨一人住在一間客房中，和參佛的女施主們住在一廂，她施了一禮，便先回房。這時山風漸起，方才還是夕陽殘照的美好景色，此刻竟然已是月黑風高的凜然之夜。

天慈仍然盤坐在原地，他心中暗思，少林絕技有七十二種，從沒有人能一一全部練成，其中最高深的神功大約不到十種，自己窮一生之力精通者不過二三而已。這芫兒數年間就把羅漢堂的武功學到七八成，其中堪稱絕學者已有兩三種，如能加上藏經閣秘藏的神功，十年之內，芫兒將可成為數十年來最強的少林高手。這孩子一派天真爛漫，卻又聰明靈悟，得傳人如此女，實是可遇不可求的奇緣。

然而今夜有一件大事要先處理。今夜——洪武三十一年閏五月初一，當今嵩山少林寺方丈密命自己到鍾山孝陵，子夜相候。

8

時過戌時，鄭芫吃過齋飯，把天慈師父所傳的少林金剛指心法練了三遍，盤膝在床上運功一周天，自覺任督兩脈氣息順暢無比。這時她運起金剛指心法，右手抬起，中指向前點出，內力突然衝出「中衝穴」，嘶的一聲，把芫兒自己嚇了一大跳，內力就斷了。

這是鄭芫學會金剛指心法以來，第一次讓內力從中指衝出，雖然沒有多強的力道，但卻是從未有過的經驗，令鄭芫驚喜不已。她卻不知，此情此景如被天慈法師看到，恐怕要為之驚倒了。當年天慈自己苦練金剛指時，足足花了一年時間，內力才能衝指而出。

這正是少林神功的特性，那精妙細微之處，領悟只在毫微之間，有悟性慧根者呼吸之間可至，似乎神妙天成；缺那點資質的可就累了，苦練勤練千百次也無法突破，甚至永遠到不了那層境界。而練那各項少林神功所需內力的要求更是嚴格，如內力未達一定水準就強行練功，輕則廢，重則走火入魔，甚至喪生。鄭芫的內功基礎紮實，悟性又高，從學金剛指心法到內力破指而出，只花了兩天工夫，少林有史以來恐乏之前例。

鄭芫正在喜孜孜地回味方才奇異的感覺，想要再試一次，忽然窗外一人輕聲道：「嘻嘻，從來沒見過那麼軟弱無力的金剛指哩！」一聽這嘻嘻兩聲，鄭芫已經知道陰魂不散的小叫花子朱泛又跟來了。她雙掌一揚，隔空推開窗戶，低叱道：「朱泛，你敢偷看我練功！」

朱泛笑道：「妳窗戶自不關緊，留好大一條縫，我老遠經過就瞧見了。」鄭芫見朱泛跟到靈谷寺來，多一個人鬥嘴倒也開心，便跑到窗戶邊道：「你在外面等，千萬別想進屋，嗯，屎臭好像散了些。」朱泛道：「放心，放心，俺剛才洗過澡。」鄭芫道：「當面扯謊，你洗澡幹麼不把臉上的髒垢洗掉？」朱泛答道：「呵，那不能怪，陳年的泥垢怎麼洗也洗不掉了。」

鄭芫輕身一縱，身子已輕飄飄落在窗外。朱泛低聲道：「跟我來。」說完便如一隻狸貓般奔向左邊的松林。鄭芫跟他奔出，兩人輕功快得驚人，一瞬間就隱入林中。

朱泛停在一棵老松下，轉過身來，臉上居然一本正經，壓低了聲音道：「芫兒，妳知不知道天慈和尚待會兒要到孝陵去赴會？」鄭芫搖頭道：「不知。什麼孝陵？」朱泛道：「孝陵就是朱元璋那皇帝老兒替自已修的墳墓。」鄭芫道：「天慈師父去孝陵幹麼？」朱泛搖頭道：「我不知道……」芫兒叫了起來：「你啥也不知道，跑來這裡裝神弄鬼幹麼？」

朱泛道：「妳不要急，俺慢慢告訴妳。那日俺在泉州查案……」芫兒道：「你一個要飯的查什麼案子？」朱泛道：「不瞞妳說，俺朱泛是丐幫的……紅孩兒。咱丐幫在福建、浙江一帶自來就好生興旺，錢幫主著一位最能幹的張舵主在福建綜理幫務。今年初，有幫中弟兄在杭州發現了南宋時丐幫總舵的舊址，在一座破毀的古廟中，找到了南宋丐幫兩項武功絕技的秘笈，其中所載與丐幫現知的功夫頗有不同之處。對丐幫來說，這乃是無價之寶，張舵主立即飛鴿傳書總舵，一面親自帶著這無價之寶，想要兼程趕回武昌。妳知道，武昌就是咱丐幫的總舵所在……」

鄭芫道：「我怎知道？」朱泛道：「對，妳現在知道了。總之，就在此時，張舵主忽然遭人襲擊，丐幫高手八人被殺，他被逼反向逃往泉州，想向開元寺的天慈大師求援。然而他似乎尚未趕到就被追上，他的屍體被發現在泉州城外，身上的秘笈不翼而飛，敵人顯然是為那秘笈而來。」

鄭芫聽得愈來愈嚴肅，問道：「那張舵主識得天慈師父？」朱泛點頭道：「張舵主是少林俗家弟子，曾與天慈大師同時在嵩山習藝。總之，俺到泉州一帶，就是要查清楚這案子究竟是怎麼回事。」

芫兒問道：「你有問過天慈師父麼？」朱泛道：「我……我還來不及問天慈和尚，就發現少林寺也出大事了。天慈接到少林方丈無為法師的密命，說藏經閣的無痕老和尚在從南方返回嵩山的路上遭人襲擊，以無痕禪師的絕頂神功居然不敵，在湘西一帶失去聯繫，至今生死不明。」

芫兒問：「你既沒問天慈師父，又怎知道什麼密命的事？」朱泛嘻嘻笑了一下，只好照實說：「我……我偷看了天慈禪師接到的密命。」芫兒罵道：「朱泛，你偷偷摸摸還做了什麼壞事？」朱泛搖手道：「不是壞事，是禍事。妳不覺得這兩件事情大有關係？」芫兒卻道：「這些事跟今夜孝陵什麼的，又有啥關連？」

朱泛讚道：「芫兒呀，不是俺讚妳，俺識得上百上千個老叫花、中叫花、小叫花，就沒有一個有妳這樣聰明的，每一句話都問到要害，我解釋回答起來也省了千百句廢話，真過癮呵。」芫兒道：「你少甜言蜜語，誰要跟那些叫花子比聰明？」

朱泛道：「果然，就在此時，天慈法師又接到少林方丈的第二道密命，說嵩山那邊接到一封無頭無尾的匿名信，說無痕大師已落入發信者之手，要少林方丈親攜藏經閣七十二項絕技秘本，於閏五月初一到南京鍾山孝陵，以書換人……」芫兒瞪大眼睛低叱道：「你又偷看了？」朱泛不知羞愧地答道：「又偷看到了。這一下天慈可急了……哦，忘了告訴妳，當年天慈在少林寺藏經閣習武時，無痕老和尚就是無字輩的首席。」

芫兒道：「那無痕大師怕不有八十歲了？」朱泛道：「不知道，反正老得厲害就是。」芫兒道：「所以你就一路偷偷摸摸，跟著天慈師父從泉州到南京，想靠天慈師父引出想奪武功秘笈的對手，看看是不是殺你張舵主的同一人？」

朱泛喜道：「聰明吧？」也不知是說芫兒還是說自己，他又接著說：「天慈和尚跟新來的住持潔庵和尚密商，就決定由天慈兼程趕回南京，在閏五月初一之前趕到，也就是今天。」

芫兒側頭想了一想，忽然也和朱泛一樣嘻嘻笑了起來。朱泛吃了一驚，問道：「妳幹麼笑？」芫兒不答，只顧自己嘻嘻地笑。

這回輪到朱泛急了，急聲問：「妳笑什麼？有什麼不對？」芫兒道：「你以為你這什麼『順枝摘瓜』的計策好……」朱泛打斷道：「是『順藤摸瓜』。」芫兒道：「好，就順藤摸瓜。你自以為好計策，但丐幫的張舵主就在泉州城外出事，你小叫花跑到泉州去，幹什麼還不明顯麼？就算瞞得了厚道的天慈師父，怎瞞得過我那厲害的潔庵師父？他們兩位早就知曉你的底細，正一步步引你跟著天慈師父到南京來哩。」

朱泛猛眨眼睛，有些不可置信地道：「他們怎知？引我來南京作啥？」芫兒笑道：「你紅孩兒不是好響的名頭麼？丐幫幫主既派你南下查案，又豈會只有你一人？天慈師父引你到南京，必要時也多個幫手，你手下的老花子、中花子、小花子一擁而上，恐怕敵人也不好應付哩。」

朱泛把事情前前後後細想了一遍，心中已漸漸瞭然，這天慈和尚對自己的打算其實一清二楚，只是裝著不知，正如這鄭芫所料，不禁暗自佩服。芫兒把問題拉回現實：「現下你打算如何？」朱泛道：「去孝陵呵。妳去不去？」

芫兒想了想，點頭道：「好，咱們就去孝陵探一探。」

∞

亥時已過，鍾山上的孝陵靜靜地躺在那條龍脈的玩珠峰下，這座周圍四十里紅牆的宏大陵園確實布局宏偉，規制嚴謹，先後動用了十萬民工和軍士，從洪武十四年動工一直修建到此刻，主要部分均已竣工，堪稱唐宋以來最為宏大的皇陵建築。

朔月之夜，山中一片漆黑，山風帶動十萬株松濤，呼嘯中不時夾著夜梟啼鳴淒厲之聲，為這座龐大無比的空陵增添一種恐怖的氣氛。

入口處有一座下馬碑坊，由此入內一條神道，足有近五里長才到達文武門。就在這石坊下，立著兩個身著錦衣的中年人，微弱的星光下，依稀可辨出正是那魯烈及馬札。

剛到子時，兩條人影忽然從陵院內沿神道如飛而至，馬札和魯烈都吃了一驚，沒有料到來人不從南面梅花山上來，卻從陵院之內冒出。馬札一揮手，立刻有兩名錦衣衛從神道兩邊的樹叢中飛身躍出，待要在空中攔阻來人。

那知來人忽然不約而同飛快地從空中墜落，有如兩顆流星般閃過阻攔的錦衣衛高手，一落地就向前飄進，一瞬之間已經雙雙站立在石坊之前，身法奇快，瀟灑無比。

那石坊之下此時也已從兩人變為三人，不知從何時何處冒出了一個老者，站在魯烈和馬札中間。老者瞪著來人仔細看了一眼，道：「來者可是少林方丈？」

來的兩人都是灰袍老僧，左邊的一位長鬚及胸，合十為禮道：「老衲少林無為。施主尊姓大名？」

那老者抱拳施禮道：「老夫姓名早已不知，但知在恆河人稱『菩提天尊』。有幸見得少林方丈，不知另一位大和尚法號為何？」這幾句話說得平淡，聲音卻如巨鐘之鳴，音雖沉而無遠弗屆，整座孝陵為之震動。那老者顯出的內力已達駭人聽聞的地步，顯然他想展現實力，先聲奪人。

站在無為禪師身旁的老僧面色紅潤，頷下有些花白的虬髯，氣度極是威猛，看上去比無為方丈略為年輕一些。他聽老者相問，也是淡然回道：「貧僧無嗔，忝座少林羅漢堂。」他聲音低調平和，比起老者的聲震四方似乎遠遠不及，但進入對方耳中，三人竟然都覺心口猛然一震。

那魯烈識得厲害，趕緊吸一口氣護住心口，暗道：「少林羅漢堂的首席到了。」那老者「天尊」也暗暗心驚：「這和尚施的是佛門獅子吼，但他如何能做到輕言細語就發出『獅子吼』？看來少林寺是精銳盡出了。」

無為禪師仍是平淡而禮貌地道：「貧僧等依約來到鍾山孝陵，時正亥、子時之交，敢問『菩提天尊』，你可是那發匿名信的正主？」那「天尊」點頭道：「不錯，正是本尊。老和尚，你還埋伏了那些幫手，都請現身吧！」

只見下馬碑坊左邊的松林裡緩緩走出天慈法師，合十道：「老衲天慈，靈谷寺掛錫，不敢忘了少林寺傳功之恩。」說著上前向無為方丈行了一禮。那天尊冷笑一聲，道：「還有什麼人，一齊出來吧。」卻是靜悄悄地無人回應。

那「天尊」指著對面的一片松林，喝道：「快給我滾出來！」

只見嘩啦一聲，兩條人影應聲飛竄而出，夾著一道怒喝聲：「有人偷襲！」定眼看時，卻是兩個埋伏在松林中的錦衣衛。天尊要人「滾出來」，不料滾出來的卻是自己人，耳聽得那羅漢堂的無嗔法師哈哈大笑，不禁面子有些掛不住。他身後的馬札早已人劍合一，直刺向松林，只見林中空空，並無一人，卻不知朱泛偷襲敵人後，拉著芫兒早已躍上樹梢，躲在濃密的樹葉中。

那無為法師道：「施主，你信上說閏五月初一子時在此地以書換人，敢問無痕師兄現在何處？」那天尊道：「敢問少林七十二絕技的秘笈又在那裡？」

無為方丈道：「阿彌陀佛，出家人不打誑語，秘笈已在這孝陵方圓之內，只要見到無痕師兄，自然讓施主檢視秘笈。」那天尊抬頭看了看天空，低聲問了問身邊的魯烈，然後對無為方丈道：「老和尚稍安勿躁，片刻之後你就能看到你那無痕師兄了。」

這時樹梢濃葉裡，朱泛及鄭芫擠身在一條樹枒上，芫兒輕吸一口氣，發現朱泛好像也不怎麼臭，不禁有些意外，心想：「說不定他還真洗過澡哩。」

朱泛在她耳邊輕聲道：「妳趁風大他們又在說話時，悄悄倒竄到林子後面去，然後再繞到右邊的密林裡，躲在那裡等我。」芫兒點點頭，不知這膽大妄為的小叫花子又有什麼驚人之舉，但她知道今夜在場的全是頂尖高手，只要一個閃失就是性命之危，心中不禁為朱泛耽憂，但此刻不是說話的時候，只能點頭。

又過了半炷香時間，那羅漢堂首席無嗔法師似乎有些焦急了，忽然大聲道：「子時早已到了，爾等仍在拖延什麼？」那魯烈厲聲道：「休得無禮，天尊自有道理。」

朱泛忽然覺得身邊一空，芫兒趁著一陣疾風搖動松濤的剎那之間，無聲無息地向後飄出。朱泛不禁暗讚：「好個芫兒。」他接著盤算：「這什麼狗屁天尊好像自負得緊，我且出其不意地誑他一下，說不定就把他詐出來了。」他想到就幹，估算芫兒已到達預定的林子中，便一躍而下。

樹下原本又陷入無言局面，朱泛一躍而下的同時大喝道：「你敢殺我丐幫人，搶我丐幫秘笈，卻是不敢承認，你是那裡來的狗屁天尊？」

這幾句話在寂靜的孝陵前傳得老遠，顯得清晰無比。那天尊勃然大怒：「殺人劫貨都是咱們幹的又怎地？你是丐幫幫主……」聲音戛然而止，因為他已發現了，一躍而下的竟然是個少年叫花子，那是什麼丐幫幫主？

朱泛不知對面這「狗屁天尊」有多可怕，還是笑嘻嘻地道：「你說俺是丐幫幫主？差得太遠了吧？俺……」他話未說完，只感到一股銳利如尖刀般的勁力直襲自己胸前，而自己完全無法抵擋。忽然耳邊聽到一聲大喝有如霹靂，同時一股柔和大力把自己推向左邊，而朱泛自己就在這電光石火間，施展出「無影千手」范青所授的獨門輕功絕技，一連兩個旋轉，借著那股柔和之力的幫助，極其巧妙地滑出三丈之外。眼角望去，正是無嗔以大力金剛掌突襲那天尊的右側，無為方丈以純陽內力發掌相托，自己的輕功才得以發揮，避開了天尊那詭異毒辣、無從阻擋的尖銳內力。

朱泛本來打算突然出現，利用天尊的自負以言相逼，問出丐幫張舵主究竟死於誰之手，然後便該儘快退場。這時環目一看，那下馬坊兩邊不知何時又多了四個人，其中兩個穿著錦衣，另外兩個頭包布巾、長袍赤足，看上去不類中土之人，他便走到天慈和尚身旁，決定留下來相幫。天慈知他機智過人，雙方動起手來時，常有出敵人意表之舉，非常實際有用，便對他的義氣相挺點頭示謝。

就在此時，陵園內的神道上出現了一條人影，有如天馬行空般一瞬間就到了眼前，身法之快，令在場高手人人心中大震，只除了「菩提天尊」。他暗道：「地尊，你終於來了。」

那人忽然拔起五丈高，還沒有看清楚他的身形，只覺一陣模糊的影子在眼前閃過，來人已站在天尊的對面。微弱星光下，只見他身材又高又瘦，站在天尊對面要高出一個頭，身軀卻是骨瘦如柴，面色黑黝黝的，勾鼻撅頷，看來是個天竺人。

天尊見他只有一人，面色又有些不對，便先問一聲：「地尊，你遲了。」那「地尊」木然道：「我遲了。」說話口音果然不是中土人士。

天尊問道：「那少林老和尚呢？」地尊忽然怒聲講了兩句天竺語，聽那口氣應是罵人的髒話，接著說：「……老和尚逃跑了，在襄陽逃跑了。」

天尊大驚，怒道：「他……他武功已失，如何逃跑？」急怒之下也顧不得敵人就在對面而厲聲疾問。那天竺人地尊道：「全真教一個完顏老兒，明教一個叫傅翔的小鬼助他逃脫，我中了他們的詭計……」

少林諸僧暗中驚呼：「他武功已失？」

魯烈暗中驚呼：「完顏？」

朱泛和密林裡的芫兒暗中驚呼：「傅翔？」

【第七回】
後發先至

完顏宣明道：「我若能在對手一動之時，立刻從『動勢』洞悉他全身配合運功而起的『氣勢』是八十一勢中的那一勢，我便攻他這一勢的氣門所在，對手如不撤式回救，『罩門』受擊必死無疑，但他只要一撤式回救，他的招式就被破了。」

神農架頂崖在這個季節裡，經常隱藏在雲霧之中，雲霧濃的時候，四周白茫茫一片，什麼都看不見。傅翔碰到這種情形，就窩在山洞中讀書、練功，慢火燉一鍋滷味，獨自飲兩杯。

自從方冀離開後，他每日潛心用功，照著師父留下的功課進度苦練，但出乎自己意料的是，才短短十多天工夫，他似乎已經達到師父要求他一個半月內須達到的目標。開始時他有點懷疑是自己高估了進度，待他重新一步一步把功課做了三遍，更吃驚地發覺，自己達到的境地其實已經超越師父的要求。

他自從上神農架習武讀書，從來不清楚自己的進度，一切都掌握在師父手中，一項功夫要花多少時間練成，自己從未想過，只要師父交代、要求的，他都很快就能做到。他並不知道自己這樣算快還是算慢，只知道從來沒有被難倒過。在他心目中，這全是師父傳授得法，讓自己學什麼都輕鬆容易。

其實方冀早被他這種進展嚇到了。他只知道這個徒弟可能是百年一見的奇才，自己不斷地加重要求，傅翔就不斷地讓他感到驚駭，實不知這樣的進程究竟有沒有止境？

對傅翔來說，這是他頭一次感受到自己的進度，連他自己都嚇了一跳。師父留下的「功課」既已做完，從這天起，他便開始把明教那兩本秘笈及一卷秘圖從頭到尾讀了一遍，閱讀過程中遇到有興趣之處，便停下來練一會，練過了又繼續讀下去，既無規劃，也無順序，完全順著自己興之所至，一小段一小段跳躍著練下去。

明教這套武功秘笈，乃是集錄十位明教高手的畢生絕學而成，佐以一卷修練各家絕學必備的獨門內功訣要圖解，既無一套完整的武學體系，又無修習先後順序的要求；冊子裡的各家武功，完全是依抄錄時的先後而定，並沒有武學上的講究。這種武功秘笈在武林中前所未見，傅翔此時挑喜歡的部分練，並不待全套功夫練完才換到另一個喜歡的部分，這種練功方式也是武林中前所未有的。

幾天下來，傅翔發現了一個奇特的現象，原本他是憑直覺挑選喜歡的部分先練，卻漸漸感覺到，自己的喜好往往與自己此時功力最適合修練的功夫暗暗相合，因此領悟訣竅的進度特別快。更有趣的是，一旦此處練會了，再看下一個最想練習的部分時，許多原來覺得困難之處突然變得較容易了。

傅翔挑選的，有的是一套拳法中的某一段，連續十幾招一氣呵成，有的只是一套劍法中的三招，招式少而簡單，但精要之處極難體悟，這時那畫卷的內功示範秘圖就發揮關鍵的功效。有時傅翔盯著卷上一個圖形及運氣路線，苦思一兩個時辰，全身運氣嘗試百種細微差異的途徑，然後突然得到訣竅，一通百通。

傅翔誤打誤撞，居然發覺這種練功法既有趣又有進展，便廢寢忘食地抱著兩冊一卷苦練起來。其實這明教秘笈所載，原來就是十種不同的武功，傅翔這種別開生面的練法，正好碰對了幾個隱藏的道理：第一，十種絕學既無完整體系及先後順序之別，傅翔的練法等於把十套絕學中的精華切成一個一個段落，便於重新組合；第二，要集合各家之長，需有一套內功心法，而能與十種絕學的基本特色相包容，就是明教前教主傳下來的獨門內功，傅翔還在盧村上私塾時方冀就已暗中傳了給他；第三，各家絕學練到更精深之時，其配合的內力極為重要，傅翔可以從那卷運氣圖中尋找答案。綜觀這三個特點，學習明教這一套「雜亂無章」的武學秘笈，最適合自己摸索體會，師父的作用不如一般情形重要。

如今傅翔正好具備了這些條件，他正在以「見獵心喜」的方式，在「雜亂無章」的明教絕學中跳躍前進，有望能重新組合成一門照耀武林的新武學，只是他並不自知。

天色漸漸暗了下來，白天時在白霧茫茫中什麼也看不見，天黑了，同樣的雲霧茫茫之中，傅翔居住的洞口卻現出一點模糊而微弱的火光。

洞內的傅翔正坐在燭火旁的石台上盤膝打坐，白天苦思的三招劍法在傍晚時得到領悟，他大喜之下在洞中演習一遍，最後一招揮出時，不自覺地用一根樹枝在石壁上留下兩分深的凹痕，那威力嚇了他一跳。這時他把那三招劍法的精要化入全身運作的真氣中，一遍又一遍地複習著。

那是當年明教「南天王」儲秉剛威震武林的屠龍劍法，其中「逆天三式」是屠龍劍法著名的九套殺手之一，招式及運氣上許多地方反常規而行，配合所需的內功也極為高深，傅翔以半日將其精要領悟，實屬不可思議。

就在這淒清夏夜的雲霧之中，傅翔忽然從冥修中睜開雙眼，因為他似乎聽到一個微弱的聲音：「救救……我。」

傅翔聽得毛髮聳然，這山洞在神農架的頂崖，從山下走上來，必須經過好幾處極為隱秘的狹道及天然石樑方能到達，他自四年前隨方冀隱居於此，從來沒有外人來過，除了師父和自己，就只有兩隻走熟了的健驢知道如何出入。這時他一人在洞裡，忽然聽到那呼救之聲有如鬼泣，不禁有些心驚膽顫。

那微弱聲音似乎發自洞口外，傅翔雖然膽大，也在猶豫是否要出去察看。就在此時，他又聽到更為微弱的聲音：「救……救我……」若非山中寂靜，聲音幾已弱到無法聽見，顯然發聲之人已到油盡燈枯的地步。

傅翔俠義之心頓起，他拿起那支蠟燭緩緩走向洞口，先將蠟燭立在洞口內側不受風的地方，然後輕輕將洞口裡的厚木板推開，只見洞外白茫茫的大霧瀰漫，洞口似有　人坐地不起。傅翔顫聲問道：「什麼人？」那人不答，似乎已經斷氣。傅翔正要伸手試他呼吸，那人忽然顫抖起來，整個身體抖動有如瘋狂，頭頂上冒著一道白氣。

傅翔內功精湛又熟讀醫書，知道這是走火入魔進入末期的現象，如再無外力施救，此人立時便要七竅流血而亡。這人既不是鬼魂，傅翔便再無憚忌，他吸了一口氣，把胸中一股祥和真陽之氣貫注右臂，伸中指飛快地輕點在那人雙眉中間的「印堂穴」及人中的「水溝穴」上。

那人全身抖動立停，整個人如死去一般倒在地上，傅翔知他走火入魔暫時已被止住，蹲下身來將他抱回洞內。

那人身材甚高，身體卻很輕，傅翔回到洞內，借著燭光一瞧，只見是個年約八旬的削瘦老道士，雙目緊閉，面色蒼白，身體僵硬有如死屍，唯有呼吸未斷，但時長時短，極是微弱紊亂。

傅翔將那垂死老道士抱進山洞內室，用一根筷子撬開老道的牙關，塞進三粒師父煉製的「三霜九珍丸」，用燒酒灌下去，然後運氣在他胸腹任脈上的要穴依序點去，點到「氣海穴」時，那老道輕叫一聲，醒了過來。他氣若游絲地道：「先……先護我……任……任脈……」

傅翔知道這老道開口第一句話便是要護住任脈，必有特別的用意，但現下無暇細想，他把老道放平，運起內力，在他任脈二十四個穴道上各點了一遍。果然點完收指時，老道忽然發出清晰的聲音道：「今夜碰到你這位少年人，是貧道命不該絕了。救命之恩不輕言謝，少年人，你就再助老道一臂之力，度過難關吧。」

他歇了一口氣，繼續道：「貧道身中劇毒，又遭人追殺，我一面強行逆轉全身經絡運行，一面沒命狂奔，那裡不好走就往那裡鑽，竟然鑽到你神農架這秘地。雖然靠一場大霧甩脫了追兵，但終於逼得我走火入魔，若不是你……」傅翔搖手止住他說下去，因為他在燭光下仔細端詳，發現那道人面色不僅蒼白，印堂上還泛出一種金色的暗澤，甚是詭異，便問道：「道長，你中了何毒？中毒了多少時辰？」

那老道道：「下我毒的是一個天竺人，此人武功極其怪異，因為勝不了貧道就在酒中下毒，想來是天竺的毒功。貧道中毒已……少說已二十個時辰了……」傅翔打斷道：「你剛才說你逆行經絡，強行逼住毒藥？」

那道士道：「那毒此刻仍逼在我胸腹之間，再不能支持一個時辰了。少年人，咱只好冒一個險……」傅翔功力深厚，兼通各種不同的內力訣要，又深通醫理，雖不懂這老道如何能把所中之毒逼在體內長達二十個時辰，但隱約已猜到這道士想要冒險做什麼。果然那道士道：「少年人，貧道瞧你功力深厚，想請你發功在貧道『鳩尾』、『巨闕』兩穴上打入，貧道勉強運功鎖住『神闕』以下的穴道，助我將那毒物逼出體外。」

傅翔微微搖首道：「此刻你真氣弱如游絲，我發勁太輕，萬一逼不出毒氣，那毒就會散走全身，再無可救。我若發勁太重，你無任何護體之氣，必受重傷，甚至斃命，這太危險……」

道士聽傅翔如此說，不禁又喜又憂，忙接著道：「不料少年人你內功、醫道兼通，貧道有救了。貧道現下內力雖弱，但我有獨門心法可凝聚真氣做這最後一拚，不過……不過……」他的面色又陰沉下來，細思傅翔的話後，滿臉現出猶豫難決的神情，喃喃道：「這生死決定太難，太難。貧道……貧道……唉，少年人，我看你很有決斷力，由你決定吧！貧道死而無怨。」

傅翔聽得傻了，那有生死之決委由一個素昧平生的人代而為之的道理？但見他雙目中原本透出一線希望的喜悅，這時又完全渙散，變成茫然的絕望。傅翔對於道人對他的信任也有些感動，他知時間不容再拖，於是提起雙掌，緩緩按在老道「鳩尾」和「巨闕」二穴道之上。那道人見傅翔下決心一試，他的猶疑之心頓時消失，立刻提供意見，低聲道：「先用陰柔之勁導入試一下，然後換成純陽之氣……」

傅翔運氣一周，雙掌發出一股陰柔之力，進入那道士任脈之中，那道士猛吸一口氣，面色閃過一道紅暈，傅翔已大略感測出他體內僅存真力的強度。這時道士輕喝一聲：「換氣！」傅翔的明教內功已經到達陰陽互換、隨心所欲的地步，也不見他提氣，掌中送出的已是一股純陽真力。他估量此刻當用七成真力相催，便大喝一聲：「鎖住『神闕』，我掌力來了！」雙掌陽勁一吐，那道士大叫一聲，四肢散開呈大字形，躺在地上一動也不動了。

傅翔吃了一驚，忙叫：「道長，道長……」只見那道士口角及鼻孔中緩緩流出黑血，就在此時，道士雙眼緩緩睜開了一條細縫，嘴唇動了一動，傅翔忙俯耳聆聽，道士似乎在說：「……繼續……施掌力……」

傅翔聞言大喜，連忙雙掌繼續在道士雙穴上將純陽之勁輸入，只見道士嘴角流出大約一碗黑血，血色就轉紅了。傅翔輕呼一聲：「成了！」飛指在道士頸側連點兩下，流血就止住了。道士口喉之間只發出一個清楚的字：「酒……」傅翔立刻餵他喝了一口烈酒，居然沒有嗆著。

傅翔暗叫一聲僥倖，對這位老道的怪異行為感到不可思議，暗忖道：「天下優柔寡斷、猶疑不決者，這老道可以名列前茅了。」

老道士躺了片刻，緩緩地坐了起來，額前印堂上那層暗暗的金色已然不見。他望著傅翔，心中有太多覺得不可思議的疑問，卻一句話也說不出。過了好一會，那老道忽然一本正經地拱手行禮，口宣「無量」道：「貧道俗家名完顏宣明，沒有道號，是個野道士。敢問少年施主高姓大名？」

兩人素昧平生，亂忙了好一陣，居然將道士的性命保住了，到此時才互問姓名，傅翔不禁覺得好笑，也就一本正經地回道：「在下傅翔，山野之人幸會道長。」

那完顏老道緩緩站起身來，稽首到地道：「完顏宣明拜謝傅施主救命之恩。」傅翔想不到這道人原來是個禮數周到的出家人，連忙還禮道：「舉手之勞何足掛齒。」那完顏老道搖頭道：「是我命不該絕，第一，貧道要能撐到洞口才能碰著你，第二，你須內功精湛又通醫理才能及時救了老道。傅施主，你不當一回事，貧道熟諳天道之事，卻知道老天如此安排，必有深意，貧道不過是被送來結個緣……」

傅翔奇道：「道家也講『結緣』？」那完顏道長一旦性命無礙了，立即顯出他的從容不迫，只聽他娓娓道來：「佛說因果，道講陰陽，自有相通之處。況且貧道系出全真教，講究的是道、釋、儒三教合一的真理。」

傅翔哦了一聲，他聽師父說過，全真教自南宋以來便是道家正宗，從創教祖師重陽子王喆在終南山「活死人墓」中得悟上乘武學開始，歷經全真七子的發揚光大，教徒遍布大江南北，全真武功也在武林中佔有一席之地，是少林、武當之外另一支博大精深的武學瑰寶。是以傅翔一聽完顏老道是全真教的，立刻肅然起敬，拱手道：「原來道長是全真教的高人，此次為何中毒，又遭人追殺……」問到這裡，忽然想起師父叮囑不要隨便盤問武林中人的底細，尤其自已救了他的性命，更是不可恃有恩於人就探人私密，便打住了。

那完顏宣明伸手接過傅翔手中的酒壺，又大大喝了一口，這才道：「施主你便不問，貧道也要說的。」

原來名震天下的全真教，在創教掌門王重陽仙遊後，歷經全真七子中的丹陽子馬鈺、長真子譚處端、長生子劉處玄及長春子丘處機繼任掌門，從金、宋而到元朝，因為丘處機曾隨成吉思汗西征，被成吉思汗尊稱為「神仙」，是以全真教在元初興旺無比，其後雖曾衰敗過一陣子，但終能復興，成為全國最大道宗。傳到第十六任掌門苗道一時，元朝氣勢已衰，以蒙古人為尊的統治體逐漸鬆動，人民生活日益困苦，各地民怨漸重，苗道一看出天下不久後又將大亂，如何保住全真教的元氣，將是他下一任掌教的重大責任。因此苗道一做了個重要的決定：他在眾弟子中捨漢人弟子，而選擇了女真人完顏德明為其繼承人，道號重玄子。

完顏德明與其弟完顏宣明兩人都拜在苗道一門下，德明雄才大略，宣明修為精深，這兩個女真人都是他門下最傑出的人才。論聰明才智，弟弟宣明可能更勝一籌，但苗道一看出完顏宣明有一個大弱點，便是遇事猶疑不決，絕難成為有力之亂世領袖，於是便將掌門之位傳給了哥哥完顏德明，弟弟宣明則專注鑽研道學，在全真教的教義上力求創新發展。

那重玄子完顏德明修道、修武皆極為傑出，他雖然早已漢化，但血液中仍保有女真人豪邁不羈的性子；又因他是全真教創教以來第一位非漢人的掌教，便存了廣收各族優秀子弟，將來可以透過諸族弟子把全真教義傳到中土以外的雄心大志。

那完顏宣明年紀輕，也從未想要繼任掌門大位，他在各地雲遊一番後，便隱居山東深山之中，潛心修練，不問教事。

重玄子完顏德明原有一個嫡傳弟子景璣戎，景璣戎有一半女真血統，武功上已頗得真傳。至正二十五年那年，完顏德明又收了一個非漢人的徒弟，是個蒙古人，名叫巴顏鹿喇兒。這個年輕人拜入全真門下之前，曾練了一身少林功夫，因為聽了完顏德明講述三真大道，對全真教義十分欽服，就帶藝投入完顏門下。

三年後，全真教忽然傳出駭人聽聞的大事，擔任掌門達三十三年的完顏德明在元大都白雲觀中突然暴斃，掌門人遭人下毒之說喧騰而起，完顏德明身邊的弟子中，那景璣戎及巴顏鹿喇兒突然失蹤。

緊接著就是全真教各派系的掌門人之爭。完顏德明死得突然，沒有留下任何遺命，全真教自七子去世後，其門徒就有各立分派的情形，其中又以丘處機弟子的龍門派最為盛大，此時距七子時代又過了一百多年，全真門人的派系更為複雜，為爭這掌門之位，先是文鬥，繼而武鬥，最後文武合一展開全面大鬥，十年之內全真教元氣大傷。

這時便有人想到要請完顏掌門之弟——完顏宣明出馬來處理亂局。完顏宣明多年來躲在深山不問世事，前後三批全真弟子趕到山東去求他出馬，他也不為所動。最後全真教中最具實力的龍門派及遇仙派的領袖長跪在嶗山洞口，誓言只要師叔出馬，一言九鼎，各派絕無異議。完顏宣明為了全真教的前途，終於同意出山。

老道人完顏宣明講到這裡，一壺酒已經喝完，他放下酒壺繼續道：「我這出山原以為真能解決紛爭，豈料一到大都，各派首領翻臉比翻書還快。原來長春真人丘處機的龍門派無論從人數、貢獻、人脈上看來皆有勝算，但丹陽子馬鈺弟子的遇仙派忽然和清淨散人弟子的清淨派聯手，要推遇仙派的出來掌門，說是丹陽子和清淨散人未出家前原是夫妻，理應百年合好，聯手爭取掌教。唉，出家人搞到與百年前紅塵之事糾扯不清，也實在不成體統。」

傅翔聽來卻覺得十分有趣，好幾次差點笑出聲來，都忍住了。完顏宣明一本正經地道：「貧道捲進這檔子事裡足足十個月之久毫無進展，師兄遇害那年還是元至正年間，等年號早改成洪武了，全真教的掌門人還沒吵出來。俺恩師實有先見之明，貧道遇事猶疑，遲遲難決，決了又改，凡改又錯。十個月下來，全真教的教務愈搞愈亂，貧道的毛病也愈來愈嚴重，已經到了憂前畏後、事事難決的地步，便只好一走了之，這一次偷偷逃到終南山『活死人墓』中，再也不出來了。」

傅翔道：「道長，您還沒講到怎麼會跑到神農架來？又怎麼中毒的？」那完顏宣明一掌拍在自己的腿上，道：「照呵，我老道這次躲在『活死人墓』中，本來發誓永不出山，但在墓中卻偶然發現長春真人丘處機當年手埋的全真武學精要，貧道潛心苦修近二十年，終於領悟了長春真人當年未能參透的武學奧秘……」

傅翔愈聽愈覺這老道人智慧過人，但思慮似乎有些紊亂，此時聽他說到武學奧秘，不禁大感興趣，忍不住問道：「什麼奧秘？」完顏宣明閉目思考了一會，然後一字一字地道：「後發先至之道！」

傅翔奇道：「後發先至之道？這算什麼奧秘？」完顏宣明點頭道：「天下武術莫不以變化快、出手重、招式奇為制敵訣要，所謂『後發而先至』便是更上一層樓的修為，因為你可以『以靜制動』，敵先動而我先至，永遠佔上風，你說是不是？」

傅翔心想這樣淺顯的道理何需苦修近二十年才參悟，其中必有驚人之處，便答道：「是。」完顏宣明道：「如此說來，武學之道最重要的豈不就是比快麼？那麼天下第一快的劍法豈不就是天下最厲害的劍法了？若說比快，敵快我更快，但快終有極限，比如說，碰上華山派的三十六路快劍，你如何後發而先至？」

完顏宣明的真實年齡不得而知，但看上去至少也在七旬以上，這時他才解除身上劇毒不久，也未見他運功休養，精力已經恢復，那一身內力修為著實驚世駭俗。他談性極濃，愈講愈遠，說得滔滔不絕，傅翔真不知他如何能在「活死人墓」中獨處數十年之久。但他說的武學道理卻愈來愈有意思，傅翔便不打斷他，專心聆聽。

完顏宣明繼續道：「華山三十六路快劍疾如閃電，號稱天下第一快劍確實名不虛傳，貧道曾親眼見識過一次，端的是劍光如幕，招招不離對手要害。那時貧道認為天下沒有任何其他劍法能與它搶攻，更不要說什麼後發先至了，但是如今……嘿嘿，貧道只要一招便能將它破了！」

傅翔不解，忍不住問道：「您……您不和他比快？」完顏宣明點頭道：「比快如何比得過華山快劍？但我若能每一出手，對方必須撤招自救，那我就破了他的劍法。」

傅翔不解，問道：「那還是要比他快……啊，您是說，您必須比他慢！」他忽然有所領悟。

完顏宣明大呼：「好孩子，你有點懂了！十多年前我想通這道理：敵不先動，我如何知道要攻他那裡？所以必須敵先出招，我後出招，但我出招不是要比快，不是要比他先著點，而是攻他所必救。所謂必救，就是他若不救，比拚的結果是我傷他亡，你說他救也不救？但我如何能從他一出招就知他必須撤招的自救點在那裡？這一層花了我近十年時間，才把整套武學要訣琢磨出來。」

傅翔聽得目眩神搖，只聽那完顏宣明續道：「貧道一面以身相試，一面苦思，終於得知天下武術的攻擊動式，一共只有八十一種基本型勢，然後將每一勢的『運動』與『運氣』連起來琢磨，發現可以用九種純陽之氣和九種純陰之氣將之全部納入，而陰陽相配，就正好合出九九八十一種運氣的型勢。我若能在對手一動之時，立刻從『動勢』洞悉他全身配合運功而起的『氣勢』是八十一勢中的那一勢，我便攻他這一勢的氣門所在，對手如不撤式回救，『罩門』受擊必死無疑，但他只要一撤式回救，他的招式就被破了。」

傅翔悟性極強，已經抓住老道士這一番話背後潛藏的武學道理，只聽得從目眩神搖變成神飛意馳，久久不能自已。老道士也不繼續說下去，只是盯著傅翔看，好像看什麼稀奇古怪的事物一般。過了好一會，傅翔似乎回過神了，他囁嚅問道：「原來……原來『罩門』可以無所不在？」完顏宣明哈哈大笑，道：「你這娃兒實在是個明白人。所謂『罩門』不是死的，因為它是動態的，因此可以無所不在。」

傅翔受到鼓勵，接著道：「一般都說某一種武功有什麼罩門，其實乃是因為那一門武功都是用固定的一種運氣來練功，所以久而久之，『罩門』也變得固定了。」完顏老道點頭大笑，道：「說得好，練武練到身上有固定的地方變成『罩門』，也是氣數，那該稱為『死門』了。」

傅翔暗忖道：「這道理完顏道長十多年前就已想通，但要實際把這八十一種氣勢的運作與千變萬化的武功起手招式，一一對應琢磨出來，能夠一出手就令對手必須撤招自救，老道長足足又花了十年時間才完成，這真是前所未聞的武學境界呵。唉呀……」他忽然想到，老道長不厭其煩地把這番武學道理講給自己聽，那裡是因為性子健談之故？他是在傳授自己一套高深武學的道理，做為自己機緣湊巧救了這位道長的報答啊。

想到這裡，傅翔恭恭敬敬地向老道士跪下，磕了三個頭，道：「道長以無上武學相授，傅翔永感恩德。」完顏宣明雙掌輕輕向上一揮，傅翔忽然感到一股至為柔和但宏大無比的力道，不但立刻將自己從地上托起，餘勁直要把自己托離地面，他連忙氣沉丹田，穩住身形，緩緩站定。

完顏宣明暗暗吃驚，他在療傷去毒的過程中，已經感到傅翔的內力高得出人意表，這一試之下，更讓他覺得不可置信，哈哈笑道：「老道埋身『活死人墓』近二十年，重新體悟重陽祖師及長春祖師留下的全真神功，而後悟得『後發先至』之真諦，自覺武學已頗在長春真人以後諸掌門之上，只是天性猶優柔寡斷，難成大事。我瞧你這小娃兒倒是行事有謀有斷，武功也很不差呵。若是咱們一老一小兩人一道行走江湖，豈不大妙？」

傅翔聽這老道又發奇想，連忙拉回原題道：「道長，您為何會遭人下毒，何以跑到此處的原委，還沒有講到呢。」完顏宣明拍了一下自己的後腦，道：「不錯，不錯，我老道年紀大了，近來常犯糊塗，又忘記講到那裡了。」

原來完顏宣明在終南山「活死人墓」中悟道，練成了「後發先至」的武功，他用自己數十年來練熟了的全真武功相試，每發一招，腦海中瞬間精準地抓到此招運氣的型勢，以及此勢顯出的弱點所在，同時就出現了攻此弱點的招式。如此在腦海中一連相試十餘招，已覺汗流浹背，膽戰心驚。倘若對敵時如此，全真武功的進攻威力將遭全面瓦解，從先發攻人變成招招受制於人。

完顏宣明自覺這一套「後發先至」的武學，正是當年長春真人丘處機在「活死人墓」中面壁苦修而未曾參透的武學。此乃因丘處機當年曾隨成吉思汗西征，目睹戰爭中殺人如麻，兩軍對壘血流成河，此番經歷引發了他極大的慈悲心願，回到中土後，他甚至覺得以攻伐為主的全真武功雖然威震武林，但與全真修道的宗旨頗有相悖之處，於是重入「活死人墓」，發願要自創一套以守勢為主、以守代攻的武學，來與全真原有的攻勢武學相輔相濟，使全真武學更上層樓。但不久後，他因教務不得已再出終南山，終其一生，此心願並未達成。

然而就在完顏宣明大功告成之時，忽然有人潛入「活死人墓」。終南山的活死人墓隧道口有巨石封住，如非武功極高之人，休想進入墓內。完顏宣明在墓中修行近二十年，只有自己出去採辦補給，這還是第一次有外人進入。

那人一入古墓，就潛入重陽祖師當年練功之處，在那石室內到處翻尋，尤其是神龕石桌下的幾箱藏書更被翻得凌亂不堪，滿地丟的都是道經、佛經及儒家諸經，更有不少重陽真人自撰的全真教義手抄本，但來人不屑一顧，顯然尋的乃是全真的武功秘笈。

但這些武功秘笈全都在完顏道長練功之處，那人在王重陽當年的居處尋不到所要之物，便摸索著來到完顏宣明的練功秘室。完顏道長見有人進墓並不驚慌，盤膝坐在蒲墊上，淡淡地道：「不請自來、登堂入室而翻箱倒匣者，謂之賊。」

只見來人身材瘦小，皮膚黝黑，深目勾鼻，是個中土外來的中年漢子，整個人看上去有點像隻瘦皮猴子。他見到完顏道長也不驚慌，冷冷地道：「荒山野洞，路過者人人想進入便進入，說誰是賊？」漢語倒是極為流利。

完顏宣明笑道：「哈，算你有一分道理，汝來何為？」那黑漢子道：「敝人姓辛名拉吉，來自天竺，酷愛習武，發願要一窺天下所有上乘武學之堂奧，特來終南山想得重陽真人的武學秘笈一讀，以了心願。」

完顏宣明聽得一愣，心想：「天下還有這種道理？自己發願要做的事，干別人何事？他竟覺得別人的東西就該歸他所有，難道這是天竺的道理？」他也不生氣，還是笑嘻嘻地道：「貧道完顏宣明，乃是全真教第十七代弟子，辛施主來得好，剛好貧道也有個心願，想要一窺中土以外的各種上乘武學。天竺武學想必高明之極，只不知要找天竺何人，問他要一些秘笈來瞧瞧？」

豈料那辛拉吉不但不惱怒，竟然大喜道：「好極，好極，敝人正好帶了天竺毗濕奴古寺的神功秘笈來，咱們正好交換。只不過我的秘笈沒有帶在身上，道長可隨我去取……我瞧你這裡就有一本，讓我先瞧瞧。」說著便伸出右手，要將石几上的一本全真劍法拿去。

完顏道長作夢也想不到竟有如此無禮之人，他伸手一揮，擋住辛拉吉，猛覺辛拉吉右掌中釋出一股極為詭異的力道，對準自己肘下而來。完顏宣明暗道：「來得好，正好讓我試招。」

那辛拉吉正要吐勁，忽然左邊腰上感到有力道襲到，一瞬間他清楚知道這股力道如果落實，他全身真氣將被迫逆轉，當場便得癱瘓在地，他別無選擇，只好猛然撤招，連退兩步。

辛拉吉心中大驚，為何會在兩人雙掌即將交手之際，自己腰上卻忽然受到彷彿致命般的攻勢，一時弄不清楚是怎麼回事，但是他面上已換了一副和藹笑臉，若無其事地對完顏道：「好，好，還是等我去拿天竺秘笈，再跟道長一手換一手吧。」

完顏宣明方才牛刀小試雖然奏效，但他對辛拉吉右掌欲發而未發的內力甚感震驚，那股掌力雖然沒有發出，但他隱隱感到其力道詭異無比，有如身臨極為銳利的尖鋒，鋒未至而寒氣先到，而那種感覺來自肉掌，實在匪夷所思，因而心中也興起強烈的興趣，想瞭解一下這天竺的武功有些什麼古怪。

他當下也若無其事地道：「咱們交換秘笈瞧一瞧也不妨，但看完就要物歸原主。施主若答應，貧道便隨你去。」那辛拉吉笑咪咪地道：「君子一言，駟馬難追。」完顏宣明心想：「這天竺人倒會得套用一些成語。我便下山看看天竺神功，然後到北平長春宮去祭拜丘祖師，弟子我終於完成了他老人家百年前的心願。」

傅翔聽得入神，猛見石室外透進一縷光線，原來天已微亮。他去側旁石穴中取出一隻酒罈，掂一掂還剩半罈，又端出一盤臘味和滷蛋出來，笑問完顏道長：「方才看道長不忌酒，卻不知忌不忌葷？」完顏道長嘆道：「當年貧道都忌，這二十年來，有啥吃啥，什麼都不忌了。」

完顏道長吃了一塊風雞，喝了一口老酒，繼續道：「那辛拉吉說，他將天竺秘笈藏放在武當山南邊房縣的一座小寺廟中。咱們沿漢水到了丹江口，南下在房縣找到藏在小廟中的秘笈，打開一看，全是梵文，貧道才知上了惡當，便對辛拉吉說，若是雙方秘笈交換後各自帶走，貧道還可以找個懂梵文的譯成漢文而讀之，現在只是交換瞧一下，貧道對梵文一字不識，怎能與你交換？那辛拉吉說，雙方交換瞧瞧就歸還對方原是貧道提的條件，現在怎能反悔？貧道自知理屈，只好拿一本全真劍法與他換了一本《大瑜伽法》。那辛拉吉見我老道一字不識，便笑咪咪地告訴我，《大瑜伽法》是天竺武學中的無上心法，借我看看乃是祖上有德有緣云云，那猴兒般的笑臉可惡極了。

「辛拉吉捧著那本全真劍法仔細讀起來，只見他不時點頭，不時狂喜，不時喃喃自語『好厲害，好厲害』，我老道只好拿著那本梵文秘笈隨手亂翻。忽然我老道翻到一頁圖畫，畫的是一個裸身天竺僧人在打坐，畫中人的身體細畫了密密麻麻的小箭頭，旁邊註了許多小字，老道心知這是一張運氣練功圖，便想從那些密密麻麻的小箭頭裡看出一些頭緒來。這時……」

完顏宣明停了下來，端起石桌上的酒碗，卻不立刻喝，只雙目凝視著前方，似乎下面要說的話令他不安。傅翔也不打擾他，過了一會，他緩緩道：「這時，那辛拉吉打開背囊中的葫蘆，又從布袋裡拿出一個陶缽，倒了一碗酒遞到我手中……就像這樣……他先就著葫蘆大喝一口，叫聲好酒，我老道正全神投注在那張天竺練氣圖，又聞到一股帶有薄荷味的酒香，接過來就這麼喝下去了……」他一面說，一面把手中傅翔給他的一碗酒一仰而盡。

傅翔問：「那酒中有毒？」完顏道長重重點了點頭，接著道：「當時也不覺得，只覺那天竺酒很是好喝，過了一個時辰後，貧道已知中了劇毒，於是一面運功將毒逼在腹胸之間，一面緩緩倒臥在地上。辛拉吉那廝見狀，就過來解我背囊，想把全真秘笈一股腦兒拿走，那知我老道忽然一躍而起，左手搶回那本全真劍法，右手抓緊那本天竺秘笈，施展十成輕功，拔腿就跑……」

傅翔聽得不禁跳起來拍手叫好，那完顏道長卻面露羞愧之色，囁嚅道：「天竺那廝大概作夢也想不到，來到中土竟碰到比他更無賴的人，而且還是個出家人，不但全真秘笈一冊也沒到手，反而被我老道拿走一冊天竺秘笈，真是賠了那個……賠了那個……」傅翔接口道：「賠了夫人又折兵。」

完顏道長好像又陷入天人交戰，反覆思考自己的作為是對還是不對。他盯著傅翔不語，傅翔提醒他：「您還沒有講怎麼上神農架來？」

完顏宣明如夢初醒，拍了一下石桌道：「後面的事沒有什麼好講的了，我老道一路逃，一路躲進農舍民宅中藏身，那辛拉吉長相活像隻天竺猴，鄉下人沒有人敢理會他。就這樣追追躲躲上了神農架，一則這裡地勢易躲難追，二則此地盛產草藥，便想採幾種草藥解毒。那曉得一入神農架，起了好大一場霧，辛拉吉不知追到那裡去了，但我兩整天強行逼住那天竺之毒，終於走火入魔，幸好……」

傅翔聽他講完，緊繃的心才得輕鬆，他對完顏道長道：「道長如果還需草藥，咱這裡多著哩。」完顏道長道：「主要之毒已經被咱倆合力逼出體外了，你如有草藥，倒是可以揀幾種來調理一下。」接著就說了幾種藥名。傅翔走進側邊石室中，只片刻就一樣不缺地揀選就緒。完顏不禁驚問道：「小施主，你是個大夫？」傅翔笑著搖頭。完顏又問：「你師父是個大夫？」傅翔道：「家師方冀精通醫藥，晚輩略知皮毛。」

他以為「方冀」兩字一出口，完顏老道必然大吃一驚，那知完顏宣明竟似對「方冀」這個名字沒什麼印象，只淡淡哦了一聲，沒有接腔。傅翔見那幾種藥草並無任何用於解毒的，幾乎全是調氣養神之物，便知完顏道長所中之毒確已解盡，心中放下一塊石頭。

就在他煎好湯藥端到石床邊時，正在打坐運功的完顏道長忽然道：「傅翔，你可知那辛拉吉為何要偷我全真武功秘笈？」傅翔一怔，隨口答道：「想是全真武功威名遠傳到天竺……」完顏宣明搖首道：「不止這些，後面有一個極大的陰謀。」

傅翔驚問道：「陰謀？什麼陰謀？」

完顏道長道：「我老道和那辛拉吉從終南山下來，沿著漢水走到旬陽縣，在那白石河邊上一家酒店中打尖，辛某喝得多了，便指著貧道說，中土所有的武學全是偷自天竺，卻忘恩負義不尊天竺為祖師爺，也不聽天竺武林的指揮。我老道就不服氣了，質問他憑什麼說中土的武功是偷自天竺？那辛拉吉說，中土武術首推少林，少林武術全是從天竺神僧達摩那裡偷學而來，其次是武當，張三丰又是從少林武學中偷去一些精華而創武當武學，其他如雲南點蒼派的武功來自緬甸的天竺僧人，崑崙派的武功來自西域的天竺武僧，沒有天竺的武學，那有中土這些門派？貧道雖覺這廝說得無禮，但也不能說完全不對，就沒有立時反駁他。那辛拉吉愈說愈得意，終於露出了蛛絲馬跡……」

傅翔道：「那陰謀的蛛絲馬跡？」完顏道長道：「不錯，那辛拉吉得意忘形，說他的師父認為中土武學只有全真教的功夫算是王重陽從《道德經》中悟道自創的，其他各大門派都是源自天竺，然後加上一些小創意小變化，便自立名門大派，實在可笑。這次他隨師父來中土，總有一天要把這些武功全都收回天竺，管教中土武林乖乖聽命於天竺。」

傅翔道：「這辛拉吉狂妄得緊。我聽方師父說，達摩祖師雖然來自天竺，但他一心在中土弘揚佛法，他的武學也都是在少林寺面壁九年悟道所創，怎能說少林武學是偷自天竺？再說，中土武林千百種武功，憑他師徒又怎能全都收回天竺？」

完顏道長嘆道：「那天晚上辛某和貧道都喝得幾乎不省人事，第二日便離開陝西進入湖北，貧道並未細想辛拉吉酒後之言的嚴重性，只當他喝醉了胡說妄言。到後來他對我老道下毒，謀奪全真秘笈，我才漸漸想明白了……」

完顏道長說到這裡，聲音低了下來，面色也變得嚴肅。微弱的天光透進石室，斜照在老道臉上，傅翔這才看清楚這道人臉上皺紋又多又深，使得他整張臉有一種衰敗愁苦的表情，但是雙目卻炯炯有神，看上去又有智慧與活力的光采；而其人個性又極為多疑難決，究竟有多大歲數也看不實在，真是個怪人。

只聽完顏道長說：「我老道終於明白了，天竺人在蒐集天下各大門派的武功秘笈，以他天竺武學原是中土武學源頭的優勢，可盡得中土武林絕學之訣要，其最終目的，就是辛拉吉那廝醉後吐出的真言：要中土武林尊天竺為祖師爺，聽命於天竺。」

傅翔年紀雖小，問題卻總是問到要害，他問道：「道長說得有理，但那『天竺』是什麼人？」完顏道長卻搖頭道：「貧道不知。」接著又道：「如有這樣大的陰謀，『天竺』應該不是一兩個人，而是一股龐大的勢力。但勢力再大總須有個頭兒，咱們如跟著那辛拉吉，說不定就能跟出一點端倪……」

說到這裡，老道忽然開心地笑起來，臉上皺紋擠在一堆，更顯得滑稽。傅翔雖然老成，畢竟還是個少年，忍不住問道：「道長何事笑成這樣？」完顏宣明哈哈笑道：「方才忽然想到，俺老道劇毒已解，現在該輪到俺來追他那個天竺潑皮了，不禁覺得高興得緊。」

傅翔道：「您真要去追他？」完顏宣明道：「當然是和小施主你一道去追啊。」

傅翔暗忖：「這道長的思路好像有點脫節，也沒問我一聲，怎麼就把我也算進去了。」他口中道：「晚輩的師父離山去京城時，命我在此等他回來，如過了兩個月仍不見回，才下山去尋他老人家。」完顏道長道：「如今過了幾天？」傅翔道：「才十幾天，我須留在這裡等師父。」完顏道長呵了一聲，道：「所以你是不去了？」傅翔道：「不去了。」

完顏道長想了一想，忽然又道：「小施主，你是個明白人，你猜那天竺人試圖偷我全真秘笈未得手之後，下一步是去那裡？」傅翔搖了搖頭表示不知。那完顏道長又想了一陣，忽然他和傅翔同時叫出三個字：「武當山！」

完顏道長接著道：「不錯！定是去武當山。試想從終南山全真教發祥之地沿漢水而下，武當近在咫尺，天竺人要盡蒐中土武學秘笈，怎會放過武當？咱們這就去武當追那辛某……唉，不過你不能離山，老道……老道就一個人去追他吧。」

傅翔見這武功奇高的老道人，竟然對自己甚是依賴，不禁覺得奇怪。他卻不知這完顏道長生性最多疑慮，自從靠著傅翔的「決斷」，將自己從走火入魔的絕境救回，又將自己身中的劇毒一舉去除，他心中已將傅翔視為商量疑慮的靠山，傅翔要留在山上等師父，確使他老人家失望透頂。

只見完顏道長嘆了一口氣，道：「小施主，你十六、七歲了吧？這山上除了雲霧還是雲霧，你守在這洞裡難道不心煩？難道不想下山去走走？咱們一路下去，興許就碰著你方師父了。」傅翔聽他開始用山下世界來誘惑自己，不禁面露笑容，暗忖：「你還說『守在洞裡難道不心煩』，真不知你老人家如何能在『活死人墓』中守了十幾二十年？說這話豈不可笑之極？」

然而他再一深思，面上笑容便全斂了，因為他想到：「定是道長以超人的智慧及無比的自律毅力，才能讓一個絕頂聰明而多疑善慮的人閉洞苦修二十年，終於創出了超越前人的高深武學，可敬可佩呵。」

此刻他還無暇聯想到，當年全真教第十六任掌教苗道一將掌門人之位傳給了哥哥完顏德明，而命弟弟完顏宣明去潛修全真教義，期能在教義方面創新求進，卻不料數十年後完顏宣明創新求進的成就卻不是全真教義，而是全真武學，天意難測，誰也無法預料。

完顏道長見傅翔不答，臉上表情陰晴不定，便待再加幾句遊說之辭，卻不料傅翔忽然道：「好，晚輩就隨道長去。」

完顏宣明嚇了一跳，當他從傅翔臉上的表情確定這是真的，不禁心中大喜，拍手道：「如此大妙！咱們倆就去武當山，正好趕上將天竺人的陰謀揭穿。」但他只高興了一刻，立即又開始為傅翔的處境耽憂，他想了一會，忍不住問傅翔：「小施主，你下山去有違師命，總要有個說法？」

傅翔做此決定之前，已經想好將下山的時間、路線及原因，都用明教的傳訊秘密符號寫在洞中及所經各處，如果師父此時已在回程中，必然不會錯過；如果師父仍在京城未歸，自己隨完顏道長去武當山，事完後仍可回山等候師父，是以心中甚為篤定。

他見完顏道長先是極力希望自己隨他下山，待已決定下山了，他老人家又開始擔心有違師命，如此折騰真不知有無了時，於是搖了搖頭，反問完顏道長：「一直沒敢請教，道長今年高壽多少了？」完顏道長聽他忽然問起年齡來，不禁一怔，但還是回答道：「老道今年不是八十四，就是八十三。」傅翔奇道：「究竟是八十四還是八十三？」完顏道長道：「貧道的娘說俺比俺老哥小九歲，俺老哥硬說俺小了十歲，信俺娘的說法，老道士今年八十四歲。」

傅翔連稱道爺，少年心性忍不住問道：「道爺，您每件事都有這麼多的疑慮難決，會不會很……很累？」完顏宣明微笑道：「不累呵。每遇大事，貧道就分身為正反兩面，接著便開始前後正反相疑，左右反覆相商，必將這事的各種可能情形都想過幾遍，所有的辦法也都瞭然於胸，這過程極是有趣……」

傅翔望著他炯炯有神的老眼，暗忖道：「不但有趣，說不定還延年益壽呢。」

∞

傅翔用明教秘記留下暗語，將兩匹毛驢野放了，帶了所有必要的東西，揹了行囊，就和完顏宣明一道離開神農架頂崖。山區仍然雲霧密布不辨西東，傅翔是走熟了的，便在前帶路。兩人在濃霧中走了幾個時辰，轉過一個山彎，突然雲霧全散，山林歷歷在目。

於是兩人展開輕身功夫迅速趕路，三個時辰不到就趕到房縣，二百里路趕下來，這一老一小相差六、七十歲，居然都無疲累之態。一路上完顏老道加快速度奔了幾里平路，身邊的傅翔始終不徐不疾地跟著，呼吸均勻，身形流暢，老道士不禁對這少年愈來愈感驚奇。

他原本對傅翔的師門來歷始終不聞不問，到這時終於按捺不住心中的疑惑，開口問道：「小施主，你這身功力為何如此奇怪？」傅翔道：「有何奇怪？」完顏宣明道：「你的輕身功夫似乎集合了好幾種不同的運氣方式，隨時改變並無定則，顯現出來卻又渾然一體，沒有任何滯頓扞格之處，就像原本是一整套般，你是如何辦到的？」

傅翔自己並無特別感覺，經這老道一提醒，發覺自己果然在不知不覺間已能做到將明教十種絕學中不同的身法和不同的內力融為一體，一步跨出，隨機而動，也隨機換氣，各種不同的輕功相連接，竟然渾然天成，只是他不自覺。奇怪的是，完顏道長和自己並肩而行，兩人始終有一肩之距，並未有任何身體接觸，他如何竟察覺到了？

猛然省悟完顏道長用十多年時間練就「後發先至」的絕學，其中的訣要正是隔空便能從對方的動勢中窺其運氣情形，想到這裡便覺釋然，繼而敬佩之心大起，忍不住叫出聲來：「好厲害的後發先至！」

完顏道長聽傅翔此言，便知這少年已經懂得其中的妙處，不禁會心莞然，暗自讚歎。

兩人來到房縣時已是傍晚，完顏道長道：「那天俺逆轉內力硬逼住毒藥，奔得血氣翻騰，曾在縣城外農家躲藏。那農婦心好，煮了一碗麵給貧道充飢，貧道匆匆離去時將身上所有的銀錢都給了那農家……現下又有些餓了……」傅翔道：「道爺您寬心，銀子晚輩這裡有的是，咱們去找個小店打個尖。」

找到一家乾淨的小店，要了兩碗麵，一籠菜包。那麵又辣又熱，麵條擀得勁頭恰好，兩人正吃得痛快，只見店外走進來一個相貌英俊的青衣秀士，頭上戴頂皂色逍遙巾，穿一身青色長衫，看上去非道非俗，瞧不出是什麼身分，但見其氣宇軒昂，行走自有風度。

傅翔和完顏道長互望一眼，繼續低頭吃麵，兩人交換的眼神似乎告訴對方：「這人武功不凡。」那人找了斜角一張空桌坐下，向店家要一碗素麵，三個饅頭。完顏道長用筷子在桌面上輕輕寫了兩個字：「武當。」此人難道是個道士？

那人似乎心事重重，對完顏道長和傅翔並未留意，只牢牢盯著前方的橫樑看。傅翔忍不住也抬眼望去，只見橫樑上貼著一張招財進寶的紅紙，顏色已褪，怕是去年過年時貼上去的，便也不以為意，低頭繼續吃麵。待他吃完一碗辣子麵，發現那青衣秀士仍然盯住橫樑，忍不住借端碗喝麵湯的機會再仔細看那橫樑，這回他瞧見了，在那招財進寶的貼紙旁，有人用極細的黑線畫了一排符號。傅翔極目仔細辨認，完全不知所云。

這時坐在側面的完顏道長忽然用筷子又寫了兩個字，這回是「梵文」。想來老道長必是勤翻那本搶來的天竺秘笈，雖不識得梵文，卻也認得出梵文的模樣。

傅翔暗自哦了一聲，忖道：「用梵文傳暗語，便如咱們明教的秘記暗語一般，只是此地那會有人識得梵文？這人目不轉睛地盯著看，莫非他懂得梵文？」

傅翔不動聲色，暗中盤算：「咱們只要跟著這武當門人，不難查出這裡面的蹊蹺。」他一面吃著熱騰騰的包子，一面靜靜等待那人吃完。坐在一旁的完顏道長也不出聲，默默吃著包子，似乎也是打的相同主意。

傅翔的思緒忽然飛離了現實，他望著身旁的老道長，視線漸漸模糊，眼前景象變成了幾年前的一老一小。從盧村到泉州、泉州到福州，從閩江到長江、長江到漢水，一路上多少次老小相偕在小店中吃麵，只是老道長換成了方師父，自己變回了十二歲的小孩，小店的場景倒是不用換了。

傅翔是個極為堅強理智的孩子，但他心中蘊藏著充沛的熱情，祖父的那股熱血依然在他身上流著，只是被他的少年老成所掩飾了。這時他忽然想到了芫兒，他在心中暗暗呼喊：「芫兒，芫兒，妳好不好？見著方師父了嗎？」

坐在角落那人終於吃完付賬，走出小店，也打斷了傅翔的遐想。完顏道長低聲道：「這人年紀輕輕卻是個武當高手，他盯著那排梵文看，多半有什麼原因。咱們原是要儘快趕到武當山，此刻咱們要不要跟他一程呢？」

一個八十多歲的全真絕頂高手，行事竟要問一個十六歲的少年來決定，實在是天下怪事。傅翔知道老道爺心中已為此事反覆思考過幾遍了，若要由道長做決定，只怕他正反意見各有一籮筐，便索性不客氣地做了決定道：「依晚輩看，這武當高手未著道袍，也有可能是從外地趕回武當山去的，咱們跟他一程，未必就耽擱了時間。」

八十多歲的老道居然對比他小六、七十歲的少年說：「小施主，你說了算。」

傅翔起身付賬，要了兩張紙，包了幾個包子放在懷中，眼前忽然又飄過芫兒可愛的模樣，那一天她從袋中掏出的饅頭……他甩了甩頭，低聲道：「咱們跟上去吧。」

兩人走出小店，遠遠瞧見那青衣秀士正沿著左邊的小路疾行，再過去便要進入山區。兩人緩緩跟在後面，天色漸暗，行人漸稀，兩人不敢跟得太近。

那青衣秀士忽然在一家茶館前停下身來，向門口一個夥計問話，完顏道長及傅翔便夾在兩三個行人中間繼續前行，經過那茶館時，只見那夥計伸手指向小路前方，那青衣秀士拱拱手，抬頭看了看天色，便跨步進入茶館。

傅翔想停步看個究竟，完顏道長卻拉著他的衣袖繼續向前走，一面低聲道：「那武當道士問那夥計一個什麼廟的方向，夥計說沿這條路往前走。那武當道士看天色尚早，便進茶館去消磨一些時間。」

傅翔大吃一驚，低聲問道：「道爺，您全聽到了？」完顏道長微笑道：「只隱隱聽到他說什麼廟宇……傅翔，你放心，俺猜的八九不離十。」傅翔暗忖道：「方才經過那茶館時，確似聽到一個什麼廟字，道長居然立時把整個情節猜出，宛如親見親聞一般，這道長確實聰明過人。」完顏又道：「還有這青袍人是個道士無疑，方才他拱手時露了馬腳。」傅翔奇道：「我瞧就是拱手道謝，又露什麼馬腳？」完顏笑道：「他拱手時用了道士們習慣的起手動作，哈，雖然細微，可逃不過俺這道士祖宗的法眼。」

他說著就走到路邊一個棺材鋪前，問一個正在刨木的木匠：「老鄉欸，沿這條路前面有個啥子廟啊？」那木匠瞧了他一眼，道：「道長你是問道觀不？」完顏道：「不，是問廟。」那木匠哦了一聲，道：「前面二里半有個關帝廟，你要是找道觀，就要回頭走嘍。」看來他仍然不解一個道士為何不找道觀卻要找廟。

傅翔見識了完顏道長這番觀察及聯想的能耐，正要表示欽佩之意，完顏道長忽然雙掌一攤，問道：「小施主，你說咱們下一步怎麼做？」傅翔聽得傻住了。

他飛快地把老道爺猜出的情況想了一遍，低聲道：「看來這武當道士要在關帝廟約見什麼人，現下時辰尚早，便在茶館消磨時間……晚輩先去那個關帝廟躲起來，您老就在這附近消磨一下，就近盯住這武當道士，咱們分頭進行，萬無一失。」完顏道長忽然興奮起來，緊握拳頭道：「不錯，分頭進行。傅翔你快走，要……要小心。」

傅翔從「要小心」三個字感受到老道對自己不僅是關心，甚至有些依賴了。完顏道長目送傅翔快步離去，便對那木匠道：「老鄉欸，我老道今年八十好幾了，徒弟們說也該做口棺材了。我看你刨得一手好木工，你且端個凳子讓老道坐著，好好瞧瞧你的功夫，來日叫徒兒也來訂做一口。」

那木匠指指屋裡角落一個高木凳，道：「道長你只管看，今晚我要趕工，怕要打燈籠幹活呢。」完顏道長自走進店舖，端個凳子放在門口邊，坐著看那木匠做工，滿地都是刨木花，聞得一鼻子木香味。

8

月亮漸漸升起，這座有些殘破的關帝廟座落在一大片林子後，廟雖不大，但也有一兩百年歷史了。或許由於香火不盛，僧侶不多，廟門早已關了。戌時才到，晚課也已結束，整座寺廟在黑暗中蹲著，只有幾點燈火。

傅翔自幼隨著師父夜行晝息，躲避錦衣緹騎，對於利用地形地物潛藏身形之道十分在行。他在廟周走了一圈，便選擇林子裡較深處一棵最高的古槐，在樹上找到一個棲身之處，四面濃密枝葉遮蔽，他在黑夜中居高臨下，可望見廟宇前後所有的動靜。

就在他藏身樹上不久後，便瞧見一條人影從廟右側躍起，輕輕落在廟前，來人飛快地在廟的四周察看一遍，最後潛身進入這片林子。傅翔藏身之處難從下方發現，只要屏住呼吸即可。那人在林子四處察看過後，又走出林子，便在廟門左邊的一棵老銀杏樹上藏好身子。

傅翔見那人身著一襲黃色寬袍，月光下依稀可辨出是個僧人，但面孔黝黑，看不出五官長相，只知其輕身功夫極高。傅翔暗忖道：「此人不會是個天竺僧人吧？他要找這個武當道士有何圖謀？」心中雖有許多疑問，但在那武當道士現身之前，只有耐性地等待。

堪堪到了亥時，廟前那條石子路上出現了一條人影。那人來得好快，傅翔居高臨下，從發現他身影不過彈指之間，人已到了廟前。傅翔從他的身材上辨認，正是小店中見過的青衣秀士，也就是完顏道長認定的武當高手。

那青衣秀士在廟前停了下來，他環目四顧不見有人，便掏出一個竹哨，放在嘴中輕輕一吹，發出一種類似鶴唳之聲，在黑夜中悠揚傳出。緊接著這「鶴唳」之聲，一條人影從廟門左邊的銀杏樹上落下，一瞬之間，那黃衣僧人已站在青衣秀士身旁。

傅翔覺得有些不對，因為他極目遠望也看不到完顏道長的蹤影。這時廟前傳來人聲，只聽得那黃衣僧人對那青衣秀士嘰哩咕嚕講了一串話，音調不類中土語言。傅翔想到完顏道長在小店桌上用筷子寫下的「梵文」兩字，暗道：「不錯，這人是個天竺和尚。」

那青衣秀士頻頻點頭，顯然聽得懂梵語，但回答時都極為簡短。那黃衣僧愈說愈快，似乎有些激動起來，那青衣秀士結結巴巴回應了幾句，終於冒出一句漢語：「師兄，你講得太快，咱們還是講漢語吧。」傅翔聽了也在暗中叫好：「是呀，拜託你還是講漢語吧。」

那黃衣天竺僧滿臉不高興，但終於用漢語道：「幾年不見，楊師弟你竟把天竺語忘得差不多了，你師父可要大大的生氣。我不久前在嵩山見到你老弟，他的天竺語可比你強多啦。」那青衣秀士顯然不服，抗聲道：「大師兄，你這樣說完全不公平。我十二歲便離開天竺，師父要我到武當山做道士，那有機會讀梵文、講梵語，那像我老弟，他去了嵩山，許多佛經是梵文所書，不少高僧精通梵語，當然不同了。」

那大師兄哼了一聲，道：「你師父親自來中土了。」

那青衣道士「楊師弟」肅然道：「弟子已知。他老人家安好？」大師兄道：「你師父這次出來之前，以無比毅力苦修五年，終將舍利弗傳給天竺飛天古寺的三本心經參悟透了，滿心歡喜來到中土。地尊他老人家初試絕學便建奇功，一舉在湘西擒住了少林寺的無痕大師，現正趕往襄陽。你辛師兄從終南山下來，還有我二弟也即將趕來，他們和我約好到丹江口見面……」

那青衣秀士道：「終南山？全真教？」大師兄道：「不錯，只怕這時全真秘笈已經得手了。咱們這就一齊去武當山，楊師弟，你要準備好全盤奪經計畫，絲毫不能出差錯。」

那楊師弟道：「咱們稱呼要改一改，小弟在武當便是坤玄子，大師兄你是天竺絕垢僧。你們原來計畫是在丹江口會合後便上武當，由小弟我來做內應，現下這計畫得改變了。」

那大師兄絕垢僧怒道：「為何要改？咱們一切都準備好了，為何要改？」楊師弟坤玄子低聲道：「武當掌門師兄命小弟隨他去襄陽。」

那天竺絕垢僧驚道：「天虛道長要去襄陽做甚？」

坤玄子嘆了一口氣，道：「地尊師父在湘西擒住無痕大師的事，被武當弟子在沅江發現，立即飛鴿傳書送訊，一站接一站很快就傳到武當山。掌門師兄和幾個師兄弟一商量，判斷他們必經襄陽，便要率領武當五俠中的三位到襄陽去搶救無痕大師，留下我二師兄和五師弟守山。掌門師兄一行人可能已先出發，我雖以各種理由希望留守，但掌門之命不得不從，是以……是以你們上武當的計畫非得修改一下了。」

那天竺絕垢僧想了一想，道：「如此一來，你這內應雖不在山上，但因五俠走了三位，武當山上守備一定薄弱，也未必不是好事。總之，咱們先到丹江口，和你辛師兄、我二弟會合了再說。」

樹上的傅翔聽得心驚膽戰，一連串足令武林天翻地覆的事情正在發生，而自己竟然掌握了其中的關鍵消息。他急於要和完顏道長商量，卻不知道長為何至今不見現身，正急間，忽然身後枝葉略動，完顏道長的聲音就在耳邊：「千萬不要動，等這兩人走了再說。」

那完顏道長不知何時早已躲在這林中，只是自己從一開始就凝神注意前方，竟然沒察覺他老人家何時到了身後，不禁又驚又駭，直覺這老道行蹤有如鬼魅，幸好他是同一陣營的。

廟前那兩人一道疾行離去，傅翔低聲問道：「道爺，您好厲害的輕功，什麼時候到了晚輩的後面？」完顏道長笑道：「就你找得好藏身處，我老道也會找呀。只是你顧著前面，卻不知我老道早就離開了小路，繞到林子後面，瞧你還在呆呆盯著前方看，便忍不住出來嚇你一跳。」

傅翔見這八十多歲的老道長居然童心未泯，也覺好笑，忙回道：「咱們聽了那麼多，總要有個想法。」完顏道長道：「傅翔，你瞭解了些什麼，說來聽聽？」傅翔把方才所聞所見在腦海中整理了一遍，然後道：「第一，這坤玄子是天竺人埋伏在武當的臥底，已經有十多年之久，不但學得武當絕學，還成為武當五俠中的老三或老四。」完顏道長點頭道：「還有呢？」

傅翔道：「第二，這坤玄子道長有一位兄弟埋伏在少林寺，少林寺上下至今仍不知情。第三，這坤玄子與那辛拉吉有一共同的天竺師父，叫什麼『地尊』的，此人武功不得了，在湘西生擒了少林寺的無痕大師。」完顏道長點頭道：「說得好。那麼這個黃袍天竺僧又是什麼人？」傅翔道：「這『大師兄』絕垢僧似乎與坤玄子在天竺屬不同師父呢，這事有些怪……」

完顏道長搖頭道：「一點也不怪，那『地尊』可能有一個師兄，絕垢僧是那師兄的首徒，是以便是大家的大師兄了。」傅翔哦了一聲，接下去道：「這批天竺高手傾巢而出，便應了道爺您所說的大陰謀。」完顏道：「不錯，他們的動作全是瞄準了中土各大門派的武學秘笈。」

傅翔因緣際會，竟然掌握了這許多重要消息，下一步該怎麼辦，才能對大局有最大助益，這問題對十六歲的少年來說，畢竟是太過複雜了。

這時完顏道長嘆了一口氣，道：「這裡面最可怕的，乃是天竺人竟然在十幾年前，就在中土各大武林門派中埋伏了臥底的內線。如果都像武當派方才見過的坤玄子一樣，臥底的個個資質優異，很可能目前都已是各門派中的翹楚；可怕的是，除了武當這一位被咱們一老一小瞎貓碰到死耗子給發現了，其他各門派的掌門人還蒙在鼓裡……」

傅翔聽老道長這麼說，更是替武當耽憂。完顏道長續道：「目前這情形很複雜，那『大師兄』絕垢僧和他什麼二弟，以及辛拉吉，將在丹江口會合後偷襲武當山；有個什麼『地尊』的將押著少林無痕大師到襄陽，去幹啥不知道，但一定和盜取少林秘笈有關。咱們……咱們下一步該怎麼走？」

傅翔也不能做決定，他只試著把問題簡化：「其實問題就是，咱們趕去武當山呢，還是趕去襄陽？道爺您拿個主意吧。」完顏道長又嘆一口氣，道：「俺要知道何必問你？」傅翔知道道爺是不會做決定的了，於是認真地想了一遍，終於說：「咱們原先離開神農架，便是因為武當有難，現下武當之難可能有增無減，咱們豈能因少林的事便見異思遷？」

完顏老道每次只要有人替他決定了第一步，後面他老人家馬上便思慮流利起來，接著道：「咱們如能儘快解了武當之難，便順漢水而下，一日之內就可趕到襄陽，說不準還能會會那什麼天竺地尊，把少林無痕大師也救下來，豈不是好？」他忽然又興奮起來，說得口沫橫飛。傅翔便湊趣地道：「到時候道爺給那什麼地尊來個『後發先至』，讓晚輩開開眼界。」

完顏道長聽了沒有馬上回答，想了片刻，忽然笑咪咪地從懷中掏出一本冊子，翻到其中一頁，遞到傅翔面前。傅翔借著月光，依稀見到那一頁上畫著一個裸身練功圖，旁邊全是不識得的梵文。完顏給他看了一會，便將那冊書當寶貝似的放回懷中藏好，然後笑嘻嘻地拍了傅翔肩膀一下，輕喝道：「走吧！」

傅翔見了那一頁練氣圖，心中恍然大悟，暗忖道：「要想把後發先至施展到極致，對敵手的運氣方式及路線摸得愈清楚愈有幫助，這本天竺的秘笈對完顏道長研究如何對付天竺武功實有助益；沒想到天竺人處心積慮要盜取全真教的武功秘笈，還沒到手，倒是全真教的老道爺每天拿著天竺的秘笈在研究如何後發先至呢，可笑呵可笑！」

∞

武當山區在漢水之南，起自陝西、湖北交界，止於襄陽、樊城之南，從西北走向東南，跨越五百里，其主山座落在漢水邊的丹江口之南，自古就是道教勝地。到了明朝，更稱「太岳」，成為天下道教第一名山。

就在同一時期，中土武林出了一位奇人，他雲遊四方之後，選擇武當開山創派，立時成為堪與嵩山少林寺分庭抗禮的武林重鎮，這位奇人便是被稱為邋遢道人活神仙的張三丰。

完顏宣明和傅翔漏夜施展輕功趕到武當山下，天色已經暗下來。武當山從南麓入山，到天柱峰腰要上攀岩壁百多丈，完顏道長一路上告訴傅翔，據武林人士傳說，武當張三丰祖師仍在人世，只是二十多年前便不問世事，他的仙駕是否仍駐武當山也無人知曉。如果仍在，以他一百三、四十歲的高齡，是否仍能與來襲的天竺高手過招也大有疑問，何況二十多年來已沒有人見過這位奇人了。

據完顏道長的判斷，天竺僧既有臥底的內線提供消息，多半會直接到天柱峰腰的藏經洞去強取武當秘笈。完顏道長雖不知藏經洞在那裡，但武林人都知道，武當藏經洞原就是三手真人悟道而創太極拳的神仙洞。

兩人進入山區後，才感受到這座天下第一的道教名山確是名不虛傳，只見大小道觀星羅棋布，每一條山徑上行走的十之八九皆是道士，見面稽首互道「無量」。完顏道長喜道：「這才叫做道家勝地哩。俺走在這山中，自由自在，人人都以為俺是武當老道。傅翔，你就當俺的走腳小廝吧。」傅翔道：「是，道爺。」

兩人走了一段，苦於總有行人不斷地迎面而過，無法施展輕功趕路，傅翔忍不住便攔住一個小道士問路：「敢問去神仙洞要從那條路走呀？」那小道士瞪了傅翔一眼，指著左邊一條陡斜的小路，道：「從這條小路往上走，就可到神仙洞。可是施主你知道路也沒用，不出兩里路你就上不去啦，太險峻了，常人是到不了神仙洞的。」

傅翔拱手謝了，便和完顏道長揀一個無人撞見的空檔，閃身上了那條陡斜小路，一轉過彎，便施展輕功疾奔，果然一里路外便全是岩石，小路愈來愈狹，終於消失在山石之中。兩人索性攀岩直線而上，便如兩隻大猿在山岩間猱身攀爬，不一會就上升了十幾丈。

兩人堪堪要翻上一塊巨岩，完顏道長忽然一拉傅翔，兩人就伏身岩下。只聽見上面有人疾奔而過，其中一人道：「師弟，你快去三清殿請我師父，我這就去神仙洞助五師叔禦敵。」另一人道：「是。師兄小心，來敵武功高強，已破了咱們混元劍陣，直闖神仙洞。」從聲音隨兩人位移而變化的情形判斷，這兩人輕功極好。

完顏道長和傅翔隨即無聲無息地翻上岩石，只見向上疾行的道士已在三丈之外，而往下去三清殿求救的道士則已走得不見蹤影。傅翔低聲道：「這樣倒好，咱們跟著前面的道士，就直奔神仙洞了。」

∞

神仙洞前，武當五俠中的老么道清子張一遵仗劍立在洞口。他環目四顧，對面站著三個天竺人，兩個是身著黃衫的僧人，另一個是矮瘦如猴的黑漢子，四周或立或躺著七個道士，其中躺在地上的兩個看上去已經遇害，坐著的兩人也受了重傷。

道清子張一遵是名滿天下的武當五俠中最年輕的一位，卻是江湖上名氣最大的一人。

他在武當山上負有特殊任務，便是守護祖師爺張三丰的悟道聖地，武當藏經的神仙洞。

這三個天竺人上山來要求進入藏經洞，正是武當掌門天虛子率另外兩俠星夜趕赴襄陽的隔日，武當赫赫有名的混元陣竟然擋不住這三人的聯手攻擊，這三人不但武功詭異，而且下手極為毒辣，已經造成武當派慘重傷亡。道清子此刻心中只有一個念頭，便是拚死也要守住藏經洞。

道清子張一遵默默運氣一周天，心情漸漸入定，這武當心法著實厲害，一但入定，情緒便不再受外界影響。他平淡地道：「我武當出家人與天竺武林素無接觸，談不上有任何恩怨瓜葛，三位強闖武當山，又要奪經又是殺人，不知是何緣故？」

那瘦小的黑漢子道：「也沒有什麼大不了的緣故，只是要瞧瞧武當的內家拳和太極拳劍，到底有幾分是張三丰自創，有幾分是偷學自我天竺絕學！」

道清子聽了並不動怒，但他知這三個天竺人極不講理，多說完全無用，便氣定神閒地道：「既然如此，三位報上名來，咱待會兒一定會讓三位瞧個清楚。」

那瘦小漢子冷笑一聲，道：「好說。這兩位是天竺毗濕古寺的高僧絕垢及絕塵，在下辛拉吉。」

道清子以一對三，竟然不慌不亂，禮數不缺，他微微稽首道：「貧道張一遵，道號道清，幸會三位天竺遠客。」辛拉吉等三人見一場慘烈血戰在即，對方居於絕對劣勢，這道清子居然不卑不亢，一派名門風範，不禁心中暗暗吃驚，也有幾分欽佩。

道清子揚起手中長劍，神采激昂地道：「三位是一個一個上，還是三個一起上？」

辛拉吉正要回答，那絕塵僧搶著道：「當然是三個一起上！」說完便和辛拉吉、絕垢僧從三個不同方位攻上來。

道清子並未料到天竺人會不顧身分到如此地步，但他心意早決，是以並不驚慌，手中長劍一抖，便在一瞬間發出一招劍式，但這一招中卻分出三道劍氣指向三人要害，正是武當「卿雲劍法」的起手式「卿雲爛兮」。

這卿雲劍法一共只有四式，以武當內家心法施出，張三丰曾許為天下第一守勢的劍法；卿雲飛出，燦爛普布，莫說對手是三人，更多人也會同時感受到發劍者的劍氣之威。天竺三人總以為中土最高明的武功皆源自少林，而少林武功則源自天竺的達摩神功，是以自覺中土武學萬流歸宗，碰到源頭的天竺武學必然縛手縛腳，那知對面這個道士，以一對三，不但不懼，一出手便攻向自己三人，不禁吃了一驚。三人不約而同施出天竺神功中以守為攻的招式，先觀望他幾招。

這「卿雲四式」最早源自《尚書大傳‧虞夏傳》的卿雲之歌，那四式是「卿雲爛兮」、「糺縵縵兮」、「日月光華」、「旦復旦兮」；從祥雲密布到紓徐曲折之變，一左一右雙圓劃出，一大一小，一陽一陰，威力隨著重疊不斷的反覆出招，愈積愈厚，待幾個周天後，其劍氣已堆積成一圈浩然之氣，凝聚不散，對手任何攻勢均被阻於劍外，難越雷池半步。天竺武學雖然高深，這三人對中土的武學也曾下了一番涉獵工夫，但對這套脫胎自《尚書》

的古樸劍法，如何能識得？

以天竺三人的武功，若是一上來就全力搶攻，道清子此時可能已經落敗，但待得「卿雲四式」施完一周天，三個對手忽然發覺道清子四周的劍氣愈來愈是厚重，這才發現不對，改以絕學搶攻。剎時之間，漫天都是天竺三人的拳掌飛舞，天竺那尖銳無比的奇詭內力發出，撞在卿雲四式布下的劍氣幕上，竟然發出嘶嘶的怪響，似乎就要穿透而入。這是從未發生過的事，道清子不禁大吃一驚，連忙加速運劍加以補強，但這一下犯了大錯。

那卿雲四式用武當內家心法施出時，確能構成極厚重濃密的守勢圈，其運劍之氣講究均衡平和，不徐不疾，才能做到鬱郁紛紛無所不在，天竺三人的尖銳內力雖然詭異無比，但道清子若是堅守這天下第一守勢的劍法，處變而不驚，一時間對方未必就能攻入。此時他一加速運劍，想要在受擊之處補強，反而出現顧此失彼的情形，卿雲劍幕堪堪就要被破。

就在此時，一個年輕道士如飛趕到，他人未到而劍先到，直刺黃衫天竺僧絕垢，口中大叫：「五師叔莫急，我師父馬上就到！」道清子大震，大聲喝道：「大川，不可冒進！」

那趕來現場的是武當二俠天行道長的得意門徒易大川，乃是武當下一代弟子中最傑出者，年紀輕輕已盡得天行道長的真傳。他從山下趕到神仙洞時，正看到五師叔道清子以一敵三，不由得心中大急，便對準絕垢僧背上的天台穴點去，出劍之快，刺點之準，加上內力直透劍尖，已臻一流境界。

那絕垢僧在天竺三人中功力最高，他一感到背上督脈受襲，便知來人功力極強，但對方急切間騰空出劍攻己之背，正好落入天竺絕招中致命一擊的位置。只見他用天竺語也大喝一聲，三人忽然同時撤招，剎時之間三人的強大內力合而為一，轉向對易大川送去。

那武當年輕高手易大川的長劍堪堪從絕垢僧的肩側刺空，而一股無堅不摧的合力已擊在飛奔而至的易大川胸口。

易大川慘叫一聲，身形飛出丈外，腦袋對準一塊山岩撞去，道清子援手不及，眼睜睜看著易大川即將腦漿迸裂。忽然眾人眼前一花，沒有人看清楚究竟如何發生的，只見那塊山岩前立著一個又高又瘦的老道人，雙手捧著易大川放在地上，又俯身在他身上點了二十多處穴道，然後起身面對天竺三人，一言不發。

那辛拉吉臉色大變，喝道：「是你！」老道微笑道：「是我。」辛拉吉忍不住又喝道：「你沒死？」老道哈哈笑道：「沒死。」然後又加一句：「你下的毒不夠力啊，不夠力。」一面說一面搖頭，老臉上滿是不屑。

道清子見師侄易大川躺在地上一動也不動，不知是生是死，但他守在洞口一步也不能移，心中雖焦慮，面上卻不動聲色。卻見那老道轉臉向山石後叫道：「傅施主，你也出來見見那下毒的小人吧。」

傅翔緩緩走了出來，他先蹲下去在易大川的口中塞了三顆丹藥，又在他頸上胸前點了幾指。那三個天竺高手，尤其是瘦小的辛拉吉十分惱怒，一張臉漲成黑紫色。完顏老道居然還沒有完，他指著傅翔道：「姓辛的，你的毒藥便是這位小施主一舉手就解掉了，還真沒有用哩。」

那辛拉吉用天竺語跟兩僧講了幾句，那絕垢僧上前一步，冷冷地道：「全真教的老道士要插手，那就一起死吧。」他話聲未了，已經如一陣風般對完顏老道發出偷襲。同一時刻，辛拉吉雙掌撲向傅翔，另一個天竺僧絕塵則攻向道清子，這天竺三人對發動偷襲倒是心意相通。

道清子方才見傅翔給易大川餵了幾顆丹藥，想來性命猶存，不禁略為放心，這時見天竺絕塵僧揮掌撲向自己，一丈之外便覺一股尖銳掌風襲向自己胸前要穴，便如無形的尖針利劍刺到，除了避開，毫無其他法子。那絕塵僧連發四掌，道清子連躲四次，一時手忙腳亂。還好對手發出這詭異內力似乎頗費真力，連發三四掌後便需稍息，但即使如此，已足以趁對方手忙腳亂之際，欺中宮猛下殺手。道清子手持長劍，卻不如對手以空手發出的無形之「劍」，處於挨打地位，一尺一尺往後退，已經退到洞口。

傅翔初次與人真刀真槍地動手，所逢敵手就是武功既高又怪的天竺高手，照說應會怯場慌亂，但傅翔初生之犢不畏虎，見辛拉吉鼓雙掌撲過來，他不閃不避，依著直接的感覺，右手一記摔手揮出，左手卻中指如戟，直點辛拉吉掌心「勞宮」穴。

他右手使的是明教四大天王排名第三的白抑強天王的「大摔碑手」，左指用的是明教教主的「追神指」，兩種截然不同路數的上乘武功，只因在出招那一剎那所運之氣有相通之處，傅翔便不假思索自然而然地組合出擊，而下一瞬間做什麼樣的組合也全無預備。在與辛拉吉這樣的高手交手時，他居然仍是隨形勢出招，隨需要臨時組合，這種打法先不論威力如何，其出招運氣的方式已經是武林中前所未見了。

那辛拉吉又驚又怒，一連發出三拳，挾著那詭異尖銳的內力攻向傅翔。傅翔不敢接招，連跨六步便一一閃過，同時立刻抱拳擊出，拳風發出噼啪之聲，直襲辛拉吉背上要穴。這時傅翔腳下踩的是明教排名第四的蕭天王的「鬼蝠虛步」，雙拳仍是白天王的「獅吼神拳」，組合之妙出人意表。

辛拉吉從未想過中土有這種武功，也是大為驚奇，他一怒之下，把內力提到十成，雙掌化為一片模糊的掌影，中間夾雜發出那尖銳內力，只二十招便把傅翔打得左閃右逃。但奇的是這少年居然不慌亂，見招該守就守，該逃就逃，雖然打得有些難看，一時也還不致落敗。

另一旁天竺絕垢僧對完顏宣明的情況就完全不同了。只見絕垢僧每發出一次詭異的尖銳內力，完顏或伸手或出腿，一動之下絕垢僧就被逼得撤招自救，連試三次，一次比一次狼狽。他每出三、四招，便須停發那詭異的內力，完顏便立刻換一口真氣棄守為攻，攻勢之凌厲，世所罕見。絕垢僧愈打愈是駭然，他在天竺可是一等一的高手，到中土來後，所見著的武林人物沒有一個看在他眼內，但此刻他卻感到縛手縛腳，十分氣悶。

其實他有所不知，這個老道士所施的「後發先至」，可能是天下唯一能夠防守天竺這種神秘內力的武功，而老道士本身的全真神功，又是中土武林中攻勢最凌厲的功夫之一，碰到了他老道，只能說運氣太壞。嚴格說起來，若不是辛拉吉自告奮勇要去活死人墓盜全真秘笈，也不會惹出這個在墳墓裡藏了二十年的「活死人」，對絕垢僧來說也是氣數。

此刻神仙洞前起了巨變，原來那絕塵僧忽然施出天竺毗濕古寺的獨門神功「移形換位大法」，道清子施出的每一招都被絕塵帶向別方，而絕塵每一揮手必帶一道十分詭異的尾勁，順著道清子被引移的方向加上一把暗力。此尾力的時間拿捏極為巧妙，就在道清子身形及施力皆被引離原位的那一剎那，尾力突然發作，所生之效力數倍於尾勁本身的力道。數招一過，道清子不知如何應付，所守的空間立時出現漏洞。

連續兩招，絕塵僧將道清子兩次移向左方，右邊便出現了大漏洞，他一閃身，就從右邊越過道清子，直奔神仙洞內。

道清子大驚失色，奮身而起，將全身內力貫注雙掌，大喝一聲：「止步！」飛身擊向絕塵的後背。

絕塵僧感到背後一股力道如排山倒海般擊到，他知機不可失，猛然一反身，雙掌全力施出天竺最剛猛的「擲象功」，夾著那詭異的尖銳內力，直擊向道清子。他知道與中土的高手對決，必勝之機就在雙方全力硬碰硬之際，自己的尖銳內力將一穿透體，中土高手絕無躲避的機會。

說時遲那時快，道清子雖感受到那詭異的內力即將穿體而入，但他身負武當守護藏經洞的重責，此時已置生死於度外，雙掌之力不收，身形絲毫不變，直擊向絕塵僧。

只聽得道清子悶哼一聲，胸前如中重錘，身子如流石般飛出，直向山壁撞去。

然而幾乎就在同時，絕塵僧也發出一聲大叫，向前踉蹌數步，仆倒在地。他原以為已經得手，但馬上驚覺道清子的掌力居然並未隨他的身形化去，一股至柔至和的大力持續湧到，一觸自己身軀，立刻化為巨大的震力，咔啦一聲，絕塵僧右胸的肋骨幾乎全部折斷在武當「綿掌」之下，口吐鮮血，倒地不起。

緊接著碰的一聲巨響，被天竺大力擲象功擊飛出去的武當道清子，已撞在堅硬的山壁之上，從離地三丈高直落在地，一動也不動，不知生死。

就在此時，又是一聲轟然巨響，一塊萬斤巨石在神仙洞口落下，宛如一道渾然天成的石門，正好將神仙洞封死。除非移開那巨石，再也無人能進入洞內。

漫天塵土漸漸落定，只見躺在山壁下的道清子身前多了兩個道士，其中一個中年道長一面檢視道清子的傷勢，一面淒聲道：「五弟啊，師兄來遲了一步。幸虧你拚死啟動了這道石門。」正是從山下三清殿趕來的武當二俠天行道長。原來道清子重傷之下，借著被掌擊飛出之勢，拚命飛撞山壁上的暗藏機關，啟動了這萬斤石門，雖然傷重倒地，卻沒讓敵人踏入武當藏經洞半步。

另外捉對過招的四人見此巨變，也都停下手來。絕垢僧一面喘氣，一面扶起絕塵僧，在他口中塞了一粒紫紅色的大藥丸，想來是天竺的療傷藥物。他和身邊那黑漢子辛拉吉講了幾句天竺語，然後狠狠地瞪著完顏宣明，咬牙切齒地道：「臭老道，你成了天竺武林大敵，從今日起，天涯海角天竺人不會放過你。咱們走著瞧！」抱起絕塵僧，偕辛拉吉施展輕功，飛奔而去。

這句狠話，宛如是天竺武林對完顏宣明發出的「追殺令」，完顏道長冷哼一聲未答腔，傅翔卻知他老人家方才打得逸興遄飛，現下又有些疑慮憂心起來。

傅翔快步奔向山邊另一個受傷倒地的武當弟子易大川，發覺易大川已經能自行運功療傷，臉上也恢復了一絲血色，心想：「師父這『三霜九珍丸』確是療傷至寶。」他卻不知，易大川身受那天竺古怪陰毒的內力之傷，即使能保住性命，要想療癒復原，卻是難上加難。

這時武當二俠天行道長已在道清子全身任督兩脈數十個穴道中輸入武當純陽真氣，道清子一口氣暫時保住。天行道長命那隨他而來的弟子穩住道清子，自己起身走到完顏宣明面前，稽首到地，恭聲道：「道長及尊弟子援手，救我武當於危難之中，晚輩天行道人代我掌門師兄拜謝大恩大德。」說著便要跪下。

完顏道長雙手一揮，阻止他下拜，朗聲道：「同屬中土武林，原該互相照應，何況你我兩派同道，更應有難相共，說什麼大恩大德。」

天行子在方才下拜時一觸完顏道長的內力，如覺進入汪洋大海，已知此老是全真教前輩，只是一時之間怎麼也想不起來，世上還有那一位全真宿耆有此絕頂功力？完顏道長看他表情，便知他想不出自己和傅翔兩人是誰，便微笑道：「老道全真教完顏宣明。」

天行子聞言驚得呆了，想不到三十多年前全真掌門完顏德明暴斃後，其弟完顏宣明居然仍在人間，不禁再次納頭便拜。這次完顏道長便讓他拜了三拜，稽首還禮道：「武當五俠名震武林，貧道不敢受此大禮。」說著指著傅翔道：「這位小施主傅翔卻非全真弟子，乃是……乃是……」一時也不知怎麼介紹。

天行子道：「傅施主年紀輕輕，竟然能抵住天竺高手，武功實在驚人。如有不便，貧道不敢探聽施主師門。」他雖未目睹傅翔的身手，但他到達現場時，傅翔分明仍在與那辛拉吉纏鬥，是以對這個看上去最多十七、八歲的少年又奇又敬。他卻不知傅翔其實只有十六歲，只是身材高大，看上去倒像有十七、八歲。

傅翔被方才武當道清子那寧死不退的精神所打動，心中對武當五俠頗生敬意，見大家報名時都同時自報師門，便不假思考，學著大家的口氣答道：「晚輩明教傅翔！」

這一來天行子更吃驚了，暗道：「原來世上還有『明教』的高手？今日之事簡直不可思議之極！」其實大家都不知，傅翔雖是方冀的徒兒，但並未加入明教。只是這時傅翔搬出「明教」兩字，見到武當二俠的表情，自覺面子十足。

完顏道長對天行子道：「這批天竺人進入中土的目的，是蒐集各大門派的武功秘笈，他等擒住了少林寺無痕大師，多半也是想要逼少林交出秘笈。今日來武當山的，還只是主事者的弟子門生而已，那擒住無痕大師的『地尊』，似乎還有一個師兄弟，咱們中土武林千萬要小心了。」

天行子拱手道：「掌門師兄率乾一及坤玄兩位師弟趕到襄陽去，便是為了搶救無痕大師。」

完顏道長點了點頭，然後轉眼望著傅翔，傅翔知道他老人家在等他做決定，於是很巧妙地道：「道爺，您老上山之前曾說，先解武當之急，再趕去襄陽會會那什麼『地尊』的？」

完顏忙接著道：「不錯，咱們這就趕到襄陽去！」

天行子大喜道：「那敢情好。方才那幾個天竺人可能也是趕去襄陽，兩位可著個武當弟子陪同，到丹江口雇條特快小艇，咱們有相熟的船家。」

∞

襄陽是座古城，幾年前又重新修建了一段新城牆，城裡南北東西的商旅終年不絕，在軍事上又是兵家必爭之地，自古以來便是江河之間的名城。

時近黃昏，南城門外來了三匹健驢，驢上三人看上去十分惹眼，一個是又高又瘦的天竺老者，一個是瘦小的白髯老和尚，還有一個短衫漢子，頭上戴著一頂麻冠，滿面濃鬚，瞧不出他有多大年紀。

這襄陽古城的南門上書著「文昌門」三個斗大的字，牆高三丈，風起處，護城河居然波濤洶湧。那天竺老者喃喃道：「這護城河怕不有幾十丈寬，中土的城池確是不凡。」殊不知這襄陽城自來便有天下第一城池之稱。

三人似乎經過長途跋涉，進得城來，那麻冠漢子便尋一個年輕人問路：「小哥兒，咱們要找一家靠江近些的客棧歇腳，明天好就近上路。」那年輕人道：「那容易，你順著這條路一直走，過了衙門就走右邊一條路，一直可以到江邊。那頭就有三家客棧。」

就這路邊有一座酒樓，樓上臨窗擺了三個小方桌，一桌對坐著兩個身穿錦衣的官差，桌上點了四個熱炒、一罈黃酒，正在大口享用。另一個方桌坐了一個老道士和一個英氣勃勃的少年，桌上一大盤青菜、一碟滷味，卻要了一小壺白酒也在對酌。

從窗口望下去，正好望見街上那三人三驢停下問路，那兩個錦衣官差對望一眼，其中一個低聲道：「來了。」另一個便吆喝夥計付賬，兩人匆匆下樓去。

傅翔低聲對完顏道長道：「這兩個錦衣衛不知為何要跟上這三人？晚輩看那又高又瘦的天竺人，便是那什麼『地尊』了。」完顏點頭道：「老和尚定是少林無痕大師了，看他模樣似乎已經完全受制，是以他們走得特慢，竟比咱們還晚到。」

傅翔聽見方才街上問路的對話，便低聲道：「他們要住漢江邊上的客棧，咱們這就跟過去，也探探武當掌門他們去了那裡。」

一老一小也付賬下樓。傅翔一進城時，便已看見師父留下的訊息，但那只是記下他何時動身直下南京，算了算時間，師父到南京也該有十天了。這時他無暇多想，先要專心摸清楚大局，現下「地尊」一夥，武當掌門一夥，自己這邊一夥，再加上兩個錦衣衛，已經有四批人為同一件事出現在襄陽城中。何況武當三俠中還有一個是天竺派來臥底的，情況相當複雜。

走在最前面的天竺老者一行三人，騎驢堪堪走過縣衙門，轉向右邊一條通往江邊的路上，那兩個錦衣衛追了上來，其中一個上前低聲道：「天竺來的老爺，借一步說話。」那天竺老者停下來，錦衣衛掏出一個封了印的信封，信封中央寫了一個大字「地」，右下角寫了一個小字「天」。

老者連忙下驢走到路邊樹下，拆封看完了信，向錦衣衛拱手道謝。另一個錦衣衛道：「咱們六百里驛馬送信到襄陽，總算及時見著老爺，不辱使命。老爺還有什麼交代？」那天竺老者想了一想，低聲道：「我等現在要趕去南京，這和尚行動不便，不如坐船吧。麻煩兩位先去雇一條快船，咱明天一早就上船。今晚我三人就住在江邊的客棧。」

走在後面的完顏道長及傅翔也走到了縣衙門前，襄陽城這一帶四年前傅翔曾經來過，不遠處的一片大林子，便在那裡識得丐幫的紅孩兒朱泛。想起朱泛，他臉上禁不住露出一絲笑容。

就在此時，路旁忽然閃過來一人，低聲對完顏道長道：「道爺，咱們借一步說話。」說話之人也是個道士。

完顏暗道：「武當派的道士來了，但他怎識得咱們？」便和傅翔打個眼色。兩人隨那道士走入左邊一片樹林，轉了兩個彎，前面有個小道觀，只見道觀前一棵大槐樹下站著另外兩個道士。傅翔眼快，一眼便認出左邊的道士正是在武當臥底的坤玄子，另外一位仙風道骨的中年道士，想來便是武當掌門天虛道長了。

天虛道長一見兩人，立刻稽首到地，低聲道：「完顏道長、傅施主，兩位仗義援救武當之恩，貧道天虛沒齒難忘。」

傅翔連忙下拜還了一禮，正要問對方何以認得自己兩人，完顏已瞧見道觀門前一個火工道士提著一個鳥籠，正在餵一隻白鴿吃小米，當下恍然道：「武當的信鴿傳書端的快速呵，佩服，佩服。」

那坤玄子道：「這小道觀乃是武當在襄陽的聯絡站，與武當山經常飛鴿往返。貧道坤玄子，在武當排名第四。」那先前在路邊攔住完顏的道士也上來見禮，道：「貧道乾一子，武當排名第三。」

傅翔忍不住道：「方才咱們瞧見那天竺『地尊』和少林無痕大師等一行三人，已經騎驢進城，現正往北去江邊投宿。咱們正要跟去打探，卻不知為何有兩個錦衣衛也跟了上去。」

天虛道長皺眉道：「錦衣衛？這就怪了。」

完顏道長道：「咱們這就跟過去打探一下，今晚咱兩人也就歇在江邊客棧，就近定下搶救無痕大師之策。晚飯後，就請坤玄子師弟到客棧來一趟，咱們商量好了，分頭行事。」

天虛道長連聲稱是，完顏道長便和傅翔告辭，去江邊投宿。走近「臨漢門」，老遠便看見那兩個錦衣衛匆匆從江邊往回走，走進一家掛著大紅燈籠的客棧，門前歪歪斜斜寫著「臨江客棧」四個字。

完顏兩人走到店門口，只見那兩個錦衣衛正在和那頭頂麻冠的虬髯漢子說話，只聽到一個錦衣衛道：「……快船已雇妥，明天一早去武昌……」

兩人因在酒樓上已和錦衣衛照過面，便過門不入，投宿在五十步之外的另一家「近水小居」，這四個字卻寫得有點法度。

兩人一進入房間，關上房門就開始密談。完顏道長壓低了聲音道：「傅翔，你猜我老人家為何要那個坤玄子晚上過來？」傅翔道：「道爺想要讓這廝傳個什麼話給地尊。」完顏道：「咦，奇了，你這小娃兒居然猜得到八十幾歲老江湖的心思，厲害，厲害。」傅翔知他老人家又在裝模作樣，自己娛樂自己，便跟著湊趣道：「晚輩自從跟著您老人家闖江湖，也變得聰明些了。」完顏輕拍了他的頭一下，便陷入沉思。

過了一會，完顏道長才低聲道：「那坤玄子待會來時，咱們就告訴他，明早天亮之前大家在漢水碼頭處會合，動手搶救無痕大師，得手後由天虛道長負責帶人撤退，天竺人就交給咱兩人和武當兩俠阻擋，你說這樣成不成？」

傅翔點頭道：「那坤玄子一定將這計畫立刻告知地尊。若我是那地尊，就會在今天半夜提前動身，讓你大夥兒明天清晨撲個空。」

完顏道長笑道：「就是要坤玄子傳這個消息，咱們兩人神不知鬼不覺，半夜就到江邊去搶人。你說這法子好不好？」傅翔想了想，道：「好是好，總覺得應該讓天虛掌門知道坤玄子的底細，不然有個心腹之患在身邊，總是危險。」

完顏道長一拍桌子，道：「有了，坤玄子來這裡時，有老道在此告知他計畫就行。你趁機去那林子裡的小道觀找天虛道長，告訴他們咱倆在房縣關帝廟前聽到的坤玄子與絕垢僧的對話，然後立刻就趕回來。只要小心些，不要和那坤玄子碰個正著就行。」

傅翔道：「這法子行得，坤玄子目前仍不曉得咱們已知他底細，正要好好利用對方此一弱點。但只怕……只怕如此大事，晚輩無憑無據，難以讓天虛道長和乾一道長相信。」

完顏道長壓低了聲音道：「你可以建議天虛道長，今晚子時到江邊和咱們會合，瞧瞧那地尊是不是真的提前動身。如果沒有提前，表示坤玄子不曾傳話；如果確有，天虛道長就會信了，咱們也多了一大助力。傅翔呵，你覺得老道此計聰明不聰明？」

∞

漢水穿過武當山區的崎嶇地段，流到襄陽這一段時，江面已變廣闊，流水也緩了下來。夜深了，江面起了西北風，兩個錦衣官差正快步走向江邊木造的船碼頭。

左邊一人邊走邊抱怨：「說好明早動身的，老子已約了老相好來過夜，幹麼突然又改半夜走，真他媽的背時。」右邊一個道：「你每次來襄陽都睡同一個娘兒，少睡一晚會死人呀？」那左邊的道：「這個天竺來的祖宗也真小氣，咱們替他包了條船，他留下三匹驢兒，還要咱們賣了，把錢送回南京交給馬札馬大人，他媽的也太摳了吧？」右邊一人道：「給他賣驢還把銀子送回去？送個屁！咱們賣了這三匹驢子，就把銀子分了快活去罷，回頭就告訴京師那邊驢子死了。」另一人覺得有點不妥，便道：「死了？三條驢子都死了？」右邊那人道：「怎麼不死？得了口蹄疫呀，便三十條驢也死光了。」

說著說著已走到江邊，兩人對著碼頭栓著的一條單桅快船喊道：「船老大，準備好了？」船上冒出一個黑衣漢子來，咧開嘴笑道：「好咧，起風了，今晚正好行船。」

與此同時，襄陽城北門「臨漢門」外的林子裡，武當派掌門天虛道長站在兩棵合抱的大杉樹後，正靜靜注視著前方江邊的動靜。

兩個時辰前，那個名喚傅翔的少年到小道觀來告知的消息有如晴天霹靂，到此刻他心中仍然無法平息下來。那傅翔離開後，坤玄子回來告知明日天亮前動手搶人的計畫，他委實不知該相信那一個的說法？如果傅翔說的對，坤玄子必然已將這個計畫通知了天竺人，地尊多半就會今夜提前動身。他一面暗示乾一子注意坤玄子的行動，一面暗中潛行出城，來到江邊。如果天竺地尊一行果然提前動身，不僅顯示傅翔的消息屬實，自己也正好加入救人。只是自己勘察四周好一會了，卻仍不見完顏道長及傅翔的人影。

又過了一陣，遠方城牆上方忽見兩條黑影由空而降，其中一個龐大的身影落地後才看清楚，竟然是兩個人緊連在一起，正是那地尊挾著無痕大師飛越城牆，另一個便是頭頂麻冠的虬髯天竺人。天虛道長心頭有如挨了一鞭，辣辣作痛，原來坤玄子果真與天竺地尊私通，想到十多年來朝夕同修共習的師弟，竟然是天竺武林在武當臥底的內線，不禁欲哭無淚；然而令他不安的是，仍然不見完顏道長和傅翔。

就在地尊一行走向碼頭，兩個錦衣衛出來相迎之時，那碼頭後方木造的棧橋下突然躍出兩人，其中一個長袍老道奔向地尊，大喝一聲：「想提早走人？你道爺早在這等著哩！」同時發出一股強勁無比的掌力直襲地尊，正是完顏宣明。

另一個少年卻如一陣旋風，直撲向看管少林無痕大師的戴冠漢子，正是傅翔。兩個錦衣衛只是地區上辦事的侍衛，平日抓人時威風八面，但武功算不得上乘，見到這種高手過招的形勢，只有乾瞪眼的分兒。

豈料就在此時，那地尊忽然施出絕招，一扭身，竟將完顏道長強勁無比的掌力，加上他暗藏的陰毒內力，一道轉向傅翔掃來，同時大聲對那虬髯漢子叫道：「拉哈魯，不必管那小子，先去抓住和尚！」

完顏宣明暗叫一聲：「要糟！」尤其感到震驚的是，地尊這一扭身出招的內力轉換極其微妙，自己竟然無從感應到他的運氣罩門所在，也就無法施展「後發先至」的功夫，只能盡全力將發出的掌力減弱，以免打中傅翔時他招架不住。

但接下來發生的事卻完全出乎意料，只聽得地尊大叫一聲，竟躍身躲避——不是躲避完顏，而是躲避傅翔由下而上的突襲。

原來傅翔也感受到情況不妙，當地尊將完顏的掌力加上天竺的詭異內力一股腦兒轉向自己時，他完全未經思考地向後仰倒，身子卻貼地前滑，疾從地尊身旁掠過，同時對準地尊的丹田要穴一拳擊出。一剎那間，傅翔的狼狽換成了地尊的狼狽，傅翔已經穩穩站在一丈多外的地上，他背上衣衫磨破多處，脊樑部位一兩處滲出了鮮血，但他卻平安脫險了。完顏道長振奮地大叫：「傅翔，這一招帥啊！」

傅翔這一招喚作「土行逆遁」，乃是明教蕭四天王「鬼蝠虛步」中的絕招。天下各派輕功，用到仰倒貼地滑行的招式，都是向後倒掠逃離現場，只有這招「土行逆遁」卻是仰倒而向前掠進，是一面逃離又一面進攻的絕招。只有明教高手這種為求勝敵而不顧形象狼狽的打法，才會創出這等招式，而傅翔此刻信手捻來，運用之妙恰到好處。

那地尊的原意是以己一人之力攻擊對方兩人，那虬髯漢子拉哈魯便可輕鬆地把無痕大師扣在手中，然後以無痕為要脅，使對手投鼠忌器。就在拉哈魯一掌拍向無痕大師，堪堪就要抓住無痕的左臂時，忽然一條青影如閃電般從旁飛過，一把將無痕大師抱走。

來人正是武當掌門天虛道長，只見他抱著無痕大師，毫不猶疑地飛身向江邊竄去。拉哈魯大怒之下躍身追上去，同時發出尖銳詭異的內力，直襲天虛道長的背脊。天虛子心知成敗在此瞬間，忽然長嘯一聲，在空中扭腰將手中長劍擲向拉哈魯，同時展開武當名震天下的輕功跨步，直向江邊那條小船落去。

只見那柄長劍挾著強勁內力，如一道電光直射向拉哈魯，拉哈魯不敢攖其鋒，略一停滯閃避，天虛道長挾著無痕大師瘦小的身軀，在空中連跨八步，竟然一舉落入船中。完顏道長又忍不住大叫：「武當好漂亮的八步趕蟬啊！」

地尊大急要想阻攔，完顏宣明豈能容他騰出手來，只見他雙拳齊飛，一路全真快拳招招不離地尊要害，招與招之間半分空隙全無。地尊待要反擊，也只得等這三十六拳打完了才有機會。

天虛道長一落船上，立刻厲聲命船老大開船，駛向漢水對岸。那船順風順水，一解纜繩便疾速順流而下，天虛一把搶過長篙，施出內力連撐數下，小船便向河中射出，斜向對岸馳去。

那船老大識得他是武當道士，襄樊一帶的百姓對武當道士尊敬無比，雖不知這從天而降的道士便是武當掌門，但也知他是在打救那個瘦小的老和尚，當下二話不說，施出高明的水上功夫，只見他升起布帆，掌舵搖櫓，扯繩控帆，那條木船便又快又穩地駛向對岸的樊城。

這邊廂天竺地尊和拉哈魯眼見小船快速馳過江心，急向兩個錦衣衛喝道：「快找船，咱們要渡江！」但時值子夜，漢水岸邊除了幾條空船繫在棧橋上，不見任何船夫，若要找商家的貨船，要到上游一里處的大碼頭去找，此時此刻恐怕也找不到人，只能眼睜睜看著那條小船隱入黑暗的對岸，不見蹤影。

∞

在離襄陽城五里的下游處，有一個小村落，二、三十戶人家靠種地、打魚和擺渡過河為生。黎明之時，岸邊坐著一老一小兩人，凝望著東方山後待升的旭日，把一大片亂雲鑲得金玉滿天，極是華麗。傅翔望了望不遠處小村落中破舊的土磚房舍，有幾家的煙囪冒出淡淡炊煙，也被初出山頭的陽光照得一縷縷含朱弄粉地分外妖俏，不禁暗想：「住在這兒的人過著窮日子，卻每天張眼就看到這絕頂美景，老天爺倒也公平呵。」

身旁的完顏道長仍在想午夜時和那天竺「地尊」驚心動魄的一仗，喃喃地道：「那『地尊』好厲害，我非他敵手。」傅翔沒有搭腔。完顏接著道：「地尊出怪招時，運氣隱而不露，我便不易抓到教他必撤招自救之點；再加上此人功力深厚，發那詭異的內力似乎不需每三四招就要歇一兩招，可以連發十幾招也不中斷。」

傅翔在激戰中倒沒有注意到，驚問：「連發十幾招也不用中斷？」完顏道長白了他一眼，悻悻然道：「你沒瞧見？我拚命用全真快拳擋了他一陣，三十六招一過，他就連發怪力十幾掌，打得我老道上天下地抱頭逃竄，那醜態你竟沒看見？」

傅翔知他老人家心中惱火便言語誇張，也不直接回答，只道：「可是道爺您還有那本天竺秘笈，總有辦法把它弄懂吧？弄懂了，說不定便能抓住『地尊』的運氣訣竅。」

完顏老道微笑道：「小娃兒總是說到俺心眼去了，我這就要過江北上，倘若追上武當道士和無痕大師，便請無痕幫俺把那冊子裡的梵文翻譯一下。那無痕是少林藏經閣的主持，梵文造詣定然高明。」

傅翔道：「但是天虛掌門帶著無痕大師過了漢江，也不知究竟往那個方向走？是送大師返回少林？還是先回武當山？」完顏道長道：「那你說呢？俺要往那邊追去？」傅翔想了想，道：「道爺不妨過了漢水就直往嵩山少林寺追去，就算他們去了武當，您上了少林報個喜訊，告訴群僧無痕大師已經暫時脫離地尊之手，少林寺還找不到懂梵文的和尚嗎？」完顏聽了大喜，道：「不錯，我老道便先去嵩山，再去燕京。」

傅翔道：「那『地尊』顯然有天大急事，已急急忙忙沿漢水向武昌方向趕路，連無痕大師的去向也顧不得追下去，這也是一件奇事。」

這時村中有兩名船夫向江邊走過來，完顏道長迎上去，打個招呼道：「老道要趕路北上，那位小哥兒放船送我過江去？」其中一個瘦子道：「就咱家的船吧，就栓在岸邊哩。」

傅翔送完顏道長到岸邊，拿了一包銀子給道長，道：「這些碎銀給道爺路上花用。」完顏道長也不客氣就收下了，他凝視著傅翔道：「傅翔啊，我老道活了八十多歲，從未碰到過像你這樣的娃兒，總之……總之，老道欠你的情也不必在此刻多說了。你將來必是武林百年一見的人物，老道士只有一語相贈。」

傅翔恭聲道：「道爺傳我不世出之武學至理，傅翔終身受用不盡，您有什麼教誨，傅翔一定銘記在心。」

完顏道長緩緩道：「武學浩瀚，到了最頂尖處，關鍵常在極其微妙之間，似存似無。你武功進展太快太順，似乎從未遇到任何困境，日後修行若遇到困難，千萬記得不可強求。」

傅翔跪下行禮道：「晚輩記下了。道爺，您此去北方，一路保重。」

完顏面上帶著慈祥的笑容，看著傅翔行禮。待傅翔起身後，他忽然正色向傅翔稽首道：「傅施主，今日此地一別，異日有緣再見時，你必已名震天下。施主若是有便北上燕京，可到白雲觀來尋貧道，若是貧道那時僥倖尚在人間，或許還可以和施主切磋一下修行的心得。」

說完他便登上了船，船老大解纜放舟。這時旭日已出層雲，照耀在江面上如萬道金蛇搖曳，傅翔望著老道又高又瘦的身影漸遠漸小，一股說不出的不捨的淚水悄悄模糊了他的視線。

【第八回】建文登基

這時朱允炆雖傷心欲絕，總算可以平靜地思考一些事情，想到自幼年以來的依靠突然去了，今後再也沒有「天塌下來有爺爺頂住」的日子，

他默默對自己說：「允炆啊，以後要靠你自己了。」

陸鎮把小舟泊在秦淮河邊，用條麻繩繫在一棵柳樹上，便上岸走進街上一家「回春老藥鋪」，對掌櫃的道：「老闆，照這張方子抓點藥。」老闆看了看那張方子，抬頭又看了看陸鎮，忍不住道：「您老昨天抓的那幾樣藥名貴得緊喲，但今天大夫開的方子，藥理完全……完全相斥，您老不是給同一個病人用的吧？」

陸鎮頭上壓著頂笠帽，又裝了一口大鬍子，搖搖頭並不回答。那掌櫃的又忍不住道：「這幾味也貴得緊呢。」陸鎮抬起頭來瞪了他一眼，那掌櫃的只覺這梢公目光如刀，嚇得連喚夥計抓藥，不敢再問。

陸鎮付了一錠銀子，找了些碎銀，拎著那包價值不菲的藥材才走出舖門，那掌櫃的一面仔細檢視那錠銀子，一面喚一個夥計：「小胡，這錠銀是官銀呢，一個梢公怎能身懷官銀？你快去通報。」一個年輕夥計答道：「是，昨日錦衣衛就來問過的，咱這就去通報。」說著就匆匆出門。

陸鎮走到岸邊後並未立即上船，他躲在柳蔭裡瞧了一會，只見那後生夥計急忙走往大街，他冷笑了一聲，慢條斯理地解纜上船，搖著小船划向護城河。

小舟出了城，划入秦淮河的河道中間，陸鎮心中暗忖：「八成已經被盯上了，唉，俺一個漁夫，每天大把銀子買貴重的藥材，別人不生疑也怪。現下倒不急著回家，免得引狼入室。」他知自己孤家寡人一個在秦淮河上打魚，多年來絕早出門深夜才歸，常在河岸無人的破屋中過夜，京城中並沒有人確實知道自己究竟住那裡，那收留方冀的地方更是隱秘，自己若不被人跟蹤，別人要發現倒還不容易。是以他好整以暇，先尋個好地點去打幾條魚，瞧瞧動靜再做道理。

他卻不知道，今日他買藥用的是方冀給他的銀子，而那銀子卻是朱泛在襄陽偷盜衙門的官銀。

他划了一陣就划進一條小岔道，水道上雙目所及別無其他船隻，他便在岔口不遠處一塊大河石邊泊下，取下掛在臉上的一部大鬍子，披上蓑衣，撒了網，插了四支釣竿，坐在船頭默默觀察四周。

過沒多久，有一條較大的船也划進了這水汊，就泊在河口，那船上除了船夫，還有兩個船客，坐在竹篷裡面，遠遠地監視著陸鎮，看來應該是著了便衣的錦衣衛。

陸鎮也不理那條客貨兩用的木船，心中暗笑：「那船夫老王和我相熟，瞧他坐在那也不理俺，肯定不會幫那兩個官差，我且跟他消磨些時間。」

只見他拿起酒葫蘆大大地喝了兩口，然後閉上雙眼，有如老僧入定。這一帶河面十分清靜，岸上長草中時有水鳥飛起飛落，偶而發出長鳴，引起藏在草叢及林子裡的眾鳥嘈雜一陣，又歸於寂靜。陸鎮的釣竿卻頻頻跳動，不多時他已釣得兩條盈尺的鯽魚，一條尺半的鯉魚。

這時河上風起，天上烏雲密布，開始下起雨來，那客船上兩名官差顯然已不耐煩，陸鎮隱隱聽到其中一個抱怨道：「……下雨了這廝還不回家？」另一人也低聲咒罵：「他媽的，這死漁夫並不是大鬍子……有沒有搞錯呵……」

陸鎮暗自好笑，索性開口唱道：「聞君語，殷勤問我何處回？」那兩個錦衣衛連忙噤聲，陸鎮又自唱自答道：「風雨我醉不須歸。」他唱的是〈漁歌子〉，雖然有些荒腔走板，倒也有幾分豪邁瀟灑。

他緩緩收竿，一扳槳，竟然並不划回秦淮河，反而將小船向汊河的上游划去。那兩個官差趕緊叫船夫跟上去。陸鎮的小船快，轉了一個彎，前面出現大片蘆葦，河道又分成三支，他拿出長篙在左邊的一支水淺處插了幾下，小船卻划進右邊水道。一進入蘆葦叢生的水域，他的小船便加速起來，像是飄在水面一般，片刻間便隱入茫茫蘆葦之中。

那客船追到分叉處慢了下來，其中一名錦衣衛瞧見淺水處留的長篙痕跡，便叫道：「向左走，向左走！」船夫老王嘴角露出一絲微笑，答道：「是，官爺！」客船便划入了左邊的水道。

陸鎮在蘆葦水道中轉了幾個彎，小船竟又回到秦淮河上，這一帶水道錯綜複雜，他便利用地形，輕易地甩掉了錦衣衛。這時雨下得大了，他一面快速行船，一面暗笑道：「還不知老王會把兩個寶貝繞到那裡去呢？」

終於陸鎮確信沒有人跟上他，這才划回藏匿方冀的那間木屋。他一進門就看見方冀正在運功療傷，便不打擾他，先到後間去煎藥。正生火時，聽到方冀的聲音：「陸老弟回來了？」陸鎮道：「錦衣衛已盯上咱們，但已被俺甩掉，不過此處不宜久留了。」

方冀問了陸鎮買藥的細節，嘆了一口氣道：「那藥舖的掌櫃頗懂一點醫道，老弟今日抓來的藥材，確與日前的藥物有些相沖，但我受的這內傷十分古怪，我試了極好的治傷藥，又勤加運功催藥療傷，竟然少有進境。昨晚我想了一夜，打算用這相沖的兩種猛藥同時服下去，冒險一試，恐怕反而可以打通我任脈之瘀……」

陸鎮耽憂道：「猛劑相沖，豈不危險？」方冀道：「我有『三霜九珍丸』托住要脈，再以畢生功力護住重要穴道，雖有危險，值得勉力一試。若不成功，也不致就此喪命；若能成功，今後受那詭異的內力所傷者，就有治療之方了。」

陸鎮素知方軍師對醫藥之道的能耐，在明教中有華陀再世的稱譽，此時聽他如此說，便點首道：「我這就去備藥，軍師服藥後俺就在一旁侍候，有什麼要注意的，軍師吩咐便是。」

方冀服下小半碗兩種相沖的湯藥，一個時辰後便出現陰陽交戰的現象，方冀一面運功相引相抗，一面根據自己的感受調整藥量，足足花了五個時辰才把兩劑藥通通服下。只見他頭頂一陣陣蒸氣冒出，全身衣衫濕透，陸鎮在旁不斷為他遞熱開水，補充水分及元氣。終於方冀緩緩睜開雙眼，面帶微笑，低聲道：「打通了。」

陸鎮雖無高深內功，但這時也知道，方冀過去這五個時辰不僅自行療好了內傷，更重要的是，為這種詭異內力所傷者發明了治療的秘方，便對方冀道：「恭喜軍師，世上又多了一種療傷秘方。」

方冀道：「除了以身試藥，沒有別的辦法找到治療之方。老弟，你方才說此地不可久留，我若仍有內傷在身，還真不知該怎麼辦呢。現在既已痊癒，是我離開的時候了。」陸鎮道：「軍師此去何方？」方冀道：「我要先去靈谷寺一趟，尋我那學生鄭芫。陸老弟，你被錦衣衛盯上，是不是也離開南京躲一躲？」

陸鎮道：「這兩日我進南京城裡，並沒聽到有關章逸的消息，也不知經過官府數日調查，他助您行刺及逃亡之事，有沒有被錦衣衛查出。軍師，你只管去靈谷寺，俺總要打探到章逸的確實消息才能放心。」

方冀望著陸鎮那張長年被日曬得黑紅的臉，那張充滿忠義本色的臉，想到當年明教中有多少這樣的好漢子，有的死在戰場上，有的死於陰謀毒計下，自己刺殺獨夫為他們報仇終究功虧一簣，再要報這仇是報不成了。

∞

章逸從錦衣衛衙門走出來，抬頭看了看天空，午後一場雨已經歇了，陽光又從雲層後閃出，但無一絲涼風，南京城中升起一片溽暑之氣，悶熱不堪。

方才在衙門裡，左、右副都指揮使召集重要幹部商議京城這幾天的防衛及警備之事，大夥兒在緊閉窗戶外的雷雨聲中，揮汗聽上級長官訓話。章逸聽到幾個他特別關心的消息：

皇帝朱元璋已進入生命末期，隨時可能駕崩，皇太孫朱允炆不分晝夜在龍床邊侍候湯藥，諸藩王對京師形勢多有關注，尤以寧王朱權及燕王朱棣蒐集各方消息最是積極。金寄容已下令錦衣衛全部銷假待命，凡有可疑人等，一律先拘下待審。

還有一條消息，便是那晚謀刺皇上的刺客方冀，已經「證實」被魯烈副都使打死落入護城河，屍體並未尋到，乃是因為當晚雨勢太大，屍首流入秦淮河，被大水沖到下游，入了長江。

章逸明知方冀未死，正在陸鎮處養傷，所以一聽到這個消息，立刻心生警惕。上面放出這消息，一方面為己方無法尋得方冀的人或屍找個說法，另一方面如果方冀未死，藉這消息的散布，可以讓方冀放鬆提防，再圖搜捕。

章逸更注意到，這消息在錦衣衛衙門商議大事時故意放出，便是懷疑錦衣衛中有人會把消息傳出去；而那個被懷疑的對象，章逸心知肚明就是自己。他的住所被「小賊」破門而入，房內被翻箱倒匣地搜尋了一遍，豈是偶然？

但章逸是個極有膽識的人，愈是這樣受到懷疑，他愈要顯得若無其事，還想藉機多摸出對方一些底細。就在今晚，他邀約了馬札到他住處便餐，特請了「鄭家好酒」的鄭娘子過來掌廚，要好好燒幾個小菜，招待這位上司。

章逸趕回住所，見樓上樓下都打整得井然有條，想那寒香今日來打掃整理過。他到廚房的酒架上選了一罎上好的女兒紅放在廚桌上，又沏了一壺杭州龍井放在茶几上。

不一會，樓下有人叫門，正是鄭娘子帶著夥計阿寬到了。只見阿寬挑著一擔食盒，進門便向廚房走去。那鄭娘子身著一件水藍色的短袖衫子、水藍色的長褲，頭上繫了一條寶藍色的頭巾，臉龐帶點嫣紅，見了章逸打個招呼：「章指揮萬福。」章逸連忙讓進屋來，道：「娘子答應來舍下掌廚，章逸感激不盡。」鄭娘子道：「只怕咱這兩手廚藝不登大雅之堂，壞了章指揮尊客的興致。」章逸道：「娘子何出此言，『鄭家好酒』的酒菜在京師大大有名，大娘忒謙了。」

鄭娘子快步進了廚房，章逸仍然盯著她藍色的背影發楞。

馬札換了一身便服在樓下叫門，進得門來，只見他提了一大罈酒放在桌上，哈哈笑道：「今日燕王府有人從北平來，帶了好些上好的二鍋頭給燕王二公子朱高煦，二公子賜了幾罈給咱們，俺就帶一罈給你嚐嚐。」

章逸連忙道謝，順口問道：「馬大人，您說那燕王、寧王那麼急著打探皇上和京師的消息，咱們是不是要把這事特別跟兵部那邊會報一下？」馬札道：「金頭兒今晚就是赴中軍府徐督的宴，他們定會商量。章逸你想想，皇上若是有個三長兩短，京城馬上就要處置兩件大事，這些藩王那會不急？」

章逸故作不懂，問道：「那兩件大事？」馬札翹起二郎腿，啜了一口西湖龍井，歎道：「這茶色香味無一不佳，江南人士真會享福，種得出這等絕頂綠茶。」說完又啜了一口，才接著道：「第一，皇太孫要正式繼位。他可不比他老爹，當年做太子時便曾數度監國，列位藩鎮文武大臣無一不服，是以皇太孫能不能壓住局面，這是第一件大事。第二，就算新皇帝坐穩大位，對擁兵自重的諸位藩王叔叔們，是削藩還是懷柔？你說像朱棣、朱權等王爺，能不關心打探嗎？」

這馬札是畏吾兒人，到中土來已數十年，對中原的風土文化、官場的人情世故、朝廷的權力鬥爭都相當瞭解，但他畢竟是西域人，比起漢人來說話較為爽直，章逸平日和他交好，沒事常送些小禮物，請吃好酒菜，許多高層的機密都是從他口中探得一些蛛絲馬跡。

章逸正色道：「聽您這麼說，咱們錦衣衛的責任可大了。」馬札點頭道：「誰說不是呢？但咱們那位副都指揮使，卻在這時要大家遵照一個外來人的指令行事，和少林、丐幫等武林大宗派及大幫派為敵，俺實不知這輕重緩急怎麼個說法？」

章逸又裝傻，問道：「外來人？」馬札忽然警覺，支吾道：「武林人士啦，魯烈喜歡結交武林人士，你也是知道的。」章逸暗忖道：「要想進一步套這個西域人，我得也透露一些。」便接著道：「聽『孝陵』守陵的軍士說，閏五月初一那晚，在鍾山孝陵發生了大事，聽說馬大人您也在場。」

馬札瞪了章逸一眼，道：「你也知道了？俺方才說的就是這個意思。那晚咱們隨魯烈到孝陵，去跟少林方丈相會，說是擒住了一個重要的少林大和尚，要逼少林寺拿秘笈來換人……」

章逸故意道：「那豈不成綁票了麼？咱們錦衣衛要少林的秘笈幹麼？」馬札道：「不

是咱們錦衣衛要，是那個……那個……外來人要。」章逸道：「你們換得了少林秘笈嗎？」馬札忽然生氣起來，罵道：「換了個屁，那被擒的少林和尚又跑掉了……就在這時，金頭兒派手下急命咱們回宮城，那晚皇上病危，差點沒回過氣來，要不是儲太醫有些手段，當晚皇上就駕崩了，咱們若還在孝陵跟少林和尚決鬥，這罪名還得了？魯烈也嚇壞了，還好皇上又醒過來了。」

章逸仍想多探一點底，便問道：「那個『外人』究竟是何人？咱們錦衣衛都要聽命於他？他有皇命嗎？」馬札想了想道：「咱也不很清楚，只知這個外人武功之高，天下第一。」

這時阿寬出來行了一禮，請客人上桌，桌上已經擺了四個小菜：蔥燜鯽魚、清炒河蝦、雪菜百頁、涼拌干絲。

阿寬燙了一壺女兒紅上來，斟在白瓷杯中，那酒澄黃清亮，有如琥珀，濃郁的酒香撲鼻。章逸道：「秦淮河『鄭家好酒』的掌廚親來舍下，做幾個拿手菜給大人您嚐嚐，道地的江浙小菜還是配這上好的黃酒來得好。待會兒若是您想試試白酒，小弟再陪您喝兩杯您帶過來的二鍋頭。」

馬札聞得酒香菜香，滿意地笑道：「好，好，就先喝這女兒紅，怕不有二十年以上的窖藏了吧。請！」

好菜一道一道送上來，馬札吃得讚口不絕，他也藉機旁敲側擊，反探章逸在刺客來宮那晚上的行蹤細節，章逸答得既從容自若又滴水不漏。待得兩人喝得有些醉意了，馬札忽然問道：「有人說，章老弟家中藏了……藏了一個奇怪的面具，不知是怎麼回事？」

章逸暗道：「馬札這廝到底沉不住氣，問到這上面來了！」便哈哈一笑道：「馬大人怎會知道這事？小弟自幼喜歡手製面具，到京師後，便跟夫子廟旁做木偶戲的葉全葉師傅學了好幾年，沒事便自製兩個面具來耍耍，倒也有趣。您既問到，咱拿一個面具給您瞧瞧。」說著他便起身上樓，片刻後下樓來，手中拿了一個新製的面具交給馬札。馬札瞧了一眼，哈哈大笑道：「老弟，你這做的可是魯烈的面具？哈哈，還真有幾分像呢，哈哈！」

章逸忍住了笑，道：「馬大人包涵一下，這事須瞞著魯大人，莫惹他生氣。」馬札點頭道：「不講，不講。你說夫子廟的葉全葉師傅？」章逸點頭稱是，心中暗道：「就是要你去告訴魯烈，去查查葉師傅，俺這個漏洞就暫時圓過去了。」

馬札自覺解了心中一個疑團，心情大好，便要開一罈白酒來喝。幾杯白酒下肚後，講的話就有些夾纏不清，又喝了幾杯，便開始講西域的故事。

馬札扶醉離去，堅持自己走回家，章逸送他到門口，見他步履依然穩健，便由他去了。回到屋內，阿寬已把杯盤殘餚收好在食盒中，紮定了一根扁擔，挑起就要回店。章逸道：「阿寬辛苦了，你先回店去，老闆娘累壞了，歇會兒喝杯熱茶，我會送她回去。」阿寬應了。

鄭大娘在廚房裡聽了，心中一陣狂跳，卻也沒有出聲要跟阿寬一道回去。她背對房門，暗自著急，待要再說聲要走，阿寬已關上大門離去。

忽然她感覺到章逸已到了背後，伸手輕輕牽住了自己的手，拉著一同走出廚房。章逸在她耳邊輕聲道：「娘子，不知該怎麼謝妳呢。」鄭大娘低頭不答。章逸倒了一杯熱茶遞到她手中，她藉著接茶，輕輕摔脫了章逸的手。

章逸在秦淮河一帶是有名的浪子，平日極有女人緣，他在姐兒們面前是風流瀟灑，談笑風生，但在這徐娘未老的鄭娘子面前卻顯得不知所措，只說了聲：「娘子辛苦了。」居然便接不下去了。

鄭娘子低首不言，只輕輕搖了搖頭，燭光下但見她低眉含羞，從雙頰到頸子都泛嫣紅，挺直的鼻樑因低著頭，看上去襯得她容貌格外姣好。章逸從不知所措中，仍能察覺到她嘴角一絲似有若無的笑意。

於是章逸再次鼓起勇氣，伸手握住她的雙手，鄭娘子讓他握了一下就輕輕抽去，忽然章逸的雙臂已經抱住了自己的身子。

這一串動作發生得很快，鄭娘子想要掙脫，但一進入章逸的懷抱，就聞到一股令人心動的男子氣息及濃烈酒味，感覺上又是溫柔又是粗獷，她想要推開，卻被抱得更緊了。

鄭娘子寡居多年，寂寞芳心唯有每日勤勞工作才得踏實，這時被這英俊瀟灑的男人抱在懷中，心中著實一陣慌亂，忽然想到自己的身分，不由大急，身子掙扎著，口中卻叫不出聲來。忽地桌上的燭台被推倒，鄭娘子輕輕驚呼一聲，章逸傾身向前，伸手去扶起燭台，他的嘴唇已經蓋在鄭娘子的唇上。

鄭娘子驚慌中也有一絲甜美的感覺，她不再掙扎。章逸擁著這令他思念的婦人，溫柔地、恣意地施展他那浪子的手段，鄭娘子委婉相就，一時不知身在何處。

然而鄭娘子畢竟是個理性強的女子，她在無限溫存中想到自己，想到芫兒……於是輕聲在章逸耳邊道：「官人，我要回家了。」

輕輕一句話如聞綸旨，章逸立刻停下，緩緩放開懷中佳人，一時不知說什麼，只囁嚅地說道：「娘子，咱是真心誠意的。」

鄭娘子望著這英挺而成熟的男人，此刻他臉上滿是誠懇之色，心中也有一些感動。她整了整衣裳，將頭巾重新繫好，低頭道：「麻煩您送我回去。」章逸連忙去提燈籠，小心翼翼引她走到門口。鄭娘子忽然停下身來，低聲道：「官人前途似錦，奴家蒲柳之質，非君佳偶。」章逸聽了，便堅定而認真地又說了一遍：「娘子，咱是真心誠意的。」

鄭娘子在他臉上看不到一絲浪子的油滑神色，卻看到一個大男人誠心的執著，她輕嘆了一口氣，低聲道：「這事，這事咱們要再想想。」她對章逸無奈地笑笑。

章逸提著燈籠，和鄭娘子並肩走向夫子廟，入夜後的京城總算透出一襲涼氣。然而在常府街章逸住所的斜對面，牆角下站著一個纖細的人影，她充滿淚水的大眼睛流露出哀傷而怨忿的神色，正是那寒香。

∞

中軍都督徐輝祖從中軍府側門走出，帶著兩個戎裝隨從，步行越過千步廊，來到廊東的六部。兵部衙門在六部的南端倒數第二棟，北鄰禮部，最南是工部。徐輝祖是接到兵部左侍郎齊泰的通知，此刻去兵部有要事相商。徐輝祖在京師人脈極廣，消息也靈通，他當然知道齊泰眼下是兵部第一紅人，皇上對他不次拔擢，信任有加，最重要的是齊泰受皇上所託，將來要輔佐皇太孫登基，那時兵部尚書的位置非他莫屬。只不過現在的兵部尚書茹瑺是個厲害人物，到時必有一番折騰。他反正領兵鎮守京師，也不必急著選邊站。

走進兵部的議事廳時，長條桌邊已經坐了幾位朝廷重臣，四個全是文謅謅的飽學之士，只有自己全副武裝，腰配寶劍，另有一個身著灰袍的和尚，兩個人顯得極是不調和。

這些人全是熟人，他向眾人抱拳為禮，便在翰林學士黃子澄身旁的空位坐下。他左手邊坐著的是天禧寺住持方丈，也是皇太孫朱允炆的主錄僧溥洽法師。

齊泰道：「徐帥上座吧。」說著指了指身旁的座位。徐輝祖忙道：「不用，不用，坐定了就好。」齊泰也不堅邀，望著廳門口走進來的錦衣頭子道：「金副都使到就到齊了。」來人正是錦衣衛的左副都指揮使金寄容。

金寄容就坐後，齊泰清了清喉嚨道：「方才太醫院的報告，皇上龍體已到油盡燈枯之時，隨時便將龍御賓天。皇太孫純孝世上少有，不分晝夜侍奉湯藥，並無任何心思安排繼位的大事，而這裡面除了確保順利登基外，還有大行皇帝的後事，詔告天下的文書，各項大典的儀式禮節，京師及邊疆的安全，各藩王領屬的安定……凡此總總，都需要事先有通盤及細節的規劃，一件也錯不得。這些工作有些是兵部的職責，有些須得各部共同用心處理，而統合各方的總計畫，小弟已奉皇上之命，要請翰林院方先生來主持。總之，此時皇太孫既無暇亦無心管，這些責任咱們做臣子的便該主動挑起來。」他一說完，便示意坐在桌案右邊頭一個座位的方孝孺發言。

方孝孺謙虛地說了一段開場白便轉入主題，他先請在座諸人就自己所管之事做了一些報告，然後道：「諸兄所言皆甚是，綜合眾議，咱們需要有一核心小組，從今日起，每日聚此商議當日大事及應變舉措，此事至關緊要。愚弟以為，小組應以兩人為首，一文一武，諸位有何高見？」

齊泰見大家都不說話，心知在座諸公各自都有深謀打算，不願在此關頭多言，便發言道：「諸公客氣，便由小弟做一建議，此小組之首，文則孝孺兄，武則魏國公，各位覺得如何？」

方孝孺隔桌望了望坐在徐輝祖上首的黃子澄，只見黃子澄面無表情，一言不發，便朗聲道：「齊兄的建議，武的由魏國公徐督主持自無異議，至於文的，小弟覺得非黃學士子澄莫屬。」

那黃子澄是洪武十八年會試的魁首「會元」，殿試時也點了「探花」，而方孝孺雖然文名滿天下，卻不是科舉出身，他的恩師宋濂及其他當朝鴻儒一再向朝廷薦才，才受到朱元璋的重視。黃子澄久入中樞，洪武三十年的春闈，主試官大學士劉三吾出了「試場弊案」

遭罷黜，差點兒丟了腦袋，其翰林學士的缺便由黃子澄擔任，加以他多年來在東宮講學侍讀，與皇太孫關係密切，十分交好。這段時間朱元璋忽然將方孝孺從蜀王朱椿那裡調來京城，一到京城就受到極大的重視，頗令黃子澄這位當年會元之才的探花郎有些吃味兒，他正在心中暗忖：「等皇太孫就大位了，咱們看看誰聽誰的。」卻不料方孝孺的發言忽然指向自己，便謙辭道：「不可，不可，還是孝孺先生來主持的好。」

方孝孺雖未正式為官，但也是出自官宦世家，對這種大臣之間的微妙關係瞭然於胸，於是他堅持道：「子澄兄不要謙辭了，策劃分工的事小弟自會盡力而為，但主持這極重要的工作小組，可要引領各部，絲毫差錯也出不得，須得有子澄兄這等資望之士方可勝任。」

鄭洽年資最嫩，全因皇太孫及主錄僧溥洽欣賞，才得以在這等場合敬陪末座。他到底年輕，見大事在即，便一個小組主持人的位置竟然難以產生，不禁有些不耐起來，便對大家拱手為禮道：「小弟人微言輕，但覺事情迫在眉睫，諸賢不宜過謙。子澄學士，就由您來主持吧。」他心中其實屬意方孝孺，但見方一再堅辭，已知在目前情形下退居幕後反而有利，便不顧自己敬列末座的身分，勇於進言。

黃子澄瞄了身旁的徐輝祖一眼，徐輝祖微微點了點頭，黃子澄也就拱手道：「既然方兄、鄭老弟皆如此說，子澄不敢再推辭重責大任，便與魏國公一同主持吧。」

方孝孺暗中鬆了一口氣，他揮了揮手，一名伺候在旁的幕僚就將準備好的一疊折子拿出來，按照折子首頁上的姓名，分發給在座每一個人。方孝儒道：「因齊泰兄傳命，小弟先做了準備工作，已將從今日起到皇上賓天後的全部重要大事，做了些整理及分工，略供各位參考，如有不當或遺漏，現在就可以提出商議。子澄兄、魏國公，請兩位主持。」

眾人把手中折子看完，無不對方孝孺的才幹感到讚佩，他不僅把所有大家能想到的工作鉅細靡遺地列出，且將執行每項工作的關鍵時、地、人做了剖析，項目之間的相互關連與支援也設想周到，連黃子澄也不得不讚道：「孝孺這番擘劃確有大將之風，諸公可有其他意見，請儘量提出。」

眾人一片讚佩之聲，並無進一步的意見。鄭洽暗自忖道：「今日可長了一智，試想方孝孺如果自己來主持其事，他拿出來的分工計畫就算再好，也不會像此刻這樣眾口稱善，我瞧那黃子澄立即就要挑毛病，雞蛋裡還挑得出骨頭哩。孝孺這人還真聰明。」

就在這時，一名帶刀侍衛疾步進廳，單膝點地，喘聲報道：「皇上詔黃學士、齊侍郎、方孝孺即刻進宮。」

徐輝祖一躍而起，道：「事已急，各位就照計畫辦事吧。」便出了議事廳，從兵部側門疾奔向千步廊對面的中軍都督府。金寄容也拔腳就走，他並未走回錦衣衛衙門，反而疾步直接由千步廊穿過承天門，向皇宮走去。

剎時之間，兵部議事廳只剩下鄭洽和那主錄僧溥洽。鄭洽道：「宮裡出了大事，莫非皇帝……」溥洽雙掌合十，低首默宣佛號，然後道：「鄭公子，該來之事終將來臨，幸好方學士給大家的分工策劃鉅細靡遺，咱們分頭行事，你也快回翰林院去吧。佛祖保佑。」

鄭洽搖頭道：「此時宮中隨時有事，咱們還是留在這裡靜候，侍衛隨時會來通報。」

兩人對坐長桌兩邊，各自翻閱方孝孺所寫的折子，兵部議事廳裡靜悄悄的一片，直到又一名錦衣侍衛匆匆進來，打破了寂靜：「奉皇太孫命，請鄭大人及溥洽方丈半個時辰後到春和殿議事。」說完行禮就快步退出，顯然還有其他地方要去緊急通知。

鄭洽低聲道：「皇上駕崩了。」溥洽法師雙掌合十，慽聲宣佛：「阿彌陀佛，我佛慈悲……」

時為洪武三十一年，閏五月初十。

∞

鄭洽帶著早已預備好的新皇告天下詔書，走進東宮春和殿。這份詔書的草稿出自方孝孺之手，黃子澄看過提了一些文字上的意見，便交給鄭洽，鄭洽斟酌著改動了幾個字，方孝孺認可後，由鄭洽用一筆漂亮的趙子昂體抄寫成卷。

他進入春和殿時，殿內已經有幾位大臣先到了，鄭洽一一行禮後，輕聲問方孝孺：「情況如何了？」方孝孺滿面悲慽之色，搖了搖頭道：「大行皇帝去得還算平和，皇太孫哭得肝腸寸斷，現仍在宮內不能處理大事。唉，純孝之人，世所少見啊。咱們就再等一會吧。」

他心想，裡面有黃子澄侍候著，外面有魏國公鎮守著，應該可以安度無驚。

鄭洽從袖中拿出詔書遞給方孝孺，方孝孺開卷看了一下，便捲上道：「鄭老弟好一筆小楷，這是新皇第一號詔書，咱們躬逢其盛啊。」鄭洽便將詔書交給了掌印太監。掌印太監捧著詔書，跨著小快步，到後宮去給皇太孫過目。

這時徐輝祖和一位黑瘦的大臣一路走過來，鄭洽識得是兵部尚書茹瑺，便上前見禮。那茹瑺大剌剌地點了點頭，指著方孝孺問身邊的徐輝祖：「魏國公，這位何人？」徐輝祖忙介紹道：「這位便是名滿天下的大學問家方孝孺。」茹瑺啊了一聲，道：「久仰，久仰。」拱了拱手，就走過去和齊泰說話。

鄭洽心中暗道：「茹瑺尚書平日禮數周到，何以如此輕慢方孝孺？」這茹瑺原本深得朱元璋賞識，但皇帝只為要傳位給朱允炆，便開始極力拔擢皇太孫身邊的人，齊泰因此受到重用，茹瑺自知尚書之位將不保，對這些由天而降的新朝新貴便極是反感。鄭洽又一次為方孝孺的處境感到耽憂。

約莫過了一個時辰，四名太監扛著一張雕龍木椅從後宮走出，安放妥當後，在殿前兩邊立定，殿內立即安靜下來，眾臣也自動略作排列站定。只見皇太孫朱允炆身著重孝服，緩步走了出來，東宮侍讀的翰林黃子澄亦步亦趨地跟在後面，掌印太監誠惶誠恐地雙手捧著那份詔書，走在黃子澄的後面。

黃子澄等朱允炆坐定了，便躬身走到眾臣行列之中，正好站在徐輝祖的身旁。只見朱允炆雙眼紅腫，但臉上已有血色，仔細看時，可看出容貌做了一些修飾，看上去喪亂之色大減。

眾臣一起跪下，齊呼吾皇萬歲。朱允炆頷首道：「眾卿平身聽詔。」那掌印太監便捧著那詔書，尖著嗓子宣讀起來。那詔書除述大行皇帝的開國功勛前無古人，亦將皇帝的駕崩歸罪於子孫之孝誠不足感天地，然天意難追，繼位者必以大明江山及千萬黎民為重，含悲忍痛而詔告，凡國事百端先帝皆有妥善安排，兆民雖銜哀而可無憂云云。

繼位儀式便在眾臣萬歲聲中完成，只待一個月後的登基典禮，便可正式詔告天下，翌年改元建文。

朱允炆打起精神，就他能想到的大事一一垂詢，無論是京師警備、邊境安全、大行皇帝安葬事宜、宮廷儀式、佛事等等不一而足，每件事都有主其事的臣子對答如流。朱允炆知道，這都是自己幾個親近的能臣悉心規劃的結果，不禁鬆了一口氣，暗覺安心。

這一段時間，他全心全力侍奉湯藥，整個人如緊繃之弓弦，無晝無夜卻不覺疲累，直到祖父駕崩，他便突然崩潰。這時他雖傷心欲絕，總算可以平靜地思考一些事情，想到自幼年以來的依靠突然去了，今後再也沒有「天塌下來有爺爺頂住」的日子，他默默對自己說：「允炆啊，以後要靠你自己了。」兩行清淚又忍不住奪眶而下。那年朱允炆二十一歲。

∞

傅翔風塵僕僕到了南京。他依照方冀一路留下的暗記，也在長江與秦淮河口上岸，要雇一條小船溯秦淮河而上。船老大見傅翔一個單身少年竟然獨資雇船，不禁起了些疑心，便問道：「小客官家住南京城嗎？」傅翔道：「我自外地來，大哥你送我到聚寶門便好。」那船老大道：「客官莫客氣，叫我老王就成。南京城這幾日城門嚴禁，小客官你外來人，怕要遭守城的細細盤問呢。」

傅翔奇道：「為何如此？」老王道：「昨日洪武皇帝病死了。」傅翔大吃一驚，胸中熱血翻騰，這個殺祖殺父的仇人竟然得了善終？他顫聲道：「老王，你說的可真？」老王指著遠方的城牆，道：「你不信，瞧瞧定淮門上的旗子不都換了白色？」

傅翔抬頭望去，只見城牆上所有的旗幟果然全都換成了白色旌旗，他要再次確定此事，便問道：「老王，你說洪武皇帝昨日死了？」老王想了想，答道：「到底啥時間死的老王也不知，但是城裡旗子是昨日換白的。小客官，你可是要到城裡投靠什麼人？有人名就好過關。」

傅翔心中思潮洶湧，他暗暗咬牙，尋思道：「我千里迢迢趕到南京，朱元璋卻早一天走了，難道這是天意，不讓我親手為爹爹及爺爺報仇雪恨？也不知師父有沒有什麼行動？」想到這裡，更急思著要尋方冀，便掏出一錠銀子給老王，道：「銀子給你不用找了，快快送我去聚寶門。」

那老王見那錠雪花花的銀子，眼睛一亮，心中疑念更濃，他一面搖櫓開船，一面嘀咕道：「待會你若進不了城，可別怪我沒有先警告。」傅翔道：「不怪你，快走，快走。」

船行過石城門，左邊是石牆，右邊遠處一片青蔥林子，林子外是莫愁湖，好一幅明媚的江南美景。傅翔無心欣賞，只看到石城門上的白幡飄揚，襯著蔚藍的天空格外醒目。

船近三山門時，忽然有一條小漁船從旁划近，船上一個頂笠漁夫大聲叫道：「老王，老王！」老王一面停櫓慢下來，一面哈哈笑道：「老陸啊，那天使得好疑兵之計啊。」那小船一路划近來，傅翔見那漁夫是條濃眉環目的老漢，手上雙槳如同加了什麼機簧一般，輕輕一撥，漁舟便射出如箭，又快又靈巧無比。他不禁看得呆了，忍不住讚道：「大叔使得好槳！」

那漁人點頭不答，卻對老王笑道：「正要問你，那天你把兩位官爺送到那去了？」老王道：「咱的船在蘆葦當中轉來轉去搞了大半個時辰，最後回到秦淮河，官差屁也沒抓到一個。」老陸道：「多謝了，隔天請你喝老酒。」

老王道：「聽說城裡官差在打聽一個大鬍子漁夫的來歷，問了四五個河上的弟兄，哈哈，大夥兒沒有一個人說認識你。老陸，你在這河上混了也十多年了吧？怎麼誰也不認得你呢？」老陸眨眨眼道：「官爺要找大鬍子漁夫，俺又不是大鬍子……」接著他嘆了口氣道：「難得弟兄們個個義氣，就像俺以前在明教時的弟兄一般，找一天你幫我都約過來，大夥兒好好吃他媽一頓。」

傅翔聽到「明教」兩個字，好像黑暗中見到一盞明燈，便站起身來拱手道：「大叔，您……您方才說『明教』？」陸鎮不答，反問道：「小哥兒你問這作啥？」傅翔想了想，道：「小可也識得一位明教的……明教的英雄，不知是否能打聽一下？」

陸鎮初時見老王船上搭了一個少年，聽口音是個外來客，便無警惕之心，此時聽傅翔這般說，倒是要謹慎以對了。他瞪著傅翔道：「小哥兒要打聽誰？」傅翔道：「從襄陽來的教書先生方夫子。」

這是方冀在暗語中留下的身分，傅翔試著使用，原不期待對方知道，那曉得陸鎮一聽此言，環目發光，單槳微微一盪，兩條船便緊緊貼在一起。他叫聲：「小哥兒快過來。」伸手就要把傅翔拉上他的小船。傅翔本能地一閃，陸鎮拉了個空，傅翔一步跨出，已上了陸鎮的小船。陸鎮只覺船上多了一個人，卻連最輕微的搖晃都沒有，待傅翔完全站定了，那小船才緩緩下沉一些，陸鎮為之駭然。

陸鎮從船底提了一個木桶上來，呼的一下連湯帶水丟給了老王，老王接過一看，桶裡面有兩條尺半的鱸魚。陸鎮哈哈笑道：「咱們以魚換人，這兩條魚教嫂子整治給你下酒，一條清蒸一條紅燒。小哥兒，你隨我去找方夫子。」

他雙槳一扳，小船如箭射出，傅翔只聽到老王謝謝送魚的聲音，剎時間小船已在十丈之外了。

傅翔坐在陸鎮對面，考慮了一會，決心問道：「大叔見到我方師父？」陸鎮道：「方師父？你姓傅？」傅翔大喜，知道遇對了人，忙拱手道：「小可傅翔，從神農架來，敢問大叔……」陸鎮點了點頭，道：「你師父提過你。俺是明教昔年的水師頭領陸鎮，江湖上喚俺『賽張順』，是誇俺水性比得上那梁山好漢『浪裡白條』張順。」

傅翔急問道：「我方師父現在何方？」陸鎮低聲道：「你方師父闖下了好大的事啊……」說完便搖了搖頭停下來。傅翔忍不住追問：「什麼大事？他人還好嗎？」

陸鎮道：「他進宮裡去刺殺朱元璋，差一點就把那狗皇帝斃在劍下，可惜功虧一簣，可惜啊可惜。」傅翔咦了一聲，道：「師父用劍？」他只知師父一生與人動手從來不用兵器，但他卻不知方冀此次為了「乾坤一擲」那一招殺手，終於破例備了一柄鋒利的短劍來到京師。

接著陸鎮便把方冀乾坤一擲以後逃出皇宮，身受重傷，如何療傷種種情節告知了傅翔。傅翔只聽得直冒冷汗，自從那天想到師父極可能要冒險行刺皇帝，他就耽憂得不得了，以師父一人之力到京師行刺皇帝，那就是存有必死之心了。這時他聽陸鎮所述，作夢也想不到明教有如百足之蟲，死而不僵，京師之中居然還有昔日弟兄相助——那個埋伏在錦衣衛十多年的章逸，昔日人稱明教軍師為小諸葛，實在深謀遠慮，確實名不虛傳。

他再問道：「陸大叔，師父現在何處？」陸鎮道：「昨日他說要去靈谷寺尋他的學生鄭芫。」傅翔心中一跳，便道：「小可現在就去靈谷寺尋他。」陸鎮忽道：「不急，軍師去靈谷寺也未必尋著那鄭芫。鄭芫有時待在秦淮河邊的『鄭家好酒』小館，幫她娘招呼客人，俺正要進城去鄭家小館送魚鮮，順便打探章逸這幾日的下落。小哥兒，你且扮個小漁郎，隨我進城罷。」

傅翔心想，先去看一下鄭大娘也好，鄭芫說不準也在呢，便道：「小漁郎敢情好，但怎生打扮？」陸鎮道：「你先捲起衣袖褲腳。」他將小船靠岸，在岸邊抓了一把稀泥巴，塗在傅翔臉上和露出衣褲外的手腳上，拿出一頂竹笠讓傅翔戴上，一件蓑衣披上，再抽一條草繩叫傅翔紮在腰上，又舀一瓢泥水灑在傅翔衣服上，瞧了瞧傅翔驚愕的表情，哈哈笑道：「成了，還挺像樣呢。」

他划著小船，直駛向三山門，護城河岸上兩名軍士識得陸鎮，叫道：「打魚的，停船檢查。」陸鎮打開船艙，水艙裡十來條魚，鯽魚鯉魚都有。他從水艙裡撈出一個網袋，網中有兩尾兩尺長的大草魚，他將網袋繫在護城河岸邊的矮木樁上，魚兒就浸在水中了。那兩名軍士笑了笑，便揮手讓陸鎮的小船駛入城裡的秦淮河道。

小船進入青溪，泊在一棵柳樹下，上岸便到了「鄭家好酒」門口。陸鎮大聲叫道：「鄭大娘子，送魚鮮的來了。」鄭娘子和阿寬從屋內跑出來，鄭娘子道：「今天有沒有鱸魚啊？陸老爺，什麼時候收了個小漁郎？」她立刻看見陸鎮身後跟著一個少年漁郎，臉上泥乎乎的，手上提著一桶活魚蝦。

陸鎮還沒有回答，傅翔卻忍不住了，應聲答道：「有，有兩條呢，鄭……鄭媽媽。」鄭娘子見這少年叫她鄭媽媽，不禁大感奇怪，心中正琢磨又不認得這小漁郎，為何叫自己鄭媽媽？傅翔把手上的魚蝦交給阿寬，接著道：「鄭媽，芫兒在嗎？」

鄭娘子這下子認出一些眉目來了，她再走近仔細瞧瞧，那少年臉上雖然滿是汙泥，終於還是瞧清楚了，她大喜叫道：「傅公子，傅翔，是你！」也不顧傅翔身上的泥水，上前抓住他的雙手，開心地猛搖道：「傅翔，你長得好高啦！十……十六歲了吧？芫兒好些日沒回來了，她在靈谷寺和天慈法師在一起。這孩子也快十五歲了，整天除了讀點書就是練武，想要做什麼俠女，早知道這樣，便不讓她跟潔庵大師學武了。」

陸鎮接著道：「傅公子有所不知，鄭芫這小姑娘在秦淮河的夫子廟一帶已經是有名的俠女了呢，大夥兒稱她『鍾靈女俠』，專打抱不平。」

傅翔聽得傻住了，「鍾靈女俠」，恨不得立刻見到她。鄭娘子笑道：「夫子廟那邊說書的、幫閒的最愛誇大其事，陸老爺子怎也跟著他們起哄。」陸鎮道：「前不久俺送魚鮮去錦衣衛的伙房，碰到章指揮，他談起鄭芫，說這娃兒武功高得出奇呢……」說到這裡，陸鎮話一轉：「對了，章指揮這幾天有沒有來店裡喝酒？」

鄭娘子一聽到「章指揮」三字，心中猛然一跳，正是言者無心聽者有意，她支吾了一下，道：「……有，今晚他就約了客人來喝酒。」

陸鎮聽到章逸至少到目前依然沒有東窗事發，心中大喜，表面上只淡淡地道：「見著章爺替俺問聲好，他衙門的伙房很是照顧俺，去年過年時的壓歲及開春酒，魚鮮都找俺老陸，著實賺了幾兩銀子呢。」

他打探章逸安危的目的已達，便不願多在城中逗留，於是向傅翔道：「俺這就回去了。

傅公子，你是跟俺走還是留這邊……」鄭娘子打斷道：「當然留下來，咱們四年不見了，好多話要聊聊呢。」

陸鎮一面走出門去，一面叮囑傅翔：「哈，你這假漁郎也該洗把臉，把手腳弄弄乾淨了。」只見他哼著漁歌，豪邁地走向溪邊小舟。傅翔追出兩步，想說什麼又不知說什麼，只望著陸鎮魁梧的背影跨上小船，一時間竟然呆住了。

∞

阿寬帶傅翔到後房去洗梳乾淨，衣衫上的泥漬也就顧不了這許多。傅翔回到廚房，見鄭娘子和阿寬正忙著準備菜餚，便自動上前幫忙。鄭娘子忙道：「傅公子，你且坐在一邊說話就好，不要愈幫愈忙。」傅翔卻不管，洗淨雙手就幫忙殺魚切菜，動作乾淨俐落，鄭娘子不禁大感驚奇。傅翔一面回答鄭娘子的問話，把這四年的情形大致說了一遍，一面手腳不停，把阿寬該做的事兒做了一大半。

阿寬先覺得這人是個熱心勤快的傻小子，也不要工錢，便自動幫忙而且動作熟練，便偷個小懶在一旁閒著，這時忽然想道：「哎喲，不好！這小子莫不是想要謀咱的工作，才來獻殷勤？」想想不對，便上前把傅翔手上的一籃活蝦搶過來剝洗。

傅翔說到方師父時，便隱去刺殺皇帝那一段，只說師父現往靈谷寺去尋鄭芫。鄭娘子道：「芫兒的新師父天慈大師，你在泉州也見過的，那位住持方丈到靈谷寺來了，芫兒的師父潔庵大師卻到泉州去住持開元寺，便託天慈大師代他傳授芫兒少林武功。」

傅翔雖然急著想趕到靈谷寺去，但方才聽鄭大娘說，章逸等會兒要來店裡吃酒，他極想見見這位潛伏在錦衣衛中十多年的明教英雄，因此便有些猶豫不決。

鄭娘子道：「今天已晚，不如待一晚，明日一早再動身去靈谷寺，鄭媽還有好些事要細問你呢。」傅翔想了一下，便答應了。阿寬見傅翔留了下來，暗道一聲不妙，瞪了傅翔一眼，趕快努力處理那籃活蝦。

傍晚時分，章逸和他約的客人還沒有到，鄭洽卻帶了兩位翰林院的同事來到「鄭家好酒」。鄭洽一進門，便掀開廚房門簾對鄭娘子道：「鄭娘子，我帶了兩位同事來便餐，麻煩隨便炒兩三個小菜，咱們吃得簡單些，完了還要回翰林院辦公。」

鄭娘子忙招呼道：「鄭相公呀，您現在可忙了，我聽說您是新皇上御前紅人呢。快快請您的貴客入座，咱這就先給您炒菜，待會兒章指揮他們錦衣衛的大老爺也要來喝酒。您今天想吃些啥？」

鄭洽道：「多謝娘子，妳隨便配兩三個菜就成，酒要那種淡一點的。這位小哥……」他忽然瞧見傅翔站在一旁，覺這少年英氣勃勃，氣宇不凡，只是面生，便問鄭娘子是何人。

鄭娘子道：「啊，他姓傅，是咱們在盧村時的鄰居，今日路過來探望他小時候的玩伴芫兒。」

鄭洽道：「芫兒去那裡了？好一陣子沒看到她。」鄭娘子道：「她此刻在靈谷寺吧，咱這做娘的也說不準。」鄭洽哈哈笑道：「『鍾靈女俠』遊俠四方，不聽妳這娘的了。」他朝傅翔點頭為禮，傅翔拱了拱手。

鄭洽退出廚房後，傅翔道：「芫兒俠女之名還真不小呢，連朝廷的大官都知道。」鄭娘子道：「這鄭相公是咱浙江的同鄉，又是同宗，最是常來照顧，和芫兒也是混得極熟，常頑笑的。」

鄭娘子知這三人要趕時間，吃完還要回衙門，便吩咐阿寬先奉茶上酒，切一盤冷碟菜讓三人先吃起來。

傅翔聽得簾外一個帶鼻音的客人道：「這酒好。」另外一個宏亮的嗓子道：「今日侍讀您那篇〈青史錄實疏〉，真乃宏文，非胸有奇氣、膽有壯識之士，不敢出此筆也。」只聽得鄭洽謙道：「吳兄過獎。必有仁明之君，方有直言之臣，是新皇談起大行皇帝『實錄』的處理，春秋之筆如何載入國史，其中最難處理之處便是大行皇帝戮殺功臣的部分，仁孝的新皇帝為此煩惱，才命小弟仔細思考然後回奏。」

那姓吳的大嗓門道：「洪武皇帝殺功臣的事實，就算避不入史，又怎能逃過天下悠悠之口？這是不可能不錄的。」那帶有鼻音的聲音道：「吳兄說的不錯，國史中當然都有記錄，但記的全是諸公諸侯如何因謀反獲罪而遭戮殺。試想幾個案子牽連數萬人，難道個個都要謀反？如此何以昭信後世之史家？」那大嗓門道：「丁兄，你掌管洪武大事錄，連你都不信，天下何人肯信？」

鄭洽道：「小弟所憂猶有進者，如若國史實錄不可昭信天下，則各種稗官野史必將充斥民間，以野凌正，以訛傳訛，後果豈不更是嚴重？」

那姓丁的道：「我朝開國以來九大功臣封公，除鄭國公常遇春戰死，魏國公及衛國公早病死，其他六公，洪武皇帝一共殺了五位。只涼國公藍玉一案便誅殺侯爵伯爵一十五人，將校百官一萬五千人，許多人與藍玉全無關連，也遭牽入被殺，這豈是國史上一筆『謀反』便能交代？」

那姓吳的大嗓門接著道：「聞說藍玉行事乖張，恃功驕橫，獲罪或有其由。最難錄實的，恐怕是穎國公傅友德慘遭逼死一案了，唉……」說到這裡長嘆一聲。

一簾之隔的廚房中，傅翔聽到那大嗓門提到自己的爺爺傅友德，不禁全身一震，連忙豎耳傾聽。只聽得鄭洽也嘆了一口氣道：「小弟在這篇疏文中便引此案為例，略述穎國公自歸洪武帝以來，出生入死，所向披靡，敵聞之喪膽，望風而降。穎國公一生豐功偉業，無罪而冤死，且罪及家族，斷不能再以莫須有之『謀反』罪名加諸其身！」

那姓丁的道：「不知新皇如何看待此事？」鄭洽道：「皇上看完這一段，便命近臣記下：『傅友德有烈烈之功而無昭昭之罪，國史當只記其功不記其禍。』交與史官處理。」那吳姓大嗓門拍案叫好：「好個『只記其功不記其禍』！皇上用這個『禍』字而不用『罪』字，是表明穎國公之不幸乃是『遇禍』而非『遭罪』，如此他刪去莫須有的部分，便不算是翻案，也顧及了他爺爺洪武帝的面子。好個聰明的新皇帝！」

廚房中的傅翔聽到這一番對話，只覺胸中熱血沸騰，既痛心祖父及父親的慘死，對那鄭洽的仗義上疏也感欣慰與感激，他知道經新皇帝這一詔頒下，爺爺穎國公傅友德在實錄中將不再是「謀反」的逆臣，而他的功勛也將長存青史。

鄭娘子雖然已知傅翔的來歷，但對傅友德的生平及此案的細節並不清楚，她見傅翔此刻激動萬分，於是輕輕拍了拍傅翔的背，低聲安慰道：「傅翔，要撥雲見天了。」傅翔說不出話來，只能重重地點頭。鄭娘子一面安慰他，一面命阿寬將三個熱炒小菜送出去。阿寬瞪著傅翔，暗忖：「禍事了，老闆娘莫不是看上這小子？」

華燈初上之時，章逸帶著兩個客人跨進「鄭家好酒」小館。走在前面的一位年約四十多歲，面皮白皙，頷下留了一圈短鬚，身著上好的綢衫，頭上戴一頂小帽，帽上一方碧綠的小翡翠顯得極是華貴。他身後一位身材高大，面孔大而圓，卻細眼細眉，穿在身上的衣服看上去有點嫌小。

三人才進小館，鄭洽便起身拱手道：「章指揮你好大面子，竟把駙馬爺梅二爺請來了。」章逸道：「鄭侍讀，這幾日可把您忙壞了吧。駙馬爺今日找到小弟，談些拳棍武功之事，便約在『鄭家好酒』，來嚐嚐咱們鄭娘子的好酒好菜。」他指了指駙馬爺梅殷身後的大漢，道：「這位兄弟瓦剌灰，是梅二爺的親信。」

那梅殷是朱元璋的二駙馬，最得洪武皇帝的喜愛，朱元璋病中曾召梅殷至榻前囑託：「汝老成忠信，可托幼主。」還給了他遺詔：「敢有違天者，汝討之。」

鄭洽指著隨他來的兩位，介紹道：「這兩位翰林編修丁兄、吳兄，來見過駙馬梅爺。」他接著道：「駙馬爺文武雙全，又受大行皇帝遺詔，這兩日晚生正在為新皇登基大典的詔書起草，有些地方想向駙馬爺當面請教。」梅殷拱手道：「好說，好說，鄭老弟便到我舍下來聊聊，極是歡迎。」鄭洽道：「咱們來得早，已經用過飯，還要趕回翰林院辦公，三位請坐。阿寬，會賬。」

鄭洽會了賬，帶著兩位編修離去，他出門時聽到阿寬關門上栓的聲音，回首一看，門上不知何時已貼上一張白紙，上書「國喪期間謝絕宴席」，不禁啞然失笑。

傅翔在廚房中忍住了出去向鄭洽致意的衝動，但是卻忍不住要想見見章逸。他對鄭娘子道：「讓我送菜出去，瞧那章逸一眼。」鄭娘子阻止道：「不急，不急。待會兒定有機會與他見面。」

趁阿寬送菜出去的空檔，鄭娘子解釋道：「等會外面吃完了，章逸還要留下來有事相商，你便可以跟他見面問話。」傅翔一肚子話要問，也只好按耐下來。

卻聽得那章逸對梅殷道：「國喪期間不便大肆宴飲，這小館最是清靜，酒菜又極是可口。駙馬您先嚐嚐這酒，乃是店家自釀，味道比京師最有名的酒『六朝遺風』有過之而無不及。價錢呢，只一半都不到哩。」那駙馬爺飲了一杯，讚道：「嗯，確實不錯。瓦剌灰，你也飲上一杯。」那高大的親隨道：「這黃酒好是好，咱蒙古人還是愛那濃烈的白酒。」章逸道：「這『鄭家好酒』釀得三種好酒，有一種白酒香烈得緊，定中兄弟你意。阿寬呀，給這瓦剌兄弟換一壺白酒來。」

阿寬正在偷喝一碗黃酒，聞言連忙捧了一小罎白酒送出，揭開罎蓋，立時滿屋酒香。那瓦剌灰喝了一碗，大叫好酒，章逸道：「老弟，咱說得沒錯吧！駙馬爺您也嚐嚐。」

鄭娘子在廚房中聽到章逸在外面賣力推薦鄭家好酒，不禁嘴角含笑，暗暗心喜，傅翔也覺這章逸殷勤得過分，但十分有趣。鄭娘子熱炒的每一道菜都留了一些在廚房，叫阿寬和傅翔盛飯吃起來，自己忙著調理魚蝦。

∞

果然，章逸送走了駙馬爺梅殷和他的親信隨從瓦剌灰後，就轉回到「鄭家好酒」小館來。他掀簾進入廚房，一眼看見廚房中多了一個傅翔，不禁一怔。鄭娘子忙介紹道：「這是方師父的徒弟傅翔，芫兒在盧村時的同學哩。」

章逸從方冀處得知有個徒弟，但並不明其身世，他打量了傅翔一番，只覺這少年氣質非凡，年紀輕輕卻有一種大將之風，不禁極感詫異。傅翔也在仔細打量章逸，他已知這個明教英雄潛身埋伏在敵人核心陣營中十五年之久，終在緊要關頭出手助師父一臂之力，心中又敬又佩，又見此人英俊瀟灑，頎拔而無粗魯之氣，不由暗生仰慕之心。

章逸道：「傅小哥從神農架來？可與方軍師聯絡了？」傅翔道：「不錯，正是從神農架來的，尚未聯繫到師父，卻在城外河上碰到了陸鎮老爺，得知章……章指揮的事，好生欽佩。」

章逸道：「全是方軍師的安排，軍師妙算一十五年，真乃小諸葛也，咱只是照著做而已。」他說得輕描淡寫，彷彿微不足道，又道：「只可惜，只可惜……功虧一簣。好在方軍師總算吉人天相，現下已經無恙。」

傅翔深知師父的武功及機智過人，想不到竟遭人擊成重傷，是以急著要問個清楚，便接著問道：「未知我方師父是如何受傷的？」

鄭娘子見阿寬已將殘餚杯盤處理得差不多了，便沏了一壺茶，道：「兩位爺到外面坐好了聊，喝杯熱茶化化食。」傅翔忙道：「不敢有勞鄭媽。」說著便將茶壺接過。

章逸坐定了呷一口熱茶，緩緩地道：「方軍師『乾坤一擲』功敗垂成後，原來照計畫大可安全撤走，卻被一個天竺來的神秘高手攔住……」傅翔驚得一杯茶差點拿不穩，低聲叫道：「天竺來的？」

章逸點點頭，但見傅翔的表情，大感驚奇道：「是天竺來的，有何不對？」傅翔道：「是不是輕功奇高，內力詭異，銳利如有形重器？」章逸咦了一聲，道：「不錯，小哥兒你怎知道？」傅翔對師父何以受傷已經瞭然於胸，他想起完顏道長的猜測，天竺來的神秘高手除了那「地尊」以外，可能還有一個師兄，只怕就是此人。於是他先不回答，卻繼續問道：「那天竺怪客姓啥名誰？」章逸道：「人稱他『天尊』……」傅翔大叫一聲：「天尊地尊，是了，是了！」

章逸被這一連串的「是了」搞得不知所云，瞪著這個神奇的少年，等他解釋。傅翔道：「章指揮，容我說明。咱這次從神農架下來，便碰上那個天竺來的『地尊』，他的武功深不可測，施出的內力銳如劍鋒，和這……京城裡您說的那個『天尊』，恐怕是師兄弟。」

接著他便把一路的經過撿要緊的說給章逸聽了，章逸也把天尊掌控錦衣衛的情形簡略說了。傅翔想了一會，道：「天竺武林想要奪取中土武林各派的秘笈，但為何要跟錦衣衛掛勾？難道這批天竺人還有其他的陰謀？」章逸也在思索這個問題，而且已經想了好些時候了，只是仍然沒有很好的解釋，這時聽傅翔這樣問，便隨口問道：「小哥兒，你覺得如何？」

傅翔皺著眉想了想，道：「莫非……莫非有人要對京師不利？」

章逸聽得心中一震，他沒有想到這個從神農架來的山野少年，今日才第一次進到京師，竟然說出這樣出人意表的看法。他再一細想，覺得傅翔此言大有道理，錦衣衛向來只聽皇帝的命令，就連錦衣衛頭領都指揮使本人也不能真正掌控全盤，在朱元璋手上，前面兩任都指揮使——毛驤及蔣瓛，也都兔死狗烹，先後被朱元璋藉故殺了，只不過傅翔說「對京師不利」，章逸聽入耳內，其實是要對皇帝不利啊。

想到這裡，章逸不禁捶掌叫道：「是了，是了！原來有人要對小皇帝不利！」

傅翔只是憑直覺回答章逸的問題，卻不料給了章逸一條另類的思考線索，他立刻陷入沉思。自從朱元璋誅殺了藍玉，也殺了密告藍玉的蔣瓛，便不再派任錦衣衛的新頭領，他的身體從此時也漸漸進入衰老期，而不久之後，蒙古、西域來的武林高手開始進入京師，有的直接加入錦衣衛，有的散在京師各處，平日經常和錦衣衛聯繫。最後天竺高手來了，而且武功深不可測，兩位副都指揮使都敬他天尊，隱隱然這天竺人便似掌握了錦衣衛。小皇帝新繼大位，正要仰仗錦衣衛鞏固皇權，如果整個錦衣衛另有圖謀，那皇帝豈不危在眉睫？

而章逸自己──他一直沒有想到這一層，則顯然被排在錦衣衛的核心之外，加上方冀刺殺朱元璋的一場大戲，自己又被懷疑牽連其中，那麼自己的性命豈不也危在眉睫？

這時鄭娘子和阿寬已經把廚房收拾乾淨，她掀簾出來，看到章逸臉色陰晴不定，傅翔也面帶憂色，便道：「怎麼一會兒沒聽到你們的聲音，忽然都變傻了？」

章逸送走駙馬爺後轉回「鄭家好酒」，本來還想和鄭娘子廝混一下，這時不免憂心忡忡，應聲道：「傻是沒傻，倒被傅小哥一語驚醒夢中人，這京師形勢有些麻煩呢。」

他心中飛快地打算好：「看來我要趕快多方建立關係，駙馬爺梅二爺之外，中軍府徐督那邊要去搭線，這新皇帝身邊的紅人鄭洽也要多聯繫，不能坐待錦衣衛裡那幾個對我起了疑心的傢伙宰割。」他是個思考靈活快捷、深沉自信的人，想到這裡，就把憂心拋在一邊，抬眼看到鄭家娘子關切的眼神，便揚眉微笑道：「安心，麻煩難不倒我的。」那笑容是一種聰明、俏皮而又最易讓女人覺得心動的笑容。

8

鍾山南麓的靈谷寺在晨曦中顯得格外安靜而和平，幾座大殿雖是新建，其構造與顏色都不奪目鮮豔，很調和地與四周景觀融為一體，反而顯出一種肅穆大器的感覺。

原是潔庵法師的精舍，現在住著泉州來的天慈法師，此刻他正在精舍中會客，客人正是明教昔日的軍師方冀。精舍門外的石階上也坐著兩人，一個是鄭芫，另一個是那小叫花朱泛。

屋內天慈禪師正把幾天前在鍾山孝陵前，天竺高手與錦衣衛聯手逼少林方丈交出少林秘笈的事簡述完畢，他結論道：「此次對方以人換秘笈，雖然因為無痕大師被救出而破局，想來必不甘心。那天尊、地尊兩人會合，卻是可怕之極，便他兩人的弟子，個個都是一流高手，這股力量如在京師作起亂事，確實可慮呢。」

方冀點頭道：「這天竺武功的可怕處，在於其銳利的穿透力，中土各門武功若是沒有抵擋的法子，則只能避其鋒而尋隙側擊，對方便立於不敗之地。咱那日在城頭與那天尊過招時，便因急切間不曾細辨，舉掌就和他硬拚，結果只一招就受重傷，此乃平生未有之經驗。」他說到這裡，忽然皺眉道：「天慈大師，記得您在泉州時曾告訴老夫，那潔庵大師就是二十多年前打敗天竺僧的正映和尚？」

天慈道：「不錯，潔庵本名正映，又號月泉。你是說，可以請教一下潔庵師兄，應付天竺武功的訣要？」他未待方冀回答，便繼續道：「從潔庵告訴貧僧的情形看來，當年上少林討經的天竺僧武功雖高，似乎尚不具這種詭異的內力。也許……也許這古怪功夫是天尊、地尊近年才悟出的獨門絕技，未必所有天竺高手都諳此技。」

方冀道：「話雖不錯，但二十年前那個天竺僧也是到少林寺討失去的武功秘笈，這其中似有關連。」

天慈道：「更要緊的是，那晚在孝陵匆匆趕來的地尊，在憤怒之下說出少林無痕大師乃是『一個全真老道』和『明教小鬼傅翔』助他逃走，其中諸多詳情，恐怕得找到這兩人才得清楚了。」方冀道：「傅翔既已離開了神農架，想來必會來南京尋找老夫，老夫已留下暗語要他來靈谷寺相會。算時間，傅翔也該到了。」

傅翔也該到了。

這時精舍外的石階上，鄭芫和朱泛也在聊傅翔。自從那一夜兩人偷偷到孝陵去看熱鬧，朱泛還冒險露了一招，出了一點風頭，也差點被天尊打中，兩人倒成了「患難之交」。朱泛告訴鄭芫他即將離開南京，丐幫錢幫主飛鴿傳書命他速返武昌丐幫總舵。這一整天朱泛便纏著鄭芫，勸鄭芫離家出走，去江湖上行俠仗義，為「鍾靈女俠」揚名立萬。

朱泛天生一張賊口，一肚子自己的、別人的經驗故事又多，把江湖遊俠講得天花亂墜，又快意又好玩，又可劫富濟貧，又可痛打惡霸、戲弄官府……鄭芫聽得實在怦然心動，但她要等傅翔，一切等見到傅翔再說。

朱泛道：「那夜在死鬼皇帝陵墓前，那什麼狗屁地尊說他被一個老道士和一個小鬼傅翔騙了。俺真佩服傅翔啊，這小子看上去愣頭愣腦的像個規矩人，想不到卻是騙死人不賠錢，見到他定要問問，他用什麼低下的招式害那地尊上當？」

鄭芫道：「傅翔是正派人，不會用什麼低下招式，你才會。」朱泛搖頭道：「知人知面不知心。那天晚上在襄陽城，俺去衙門裡偷官銀，你們那位方師父看上去是不是正派人？哈，他偷得比俺還多。」鄭芫將信將疑，不知這朱泛講的故事那些是真那些是假，便不理他。

朱泛搭訕著道：「芫兒，妳該回家看看妳娘了。」鄭芫道：「不想回家。」朱泛奇道：「怎麼不想回去？妳娘會記掛妳呢。」鄭芫道：「朱泛呀，你這人有沒有聽過『那壺不開提那壺』呀？」朱泛更覺奇怪，問道：「這有啥不能提的？俺的娘要是還在的話，俺也不會整天……整天在外面亂跑。」鄭芫問道：「你娘不在了？」

朱泛低聲道：「我娘多年前就過世了。」鄭芫同情地望著他，朱泛搖了搖頭道：「這兩年我常會回想以前每次回家看娘時，她高興得像個孩子。」鄭芫奇道：「像個孩子？」朱泛點頭道：「我媽十分孩子氣，到她死前，還常給我講些只有小孩才會聽的故事。就因為這樣，她出去要飯時總是被人笑她瘋傻，有些野孩子便朝她丟石子，其實……其實我最知道，她不傻。」

鄭芫心知朱泛的娘多半是腦筋有問題，但她見朱泛說得認真，便拍拍他的肩膀，笑道：「當然不傻，要不怎生出像朱泛這樣聰明的兒子？」

朱泛聞言又開心起來，他鍥而不捨地繼續中斷了的遊說：「我瞧妳還是快回家去看看娘，然後跟她說要出去闖闖天下，行俠仗義。」鄭芫不語，隔了半晌忽然道：「我討厭那個章逸。」

朱泛奇道：「章逸？那天在妳娘酒店的錦衣衛？」鄭芫知道朱泛那天躲在「鄭家好酒」附近一個多時辰，暗裡看到過來店中「督導」抓凶手的章逸，便點了點頭。朱泛道：「妳幹麼要討厭那章逸？俺瞧他長得挺俊的。」鄭芫氣道：「你沒瞧見他纏著我娘的模樣？十分可惡。」

朱泛啊了一聲，側著頭回想那天的情形，然後點頭道：「嗯，是有那麼一點……不過可惡不可惡要問妳娘呵？」鄭芫怒道：「說你『那壺不開提那壺』你還不承認，就因我娘不覺可惡，這才可惡極了。」

朱泛忽然變得極為正經，對鄭芫道：「芫兒，俺年齡比妳長一些，經歷可比妳多到那裡去了，俺說句話妳不准生氣。」鄭芫從未見過他一臉嚴肅的模樣，便好奇地答應：「不生氣。」朱泛這才道：「芫兒，妳娘一個人把妳拉拔長大，將來妳一定要離開她的。」

鄭芫立刻表示不同意，道：「幹麼一定要離開？」朱泛道：「要麼鍾靈女俠出門去行俠仗義了，要麼……要麼嫁人了……」他說到這裡偷看鄭芫一眼，這回鄭芫倒是沒有反駁，便繼續道：「有一天，妳總是要離開妳娘的。那時妳娘老了，沒個人照顧，靠妳是靠不住的，一年也不見得回家一兩趟，她豈不淒涼？」

鄭芫沒說話，低著頭似乎在深思朱泛的話。朱泛頗覺自己能言善道，諄諄善誘，便有些得意起來，繼續道：「我瞧那章逸長得體面不過，妳娘年紀也不小了……」不料鄭芫惱道：「我娘的年紀要你管！」但她心中其實覺得朱泛說得有些道理，原先是自己想得拗了。

就在這時，精舍門前左邊的樹叢中走出一人，鄭芫和朱泛立即察覺，兩人一齊站了起來，也沒看見來人的動作，一個身高膀寬的少年已站定在十步之外。

「傅翔！」

「傅翔！」

「芫兒！朱泛？怎麼你在這裡？」

三個少年奔前抱在一起，這時精舍大門開處，方冀和天慈法師微笑地並肩站在門口，看著這三個少年人真情畢露，兩人心中都在為這三個武林奇葩暗暗祝福。

∞

玄武湖南邊有一座雞籠山，東麓的山阜上，座落著另一座重新修建的古寺「雞鳴寺」。八百年前，南朝梁武帝在此興建了規模宏大的「同泰寺」，當時是南朝四百八十寺之首，梁武帝曾數次在此寺出家捨身，不過他每次出家，都著朝廷出上億銀錢將「皇帝菩薩」贖回，用這種方式來資助寺廟，開古今之奇。

這「雞鳴寺」則是朱元璋於洪武二十年在古同泰寺舊址上新建的，規模亦極盡宏偉。由於北臨玄武湖，南倚南京城，山雖不高而有靈秀之氣，夏日湖中菱荷爭妍，春來彩蝶尋桃覓柳，秋冬之際楓之紅和銀杏之黃遍山雜放，登上藥師佛塔，湖光山色全在眼底。

這時佛塔下並無遊人，只站了幾個帶刀侍衛在塔下來回巡邏。塔上第六層卻坐了六個大人物，一面品茗一面賞景，但是每個人都神色凝重，並無絲毫閒情逸致的樣子。

坐在面湖座位上的，正是當今錦衣衛的頭領金寄容，他向坐在對面一個皮膚黝黑、又高又瘦的老者拱手道：「地尊先生，敢問您在襄陽遇到的全真老道，確姓完顏？」

那地尊點頭道：「不錯，那臭道士自稱『全真完顏宣明』，還有那個明教的小鬼傅翔，騙咱在漢水岸邊中伏。他們兩個奸人加上武當的賊道，那個叫什麼天虛道人的，聯手把少林和尚搶走了。」

那金寄容轉首看了身旁的魯烈一眼，兩人臉上都露出緊張之色。那地尊身旁的老者正是天尊，只聽他冷冷地道：「全真教自從三十年前完顏德明教主突然暴斃後，沒有聽說還有什麼絕頂高手啊？」他對著金寄容笑了笑，道：「若說中土還有全真高手的話，恐怕要數金都指揮使了吧。」

金寄容面色嚴肅地道：「完顏宣明乃是完顏教主之弟，一向躲在終南山活死人墓中精研全真教義，武功並非最高，卻不知何以十多年後，武功竟然超過教主當年全盛時期？」

那魯烈插口道：「原以為全真教所存武功秘笈盡在教主處，現下都已在天尊手中了。如今看來，難道終南山另有秘藏，竟然超過師父當年所知？」

那天尊道：「魯烈，你和你金師兄當年謀取你師父的秘笈時，原本不必傷他性命……」金寄容一揮手，道：「天尊，這事已過了三十年，就不要再說了。」他對天尊一直極為尊敬，此刻出言竟然不再謙恭，天尊略為一怔，隨即溫言道：「景璣戎、巴顏鹿喇兒，當時的情況下，也怪不得你們要下毒手。眼下重要的是，如何對付這個武功奇高的完顏宣明，還有他手上的全真秘笈。咱們若得到手，你們二人當然也抄它一份。」

三十年前，景璣戎和巴顏鹿喇兒謀害了帥父完顏德明，兩人從此在武林中銷聲匿跡，後來兩人改名加入了錦衣衛。此事江湖中無人知曉，這天竺來的天尊倒是一清二楚，原來魯烈便是天尊派遣在全真教中的臥底。

金寄容城府極深，方才略為失態後，立刻恢復對天尊的恭敬，起立拱手道：「多謝天尊，若能得到本教秘藏的武功秘笈，得窺全真祖師爺神功之全貌，在下死而無憾。」

這時那地尊忽道：「那完顏老道最厲害的是，能從過招之中隨時看出對手必救的弱點，一出手你就得撤招自救。魯烈，這是全真派什麼功夫呀？」魯烈皺眉道：「武林各派的武功中，多有講究以攻為守的招式，全真派也有不少這種招式……」那地尊道：「不對，不對，和一般的以攻為守完全不同。這臭老道出招，便如熟知你的招式……不，不止招式，還有你的運氣，便在你換氣的間隙之間用極狠毒的招式攻進來，你的招式再厲害也就破了，他媽的……」接著他講了很長一段天竺語的髒話，只有天尊和魯烈身旁一個虬髯僧人聽懂了，齊聲哈哈大笑。

魯烈問那虬髯和尚：「鏡明和尚，他說什麼？」和尚笑而不答。他身邊另一名老僧笑道：「鏡明離開天竺久了，天竺語大概忘了不少，眼下恐怕只有髒話還聽得懂。」原來竟是燕王府的道衍和尚。

天尊正色道：「聽地尊的說法，那完顏宣明能從對手的運氣變化中找到致命之隙而加以痛擊，與武林中攻擊對手固定『罩門』的意義完全不同，這……這倒是前所未聞的武功，如何解破他……地尊，待你我二人好好琢磨一下。」

那道衍和尚對鏡明和尚使了個眼色，鏡明便從一隻肩袋中拿出幾件事物來。道衍法師道：「燕王對各位極是景仰，特命鏡明師弟趁老衲南來宏法之便，帶給各位一點小禮物，以表敬意。」

說著把一個黃緞小包打開，眾人只覺眼前一亮，見那黃色綾緞上一個三寸高的翠玉菩薩，不但雕工精美，那翠玉泛出極為柔潤的光彩，讓人一見便為之奪目。接著他又打開第二個錦緞包，裡面也是一個翡翠菩薩，看來是一對寶物，但兩個菩薩卻有不同。道衍將第一個較為矮胖的菩薩放在天尊面前，把第二個雕得瘦長的菩薩放在地尊面前，哈哈笑道：「王爺聽說天竺來的兩位神尊身材各異，便命巧匠雕了這兩尊不同的翠身菩薩相贈。貧僧看來，體態頗為神似呢。」

那天尊及地尊瞧那寶物上光華流麗，一時之間看得呆了，從桌上拿起，對著光線看了又看，愛不釋手。

道衍又拿起兩個緞包，從中掏出一對玉雕武將來，一白一赤，都是上好的美玉，細看那武將身上的甲冑寶劍，全以金線穿綴，兩尊武將顯得華麗無比。道衍法師笑道：「燕王說，這一對武將贈送兩位都指揮使。老衲瞧這身披掛，恐怕比錦衣衛的飛魚戰袍還要好看。兩位那一位要紅的，那一位要白的？」

金寄容雖是長官，卻揮手讓魯烈先挑，魯烈也不客氣，就挑了那尊紅玉的。道衍默默觀察，暗中點了點頭。四人各自拿了寶物，一齊拱手道：「燕王厚賜實不敢當，還請兩位大師返回燕京時，代我等向燕王道謝。」

那魯烈道：「我等無功受此重禮，不知有何可為燕王效勞？」道衍和尚道：「日前兩位都指揮使將京師情勢轉告，燕王極是承情。眼下倒是有一事，如能相助，燕王更是感激。」魯烈道：「何事請說？只要咱們能力所及，無不盡力。」道衍卻停了口，並不即說，讓那鏡明和尚開口道：「燕王的二公子朱高煦刻在京城，想來兩位必然知道。」

金寄容點了點頭。魯烈道：「不錯，二公子好生客氣，前不久還著人擔了好些罈上好的二鍋頭到錦衣衛衙門，大夥兒弟都有口福。」

鏡明和尚道：「燕王和王妃對二公子好生掛念，打算……打算國喪過後請皇上讓二公子回北平團聚一下，就怕朝中有些別有用心的人說三道四，甚至動手阻撓，燕王指望兩位能保得二公子一路平安回燕京。」

魯烈哈哈笑道：「那還用說，這事咱們理當效勞，便請回報燕王放心。金師兄，你說是不是？」金寄容微笑拱手道：「當然，當然。」心中卻暗忖：「這事不簡單，魯烈講得滿了。」

那地尊似對這些談話不甚感興趣，只自顧欣賞把玩那尊翡翠雕的高瘦菩薩，這時忽然道：「天尊，我即要去嵩山少林寺，順便送道衍法師一程。」

天尊似乎早料到地尊有此打算，便點了點頭道：「咱們先琢磨一下怎樣對付那完顏宣明，你北上多帶兩個弟子去。」地尊道：「辛拉吉他們已趕去少林寺，我要他們先打探形勢，待我到了再動手。」

那道衍和尚忽然開口問金魯二人：「靈谷寺有個姓鄭的小姑娘，好像叫鄭芫的，是那潔庵和尚的徒兒，不知現在何處？」金寄容道：「潔庵法師去年底奉皇命去住持泉州開元寺，那小姑娘前些時間待在她娘開的酒店中，最近好像隨泉州來的天慈和尚在靈谷寺練功。」

道衍見這錦衣衛的頭頭居然把鄭芫那小姑娘的事打聽得一清二楚，不禁暗暗稱奇，卻不知金寄容見這道衍和尚分明是為燕王的大事來京活動，居然打探鄭芫這小姑娘的下落，也不禁暗暗稱奇。

道衍和尚悠悠地道：「這小姑娘曾在老衲宏法論經時，當眾將老衲問倒，真乃人中之鳳呀。老衲北回之前，倒想去靈谷寺再見見這小姑娘。」鏡明和尚提醒道：「大師此次南來，儘量秘行秘止，還是別去靈谷寺吧。」

道衍和尚點了點頭，陷入一陣沉思，忽然道：「請教二位都指揮使，貴衙中是否有一位叫做章逸的指揮？」金魯二人吃了一驚，答道：「不錯，是有此一人，大師認識此人嗎？」道衍搖了搖頭道：「聞說此人與新科的翰林侍讀鄭洽熟識，常在同一個酒店中喝酒吃飯？」魯烈笑道：「大師好靈通的消息，竟然知道這些。」金寄容卻感到一陣心寒，暗道：「這道衍在京師除了咱們，還有別的暗樁。」

卻聽道衍低聲道：「咱們想多知道一些新皇帝身邊的事，只怕從這鄭洽下手是個好主意，如能讓章逸也幫咱們的忙，事情就好辦了。」魯烈道：「這個容易，那章逸和馬札最是交好，咱自會交代馬札相機行事。」金寄容卻暗笑道：「這和尚啥都知道，就好像還不知道章逸在打鄭大娘的主意，鄭大娘又是那個『人中之鳳』的娘哩。」

談得差不多了，金魯二人和道衍、鏡明起身告辭。天尊拱手道：「咱兩人還要留在這塔上練練功夫，麻煩塔下交代一聲，任何人不得入塔打擾。」魯烈恭聲道：「遵命。」

鏡明和尚要道衍和尚此行注意行蹤隱密，卻沒有想到就在要離寺前，還是露了馬腳。

四人正待出寺，大雄寶殿前撞著了雞鳴寺的住持方丈，他正在和一個身著絳色僧袍、手提黃色布包的和尚說話，見到四人走來，連忙對那和尚道：「師兄，你逕到藏經樓去還經吧。」便過來與四人寒暄，對著道衍合十敬禮，道：「大師每次來，敝寺香火都得到慷慨挹注，請代貧僧誠謝燕王，雞鳴寺朝夕皆有僧人為燕王闔府焚香祈福。」

道衍連忙謝了，合十道別。四人走到玄武湖畔，道衍、鏡明二僧要上船向西，金魯二人要入玄武門回宮，也道別了。

那鏡明和尚一路走來，心中有一疑慮，總覺得那個先前與雞鳴寺方丈說話的絳袍僧人，身形有些眼熟，但想不起來在何處見過，便一直顯得有些心不在焉。

道衍上了船，望著那湖上景色道：「玄武湖周圍不過二十多里，相傳東吳時在此練水軍，想來那時此湖可要比現今大一些。」

鏡明心中還在想那件事，便沒有答腔。道衍微覺奇怪，也不再說話。待客船蕩到了湖中心，那鏡明和尚忽然低叫道：「哎呀，想起來了，那和尚是靈谷寺的心慧。錯不了，咱倆曾動手過了一招。」

∞

靈谷寺中也有人在密商。

天慈法師的精舍裡，坐著靈谷寺的慧明謙方丈、方冀、傅翔、鄭芫、朱泛及天慈。鄭芫煮茶待客熟練無比，她曾在這精舍中侍奉潔庵法師四年之久，也在這裡練就了一身少林羅漢堂的絕學。自有少林寺以來，將近千年歷史，有此功力的女弟子鄭芫堪稱第一。

當傅翔把他從神農架上救完顏道長，一直到搶救少林無痕大師，遇見陸鎮、章逸等經過細說了一遍，即使是經過無數大風大浪的方冀和天慈，都聽得目瞪口呆。鄭芫更是聽得既緊張又興奮，心中狂跳不已，而那個好事的紅孩兒朱泛則是抓腮拍腦，心癢難搔，一張臉漲得通紅，從汙垢中透將出來。

然而對方冀而言，當下最耽憂的乃是章逸和陸鎮的安危，這兩個明教弟兄都參與了刺殺朱元璋的行動，如果東窗事發，絕無倖理，且官府又不知道要藉此案牽連枉殺多少無辜。

天慈大師知道方冀的顧慮，他思考了一會，便對鄭芫道：「芫兒，妳這就回家，尋著章逸、陸鎮就告訴他們，快快撤離京師。」

方冀接著道：「芫兒，妳告訴章逸，軍師要他收拾這十多年來蒐集的錦衣衛秘密資料，趕快離開南京，最好和陸鎮一道走，到武昌找我。」

鄭芫和朱泛聽了心中暗喜，鄭芫忖道：「章逸一走，便不能纏著娘了。唉唷，不妙，娘若真愛上章逸，料不準會跟他一道走。」朱泛則暗忖道：「俺正要趕去武昌，大夥兒都去武昌豈不是好？芫兒也去，傅翔呢？他是一定跟方師父走的……」

朱泛正在肚子裡作文章，鄭芫已答道：「芫兒這便回城去了。」方冀搖了搖手，道：「不急，咱們先要全盤商議一下。」天慈道：「都聽軍師的計策。」

方冀啜了一口茶，緩緩道：「眼前兩件大事：第一，天竺的高手傾巢而來中土，天尊、地尊兩人的武功無人可敵，他們的目的似乎是在取得中土各大門派的武功秘笈；第二，他們掌控錦衣衛，似乎是針對剛即位的年輕皇帝。」說到這裡，他環目看了看其他五人，見沒有異議，便繼續道：「關於第一點，照目前看起來，他們的對象是少林、武當、全真，還有丐幫，至於其他門派情形則暫不知曉。可怕之處在於這批天竺人處心積慮，老早就在中土武林埋伏了臥底，從武當和少林的情形看來，他們在其他門派中也可能藏有暗樁。」

朱泛聽到方冀的分析，暗驚道：「這軍師說得不錯啊，咱丐幫裡恐怕也有天竺人埋伏的暗樁，否則丐幫弟兄甫在杭州發現南宋時的秘笈，消息怎會即刻走漏？這事要提醒幫主留意。」

天慈聽方冀之言，覺得大有道理，沉吟道：「全真教已分崩離析久不成派，他們如何臥底？」傅翔忍不住插口道：「數十年前他們就臥底了，金寄容、魯烈不就是埋伏在完顏德明教主身邊的暗樁麼？」天慈道：「不錯！聞說金寄容一身功夫盡得全真教真傳……」傅翔道：「完顏道長告訴晚輩，當年完顏教主收了一個愛徒叫做景璣戎，豈不是金寄容的諧音？後來完顏教主又收了一個蒙古人徒弟，不是魯烈是誰？」

方冀讚道：「傅翔推測得有理，他們弒師之後，搖身一變成了錦衣衛，當真是好計策。這樣說來，全真秘笈應該已在天尊的手中，只是可能不完整，他們沒有料到終南山活死人墓中還有秘藏，這才去終南山搜尋。」

就在此時，精舍門外傳來急促的敲門聲，天慈微感詫異，應聲道：「請進。」只見大門開處，一個身著絳色僧衣的中年和尚快步走入。慧明謙方丈驚道：「心慧，何事慌張？」那心慧和尚是籍屬靈谷寺僧人中武功最高的一個，他如此慌忙來報，想來必有大事。

心慧向眾人略一招呼，就向慧明謙報告：「稟方丈，小僧今日到雞鳴寺去還經，在大雄寶殿前見到了四個人，其中二人好像是錦衣衛的兩個頭領，另外兩人就怪了，竟然是燕王府的道衍法師和鏡明法師。」

慧明謙方丈咦了一聲，道：「怎麼會是這兩人？師弟沒有看錯？」心慧道：「那年就在這精舍外，小僧曾和那鏡明對了一掌，他那古怪的天竺功夫也被潔庵法師識破，小僧怎會認錯？」

這時鄭芫忽然低聲道：「那鏡明和尚就是天竺埋伏在燕王府的暗樁！」

慧明謙方丈怔了一下，然後才想通，點首道：「有可能，大有可能，天竺人如此深介入我朝廷大事，這就和方軍師方才所說的第二件大事有關連了。」他一面說，一面對芫兒點首以示嘉許。在座每個人都暗讚芫兒好快的心思。

方冀雖不知細節，但也聽說過道衍法師是燕王朱棣的主錄僧，也是燕王府的第一謀士。他聽芫兒和慧明謙的對話，原來的憂慮又加深了一層。他的大局分析尚未說完，慧明謙方丈催促道：「軍師，你方才說了一半，道衍在此時潛來南京的事以後再談，您請繼續說下去。」

方冀道：「天竺武林高手來中土奪取各派的武功秘笈，雖則來勢洶洶，其實除了部分全真秘笈和丐幫古笈已到手之外，武當和少林的秘笈均尚未能得逞，卻是陰謀已經敗露，此刻必定重整旗鼓，對少林及武當再次發難。」

天慈法師點頭道：「軍師說得好。貧僧所耽憂的是無痕大師功力全失，武當掌門救了他是否回到武當山？而少林寺裡還躲著一個臥底的奸細，形勢堪憂啊。」

方冀道：「好在翔兒已請全真教的完顏道長趕赴少林寺，而少林方丈及羅漢堂首席也兼程趕回少林，以老朽看來，少林寺的高手足以自保。倒是武當五子已傷了一個道清真人，天虛道長帶著功力全失的無痕大師也不知何去。咱們快做一個決定，大家分頭行事。」

天慈法師合掌道：「一切但憑軍師作主。」

方冀聽到這句似乎又熟悉又遙遠的話，心中感慨萬千。自從明教慘遭巨變後，自己從堂堂軍師一夕之間變成韜光養晦、無人知曉的村塾夫子，自己也樂於被稱為夫子、先生，若有人稱他軍師反而要覺得不自在了。然而就在這次出山，明教章逸的刺朱大計、陸鎮的義薄雲天，還有小傅翔似乎也以明教人自居，一時之間，心中隱約覺得明教那一把火似乎又要燃燒起來。這時聽到天慈法師這句話，一聲軍師，一句過去身為軍師時最熟悉的話，竟然使方冀胸中熱血澎湃，一種「老驥伏櫪，志在千里；烈士暮年，壯心不已」的心情充滿胸懷。

於是方冀站起身來道：「為今之計，傅翔和老夫立即啟程赴武昌，朱泛原來就要去武昌，可與咱們同行；芫兒先回城裡，傳話章逸、陸鎮撤離南京，並告知我等將赴武昌，請他們隨後趕來會合。至於天慈大師是要直接北上嵩山，還是一道先去武昌，便請大師自行定奪。選擇武昌為第一站，乃是因為武昌地點居中，距武當山和嵩山皆不遠，便於咱們探聽消息情勢，可援嵩山，亦可救武當。何況武昌還是丐幫的大本營，可給我方極大的支援，試想錢幫主若知道了天竺武林的這些陰謀，豈能坐視？」

方冀嗓音低沉而略帶沙啞，但此時發號施令，卻是句句乾淨俐落，隱然顯出大將之風。天慈法師想了想，道：「軍師想得周到，老衲心繫少林之變，便直接陸路趕赴嵩山。」

朱泛忽道：「俺先陪芫兒進城，城裡還有不少丐幫弟兄也要交代一番，然後和章逸他們一道趕赴武昌會合。」

方冀雖然知道鄭芫已盡得少林羅漢堂絕學，但畢竟年幼，多一個江湖經驗老到的朱泛同行，便放心得多，於是點頭稱善。傅翔望了芫兒一眼，芫兒橫了朱泛一眼，傅翔和芫兒兩人互相點了點頭，好像在說：「保重，咱們武昌見。」

∞

鄭芫還是騎著那匹黑毛驢，由朱泛牽著驢兒下了靈谷寺。朱泛興奮無比，鄭芫就澆他冷水道：「朱泛，你說你們幫主命你趕回武昌，你每天仍在南京廝混，竟敢違抗幫主的命令？」朱泛笑嘻嘻地道：「不妨事，幫主的脾氣我最清楚，鼻屎大的事也一定是『火速趕回』。倘若真有急事，他一定會對俺透露一點苗頭，這次並沒有。」

鄭芫皺眉道：「什麼鼻屎大的事，朱泛，你說話幹麼要那樣骯髒？」朱泛不以為意，繼續道：「可惜幫主現在也不知道，試想這回各路好漢大夥兒全都趕到武昌，妳說錢幫主會有多高興，那裡還會計較俺在南京多消磨兩天？」

鄭芫道：「你上次吹大氣，說丐幫的飛鴿傳書如何快速了得，你怎不傳書給錢幫主？」

朱泛道：「芫兒妳不懂，要訓練有素、識得路徑的鴿兒才管用，一隻鴿子只能專心飛一條路線。再說，俺又不管養鴿子，這就是何以我一定要回南京城一趟的道理，好交代分舵裡掌管信鴿的兄弟辦這件事。」

等到達「鄭家好酒」已過了亥時，店中並無客人，鄭芫、朱泛兩人出現時，章逸正在和鄭娘子廝混。那阿寬收拾廚房完畢已先走了，章逸牽了鄭娘子的素手，說些體貼動聽的情話兒，鄭娘子含笑不語，似乎正享受著這分溫存。

鄭娘子忽然見到女兒，連忙將章逸的手甩開，滿面通紅有些尷尬地道：「芫兒，妳可回來了。」鄭芫見到章逸和娘正在親熱說話，但因朱泛先前開導過她，便也沒有發作，反而開心地拉著娘的雙手道：「娘，妳的氣色好極了。」鄭娘子大感意外，不禁又驚又喜。

朱泛快手快腳將店門拴好，鄭芫便將靈谷寺那邊大家商量的結果，以及方冀的囑咐都告訴了章逸。章逸聽完後陷入沉思，鄭芫的大眼睛卻看著她娘，想要知道章逸決定撤離南京後娘的反應。

但是誰也沒有料到，章逸低頭沉思了片刻後，竟堅決地說道：「咱不走，不能走！」

鄭芫急道：「方師父說，你留在此地極其危險，你和陸老爺子都參與了刺殺皇帝，還不趕快撤離？」章逸抬起頭來望了鄭娘子一眼，道：「那些天竺來的武功高手陰謀絕不單純，方軍師分析得不錯，他們將有大動作，對我中土武林及朝廷大局都將不利。馬札透露明日一大早，他們將要聚集商議重要行動，我要留下來打探他們的圖謀。」

鄭芫見章逸說這話時，英俊的臉上神色堅定，一副啥也不怕的樣子，而娘低了頭，看不見她的表情。鄭芫心中不由感到幾分欽佩，忽然之間覺得這人也不太討厭了，娘如果愛上這浪子好像也不是壞事。

章逸接著道：「你們去通知陸鎮要他離開。明日天亮時，你們趕到秦淮河中和橋，陸爺會在橋下捕魚。芫兒，今夜妳就陪妳娘，小叫花到我住處將就過一夜。」

朱泛道：「你既要留下打探機密，可以利用丐幫的飛鴿傳書與咱們聯絡。」接著就把南京城裡丐幫分舵的秘密地點及聯絡方式告訴了章逸。章逸素知丐幫之能，不禁大喜。

鄭娘子見朱泛瞪著一雙黑白分明的大眼睛望向自己，便微笑道：「你就是那天來討個刈包夾紅糟肉的小叫花？」朱泛笑嘻嘻地答道：「大娘的刈包夾肉好吃極了，俺叫朱泛，今天……今晚有什麼好吃的？」鄭芫喝道：「朱泛！」

鄭娘子笑著到廚房蒸籠裡拿了四個包子，用一張乾淨的荷葉包了，遞給朱泛，正色道：「這包子的餡兒是用咱家特製的鹹菜炒肉丁做的，你拿回章指揮住處蒸熱了，吃時千萬小心。」朱泛奇道：「小心什麼？」鄭娘子嫣然一笑道：「小心別把舌頭一起吃下去了。」

翌晨在中和橋下，鄭芫和朱泛尋著了老漁夫陸鎮，說明原由後，要陸鎮撤離京師，卻得到陸鎮的拒絕。他毫無猶豫地道：「請回報軍師，章逸留南京一天，咱就在這捕一天魚，絕不獨走。」

朱泛暗自佩服，口中卻喃喃低咒：「他媽的，怎麼明教的人都愛跟自己老命過不去？」

推薦文一

提筆揮舞「王道劍」

徐泓（歷史學家，暨南國際大學榮譽教授）

劉兆玄教授是我台大同一屆的同學，他念化學系，化學系中有好多是我建中同班同學，陳棠華就是其中之一。棠華是我中學時代的摯友，我們常一起聊天、打球。那個時代，理工科的同學大學一畢業、服完兵役就出國去了，從此棠華和我就沒再見過面。二〇一一年初，接到在美國的老同學的信說棠華突然去世，真沒想到這位台大畢業後近五十年未再謀面的老友，就此永別。我對他的記憶一直停留在少年時代，直到去年四月底，兆玄兄找我餐敘，談起棠華兄，才驚覺我們已從少年變成老年，甚至已經天人永隔。兆玄兄說，棠華在福建寧德創辦了一個「新能源科技公司」，生產鋰電池等產品，非常成功，並且他與當地人民和政府處得很好，棠華覺得身為海外華人能回到故土，貢獻一己之力，好是欣慰。因此，棠華一再希望他去看看，但因為政、學兩忙，始終不能成行。棠華兄走後，兆玄兄悲痛之餘，就於前年去了寧德，履行他與棠華未踐之約。

兆玄兄在寧德認識了一些文史工作者，這幾年來他們正熱心尋找各種事證，證明靖難之變後，「生死未卜、不知所終」的建文皇帝，其實最後是終老於寧德。宣揚歷史名人與鄉土關係，是近年來大陸地方政府和民間人士熱衷的工作，他們希望以動人的歷史故事及歷史古蹟，吸引國內外遊客前來瞻仰、懷古和觀光，藉以推展文化創意產業。於是許多歷史名人葬身於何處，就成為大家爭奪的對象，如陝西人與河南人爭黃帝陵的所在，湖北通山、通城人與湖南石門人爭李自成死在何處。兆玄兄為寧德文史工作者熱愛鄉土之情所感動，就想根據他們提供的資料，寫一本書來紀念在寧德創業的老友陳棠華。

明朝以來，建文皇帝就是一位大家關懷和同情的皇帝，他即位後，在方孝孺、黃子澄等人的協助下，改革太祖時代的嚴苛政治，減輕人民的負擔，是一位百姓心目中的好皇帝。因此，對比篡位的永樂皇帝來說，建文仁柔，永樂凶殘，尤其永樂帝登基之後，對支持建文臣民的大肆殘殺，甚至有「瓜蔓抄」之事，怎能讓人不對建文皇帝心存憐惜呢？當永樂帝「起帝、后屍於火中」，宣稱建文皇帝已死，就沒多少人願意相信，大家都希望建文皇帝沒死。於是建文皇帝出亡的消息不脛而走，人多以為永樂帝自己也起了疑心，而有鄭和下西洋和胡濙假尋找張三丰之名而秘密「追蹤」建文帝之說。

明代相關野史汗牛充棟，萬曆年間出現的《致身錄》、《從亡隨筆》等書是其代表，把建文君臣出亡的經過講得很詳細而具體。清順治初年，浙江學政僉事谷應泰在西湖畔築室修的《明史紀事本末》，就特立〈建文遜國〉一卷，集各種傳說之大成，綜述建文君臣出亡，及最後在正統五年回到北京並終老於紫禁城西內。但這個說法不全被其他史家所接受，尤其參與撰寫官修《明史》的史家，在清朝統治初定之際，民間又有朱三太子密謀復明的謠言傳布，政局還不那麼穩定。在這樣的氛圍中，史臣寫到建文帝的下落，當然要力主建文帝自焚而死，並未出亡，為安定人心，避免太多的聯想，失國君主或其後裔是不可能隱藏於民間的。可是對於傳說中一百數十人跟隨建文帝出亡有名有姓的臣子，又不能盡付之子虛烏有，怎麼處理確是一大難題。只好在建文帝的〈本紀〉說：「宮中火起，帝不知所終，燕王遣中使出帝、后屍於火中。」卻在〈列傳〉中補述跟隨建文帝出亡臣子的事蹟，以「信者存信，疑者存疑」兩存其說的方式處理。

史臣在正史中保存隨建文帝出亡臣子的史蹟，有其苦心，就好像《搜孤救孤》的趙氏孤兒故事，比對《春秋左傳》、《國語》，疑點甚多，但司馬遷仍以之入《史記》，就是為了不讓這樣的忠貞事蹟失傳。兆玄兄選靖難之變和建文君臣事蹟為小說的背景，應該不只是寧德之緣，而是身處國族認同混亂、政權輪替、天下動亂的今世，有感於跟隨建文帝出亡諸臣，不畏暴君之威迫，冒死隨君出亡之忠貞，是有為而發的。兆玄兄以闡揚俠義精神的武俠小說形式，「揭日月而闡幽潛」，彰顯先人的俠義忠貞，斥責暴政，嚮往王者，乃天下皆歸往之王道。也許這就是《王道劍》之所以作的緣由。

兆玄兄學的是化學，從事的是大學教學與研究工作，成果斐然，但兆玄兄不只是獨善其身的學院派學者，他不厭其煩地承擔學術行政工作，先後出任清華大學和東吳大學校長，又不嫌政界的污濁，挺身出任國科會主委和行政院院長之大任。尤其令人佩服的是，兆玄兄退出政壇之後，以古稀之年，不忘其少年初心，重出江湖，再伸「上官鼎」之英氣，提筆揮舞「王道劍」，劍光閃閃，氣勢澎湃。

兆玄兄不學歷史，但熟讀史書，書中涉及的明初史事，其史學知識，專業史家亦不遑多讓。歷史武俠小說不同於史學著作，其敘事不受限於史籍記載，可於史書失載或各書記載不一致處著力，作者可以自己豐富的閱歷和文學想像，講述動人的故事。兆玄兄的這本歷史武俠鉅著《王道劍》正是這樣的典型，這是他另一令人佩服之處。

推薦文二

上官重出，王道再現

徐富昌（臺灣大學中國文學系教授兼文學院副院長）

封筆近半世紀的上官鼎，近日以新作《王道劍》一書，重出江湖。對沉寂已久的武俠文學界重注新血，實乃武林之福也。

上官鼎出道甚早，高中、大學時期，七年之間，以半職業武俠作家之姿，撰寫多部武俠作品，廣受好評。因其早慧，兼具國學素養，早年作品文氣斐然，格高意遠。或寫手足之情、朋友之義；或寫恩怨糾纏、鬥智鬥力；或寫豪情壯志、悲劇俠情。敘事大多繁而不紊，情節曲折，跌宕起伏，環環相扣。筆下人物，亦皆有血有肉，豐滿深刻。大抵說來，其早年作品之結構、布局，乃至敘事手法，大多精采紛陳，深獲好評。

上官鼎此次以《王道劍》重出，人生閱歷更加豐富，文筆更見老辣，頗有金粱之風。其述江山廟堂，似班馬文章；談佛理之悟，如渡河香象；至於談俠義與武功，更是鋒發韻流，深具巧思。全書以明朝「靖難之役」為歷史梗概，透過考古與傳說，改造一些歷史人物，也創造一群新的武俠類型人物。把真實的歷史人物，如朱元璋、傅友德、朱允炆、鄭洽、方孝孺、朱棣、道衍、胡濙等，與虛構的傳奇人物，如傅翔、鄭芫、方冀、完顏道長、明教人物、少林寺僧、丐幫幫眾、天竺三尊等，全都放在作者創造的假定藝術情境之中，把歷史人物及其故事當成了武俠傳奇故事的重要元素，可謂融歷史與傳奇於一爐。

武俠小說講武功、言俠義，多為江湖、武林中事，自以想像和傳奇為主。《王道劍》則在保持武俠小說的基本特性外，兼講歷史與文化。書中透過歷史懸案，彰顯人性情操；透過儒家之道與王道之劍，描述豪俠傳奇。可謂既紀實，又演史。在歷史與傳奇之間，虛實相生，真假參半，頗有似實而虛，似虛而實的藝術效果。這類手法，梁羽生、金庸等武俠大家，固已用之，上官鼎新作，運用亦頗自如。看他寫史、寫俠，亦寫儒；寫政爭、寫人性，亦寫情操。於史，則考證精詳，展示歷史的真實和人性的真實；寫俠，則剛腸俠骨，躍然紙上；寫儒，則風骨獨標，正氣凜然。筆底生花，頗有語盡而意不盡，意盡而情不盡之妙。

綜觀本書，舉凡滅門（村）、仇殺、流亡、拜師、練武、復出、遇挫、受傷、療傷、得寶（秘笈）、武林盟主、大功告成（王道無敵）等武俠小說敘事的核心場面，都可得見，寫來卻不落俗套。至於墜崖不死、武林奇人、異國僧人（邊疆惡僧類）、大夫醫藥等帶有敘事功能的情節模式，更是所在多有。上官鼎作品中，喜寫聰慧明達，有少壯之氣的武林奇葩。《王道劍》承繼此一理念，寫男女主角傅翔、鄭芫，亦皆聰慧穎悟，深有此風。藝術貴在獨創，《王道劍》跳出傳統格局，於佛、道之外，另以儒家王道談武林事，更以「王道劍法」強調王霸之別及「超越勝負」的武俠價值觀，別出機杼，令人激賞。

總之，《王道劍》既有簡鍊的文筆，巧妙的構思，清晰的敘事和嚴謹的歷史態度，更有作者掩飾不住的熱情。此一力作，比之金、梁、古諸人，實不遑多讓。

推薦文三

武俠之夢，江湖之義

鄭丰（武俠小說作家）

上官鼎先生既是武俠前輩，也是我師大附中的學長。去年十二月初，學長經由家父跟我通了電話，告知他即將出版一本八十多萬字武俠小說的大好消息。聽聞學長寶刀未老、重出江湖，我這個晚輩兼學妹真是又驚喜又感動，心想老前輩在人世間遊戲了一回後，終於「迷途知返」，「重歸本業」了。

二月時收到書稿，興奮極了，花了一週的時間，一鼓作氣讀完了二十八章、八十八萬字。幾個感想歸納如下：

歷史武俠，完美結合

我一直很欣賞金庸大師在武俠小說中運用大量的歷史人物和背景，使故事更具有真實感、厚重感。看了《王道劍》後，不得不承認這是一部將歷史和武俠完美結合的上乘之作。靖難之役的史實我們都讀過，但是能將當時的各方人馬勢力、各場大小戰爭、各般曲折謀略都交代得清清楚楚、翔實精彩，正是《王道劍》的難能可貴之處。

然而歷史武俠總不免讓人遺憾唏噓。武俠世界固然可以暢快淋漓、邪不勝正，歷史卻無法改變，而且往往是正不勝邪。仁善單純的建文帝註定要失敗逃亡，野心勃勃的燕王朱棣註定將奪得帝位，大肆殺戮。人們為何嚮往武俠，就是因為武俠世界中有公道正義，有天理人心。當武俠遇上真實歷史，不管俠客們的武功有多強、內力修為有多深，也扭轉不了歷史的軌跡。當我讀到傅翔和完顏老道聯手去刺殺朱棣，竟然失敗而歸，想起歷史的不可改變，不免掩卷長嘆，滿心沉重和失落。

故事曲折，引人入勝

武俠小說一定要好看。《王道劍》在「好看」這一點上，絕對無可挑剔，能讓讀者一拿起書便無法放下。情節從頭到尾都能抓住讀者，懸疑曲折，高潮迭起，幾場武林大戰更是暢快淋漓，令人逸興橫飛，驚歎不已。

人物精彩，武功離奇

《王道劍》中最讓人難忘的人物該是老道士完顏宣明。這老傢伙真正可愛，武功高到號稱「完顏不敗」，卻為老不尊，一派天真，行事說話總讓人絕倒，比老頑童周伯通少一分胡鬧任性，多一分純真義氣。

四個年輕主角各有特色：傅翔正直古板，鄭芫天真伶俐，朱泛調皮搞笑，阿茹娜善良多謀，但都比不上完顏老道的別樹一幟。他每一出場，就令人滿心期待，等著看下一場精彩有趣的對話或對打。其餘重要配角如明教軍師方冀、浪子錦衣衛章逸、丐幫幫主錢靜，以至於歷史人物如建文皇帝、燕王朱棣、徐皇后、道衍和尚、胡濙、鄭洽等，都各有特色，性格鮮明。難得的是壞人中也有如地尊這等憨直而執著之人，由堅持追求至高武學之境而悟入正道，際遇不可謂不奇特。

上官鼎筆下的人物複雜而多面，成熟而世故，反映出作者豐富的人生歷練。同為明教倖存者的方冀和章逸都是熱血多智的好漢子，兩人間卻不免有暗中互疑的時刻；親如父子的方冀和傅翔也有難言的苦衷：方冀期望弟子加入明教，為振興明教出一分力，卻始終難以啟齒明言；傅翔雖明白師父的心意，卻也猶疑難決，直到不得不做出決斷之時，才毅然入教。人物間的關係錯綜複雜，不斷在親情、友情、愛情、道義、利害、衝突之間搖擺抉擇。這些複雜世故的人際關係，反襯出傅翔和完顏老道之間這場忘年之交的珍貴可愛：他們之間沒有利害關係，既不彼此相求，也不互相依賴。這段單純而真誠的友誼，該是故事中最動人的亮點之一。

《王道劍》中的武功五花八門，讓人看得眼花撩亂，目不暇給。不管是「明教十大絕學」、「少林洗髓功」、「少林十八羅漢陣」等傳統武功，或是「後發先至」、「生生不息」、「王道劍」、「借力」等新創的武學原理，都讓人耳目一新。這些武功不但創意十足，其中更包含著深厚的哲理，發人深省。

上官鼎在《王道劍》中講述的不只是一段真實的歷史，一群活生生的江湖武林人物，各般奇特的武功和習武的境界，其中還含藏著更深一層的東西：那是作者在現代「江湖」中走過一遭後，對人世和生命的深刻領悟和體會。作者在自序中講述寫作緣起，著實令人動容，看得出上官鼎先生乃是真正的性情中人。不管相隔四十年還是五十年，武俠之夢、江湖之義仍在作者的心中洶湧澎湃，從未止息。

願世間多幾位如上官鼎這般的性情中人，多一分「王道」！

各界推薦（按姓名筆畫排列）

靈魂依舊在深山

劉兆玄院長與我在公務上碰過幾次面，早已耳聞他以上官鼎筆名寫過武俠小說，而且我們還有一層淵源，都是空軍子弟學校的校友，劉院長還曾任空小聯誼會理事長。身為眷村小孩，天生註定了會是武俠小說迷。

眷村的孩子都在反共抗俄的氣氛中長大，當爸爸們看報紙上反共大陸的進度，我們關注的是小說連載何時可以反攻武林。上電影院看的是蕭芳芳、王羽、姜大衛、狄龍演的武俠片，每個孩子都想練點功夫，都相信真有個武俠世界存在，只是得靠臥龍生等作者領路。因此每個眷村裡都會有間小小陰暗的租書店，太多孩子都曾在路燈下看書，遲遲不肯回家吃飯，讓爸媽追著打回家。

小孩分成三種看書路線，第一種是搶先租到了新書，看完偏偏不肯還，弄得整個村子的孩子急著想找出到底是誰這麼討厭！第二種人比較認真，他看了，還從爸爸機關弄了鋼板來，自己刻鋼板翻印收藏。至於想跟他借來看的人要不要收錢，就看個人經濟水準而定。第三種人最可惡，他看了過癮，居然把書裡最關鍵的幾頁給撕了！想看的人要付錢給他。

最後大家都看了，看完不過癮，得親自打一打才算正宗。於是拆了家裡紗窗的木頭片當刀劍，接著看了「辛巴達」，立刻把媽媽的鍋蓋拿來當盾牌，此後眷村幾乎找不著平整的鍋蓋。不論寒假暑假上學不上學，幾個小孩就在巷口飛天遁地追逐廝殺起來，這是我們的小小武俠世界。

劉院長能在四十六年後重新啟動他的武俠世界，讓上官鼎重出江湖，毫無疑問必定大力推薦。各位不妨在見到院長時，問問他小時候是不是曾為了看小說讓媽媽追打回家？是不是也用手刀砍過同伴？是不是曾上山拜師學藝？說實話，我相信他靈魂的一部分應該還在某深山裡修練，至今沒想要回來！

王偉忠（電視製作人）

名家出手，誰與爭鋒

年輕時讀上官鼎的武俠小說，就知道是由擔任教授的三兄弟合筆，當時頗惋惜他們只寫了幾部，卻不知道原來寫書時，三兄弟中的劉兆玄只有十七歲，他們停筆的原因是出國留學。想不到隔了幾十年，有了豐富閱歷的上官鼎居然重現江湖。果然薑是老的辣，「王道劍」一出，誰與爭鋒？而我們這些喜歡正統武俠小說的書迷，就有機會重溫年少閱讀的美好情境。

《王道劍》除了是精彩的武俠小說外，更是本引人入勝的歷史小說，將考證與史實不著痕跡地融入在跌宕動人的情節中。更令人佩服的是，劉院長還把他的政治理想，以「王道」之劍術，以及宛如《禮運．大同篇》的境界，也就是著重環境永續的小康社會，具體地在小說中以鄭宅鎮的生活來呈現。這也使我想起，曾經化名為上官鼎的今之俠者，在民國八十六年擔任行政院副院長時，籌組了永續發展委員會，在真實的世界中推動這種人與環境和諧共處、萬物生存生生不息的理想情境。

這是一部久違了的、精彩好看、又引人深思的武俠小說。

李偉文（作家，荒野保護協會榮譽理事長）

「王道」與「儒俠」

《王道劍》最引人矚目的，應該是劉兆玄擷取金庸歷史的優長，又擅於發揮台灣武俠本就最拿手的「江湖爭霸」，冶歷史與武俠為一爐，做了巧妙的結合。

《王道劍》將明教、丐幫、全真教、少林、武當等中原各名門正派同仇敵愾、力挽武林危機的俠行義舉，描摹得十分出色，其中明教的方翼與章逸、丐幫的紅孩兒朱泛、全真教的完顏宣明，都刻劃得栩栩如生。尤其是藉少林寺中的楊冰（悟明）和武當派中的坤玄子兩個印度派遣臥底的兩兄弟做對比，突顯正義與邪惡的冰炭不同爐，更引人深思。至於邪惡的一方，天地人三尊各有所執，地尊痴迷於武學並藉由達摩《洗髓經》的洗滌，感悟到天下武學本應互有所補的道理，打破了舊有的邪派角色的格局，更值得讚賞。

林保淳（臺灣師範大學國文系教授）

王道是更高境界的尋求

近年劉會長與我不約而同都投入在推廣王道理念，我是由企業界切入，劉會長則是在學術界推動。劉會長為了讓「王道理念」能夠普及化，在睽違四十六年後重出江湖，以「上官鼎」為筆名，執筆創作了《王道劍》，特別以明朝歷史做為小說背景，並將儒家的王道思想融入這部武俠小說，創造一套可以生生不息、永續發展的新武學——王道劍。

上官鼎的「王道劍」，不只是武術劍招，而是一種境界；競爭要能勝出，用的是「境界思維」。小說中的主角傅翔武功很好，但如果想要更上層樓，就要尋求更高的境界——生生不息的王道劍。

如果從「王道」來看企業經營，企業若要能生生不息與永續發展，就要不斷地創新以創造價值，同時要建立利益平衡的機制，讓大家在此平台上共創價值。王道理念並不是企業經營的「方法」，而是「心法」；企業並不是擁有王道精神就會贏，還要有核心競爭力，長時間累積後，再甫以王道理念，在競爭中勝出，更上層樓。

我在大學時期對武俠小說十分著迷，同學都叫我「施大俠」，畢業後忙於工作，就沒機會再看武俠小說。過年前我拿到小說文稿後，利用過年期間一口氣就拜讀了大半，不僅內容精彩，許多隱含在小說中的意涵與境界，也值得進一步思索推敲。相信對於個人的人生與企業的經營定將有所助益，在此推薦給各位讀者。

施振榮（宏碁集團創辦人）

《王道劍》的俠義敘事

武俠小說與俠義敘事的關係非常緊密，許多武俠小說，都把「俠」當作是目的，以武達成俠的境界；將俠義之道，看成闡述政治理想及儒家平天下之終極關懷的夢土。

上官鼎睽違四十六年的新作《王道劍》也不例外。六〇年代初期，上官鼎（劉兆玄及其兄弟）以《蘆野俠蹤》出道，以《劍毒梅香》成名，脫逸於古龍的瀟灑豪盪，以明快簡潔的敘事，利用尋訪仇敵、沉冤雪恨，成為少年英雄的奇幻敘事，叱吒風雲，得到資深評論家葉洪生的讚賞「真是天下奇才」。

數十年後，讀者終能再度造訪武俠奇才上官鼎獨樹一格的「俠蹤傳奇」，這次，卻是由劉兆玄一人執筆。從傅翔一家的滅門血案，揭露武林暗殺與朝廷鬥爭原是交織甚深的一個世界，進入到疾光快掌的凌厲攻勢，細數明教與朝廷的恩怨情仇。小說極力渲染少林與全真教、明教的宗派傳奇，從少俠奇幻又驚險的武林壯遊，最後融合各派獨門武功，「因武悟道」而衍生一套劍法，對何謂「王道」進入辯證的探索。

上官鼎這次重出江湖，依然帶來武俠迷熱愛的快意恩仇，透過巧合奇遇、驚險與懸疑，滿足大家對於「平不平」、「立功名」或「報恩仇」的期待。《王道劍》可視之為逞才識見之作外，歷經歲月與人事的淬鍊，作者較之年少前作，加入更多的歷史感與生命哲思，堂廡比前作更趨寬廣、深沉。

唐毓麗（靜宜大學台文系副教授）

「王道」需要有「劍」！

遇上不熟悉的作品，我總會在讀完一部分文章後，擱上幾天，如果幾天之中，這些文字或內容會不知不覺跑到我的腦子裡，撩撥我，讓我心裡癢癢的，我就再讀它！

尤其明朝歷史近年來在多部野史小說和電視劇的推波助瀾下，已經珠玉糟糠並陳，若不能讓人撇開武俠小說的情節，想想其間歷史的真假虛實：

建文帝的下落如何？明成祖有「永樂之治」，但誅殺方孝孺十族的「瓜蔓抄」的行徑卻也狠戾不仁，令人髮指！他，矛盾何以至此？「明教」在上官鼎和金庸的筆下有何差異？史實如何裁融在武俠小說之中？

總是要在腦中將虛構和史實做個交叉比對，考核一番，這又是一種職業的癖性了。於是建文帝朱允炆、燕王朱棣，和傅翔、方冀、鄭芫等諸多武林高手再次登上歷史舞台，重新搬演一齣「削藩」和「清君側」的「靖難之變」。

武俠小說終究比史實有血有肉、有情有義多了，而「王道」也需要有「劍」！否則憑著「虛弱的王道」——婦人之仁，如何治得了國？憑著「劍」——武力霸道，如何「馬上治天下」？

對不嗜讀武俠小說的我，《王道劍》是這樣的一部書，會不知不覺跑到我的腦子裡來撩撥著我。

許芝薰（正心中學教師）

豐富而強烈的戲劇感

立體活潑的畫面感，掌握得宜的張力和節奏，步步進逼的懸疑與衝突，小說本身就具備了豐富而強烈的戲劇感。我期待這部現代台灣人創作的武俠作品，有機會改拍成嶄新格局的影片或劇集；更希冀上官鼎跳脫傳統的中國框架和觀點，也能為台灣的四百年史，創作出一部屬於這塊土地的武俠小說。

陳世杰（編劇，文化大學戲劇系副教授）

武俠小說的新契機

什麼是一部精彩的武俠小說？也許不同的人會有不同的見地。然則若嘗試去勾勒與釐清，也許那得要在歷史與小說的涵融中，不著痕跡；也許得要在小說人物的刻畫上，鮮明而動人；也許得要在不同領域的描繪上，足以讓人大開眼界。當然最重要的莫過於，能否創造出讓人魂牽夢縈的種種武功招數，而這是難的。

《王道劍》不僅能夠成功地挑戰這樣的難，甚至還能跳脫過往的框架，帶入儒家的思維，進而賦予武學新的境界與可能。試想：如果武學能夠在擱下「勝」與「敗」兩個極端的概念之後，回到中庸，遂能跳脫相互競爭的態勢，甚而在相互涵融的過程中彼此提升，進而找到彼此安住的位置，那會是什麼樣貌，那又將演繹出什麼樣的精彩篇章？

基於對武俠小說的著迷，總是願意去相信：當武俠小說依舊在文學的範疇與生活的況味中扮演舉足輕重的角色，那麼隨著時代的翻轉，就如同武林的更迭，將會帶來另一個新的契機。正如《王道劍》的問世。

陳立倫（高雄中學教師）

《王道劍》的三個超越

《王道劍》有三個超越！

首先，超越了大眾武俠小說中狹隘的中原與漢族觀點，上官鼎藉由明初多元族群在江湖的特質，讓漢人、蒙古人、色目人、天竺人的恩怨情仇，切磋辯證，以寬恕與人道精神跨越民族主義的鴻溝。

其次，超越中港台武俠小說遊俠、忠義、情愛的類型與主題，作者把孟子的生態觀「穀與魚鱉不可勝食，材木不可勝用，是使民養生喪死無憾也」，做為貫穿全書的哲學，無論是為弱勢者醫病、為貧窮者融資、發展鄉村經濟，乃至創發生生不息的武功絕學，「王道」是新世紀又亙古的時代之音。

第三層超越是重新定義「俠」，上官鼎筆下的俠不再是以武犯禁，俠更不是快意恩仇，無論是俠客或帝王，在追求武功、征服與霸氣之餘，更要有偉大的寬容與同情心，「王道」絕對是華人在追求民族偉大復興的今日，應當一同省思的終極關懷！

我想大膽預言：《王道劍》將會收錄於當代華文文學的經典中，成為讀者與學者喜愛、沉思與啟發不斷的一部典律。

須文蔚（東華大學華文文學系系主任）

不同於傳統武俠的風景

四十多年歲月，讓上官鼎的武俠小說，達到新的境界。

他筆下的官場進退、政治謀略、戰爭場面、武林攻伐有更寬廣的視野，更深入的刻劃。有趣的是，武俠世界在他的筆下有了「國際」的比拚。天竺僧與少林的淵源，武當派與道家的思想根源，丐幫與底層社會的網絡，鄭和航海的技術等，這些都成了他武俠世界的基底，構成了完全不同於傳統武俠小說的風景。

同時，現代性的政治鬥爭、化學知識、物理原理、航行方法等，也變成戰爭攻略、用毒殺人、飛行、航海的新傳奇。它在虛構中，有社會生活的真實，在真實中有武林豪俠的趣味。

不過，小說關鍵還是：好看。它，做到了！

楊渡（中華文化總會秘書長）

亦虛亦實，亦剛亦柔

武俠之趣，在武，也在俠；王道之義，在王，也在道。

《王道劍》扣著武俠、王道等關鍵字，以亦虛亦實的筆法橫寫詭譎多變的歷史，以亦剛亦柔的筆觸縱談波瀾壯闊的武林，大氣魄，大格局，上官鼎寶刀未老，愈磨愈利。

駱靜如（北一女中教師）

國家圖書館出版品預行編目資料

王道劍／上官鼎著 . -- 初版 . -- 臺北市：遠流 , 2014.04-2014.05
面； 公分 . –
ISBN 978-957-32-7364-6（第 1 冊：平裝）--
ISBN 978-957-32-7365-3（第 2 冊：平裝）--
ISBN 978-957-32-7366-0（第 3 冊：平裝）--
ISBN 978-957-32-7367-7（第 4 冊：平裝）--
ISBN 978-957-32-7368-4（第 5 冊：平裝）--
ISBN 978-957-32-7369-1（全套：平裝）

857.9 103001847

O1307
王道劍〔壹〕
乾坤一擲

作者：上官鼎
插畫：上官鼎
出版四部總編輯暨總監：曾文娟
資深主編：鄭祥琳
副主編：沈維君
助理編輯：江雯婷
企劃：王紀友

發行人：王榮文
出版發行：遠流出版事業股份有限公司
地址：臺北市南昌路二段 81 號 6 樓
電話：（02）2392-6899　傳真：（02）2392-6658
郵撥：0189456-1

著作權顧問：蕭雄淋律師
2014 年 4 月 1 日　初版一刷
2019 年 1 月 20 日　初版八刷
定價：新台幣 280 元（缺頁或破損的書・請寄回更換）

ISBN　978-957-32-7364-6

YLib 遠流博識網
http://www.ylib.com E-mail: ylib@ylib.com